是誰在說謊

艾琳・凱莉 著
楊佳蓉 譯

BY ERIN KELLY

HE SAID/ SHE SAID

媒體書評與各方推薦

我希望能寫出像這樣的書。

——《我讓你走》作者 克萊爾・麥金托

不只是緊張刺激的心理劇，更帶來發人深省的多重視角。

——《*Missing, Presumed*》作者 蘇西・史坦娜

太厲害了。令人屏息的劇情轉折以及賺人熱淚的高超文筆。

——《*The Woman Who Stole My Life*》作者 瑪麗安・凱耶斯

本書將會讓你不由得質疑自己所知的一切，懷疑每一個你以為可以信任的人。

——《*The Butcher's Hook*》作者 珍妮特．艾利斯

傑出的心理懸疑小說，充滿謎團以及誤導。

——《壞女孩》作者 艾莉克絲．瑪伍德

極致的黑暗以及錯綜複雜。

——《*The Girl in the Red Coat*》作者 凱特．哈默

揪住你的思緒，轉折、激情、巧思交織混雜。

——《10號艙房的女人》作者 露絲．魏爾

獻給我的姊妹Shona

序章

我們並肩站在鏽斑點點的鏡子前，鏡中的我們刻意避開彼此的視線。和我一樣，她穿得一身黑；和我一樣，她的衣物顯然是經過精心挑選。我們都不是受審的犯人，至少表面上不是，但我們都知道在這樣的狀況下，受到批判的必定是女性。

我們背後的廁間沒有人，門沒完全闔上。在法庭，這裡可以算是隱密空間。但要謹言慎行的場所可不只是證人席。

我清喉嚨的聲音在磁磚間彈跳，音響效果簡直跟大廳一樣好。這裡一切都能敲出回音。走廊上門板啪啪開闔，重到拿不動的檔案夾乘著嘎嘎作響的推車移動。挑高的天花板抓住你的一字一句，以不同的形狀擲回。

法院寬敞的空間、過大的房間營造出令人混亂的比例尺。此處經過精心設計，提醒你在龐大的司法機制面前是如此渺小，而你發誓後說出的證詞蘊藏著多大的危險性和力量。

時間與金錢也遭到扭曲。正義需要金銀來餵養，想確保某人的自由得耗費數萬鎊。旁聽席上，莎莉．巴爾克姆佩戴著能在倫敦買間小公寓的珠寶。就連法官椅子的皮面都飄散銅臭味，幾乎從這裡就能聞到。

不過這裡的廁所與其他地方一樣，發揮很好的平衡作用。女廁的沖水桿壞了沒修，洗手乳空了仍然沒補，門鎖也難以密合。缺乏效率的水箱不斷漏水，阻斷悄悄話的可能性。想說什麼就得扯開喉嚨大吼。

我隔著鏡子上下打量她。直筒連身裙遮住她的曲線。我的淺色長髮在後頸綰成髮髻，這是基特一開始最中意的地方，他說他能在黑暗中看見我的頭髮。我們看起來都好……端莊，應該可以這麼說吧，雖然從來沒有人如此形容我。我們已完全看不出曾是參加那場慶典的女孩了：那時我們把身體和臉龐塗成金色，在月光下轉圈號叫。那些女孩已經不在了，以各種不同的方式死去。

外頭有人甩上厚重門板，把我們嚇得跳起來。我發現她跟我一樣緊張。鏡中的我們終於四目相接，無聲地提出太過龐大——太過危險——無法說出口的問題。

怎麼會這樣？

我們怎麼會走到這一步？

會如何結束？

第一部　初虧

月球陰影蓋上日面。太陽看起來像是被咬了一口。

1

蘿拉

二〇一五年三月十八日

倫敦是全英國光害最嚴重的城市，不過到了北部的郊區，還是能看到清晨四點的星斗。閣樓上書房的燈關著，我不需要基特的望遠鏡也找得到金星，這顆淺藍色的行星如耳墜掛在新月一角。

城市在我背後，往外望去是一片郊區的屋頂，亞歷山大宮是其中最醒目的建築。白天它看起來是鑄鐵、磚頭、玻璃構成的龐然大物，在凌晨它則是化爲刺向天際的長矛，電信塔尖端鑲著發亮的紅點。同樣是紅色的夜間巴士掠過空蕩蕩的公園路。這一帶比西區還要日夜無休。最後一間土耳其烤肉店打烊後沒多久，波蘭麵包店的第一批商品就出爐了。住在這裡並非我的選擇，但我現在愛極了這個地方。紛擾間隱去了眾人的身分。

兩架飛機在彼此的航道上眨眼示意。樓下的基特睡得很熟，要遠行的人是他，我卻陷入行前焦慮而無法入睡。我已經好久沒睡過整夜了，但現在的清醒與肚子裡踩著我的膀胱跳踢踏舞的寶寶無關。基特曾描述現實生活有如日食之間的無趣時光，但我認爲這是安全的時刻。貝絲兩度橫越世界來找我們。我們只會在旅行時現形。兩、三年前，我請了一位私家偵探，向他提出挑戰，要他只靠著我們過去生活的文件紀錄找到我們。他沒有成功。他做不到，其他人也無法做到。貝絲自然沒有這份能耐，就連詹米這樣資源豐富的人也無計可施，他最後一封找到我的信是在十四年前收到的。

這將是基特少年時期後，第一次沒有和我一起觀賞的日全食。過去即便錯過哪次日食，也是和我一起錯過，爲了我而錯過。我這樣的狀況不適合遠行，而且我很慶幸是因此錯過，不然我一定會怨恨自己的，儘管我很擔心基特。貝絲了解我。她了解我們。她知道傷害他就等於摧毀我。

我看著月亮緩慢地劃著弧形下降，刻意追隨它的軌跡，以關注當下景象的方式來緩和我的恐慌症，不讓負面情緒擊垮我。初期警訊已經出現：感受到皮膚上每一根毛髮都立正站好，彷彿有人拿絲巾掃過我的前臂。這是所謂的身體化疾患，亦即心理的損傷反映在肉體上。關注外物應當能幫我將身心感受分離。我用星座玩連連看。那是獵戶座，大部分的人認得出的少數星座之一；稍微往北一點是七姊妹星團，附近有個社區就叫這個名字。

我讓身體重心在拇趾和腳跟之間移動，前後搖擺，專心感受腳下地毯的纖維。不能讓基特看到我如此焦慮，這會毀了他的旅程，之後他又會建議我接受更多心理治療，可是我已經盡力求醫了。像我這樣懷抱著重大祕密的人，能做的也只有這麼多。心理治療師總說療程內容一切保密，簡直把他們的宜家家居沙發當成神聖的告解室。可是我的告解逾越了法律界線，不能向任何人透露。我在這個國家的所作所爲不受訴訟時效限制，在我的心中也是如此。

等到呼吸恢復平穩，我轉身離開窗邊。屋內的光線勉強照亮基特的地圖。當然不是早就毀掉的原件，我們花了好一番工夫才將它重製。這是一幅巨大的立體模型世界地圖，紅色與金色的細線在上頭交錯，測量的精確度接近毫米，精準地黏在圖上。金色弧線標示出他已經看過的日食，紅色是我們預期在餘生中能看到的日食。我們這輩子實行的儀式中包括了從遠處回到家，將紅線換成金線。（基特依照家族史、生活型態、近年人類壽命趨勢估算他的壽命，加上疾病的因素，判定他能雲遊四海到九十歲。所以我們應該能在二〇六六年看到我們的最後一次日食。）

多年前，貝絲以指尖撫過我們的第一幅地圖，我把我們的計畫說給她聽。

眞想知道她人在地球的哪個角落。有時候我甚至會懷疑她是否還在人世。我從沒希望她死掉——儘管她讓我們遇上那些事，她自己也是受害者——但我常希望她可以……被刪除，我想這是恰當的字眼。無法找到她。上網查詢「伊莉莎白・泰勒」，光是知名演員和小說家的相關資訊就足夠混淆搜尋結果。她的暱稱「貝絲」也難以縮小搜尋範圍。她似乎跟我們一樣消失得無影無蹤。

我已經好幾年沒查過詹米的近況了。經歷過那些事，他的消息讓我很不舒服。他砸在公關上的資源沒有白花，現在拿他的名字搜尋，雖然還是能連到那項罪行，不過是以他偏好的版本呈現。出現在最上頭的網頁全是他發起運動的宣傳，介紹他是如何支持遭到誣告和沒有遭到誣告的人士，要求在定罪前維持嫌犯匿名。每次看了幾行字我就反胃得無法繼續。即便如此，我還是不能與情報脫節，爲了解決這個問題，我做好設定，只要他的名字與那個關鍵字扯上關係，Google就會通知我。同時搜尋他和貝絲是沒有用的，她獲得了終身匿名的保護，無論這類案件有任何結果，法律都會給予這層保障。我覺得她很幸運——從某個角度來看，我們都很幸運——這個案子發生時，還沒有大舉肉搜的社群媒體和嗜血鄉民。

樓梯口的燈亮了，代表基特醒了。我深吸一口氣，慢慢吐氣，冷靜下來。我撐過這次發作了。我捲起運動衫的袖子。這是基特的衣服，穿在我身上一點都不好看，可是很合身，這幾年我似乎已經到了只注重衣物舒適度的階段。即使在懷孕前，類固醇讓我這輩子第一次長出前凸後翹的身材，我依然抓不到展現曲線的訣竅。

我走下樓，擠過堆在樓梯轉角的摺疊床。等到基特回來，我們要把後側潔諾與派琵的房間改成嬰兒房。是迷信也好，我不想在他平安回家前改變任何擺設。

他坐在床上，正拿著手機查天氣預報，淺紅棕色的頭髮翹得亂七八糟。別走兩個字想從我口中掙脫。我知道只要開口，他一定會留下，而這也是我必須讓他離開的原因。

2

基特
二〇一五年三月十八日

我清醒地躺了幾秒鐘，聽蘿拉在樓上走動，心中浮現聖誕節當天早上的興奮感。當月曆上的模糊距離終於化爲具體日期，這股感覺就從未消失過。我早就知道在二〇一五年三月二十日，月球將會擋住太陽，天空中出現黑色圓盤。打從我第一次籠罩在月亮的陰影中開始，日全食成爲我人生中的一個個節點。一九九一年在智利觀測到的日食，是上個世紀的代表性日食，食甚持續了七分二十一秒。那時我十二歲，就有了將畢生追逐這種體驗的覺悟。在晴朗無雲的天幕下見證日全食是無與倫比的崇高感受。在我遇見蘿拉前，這是最接近信仰的事物。

她那半側的床鋪一片冰冷。她的肚子比她早一步進房，疲憊令她臉頰凹陷。她紮起頭髮，露出細小的棕色髮根，與先前染成白金色的部分相比接近漆黑。她穿著我的舊運動衫，袖口捲到手肘。從沒看過她如此可愛的模樣。嘗試做人初期，我曾擔心會太想念一向喜愛的骨感身形，但現在看到蘿拉的變化，一股嶄新的驕傲湧現，因爲她體內有一部分的我。

「回床上吧。」我說：「妳到處亂晃不太好。」

「哎，我都醒了。等你出門我就回去睡。」

在淋浴間裡，我最後一次回想今天的行程，整個偉大計畫中的所有細節。我要在地鐵登碧巷站搭上五點二十六分的車，六點半從王十字車站轉搭火車，九點四十二分與理查在新堡會合。接駁巴士送我們到新堡碼頭，十一點左右乘上「瑟蕾絲特公主號」，能容納六百名遊客的遊輪，橫越北海，經過蘇格蘭，朝冰島航行，最後到法羅群島。星期五的日食大多是在海上觀賞，不過就算是風平浪靜，海面依舊無法達到完全平穩，想拍出好照片必須登陸。我有法羅和北極圈北邊的斯瓦巴群島兩個選擇。（蘿拉要我去法羅，大部分的人會往面積最大的斯特萊默島托爾斯港跑，她認定人多比較安全。）兩天後的上午八點二十九分，月亮將開始爬過日面，緩緩譜出兩分半的食甚。

我拿毛巾擦乾蘿拉堅持要我蓄的鬍鬚，小心地換上昨晚整理好的衣服。我的工作服——不是制服，但也算是了——整齊地掛在衣櫃裡，刺痛我的良心。雖然對能擺脫光學實驗室的五天假期充滿喜悅，卻忍不住內疚。本來可以接在育嬰假後的年假，竟然現在就要用來旅行。接著又想到自己吸了那麼久化學藥劑，肺裡髒得要命，整年垂頭看顯微鏡看到脖子僵硬，終於有機會仰望天空。我有半輩子可以扮演好爸爸的角色，跟整個計畫相比，區區五天又算什麼？

我套上長袖發熱衛生衣，接著是我的幸運T恤，第一次看日食的紀念品。上頭印著九一年智利——各國總是把日食當成自己的私有物，即使陰影籠罩了三片大陸——底色是智利的國旗配色。中央粗糙的黑色圓圈象徵被蓋住的太陽，四周包圍著明亮的日冕。我爸向路旁小販買下這件T恤時，我穿起來簡直就像是連身裙。麥克拒絕穿他那件，但我根本捨不得脫掉，更遑論拿去洗。現在很合身，不過再過幾年就不一定了，除非我乖乖學麥克上健身房。領口處有個燒出來的小洞，是一九九八年在阿魯巴島跟麥克吵架時，他朝我扔大麻菸頭燒出來的。最外層穿著黑白色粗毛線織成的傑作。我和理查幾個月前就上網買好兩件同款法羅群島生產的厚重套頭毛衣，現在要帶著它們回到綿羊吃草、羊毛紡成線織成衣的國家，重重地踩上我們的碳足跡前進。

我再次確認手機，期盼氣象在最後十分鐘驟變，不過預報依然是陰天。厚厚的雲層籠罩整個群島。「追逐日食」這個詞聽起來像是誤用，多年來我已經學會要如何解釋。既然動的是你，天象停留在原處，怎麼能套上追逐這個動詞呢？首先，日食沒有停留在某處這回事，陰影以每秒超過一千哩的速度移動。好吧，座標確實不會變，影子落在它該落的地方，打從地球還是一片混沌開始，日食的模式已經確立。可是雲層就沒那麼好捉摸了，意料之外的積雲可以讓幾分鐘前還站在豔陽下的數千人失望透頂。勝過天氣能帶來無比快感。我對父親最美好的記憶是九四年的巴西，麥克和我坐在爸爸的福斯汽車後座，高速奔馳於坑坑巴巴的高速公路上，直到我們找到一小片藍天。（現在想想，當時他其實醉了，我試著讓這部分淡去。）

當然了，現在我們有手機應用程式，能更準確地找出雲層的空隙，一大群人到初虧前五分鐘才知道要到哪看熱鬧也不是什麼新鮮事了。我用手蓋住螢幕，再繼續掛記天氣我一定會瘋掉。幸好我一向擅長屏蔽讓我分心或沮喪的思緒。我罕見地任自己回想從前——唯有當地平線上出現日食，觸動蘿拉的「開關」時，記憶才會被推擠到我的意識頂端——利澤德[1]事件後的人

---

1 利澤德半島（The Lizard），位於英國康瓦爾郡西南。最南端的利澤德角（Lizard Point）為大不列顛島最南點。

生彷彿籠罩在故障的霓虹燈下。你學會與揮之不去的細微顫動閃光燈共處，儘管你很清楚總有一天會被這幅景象害到癲癇或是動脈瘤發作。

剛泡好的咖啡香味飄上樓，蘿拉在廚房裡。我往下踏了五層階梯，來到屋子後方。我們熱鬧的小小後院一片黑暗。她已經幫我倒好咖啡，拿鋁箔紙包裝三明治。我親親她的右耳後方，吸入她身上的奶油香味。「妳終於成為我夢寐以求的好太太了。應該要多放妳自己在家。」我感覺到她的笑意牽動頸部的皮膚。

「是荷爾蒙的影響。」她說：「你可別太習慣。」

「答應我，等我出門，妳就馬上回床上。」

「好。」她嘴上如此回應，可是我很了解蘿拉。我一直期盼懷孕能讓她放慢腳步，但類固醇催促她加速，使得她整天精神百倍，直到晚上九點左右才累癱。她拿海綿清理流理台，把用過的咖啡膠囊丟進垃圾桶。她背對著我，細微的肢體動作或許對其他人毫無意義，卻牽動著我的每根神經。她撫摩袒露的前臂兩次，像是要抹去隱形的蜘蛛網。她這個習慣已經持續幾個月，甚至是幾年了，當她這麼做，就代表她心裡想著貝絲。我想過好幾百萬次了，希望她回憶過往時——或者該說是想到過去對我們未來的影響——能像我一樣節制。為什麼要浪費精力想著可能永遠不會發生的事情呢？每次到了日食期間，她都會如此，即便已經九年沒有貝絲的消息。她轉過身，笑容太過燦爛，像是為了我硬是故作堅強。她不知道我看見她撫摸手臂，甚至很可能沒有察覺自己做了什麼。

「妳今天有什麼打算？」我試著度測她的心情。

「先打電話給一位客戶。下午我打算處理退稅。你規劃好今天的行程了嗎？」

她的玩笑話讓我精神一振。她要崩潰前，首先遭殃的是幽默感。

我三天前已經在背包裡塞好行李，可觀的重量一半來自攝影器材，鏡頭、充電器、腳架、電池、防水設備，接著才是其他雜物。相機另外裝了一包，這東西太貴重了，不能丟到行李架上。手機放在橘色風衣胸前的口袋裡。

「眞是時髦。」蘿拉挖苦道。「該帶的東西都帶了？」我把三明治放進另一個口袋，確認搭車的牡蠣卡[2]插在方便拿取的地方，背上背包，差點被重量拉得往後倒。

蘿拉的笑容毫無預警地消散，連續摸了前臂兩回。這次我們四目相接，否認和解釋一樣無用，我只能要她安心。

「我檢查過乘客名單了。」我說：「沒有貝絲・泰勒。沒有姓泰勒的人。沒有半個伊莉莎白。沒有名字是B或E開頭的女性乘客。」

「你知道這樣毫無意義。」

沒錯。蘿拉認爲貝絲已經改名換姓。但我持反對意見，這只是蘿拉的被害妄想。那樣的名字可以輕易躲過人群目光，畢竟那正是啓發我們自己改頭換面的靈感。既然在乾草堆裡藏一條草繩就足夠隱匿了，何必特別弄一根針來藏呢？「就算是眞的，」蘿拉步步進逼，「這也只是代表她不在你的船上。如果她在島上呢？」

我刻意放慢速度說道：「就算她在，她也會到人群聚集處找我們。她以爲我們會在音響設

2 牡蠣卡（Oyster card），英國倫敦地區交通用電子收費系統智慧卡。

備跟各種樂器附近看熱鬧。我打算跟著一群退休的美國佬。就算她沒往熱鬧的地方跑，托爾斯港也夠大了，到處都是觀光客，那裡整整擠了一萬一千人。」我順了順鬍鬚。「這是我巧妙的偽裝。我會格外留神，隨身帶著潛望鏡，走到哪裡都會多看街角一眼。」我假裝從指縫窺視，她沒有笑。「麥克就住在附近，琳恩在兩條街外，我媽離這裡只有一個小時的車程，一通電話就能找到妳爸。」

「基特，我就是忍不住。」從她緊咬下唇的模樣看得出她討厭自己掉眼淚。我一手擁她入懷，另一手解開她毛燥的丸子頭，以她喜歡的方式梳順髮絲。一滴淚珠滾過我風衣的防水面料，我深吸一口氣，說出必須讓她聽到的那句話。

「妳要我留下，我就留下。」

她掙脫懷抱，我霎時間驚恐地以爲這是要我放下背包的意思。然而她卻是拎起我的相機包，將背帶套過我的脖子，肅穆的神情彷彿是幫我戴上奧運獎牌。這是她給予祝福的方式，我知道這耗去她多少心力。

「好好照顧自己。」她說。

「妳也是。不對，妳要好好照顧你們。」我沒有多想，跪下來親吻她的肚子，大腿在我起身時發出哀號。

「原本可能更糟。我原本可能要去斯瓦巴群島。上禮拜才有人在那裡被北極熊殘殺。」

「哈。」她心不在焉地回應。在她心目中，貝絲．泰勒比任何一頭肉食性巨熊還要可怕。我知道她在想什麼，貝絲第一次復仇時，她親口跟我們說她會停手只是因爲被他們逮到了。她承認如果她是攻擊人，而不是單純危害到某人的財產，狀況會更糟。

屋外尚未破曉，街道上亮起一片片橘光。我們家門外有兩層階梯，我站在人行道上，轉頭仰望蘿拉，她已經放下袖子，雙手捧著凸肚。麥克會說我這是瞬間的清醒。我即將離開身懷六甲、正在接受治療、心情焦慮的妻子，橫越海洋到另一個國家，那個差點摧毀我們的女人很有可能就在那裡等我自投羅網。

「我不去了。」我不是在哄她。蘿拉皺起眉頭。

「你給我出去。」她說：「這可是價值一千鎊的旅程呢。快去。」她把我趕到街上。「好好享受，拍點照片，帶著美妙的故事回來說給我們的寶寶聽。」

我低頭瞄了腳邊一眼，人行道已經夠不平坦了，不需要鬆脫的鞋帶來雪上加霜。「她找到我的機會微乎其微。」我說，可是蘿拉已經關上門，我發現我本來就是在說給自己聽。

***

從我們位於威布拉罕路的住處走到登碧巷站只要五分鐘，還可以抄小路，走哈林蓋街這條將街區切成兩半的破爛捷徑。我橫越達克特公園，繞過朋友的孩子平常玩的鞦韆和溜滑梯。碎玻璃在我鞋底沙沙作響。

我已經滿頭大汗，汗濕的鬍鬚一片冰涼。唇邊鹹濕的觸感比不上謊言來得噁心。我哪有可能檢查乘客名單。這可是基本的個資保密。眞不敢相信蘿拉竟然沒有抓出我的破綻，當焦慮的毛病發作時，她的洞察力簡直就像超能力一樣。疑心病促使她關注我身上最細微的動靜，揪出一切偏離事實的細節。

我一向只把我深知會讓她不開心的事情壓下不提。

登碧巷站還沒開，車站本身的美感被老舊的小店和斑駁的公布欄破壞。五點二十分整，身穿寶藍色刷毛外套的地鐵人員推開鐵柵門。站內除了我，只有一名滿臉倦容的黑人婦女，她身穿圍裙似的長背心，八成準備去城裡打掃辦公室。

我搭手扶梯往下，腦袋迅速運轉。貝絲不太可能跟我搭上同一班船，可是她人在法羅群島的可能性不是零。幸好這次只有我一個人，不用顧慮蘿拉的安危。我已經保護妻子這麼多年，不讓她受到利澤德角那件事的餘波傷害。我會付出一切，維持安穩的現狀。

3

蘿拉

一九九九年八月十日

全國快車機場接送巴士卡在巨石陣旁的A303公路上。感覺半個世界的人都湧入西部來看日食了。柔軟的綠色丘陵上聳立的古老計時石柱和天色一般灰暗。既然要塞在路上，這裡顯然是個好地方，身旁的乘客壓根不知道巨石陣不只是夏至的標記，也曾用來預測日食。然而盯著這片神聖古蹟一個多小時，就連我也難以保持敬畏之心。

只要司機的收音機播出氣象預報，坐在前排留隱士般蓬亂鬍鬚的乾瘦男子就會起身拍拍雙手，向我們更新情報。目前有很高的機率會被雲層干擾，跟我同車到康瓦爾參加日食音樂祭的乘客還是隨著他的彙報歡呼，展現出英國特有的禁欲主義，只是比我們熬過倫敦大轟炸的祖父輩、開露營車渡假的父母還要年輕一些。對他們而言，日食只是參加慶典的藉口，若真能看到也不錯，沒看到的話至少還有音樂能聽。基特非常在乎日食，我知道此時他心中正蒙上厚厚烏雲。

他、麥克和琳恩已經在會場擺攤賣冰茶兩天了，應該能賺上一小筆。今天我只吃了早餐，同桌是人力仲介公司的員工。我在維多利亞巴士站的廁所換掉面試的套裝，塞進背包裡。我踩油門似地踏著穿軍靴的雙腳，擔心是否能在夜幕低垂前抵達利澤德角。

巴士終於擠過瓶頸，原來堵住半條路的不是道路施工，而是追撞事故引來的看熱鬧駕駛。車很快地從威爾特郡穿過多賽特郡的白馬丘陵。午餐時刻已在薩莫塞特郡。行經德文郡時，車上的廁所塞住了。直到進入康瓦爾，乘客終於發出眞心的歡呼。我們一越過郡界，廢棄錫礦坑的煙囪彷彿是突然從山丘上長出來，顯眼的黑底白十字旗幟得意洋洋地四處飛揚。英格蘭縮成一塊半島，我能感覺到大海從左右兩側擠過來，熟悉的重量在我心中積累，我知道在全郡的最南端，基特正在等我。

***

我們已經交往六個月，度過了蜜月期，進入比較曖昧朦朧的階段。這段戀情理應會重創我們的大學期末考成績，不過基特從小就愛看書，擁有過目不忘的特技，而我靠著神準的猜題以及充足的興奮藥物低空飛過。基特堅持他是一見鍾情，我則認爲自己花了大約十二個小時。我們針對意見不合達成共識。

琳恩與我在倫敦大學國王學院三年級時，她和一個名叫麥克·麥寇（就連他媽也不叫他的本名強納森）的媒體研究系學生交往。我喜歡麥克粗獷帥氣的外表、歡樂熱情的個性，以及分享小藥丸的慷慨之舉，但他有種佔據身旁一切空間的特質，我有些氣他橫插入我與琳恩的友情。所以當時我一點也不急著跟他在牛津大學讀理論天文物理的雙胞胎弟弟見面。雖然我猜他們兄弟倆相差甚遠，這倒是沒猜錯。麥克是典型的外向男孩，從人群中吸取能量；基特總是埋在書堆裡，與人對談只會耗去他的精力，沉思才能給予他嶄新的力量。

從某個角度來看，日食是我們的媒人。當時我年紀輕輕，一心追逐任何離經叛道的事物，對於主流文化嗤之以鼻。我只喜歡髒兮兮的俱樂部、沒人聽過的樂團，也跟好幾個長得像耶穌的男生交往過。我認爲站在荒野裡看星星消失是最激烈的反叛，任何俱樂部老闆都無法想像，也沒預算搞這種特效。當琳恩說要和麥克一起去康瓦爾看日全食，還有錢賺，我馬上就加入了。

麥克住的肯寧頓區公寓前身是社會救濟福利屋，天花板低矮，牆上貼滿讓人頭暈的螢光幾何碎形海報。我踏過堆了滿地的捲菸紙外包裝。起居室的燈泡燒掉了，唯一的照明是幾根插在果醬罐裡的蠟燭。基特從牛津來這裡過週末，縮在陰暗的角落裡，臉龐藏在蓬亂的莓金色瀏海下，黑色毛衣包住整個上半身。就各種角度而言，他看起來都比麥克蒼白許多。

「親愛的寶貝。」麥克嘴裡說著，雙手忙著擺弄一小堆大麻和打火機（他可以邊說話邊捲菸，就像大部分的人有辦法邊說話邊眨眼一樣）。「今天我們齊聚一堂，是爲了集思廣益，想辦法參加免錢的音樂祭。我認爲最棒的投資是熱飲、茶、咖啡，只要我們輪班顧攤，應該能小賺一筆。」麥克自稱反政府主義者，生意腦袋意外靈活。他身穿國際特赦組織T恤，但只對相同理念的同志頌揚愛與和平。他以和平手勢向人打招呼，卻壓根不在意開著震耳欲聾的電音吵得鄰居睡不著覺。

「很好。」他點燃大麻菸。打火機的焰舌瞬間照亮基特的輪廓：筆直的眉毛，堅挺的鼻樑，嘴唇緊抿。「那個禮拜在西部大概有十場音樂祭同時舉辦。目前都還在籌劃階段，可是我打聽到不少消息，看能不能幫大家決定哪一場最符合我們的理念。」

我轉向琳恩，想跟她一起取笑麥克的舌粲蓮花，但她聽得入迷，眼中滿是崇拜。那股被排除在外的痛楚又來了。

「最盛大的日食音樂祭在土耳其舉辦，可是那超出我們的預算。」麥克說：「而且，能在英國看到日食的機會有多少？」

「一輩子還未必能看到一次。」基特從他盤據的角落高聲發言。他的口音是受過高等教育的南部腔——如果麥克改掉懶洋洋的嘲諷語氣大概也是如此。「觀測到日全食需要非常精準的角度。很難找出平均值，上回在英國看到日全食是一九二七年，下次至少要等到二〇九〇年。一七二四年到一九二五年是英國日全食的空窗期。」

「很好，雨人先生。」麥克繼續檢視他的清單，劃掉三場「太主流」的音樂祭，以及另一場贊助人「太企業化」的活動。琳恩則從各場次預期參加人數的資料中篩選，刪掉一場不值得投資的小聚會。最後只剩下兩場，德文郡北部和康瓦爾的利澤德半島。「這兩場不分上下，很難決定耶。」琳恩說。

「老弟？」聽到麥克的呼喚，基特沒有用手撐地，直接起身。這人比我高，我想。當我不自覺地拿自己五呎九吋的身高作爲基準，往往是受到某個男生吸引的前兆。他從少了一半隔層的歪斜書架上抽出一疊列印紙。

「康瓦爾以及整個西部的問題在於局部天候差異極大，每隔一哩可能就是不同的世界。因此我統計了每一場活動地點的平均晴天和雨天數，與整體機率相比。根據我的計算，最有機會看到太陽的地點在這裡。」他攤開縐巴巴的康瓦爾地形測量地圖，指向利澤德半島。

「那就是利澤德角音樂祭了。」麥克宣布。基特緊繃的嘴角咧開笑意。「我想我們該來慶祝一下。」

慶祝內容包括一瓶在我們手中傳來傳去的傑克丹尼爾威士忌，麥克充當DJ，基特翻動他的資料文件。我已經習慣麥克和琳恩公然調情，以爲基特大概也是，不過當他們倒在沙發上摸來摸去時，他顯然嚇呆了，滿臉通紅，視線亂飄，就是沒有落在我身上。過了一會，他躲進廚房，我大聲清清喉嚨。

「抱歉。」麥克拉好T恤。「我們去隔壁繼續。」

「我要怎麼回去？」這裡離我們在斯托克維爾的小公寓很遠，路上很暗，最後一班公車又跑了。我還沒醉到敢獨自走回家，也沒想到要叫計程車。

「基特會陪妳走回去啊。」琳恩搖搖晃晃地起身，內衣暗釦已經開了。她回頭對我拋了個媚眼。「妳可別勾引人家啊。不然我們到康瓦爾會很尷尬。」

要不是我早就這麼想了，我一定會故意跟她唱反調。

「喔。」他回到起居室，發現只剩我一個人，又退到他的角落盤腿坐下，指尖配著音樂敲打。

「你那些表格眞是了不起。」我忍不住打破沉默。

「只是數學運算而已。」他聳聳肩，手指停了下來。

「我的數學眞的很爛。上中學時有個幾何老師在黑板上畫圖形畫到一半，突然轉身托住她的胸部，說：『當然了，最美的形狀就是圓形。』我頓時覺得自己被幾何的奧祕拒於門外，完全無法理解。」

基特歪歪腦袋，似乎覺得從這個角度能將我看得更清楚。「妳比大部分的人好多了。有人對自己的爛數學引以爲傲，把數學當成俗氣的學問，眞是太沒禮貌了。我不知道這算是防禦機制還是什麼的，可是我聽了只想抓狂。他們完全不懂數學有多美。比如說這段旋律。」我努力將全副注意力放在音樂上，然而隔壁床板毫無節奏的撞擊聲實在是讓人分心。

「他們已經在一起六個月了。」基特的視線飄向雜音源。「他最好別跟以前一樣，把事情搞砸了。」

我突然無比清醒。「等等，你說什麼？」我和琳恩可是能爲彼此豁出去的交情。「他會對她做那種混蛋事嗎？」

「天啊，不是啦！」基特笨拙地解釋。麥克擁有與生俱來的吸引力，可憐的基特卻抓不住溝通的訣竅。「只是那個、他的前科有點、妳知道的、就是跟女孩子那個……不過我確定這次不會有事，他跟琳恩。」他把酒瓶湊到嘴邊，發現裡頭早已空空如也，臉臭得要命。

「看來誰在子宮裡搶走所有的道德教養已經很明顯了。」我想讓他輕鬆一點。

「很難講，每次參與公眾行動的都是麥克。」

「那是他想讓外人看到的一面。你難道不認爲，如何對待身邊的人才是更重要的事情嗎？」我問。

基特只是笑了笑，我在他臉上看到沉靜正直的性格，與我過去交往過的那票男生完全不同，他們的原則印在T恤上，換腦袋就跟換衣服一樣快。

「我嘛……」不知道他想說什麼，總之隔壁房傳來的低吼（不確定是誰的聲音）打斷了他的話。

「反正，你要告訴我這段旋律爲什麼跟數學有關。」我拚命壓過隔壁的噪音。

基特聽懂我的暗示，調高音樂的音量。西塔琴繞著沉重的貝斯即興飛舞。他專心地皺起眉頭。「萊布尼茲說過，音樂是腦袋下意識的計算。日食也是數學，是最美麗的數學。」如此高密度的熱情使得我一時語塞，我希望能透過表情傳達出鼓勵他繼續說下去的心情。「月球的直徑是太陽的四百分之一，可是它和地球的距離比太陽近了四百倍，所以兩個看起來一樣大。」

我覺得我要靠動態圖表才能聽懂，可是在他面前似乎不該露出無知的神色。「你看過幾次日食？」我試著把話題往我的軌道拉近一些，他順著聊下去，說他爸開車載他們在美洲各地奔馳；說在印度那回他們父子三人跟著「一群摸不著腦袋的山羊」看太陽消失，牠們沿著神廟廢墟的牆壁躲起來。曾經站在阿魯巴島熾熱的沙灘上，膠鞋都要融化了，就這樣看著金星和木星「清晰渾圓猶如軟木板上的圖釘」。星星紛紛探頭不再躲藏，彷彿是不想錯過這場奇景。「當妳親眼目睹，當妳站在天空之下，妳會知道這不是科學。那些理論全都崩解消失。」又回到技術性話題，他的臉頰微微泛紅，向我介紹日食的階段，描述名爲日冕的火圈是如何包圍太陽，一九一九年的日食是如何驗證了愛因斯坦的相對論，顯示太陽的質量令遠處星球的光線彎曲。我花一半的心思聽他說話，另一半的心思看著說話的他；看他的臉龐突然充滿生氣，視線害羞地四處閃躲。我試著想像麥克如此滔滔不絕地說起自己以外的事物，忍不住笑了。「啊，我說的話太無聊了吧。」

「沒有的事。」

「麥克說我每次都說得太深入了。妳呢？妳和琳恩修同一門課對吧？妳畢業以後有想要做什麼嗎？」

我向他介紹我偉大的計畫，要在大城市裡工作幾年，拿到足以投入慈善事業的資歷。我看過太多我爸那些熱心公益的朋友，成天抱著空蕩蕩的募款箱，爲了幾毛錢奔波。

「要讓人過上嶄新的生活只能靠錢。如果你想要有錢，就要找到有很多錢的地方。」

「類似羅賓漢，只是妳的武器是報表和避險基金管理人？」

「這是很好的比喻。」

蠟燭漸漸燒到底，我們交換了各自的人生歷程，像是小時候那樣，小時候除了自己蒐集了哪些唱片，沒有太多可以分享，跟你一起長大的人就是你的必修學分課。與基特共度的那一夜，我認爲這些訊息非常重要：搞清楚眼前是個怎麼樣的坑，判斷是否眞的要跳下去。

我得知基特的雙親雅黛兒與拉克倫住在貝德福郡，三年內搬過兩次家，第一次是拉克倫失業後換到比較小的房子，再來是他把剩餘的存款喝完那次。雅黛兒在中六學院教織品科學，一直等待著丈夫翹辮子的那天到來。基特說拉克倫．麥寇原本是有工作的酒鬼，後來丟了工作。兩、三年前的某天，他的肝臟終於罷工，除非戒酒，否則他進不了等待移植名單，但他還是離不開酒瓶。

「麥克什麼都沒說過。」我說。

「是啊，妳也看過他是什麼德性。我喜歡偶爾喝點小酒，但他是不一樣的層次。我甚至認爲就算我爸死了，他也不會停手。」

交談中，他一度嘴唇顫抖，那是在我提到失去媽媽的那一刻。基特只說：「喔，蘿拉，我很遺憾。妳那時候還那麼小。」

我們之間突然間冒出兩座墳墓，一座已經填滿、長滿雜草，另一座空蕩蕩的，在等待。我意識到背景音樂的存在，我們沉默了好一陣子。CD咻咻停下，基特用力嚥了嚥口水，像是準備發表什麼重大演說，最後卻只是低頭喃喃：「我喜歡妳的頭髮。」

（我喜歡妳的頭髮，或者是類似的讚美，是當時大多數人對我的第一印象。我進大學時留著及腰的灰棕色長髮；離家第一晚我就衝動地大改造，在宿舍浴室將頭髮漂成白金色，維持至今，每三個禮拜補染髮根。聽起來我似乎爲了維持外表花了不少錢，但其實我不怎麼化妝，也不追求時尚。如果只有這麼一個興趣，我想我沉溺其中也不是天大的錯事。）

基特伸手撩起我的一縷髮絲，在燭光下彷彿會自己發亮。「就算在黑暗之中，我也絕對不會跟妳走散。」他一手按住我的臉頰，我能感覺到他的脈搏從掌心傳來。

我們就著昏暗的光線和電暖爐的微弱熱氣摸索，進行差強人意的性事。最大的敗筆是緊張，緊張以及對於這份情感重要性的心照不宣。不過一月的夜晚漫長得很，到了早上，不安早已消退，嶄新的情緒取而代之。基特把我掃蕩得一乾二淨，改寫了我，使我再也想不起自己曾經與其他人交往過。我們一直沒有眞正聊到這方面。根據他隨口提起的小故事，我串連出全景，推測在遇到我之前，他的愛情世界是一系列的失敗起步。如果他也對我做了同樣的事——從我仔細修改枝節的故事進行數據統計——好吧，他一定知道沒有一段感情比得上現在的我們。我很快就理解，除了他的家人，沒有人會注意到基特的存在，除非是爲了通過考試。對於那些忽視他，或是從未試著看透他笨拙外表的人，我深感遺憾。他們錯過了一個美好的世界。我很榮幸能得到他的邀請，甚至有點驕傲，於是我負起責任，認眞對待他的眞心，每天晚上發誓不會辜負他心目中完美的形象。

只有小女生才會這樣想。

期盼已久的「我愛妳」這句話，化爲不同的字句說出，在基特位於牛津的房間床上，在某個深夜裡。

「蘿拉。」我的名字急切地劃破睡意。「蘿拉。」

「怎麼了？出事了嗎？」我就著來自樓梯口的微光努力往他臉上尋找蛛絲馬跡，卻只捕捉到無法解讀的輪廓。他的手指與我十指相扣，似乎是想阻止我逃跑。

「抱歉，我睡不著。我必須知道一件事。」他聽起來像是要哭了，冰冷的雙手握住我熱燙的手掌。「那個，我們，妳是不是跟我抱著一樣的想法？如果不是的話……」他開始顫抖，我在腦海中補上他沒說出口的後半句。如果不是的話，我想我無法面對。如果不是的話，現在就讓它結束。如此單純的思慮令我想發笑，但我知道他花費多少勇氣才說出這些話。

「我也一樣。」我說：「我發誓。我跟你一樣。」

這是我們的求婚現場。隔天開始，我們毫不害羞地聊到「我們結婚以後」、聊到我們未來的小孩、聊到我們年紀大了要住在什麼地方。基特提到他未來十年、二十年、三十年要看的日食，我理所當然也會在場，在陰暗的天幕下握著他的手。

4

蘿拉
二〇一五年三月十八日

桃色曙光輕柔地籠罩亞歷山大宮，是我填寫退稅單的優美背景。我讓電腦保持離線，在書房裡填好表單，慶幸有如此單調的工作能分散注意。昨夜的猜疑恐懼沒有隨著黑暗消退，只是隨著基特上船的時間逼近而惡化。在這樣的日子，我希望自己是在辦公室上班，可以與同事閒聊昨晚的電視節目，或討論輪到誰去拿茶包這種瑣事，以此沖走焦慮。但是這裡只有我，紅色的電話機彷彿閃爍著敵意。

兩、三個禮拜前，我在一場會議上失去戒心，被拍進一張公開照片裡。我偶爾去服務的女性庇護所讓他們的贊助者拿著巨大的假支票，這件事是我談成的，我自然也成了背景。庇護所將照片刊登在他們的網站上，我必須請他們撤下照片、裁掉我，或用修圖軟體修掉我。好在他們沒打上我的名字。基特和我認定在這個社群網絡萌芽的時代，我們不能留下任何數位足跡。現在只要點點滑鼠就能找到任何人，我們得要更加努力，才可以擺脫旁人追蹤。面對我不想打的電話時，我總會寫下預備說辭，精簡濃縮到如同子彈一般。如同我在訓練募款人員，告訴他們唯一的重點是——甚至比相信自己的出發點還重要——擬好講稿。打電話前必定要準備一份，如果不能把訴求列成四個要項，那就永遠打不中目標。這招通常無往不利，但現在我才列出一項就無法繼續。

我的照片不能刊登在網路上。

去年我聽廣播四台說任何人都可以買到人臉辨識軟體，也就是說只要上傳你的照片——包括掃描——軟體就會在Google圖片裡搜尋，直到找到相符的項目。這根本就是基特熱愛的科幻小說裡會有的發明，可是現今所有我們視為理所當然的科技，也都曾經歷這個階段。我們知道貝絲至少有一張我們的照片，而且——起初我們不了解她有多狡詐——那間公寓裡放了一堆拍立得。她大可瞞著我們複製任何一張再放回去。天底下大概只有我這個女人會想要長出魚尾紋和雙下巴，不過基特說我老得剛剛好，不知道是恭維之辭，還是過去十五年來我們幾乎每晚睡在一起，導致他看不出我的變化：凹陷的眼窩、日漸濃厚的口音、眉間深深的刻痕。或許他看得出來，只是不想讓我傷心。

現在才八點半，還不到上班時間，我發現有一個逃避現實的妙招。若此時打給庇護所，一定會直接轉進語音信箱，這樣我就能語音留言，以個人因素要求他們撤下照片，期盼他們不敢多問。能靠著我熱愛、相信的事物賺到不少錢，我已經很幸運了，不過我不願意與接受募款的單位一起公開露面，這點嚴重限制了我的發展。每年都還是會接到一、兩次挖角的聯絡，但我的答案永遠不變。我一點都不能高調行事。

我很早就知道貝絲的個性裡藏著瘋狂，然而一直到尚比亞那次我才領悟到她其實和詹米一樣頑固，只是表現方式不同。我常思索她是否過著和我一樣的生活，背負著我們暗潮洶湧的過往，唯獨在日食發生時衝上檯面。一個人是無法支撐在浪頭上十五年的，對我來說，一定要有起起伏伏。或是像詹米一樣，規範他發起運動的不是星球排列，而是法律機制。

我坐了好幾個小時，渾身僵硬，起身就感受到後腰緊繃抗議。我上了今天早上的第四次廁所，重新把廁所裡的雜誌照著兩人的興趣分類：基特的《新科學人》、《新人文主義者》、《夜空》，我的《新政治家》、《募款人》、《媽媽寶寶》。為了腳步穩定，我側身上下樓梯，順手將牆上的照片扶正。那是一系列日食攝影，晶亮的黑色圓圈被白色焰舌包圍，與其說是自然現象，更像抽象畫。照片依照時序排列，刻意不加上標籤，不過就算我把照片混在一起，基特也能正確答出拍攝的時間與地點。

玄關桌上放著一個小巧銀相框，裡面是我們的結婚照，這是一幅甜蜜又辛酸的影像；兩個猶如驚弓之鳥的孩子穿著借來的衣服，站在蘭貝斯市政廳的台階上。基特的繃帶在拍照前一天才剛拆掉。

隔壁的裝修工程又開始敲敲打打。到幾年前為止，左邊那一戶擠了兩家人；去年，羅妮和西恩買下整棟房子，正在把亂七八糟的隔間拆掉，改裝成能容納他們家三個小孩的屋子。如同近年來搬進這一帶的人，他們很氣自己買不起克朗奇區。這是人們口中的哈林蓋階梯，因為從地圖上來看，此處就像是威特曼路與綠巷之間的十八根梯子橫木。威布拉罕路是第六根橫木。跟羅妮和西恩說到我們從二〇〇一年開始就住在階梯區時，西恩吹了聲口哨，說：「你們的房價應該漲了不少。」如果一切照著計畫走，或許能有好結果，可惜基特的收入不如預期，保養愛德華風格的老房子一點都不便宜。要是沒換掉屋頂，無論我們是否願意，躺在床上就能看到星空。還要加上人工受孕的支出。經過三次失敗，顯然我們唯一的出路就是申請二次貸款。

基特討厭羅妮，因爲在那之後的幾個禮拜，她說了一句話。她挺著大肚子，嬰兒車上還坐了一個小小孩，我幫她抬車子上門口的階梯時，她說：「你們沒有小孩，一定過得很快活吧。我們應該要換一換啊！我們這邊剛好適合兩人小家庭呢。」

我維持冷靜，目送她進屋，接著我跑回家，狠狠撞上基特，額頭上還留下他的牙印，整整一天才消掉。我倒在沙發上哭號，基特不斷罵她是粗野、遲鈍的婊子，直說要去隔壁好好談談。（替我出頭的時候他總是格外強硬。）我還得求他別衝動。

我已經把緊急就醫的行李放在玄關，外袋塞著厚厚的懷孕筆記。從我的諮詢師到婆婆，每個人都說不需要這麼做，可是不這麼準備就太冒險了。我對生產本身不怎麼緊張，早就訂好要在三十七週時剖腹產了。我眞正擔心的是一夜之間多了三個身分：兩人份的母親，以及半個家長。我想不透要如何與其他人分享基特。以往我總是獨享與親人的相處時光——我與媽媽、我與爸爸，就學期間一連串的密友，然後是琳恩，現在是基特。我想貝絲實質上與我們共處了好一段時日。每次看到基特的傷疤、在疤痕組織中間的猙獰血肉，我就會想起自己的錯誤。

門鈴響起，我撐著桌面起身。幾乎每天都有包裹要我代收。在家工作就等於要替半條威布拉罕路的鄰居收件保管。我不怎麼介意，懷孕後就不會介意了，就算是體積龐大的郵件也沒關係，我甚至讓三十二號住戶將庭院桌椅寄放了一整個禮拜。過去最讓我痛苦的是嬰兒用品，羅妮在Mothercare、JoJo Maman Bébé，或是小帆船買的東西[1]。一包包小衣服像是在嘲弄我，我腦海中響起尖叫：丟出去丟出去丟出去丟出去。

一樓前廳是我在這棟屋子裡最愛的區域之一。地上鋪著明頓的古董磁磚，百合花圖案加上蜿蜒的藝術字體——在網拍上要好幾千鎊——前門是創新的工藝設計，光線透過四片花玻璃照進來。隔著彩色玻璃，我看到來客不是郵差，而是麥克，最近他的輪廓更加獨特了。他很早就蓄起現在流行的大鬍子，薑黃色的蓬鬆毛髮看起來像是D．H．勞倫斯的翻版，相較之下，基特只算得上是滿臉鬍碴。

「是什麼風把你吹來啦？」我解開門鍊，打開門。麥克穿著鉚釘靴、花呢吊帶褲、短袖襯衫。就算他背後停著大小輪古董腳踏車我也不會吃驚。他拎著大大的棕色紙袋，像是電視上美國人買雜貨的模樣，不過他的紙袋上印著Bean/Bone的商標。那條斜槓是我加上去的。

「無咖啡因拿鐵幫妳補充鈣質，還有發酵麵包、幾個小麥馬芬給妳晚點吃。我們最近都在榨汁。」他摸出四個頂端有吸管孔的透明塑膠杯：紫色、黃色、橘色、綠色的液體彷彿隨時都會冒出沼氣。

「這是什麼鬼？出竅的靈魂？」

「大麻跟小麥草汁。」他把飲料和食物排在廚房流理台上。「還有這道極品。」這是他店裡的招牌骨頭肉湯——老實說是有點過譽了，不過就是把骨頭和動物屍體熬在一起嘛。這一帶的人愛死了這道菜。「我沒辦法像基特一樣照顧妳，但至少可以把妳餵飽。」麥克說。

「不用麻煩了。」儘管嘴上這麼說著，口水卻罔顧我的意願湧出，我突然想到今天還沒吃東西。「你要坐一下嗎？」

1 Mothercare、Jojo Maman Bébé為英國知名母嬰產品品牌。小帆船是法國知名童裝品牌。

「我該回去啦。」他說：「不過基特出門這陣子，我每天都會送早午餐過來，看看妳的狀況。妳需要什麼就跟我說。感覺如何？」

「今天早上他出門後，我的焦慮症差點就要發作，不過已經控制住了。」我說。

麥克後退一步。「要我打電話給琳恩嗎？」他的言外之意很明顯。如果是和醫療、寶寶有關，他可以丟下手邊事務來幫忙。可是情緒問題是女人的專利。麥克還是有不太成熟的地方。

「不用啦。」我說。琳恩是社工，現在八成正在敲哪棟破爛公寓的鐵門，說不定還帶著口譯或是警察隨行。不到緊要關頭，我絕對不會打擾她上班。

「好吧。我該走了。」他垂頭笨拙地親親我的臉頰。「今天晚上女孩兒在我這邊，我明天再來看妳。」

琳恩和麥克早就分手了——大約是在我們發生那些事的時期，他們斷得一乾二淨——不過比起黏在一起，他們保持距離後處得更好，因此琳恩又想生孩子的時候，麥克欣然同意。他們的女兒，潔諾和派琵在階梯區內隔了四條街的兩個家之間來來去去。加上我們這裡就是三個家，現在屋內後側頭還有她們的房間。

我把骨頭肉湯倒進水槽，繼續整理屋子。走廊邊桌上的檯燈是會發亮的地球儀，是在二手慈善商店看上的舊玩具。我在地球上劃出基特的航線，指尖掃過波濤洶湧的北海。我的大拇指可以蓋住日全食陰影降臨的範圍，法羅群島好小好小，就連小指尖也能隱去它們的存在。那麼小的地方，根本無處可躲。我的手臂又開始發癢。貝絲是道暗門，只要想到她，我就會失去立足點，墜落深淵。我拉下袖子蓋住手臂，旋轉地球儀，直到海洋與陸地化爲模糊的綠色與藍色，陰影籠罩一切。

5

蘿拉
一九九九年八月十日

巴士開到赫爾斯通以南的終點站。身穿螢光外套的當地警方上下打量我們。琳恩靠著停在路旁的露營車，歪著腦袋，努力享受在薄薄雲層後掙扎的陽光。一張手寫看板擱在她身旁：帳篷太重了嗎？兩英鎊送你到利澤德角。

聽到我的聲音，她睜大眼睛，笑得燦爛。

「沒想到還有專人接送服務呢。」我說。

「巴士只能開到這裡，離音樂祭還有好幾哩路。而且這樣能賺點外快。」

她伸手向排隊的人們收錢，拉開休旅車的門，讓形形色色的遊客上車。到了世紀末，年輕人的次文化界線模糊不清，遊民一般的龐克愛好者、哥德迷、背著仙女翅膀的夜店女孩、身穿設計款牛仔褲的艾塞克斯男孩，全都一擁而入。髒兮兮的紅色睡袋捲在角落，毒品的氣味熏得人無處可躲。沒位子的人就盤腿坐在油膩膩的車地板上，經過九個小時的巴士之旅，他們終於能放鬆筋骨，和同伴一起暢快抽菸。

我陪琳恩坐在前座，雙腳蹺在儀表板上。

「基特是不是因爲天氣氣炸了啊？」我問。她翻翻白眼。

「還沒看過哪個人鬧彆扭鬧成那副德性。我跟麥克一直說日食還是會發生，音樂祭還是會辦下去，要不要好好享受就看他自己。」

「他希望一切都能完美進行。」我說。

「我不認爲能完美到哪裡去。因爲天氣搞鬼，來客數很不樂觀。」她說：「預期人數是兩萬人。羅里——提供土地的農夫——說要一萬五千人才能回本，現場還不到五千人。就算加上滑壘抵達的遊客還是很糟。」

我嘆息。「有什麼好消息嗎？」

琳恩皺皺鼻子，思考一會。「好吧，冷天的熱飲賣得比較好，可是我們還是會虧錢。說不定就提早一天收攤，最後好好享受音響系統——靠！我開過頭了！」

她狠狠踩下煞車，我抱住雙腿，後座的其他人摔得東倒西歪。「抱歉！」琳恩轉頭大喊，小心地倒車繞過灌木叢生的角落，轉進一條坑坑巴巴的泥土路。「這是另一個沒有人來的原因。」她說，車子在碎石間彈跳。「當地居民不太歡迎音樂祭，把路標都藏起來了。不只是主辦單位做的利澤德角音樂祭路牌，還包括原本就有的路標，指出哪座村子在哪裡之類的。我根本分不出這些路哪裡不一樣。」

「這就是鄉下的問題。」我說。車子鑽進林蔭隧道，翠綠色的影子在擋風玻璃上像魚兒似地游動。「沒有足夠的地標，得要有問麥當勞開在岔路旁邊。」

離開林蔭隧道後，眼前出現一大片鋁板外牆。更多警察駐紮在出入口，還有一個人騎在馬背上。兩名穿著顯眼背心的壯漢把休旅車徹底搜了一遍，看有沒有可疑人士或是毒品（這個查得比較隨便）；票券換成手環。琳恩跟我繼續往前開，擋風玻璃上的餐飲工作證帶著我們長驅直入。車子在凹凸不平的地面上顛簸，經過雜耍表演、掛著金色綵帶的藍色大帳篷。這邊是音樂祭的主場。旗幟、鼓聲、中東炸豆餅攤子、遊樂設施、塗滿藍色顏料的半裸男子站在高蹺上。少了觀眾，這些景象如同某種大規模災難後的慘況。泛黃的田野上還真的有乾草球滾過。

琳恩將車停到我們的帳篷旁，他們兩個住在較小的紅色圓頂帳篷裡，我和基特共用比較大的綠色尖頂帳篷。我拉開門，過去在假日跟音樂祭露營時也常聽到這樣的聲響。帳篷裡擺著兩個乾淨的睡袋，下面還鋪著雙人氣墊。晾在一旁的濕毛巾飄出淡淡的肥皂味。

我們的攤位設在一棵橡樹下，撐起了深藍色的天幕。麥克站在冒泡的煮茶鍋旁邊，舞廳的燈球在他頭頂上旋轉，灑下鑽石般的光芒，我聞到印度茶的肉桂香，那時我們常喝這種加了香料的飲料。掛在枝頭上的風鈴叮噹作響，但是數量太多了，完全無法讓人感到平靜。

「還有機會做一些宣傳。」他對著自己的馬克杯說道，可是距離日食不到二十小時了。基特從神祕的後場拎著垃圾袋冒出來。上回見面後他的鬍子還沒刮過，下顎冒出如同火花的鬍碴。

「嗨。」我柔聲打招呼。他一臉愁雲慘霧，愣了半秒才看到我，接著，笑容使得他煥然一新，身為讓他擺脫壞心情的人，我忍不住得意洋洋。他丟下垃圾袋，與我擁吻，我感覺自己在他懷中舒展。

「你身上的味道比我想像的還要香。」我說。

「羅里開放了他的農舍，只要付錢就可以沖熱水澡。」他說。

「是啊。」麥克嗤笑道。「在這裡待過兩天，那些假日嬉皮正在挑戰衛生下線。」他的口吻活像滿身污垢是值得驕傲的成就。

「別理他。」基特說。「那是我這輩子花過最值回票價的四鎊。」他轉向麥克。「我不怪羅里。這個週末賠錢的就是我們跟他了。」他幫我把一縷髮絲勾到耳後。「面試感覺如何？」

「我想還不錯。到時候就知道了。」

「一定會有好結果。」他心不在焉地回應，一邊仰頭望向突然湧現的大片烏雲。

「雲層應該會散開吧。」我說。「這種事情誰也說不準，氣象預報每次都會出錯。」他沒有聽進我的安慰，喃喃抱怨烏雲與陣雨，直到別的事物引開他的注意。「等等，這裡不太對勁。」他撥了撥鍋子的把手。「又脫落了，後面有個零件鬆了。妳在這裡喝點東西，我去修就好。」他親親我的頭頂，消失在帳篷後方。

麥克點了根細長的大麻。我吸了一大口，讓心思離開倫敦，重新專注於此，又把菸遞給琳恩。我可以隨心所欲地嗑藥又停藥，這是我自豪的能力。拉克倫已經深陷各種癮頭的魔爪，而下一個犧牲者很可能就是麥克，我想幸好我與這種疾病無緣。當然了，當時我還沒發現毒液已經在我體內流淌，只要有人甩上門板或是點燃火柴，腦袋就會分泌化學物質。腎上腺素和皮質醇這類壓力荷爾蒙只要分量足夠，威力可是一點不輸你抽的、吃的任何物質。利澤德角之後的一年內，我很羨慕那些能在機構裡接受勒戒的患者。如果你是受到焦慮折磨，這股情緒可是如影隨形、永不枯竭。

跟水管大戰三百回合終於獲勝的基特回到攤位上，我開心得渾身輕飄飄。麥克在他鼻尖揮舞大麻菸。

「來吧，基特，跟我們爽一下。」

「我想清醒地迎接日食。」基特不屑地應道。

「那不是明天的事嗎？」琳恩問。

「別擔心。」麥克總是把旁人對他的拒絕視爲個人恩怨。「如果他在嗑藥這方面跟上床還有搖滾樂一樣晚熟，那他大概到四十歲生日那天才會吃第一顆搖頭丸吧。」

我以爲基特會一笑置之——我們可是度過了許多狂野的夜晚——但他卻氣得橫眉豎目。只有麥克能激怒他。在某個時刻，或許是兩人出生之間的十分鐘間，或許是在他們共享的子宮裡，總之一直都是麥克掌握著權力。他甚至拿兩人共用的姓氏當作自己的暱稱，大家都不覺得有什麼問題，但我總認爲這樣很怪。他不認爲自己永遠是對的，然而我不止一次看基特放棄回嘴，結束兩人的爭辯。單純只是他的意見比基特的還要有分量。

「我去整理行李。」我橫越田野，知道基特會跟上來。我們沒有整理行李，而是直接躺上床（或者該說是睡袋）。當時對我們而言，性像是定心丸，得要先解決它才能繼續面對其他問題。之後，我們躺在綠油油的帳篷裡，我的內褲掛在腳踝上。

「這裡離海有多遠？」我問。

「大概走二十分鐘就到了。不過如果妳想多散散步，我們可以走到葛希利唐，那是第一次廣播衛星訊號的地方。他們架設了和摩天大樓一樣高大的衛星接收裝置。」

「跟我想像的浪漫散步不太一樣。」

「眞的很浪漫啦。在尖端科技的產物四周，聳立著一塊塊巨石。他們竟然就把衛星站設在巨石之間！現在那個地方已經荒廢了。」

「我愛你。不過既然康瓦爾海岸近在眼前，我不打算去參觀衛星站。」

我們亮出手環，離開音樂祭會場，沿著通往利澤德角的濱海道路走。這座小鎮除了全國最南端的稱號外，沒有多少可看性。路上塞滿了房車和休旅車，觀光客在簡陋的咖啡廳外排隊買奶霜熱茶，鄉間車道縮減成羊腸小徑。從遠處看過去，海面像是融化的鉛塊，沒走幾步就來到俯瞰一片岩洞水池的峭壁邊緣。

「這就是以前那些走私船失事的元凶。」我說。大浪往後退開，露出尖銳的黑色岩石，如同恐龍的下顎。

「我可以在公海上搶劫，大賺一筆。」基特說完，我們都笑了，世界上很難找到像他這樣欠缺海盜氣質的人。「我可以穿著吸滿海水的馬褲，咬著彎刀來找妳。」

「我會把紅寶石藏在襯裙裡面。」

「很好。」他說，原本的他回來了。他雙手滑入我的髮絲間，將我擁入懷中。

「我只希望明天一切都能完美進行。」他說。

「世界上沒有完美的事情。」

「有我們啊。」

「少耍嘴皮子了。」

他笑了笑，鬆開我的頭髮。

基特依然相信，在那個週末一切急轉直下是因為哪裡出了錯。如果在日食結束的那一刻，我選擇左轉而不是右轉，就能繼續過著一帆風順的生活。他錯了。我們年輕又幸運，但這並無法隔絕每個人都會遇到的鳥事。就連——特別是——美好的性事也無法維持一輩子。時間以及枯燥的生活終究會奪走激情。眞要說起來，現在我們如此堅強正是因爲接受了那些創傷的煎熬。可是基特就是無法相信。即使有他崇尚的平行世界理論，即使有無窮的宇宙、無限的可能性，我們也無法度過同樣的人生兩次，無法回到過去改變決定、重新來過。我們永遠不會知道少了那些考驗，這段感情會長成什麼模樣。我們只有現在握在手中的一切。

6

基特
二〇一五年三月十八日

我搭乘的火車搖搖晃晃地往北駛離倫敦，窗外翠綠的風景漸漸添上一層灰，每前進一哩路，我就更加冷靜一分。這是相當明顯的生理變化，我察覺到自己的脊椎骨一節一節地放鬆。起先我還以爲是行程一切順利帶來的安心感，沒有受到信號故障、乘客異狀耽擱，但是當我拆開蘿拉替我做的三明治包裝時，一想到她，我胸口又稍稍一緊，這才發現影響我的因素更加深刻。我嚇得渾身一震——原來遠離我的妻子才是讓我放鬆的原因。整整四天遠離情緒擺盪、被害妄想、永無止盡的可怕度測。在這四天內，我只要顧好自己就可以了。

以這種方式想到蘿拉使我胃口盡失。她無法克制自己的焦慮。我知道她也是無比煎熬。看她抓傷自己、哭個不停，看著憂慮將她啃食殆盡，我痛苦得無法自抑。我曾問她要不要再去找諮詢師談談——我們總能籌到錢——嘗試幫她擺脫過去，將往事如同沒用的舊檔案一般塵封。蘿拉無法苟同，她一直說她沒有這樣的腦袋。當我看著她刨抓自己的手臂，或隨著腦中的咒語小心呼吸時，我慶幸自己沒有她那麼發達的想像力，也慶幸至少我們之中有個人能挺住。罪惡感隨著那些情感崩塌湧入，那些都是沒用的情緒，我逼自己別往那方面想。

火車駛過諾丁漢郡，貝絲的家鄉。電線被電塔撐起懸在溫煦的山丘上。我總認為電塔是人類適應環境的終極量尺。這些鋼鐵巨獸昂首闊步地走過鄉間，我們不但沒有尖叫逃跑，甚至對它們視而不見。

列車在紐瓦克附近無故暫停，引擎沉默，我腦中的低語更顯熱絡：你不該去。我的良心披上我妻子的聲音與神態，也承襲了她大部分的信念。

我看看手機，蘿拉沒有傳訊，希望這代表她躺回床上了。我滑了滑螢幕，昨天存了三頁書籤，都是我在網路上找到的追逐日食部落格、聊天室、論壇。我想比較官方氣象報告以及流言蜚語的準確性。

接著，我習慣性地往後方瞄了一眼，這才點入我藏在「工具」連結群組內的祕密臉書頁面，跟十幾個我根本用不到的應用程式放在一起。要是讓蘿拉知道了，她一定會宰了我，但臉書是找到各界動態的絕佳工具，我也盡量維持自己的隱匿性；捏造的名字、不露臉的頭像、所有的地點紀錄服務全都關閉。我只用手機或是書房裡的電腦登入，絕對不透過共用的平板電腦。兩年前我差點失手，有個自稱陰影夫人的女性（我想只要兩個人就能玩假名遊戲了），頭像是新月形太陽下的側影，她傳私訊問我：你是不是基特．麥寇？我把她封鎖，停用帳號十二個月，等我再次登入臉書，她再也沒有來煩我了。

群組的塗鴉牆上，眾人的心情從謹慎的樂觀到悲痛欲絕不等。新的擔憂蓋去舊的顧慮，火車開進新堡站時，我腦中只想著天候。

「克利斯！」我愣了半秒才回過神，被人叫到我對外使用的名字時總是如此。

「理查！」他站在車站大鐘下，神情興奮，身上穿著來自法羅群島的毛衣。他的背包比我小，手中還拎著一小箱新堡棕色啤酒。他揮舞那箱啤酒，再跟我握手；我們之間的感情還沒好到以擁抱打招呼的程度，不過在同一間船艙度過四天以後或許會有改變。他幾年前待過我的實驗室，我們發現彼此熱愛同樣的冷門小說，於是下班後偶爾會去喝一杯。比起跟風追逐日食，他更有天文學家的模樣。確認蘿拉無法一同前往托爾斯島後，我找上理查，不只是想找旅伴，也要有人分擔蘿拉那一半的旅費，現在每一分錢都要錙銖必較。理查不知道我是基特．麥寇，也絕對不認識貝絲。蘿拉曾經擔心他身為我的旅伴會不會遇上危險，我實在是猜不到為何有這個可能性。

「竟然是橘色的。」他對著我的鬍鬚驚嘆不已。我們走向接駁地點，一輛小巴士等著接起我們，引擎已經隆隆運轉。

在座位上，我們的話題轉向氣象，漸漸進入暖鋒與行星排列這類氣象宅的領域，這讓我覺得像是慢慢泡進一缸熱水裡，無比舒坦。我們不需要停下來解釋某個理論或是現象。蘿拉被我傳染了追逐日食的喜好，可是要她吸收大量科學知識，她就兩眼放空給你看。對她而言，只要站在曠野，對頭頂上的奇景讚嘆不已就夠了。我永遠無法理解她的感性，但我已經學會尊重她。現在跟程度相當的專業人士討論起天體力學，使我一直錯以為自己住在沒人和我用相同母語的國家。你可以靠著外語過活，可以與人溝通，然而若是與理解一切語調變化、言外之意的人說話，你一定會喜極而泣。而且我們的議論能維持客觀。即使是相處融洽的夫妻，他們的對話絕對不是毫無立場，你說的每一句話，蘊含著過去你曾說過一切話語的重量。純粹的科學能讓我喘口氣，因為事實不需要背負道德。我對蘿拉說的每一句話，都被她挑出來細細檢視其中的意識形態，這往往令我困惑不已。談論知識時則很安全，資料都是可以量化的。相反地，意見是個毫無基準、不斷變動的東西。有時候我認爲只能順著蘿拉的意思，沒有自己的意見。

「我的平板電腦裡有一個超棒的地理位置定位應用程式。」理查展示他的螢幕，世界地圖上標記了各種數據。「日全食、日偏食、日環食，全都看得到。」我壓抑一絲不悅，應該是我向他介紹這種體驗。

「你們年輕人還眞內行啊。」前排的中年男子說道：「以前有參加過嗎？」

我忍不住挺起胸膛。「這是我看過的第十二次日全食。」

眾人紛紛挑眉，我感受到鶴立雞群一般的優越。

「這是我的日食初體驗。」理查的好心情絲毫不減。

「我們也是。」男子比了比他的妻子。

「我的初體驗早就沒啦。」她惹來一陣笑聲。

我打電話給麥克，確認在我離家期間，他不會離開那一帶太遠。如果發生緊急狀況，我希望是麥克送她去醫院。我希望她跟親人在一起。琳恩無法掌控自己的工作時間，我媽只會驚慌失措，蘿拉的爸爸也無法即時趕到。

「這是當然的。」他說。「在你回來之前，我不會離開階梯區。別擔心了，我會好好照顧她的。」

「不要酒駕。」我說。這只是玩笑話。他已經十四年沒碰酒了。他無意節制，也不是因爲當上爸爸才決定戒酒，眞正的原因是成就。蘿拉跟我認定他過去靠著自由自在的嬉皮外表藏住心中的資本主義者，所以他才會如此尖酸刻薄。他說自己是赤腳企業家，聽起來蠢斃了，現在我也有所改變，能當著他的面嗆他。

前往碼頭路上，街景不斷改變，貨櫃堆積如山，火箭起飛架似的起重吊臂穿透低層雲朵。我認出和廣告手冊上一模一樣的「瑟蕾絲特公主號」，發現船上的窗戶有多小，幽閉恐懼症頓時襲來。

我們的行李被工作人員運走，晚點就能在艙房裡與它們重逢。理查和我站在登船踏板入口，身穿同款毛衣。周圍繞著幾百個人。儘管我向蘿拉口口聲聲保證，卻不由自主地四下張望，尋找蓬亂鬈曲如煙霧的深色髮絲，耳朵等著接收我過去的名字。

7

蘿拉
一九九九年八月十一日

日食當天的早晨陰暗寒冷。雖然賣飲料到半夜，之後又去跳舞，我們還是在八點起床。端著一盆金色人體彩繪顏料的女孩給了我和琳恩買一送一的優惠：她在我們光裸的手臂上畫了火焰般的太陽，身體在寒風中發熱。我們找到一頂放著出神電音的小帳篷，在裡頭鬧了一陣，大部分的顏料都印到我的手和睡袋上，現在八成只能看到模糊的金色太陽。

基特的腦袋探出帳篷時，我以爲他要哭了。「我還沒有遇過被雲層遮住的日食。」他說：「我知道有六分之一的機率看不到，但我就是不懂爲什麼會這樣。」

在初虧前一個小時，我準備好小袋子，基特第一百萬次檢查他的相機。我們晃過旋轉碰碰車和迷你摩天輪，穿過樹叢，來到我們的攤位。沒有顧客上門，麥克跟琳恩在座位區笑得亂七八糟。「喲！」麥克向我們打招呼。我像警察似地上下打量他們：這兩人雙眼還能聚焦，所以不是大麻；下巴還能咬合，所以不是搖頭丸；那就是迷幻藥了，也就是說他們今天等於是兩個廢人。

「鬧夠了沒啊。」我知道基特不是裝乖，甚至不在乎賺不到錢，他在氣麥克對日食毫無敬意。「把他們丟在這裡。」他對我說：「現在我根本不想管能不能回本。」

他們甚至沒注意到我們離開。主舞台依舊熱鬧無比，空地擠滿人群，隨著出神音樂的節拍點頭，滿懷希望地瞇眼仰望蒼白的天空。許多人戴起防護眼鏡，鏡頭套上麥拉濾光片，裝在硬紙板做成的框架裡，儘管會有好一陣子什麼都看不到。一縷縷陽光不時穿透雲層，眾人的歡呼與口哨聲隨著雲朵再次靠攏而沉默。基特緊張地東張西望。

「這裡看不到地平線。」他說。「如果會被雲層遮住，我們就要找到能看得見最大片天空的地方。」

我們緩緩轉圈。

「那片樹叢的另一側呢？」我問。「說不定那裡視野更好。」

樹叢另一邊停滿了休旅車和運送遊樂設施的貨車，一輛座椅被人劃破、海綿冒出來的報廢碰碰車，還有看起來像是八爪蜘蛛的重要配件（整條吊臂之類的）。我下定決心絕不去碰那些遊樂器材。後頭是圍繞整片土地的柵欄，蓋住了二十呎以下的天空。

「這裡比舞台區還糟。」基特咕噥。

「等等。」一輛貨車停在柵欄旁，車頂和柵欄一樣高。我看了看基特，接著望向車頂。

「不行啦。」他嘴上這麼說著，還是上前探查狀況，檢查過駕駛座後又從車窗望進去，對我豎起大拇指。他優雅地跳上車頂，我則像猴子一樣粗魯，手指握住後視鏡，雙腳在擋風玻璃底部尋找支點，最後是基特拉我爬過最後的幾呎。

即便天色陰沉，我們還是在車頂看到了專屬於我們的美景。青綠的山丘往遠方的海面伸展，昨天我們獨佔的峭壁，現在有滿滿的觀光客。不知道風是怎麼吹的，這裡的音樂比舞台區還要動聽，貝斯的震動沒那麼模糊，高音更加俐落。我從牛仔褲口袋掏出防護眼鏡，用毛衣下襬擦拭塑膠鏡片。昨晚有個顧客跟我們說場內防護眼鏡短缺，價錢抬到一副五十鎊。我端詳手中以厚紙板和塑膠片組成的眼鏡，眞想知道有多少東西在前一刻價值連城，下一刻卻如同糞土。

基特的憂鬱化爲不安，把我的手握得好緊，我忍不住掙脫。

「抱歉。」他輕輕搓揉我隱隱作痛的指節。

這時，吹起那陣風。

基特曾經介紹過日食風，那是怪異的預兆，可能是微風，也可能接近颶風等級。我的頭髮被吹成一片銀色飄帶，基特幫我梳理整齊，用他的手將髮束固定在我的後頸。這是童話般的天氣，故事即將揭開序幕。「來了。」他說。太陽本身不見蹤影，透過雲層濾下的光線緩慢而平淡，如果不是時機詭異，我根本不會注意到這有如黃昏的天色有什麼特別。音樂祭在我們背後繼續，尖銳的吉他和模糊的貝斯逐漸增強。不時有人吶喊「太陽快出來！」，彷彿是在溫布頓決賽替英國選手加油。儘管吹起寒風，雲層依舊不爲所動。

「那裡。」基特朝左邊點頭，架好相機。我順著他的視線看過去，頓時無法呼吸。一片夜色從大西洋朝我們逼近，天際蒙上一層黑紗。我嚇得倒抽一口氣，好像在下墜。八哥在林子裡瘋狂鳴叫，刺耳的音樂來到高潮，我以爲此刻應該要陷入充滿崇敬的寂靜。（幾年後，我們到挪威的特羅姆瑟看極光時，我懷抱著完全相反的念頭。劃破天幕的極光沒有發出呼嘯或是劈啪聲，那股沉默令我無比訝異。）內陸的方向傳來煙火施放的爆炸聲。

「我不知道黑暗是如此美麗。」基特說，將鏡頭瞄準地平線。

彷彿是受到他的召喚，就在這一刻，雲間裂開大洞，露出半顆太陽，像是被燻黑一般的黑色圓盤四周環繞著純粹的光圈。基特的快門聲在我耳邊響個不停。瘋狂的歡呼乘風飄來。我完全沒預想到會是這樣的景象：沒有耀眼的日冕，沒有越過月球坑洞透出，如鑽石戒指的陽光，不到幾秒就消失無蹤，但我依舊覺得自己變了個人，好像有隻巨手從天上垂落，觸碰到我。我好希望日食能早點結束，這樣才能找基特聊起這次體驗，同時又一點也不希望它結束。但它最後還是結束了，黑紗飄向東邊，天色恢復原樣。

在基特身邊，與他共同度過那般奇異又崇高的親密體驗，我突然覺得好害羞。

「現在我不知道該如何自處了。」我說。

他緊緊蓋上鏡頭蓋。

「我的小老弟一柱擎天。」他表示。

我笑出聲來，由他帶我爬下車頂，我重重落入他的懷裡，差點把他撞倒。我們緊緊糾纏，只能像是兩人三腳一般大步前進。我得要看清楚自己的落腳處，若不是如此，或許我不會看到那個錢包——那是一個拉鍊式小錢包，鮮豔的毛線交織出阿茲提克風格的圖案。我彎腰撿起，裡頭裝有三張五鎊鈔票、幾個硬幣，沒有身分證件。

「放在原處吧，失主應該會回來找。」基特說。

「可是別人也可能撿起來啊。說不定失主身上只剩這點錢，要靠這個錢包度過音樂祭，或是回家。出入口有個駐警處，我們應該要送過去，也許路上會遇到失主呢。」

「好吧，妳高興就好。」基特翻了個白眼。「我往那邊走，看有沒有人剛好在找錢包。」

「謝啦。」我有些心不在焉，察覺幾碼外地面上又落了一枚硬幣，接著又是一枚。

我們鬆開交握的手，這是完美時光的最後一刻。

事後，我在腦海中重現了無數次當天的情景。要是重回那一天，我會撿起那個錢包嗎？心底有個聲音——無比篤定的後見之明——說我該把錢包留在原處，回頭跟上基特。然而即便知道接下來發生的一切，我仍舊不認爲我會轉身離去。或許我牽著基特的手會更緊一點，多握一秒，細細品味握在掌心的完美。

8

蘿拉
二〇一五年三月十八日

失眠患者都知道，如果醒得太早，別人的早餐時刻感覺就像是你的午餐。實在是太無聊了，我把平時固定在下午問候爸爸的電話提早了幾個小時。

我不期待他會接電話。他一定正在妥善利用尖峰時刻，站在街角，徒勞地將傳單塞進通勤族毫不退讓的拳頭裡。

我傳簡訊給琳恩。

方便說話嗎？

她火速回應：

正在開個案會議。

我的閒聊對象名單就這樣來到盡頭。我並不擔心自己朋友不多，只是偶爾會格外留意這件事。寶寶肯定能改變現況。隔壁的羅妮曾說孩子是比酒還管用的社交潤滑劑。

我突然意識到哪裡不對勁——滿腦子想著基特的旅程，我還沒向母親說早安。我抱起鑲在廉價木頭相框裡的黑白照片，親吻玻璃表面。

一九八二年三月，三萬名女性手牽著手環繞柏克郡的格林漢公地皇家空軍基地外牆，對核武提出抗議。我就是其中一人，甚至還登上了當地報紙，模糊的照片裡，我身穿拼布棉衣，對著鏡頭笑。我們將會克服一切：四歲的蘿拉・朗格里許與她的母親溫蒂，攝於格林漢公地女性和平營。我留了一份剪報影本，裱框放在辦公桌上，泛黃的原件放在父親的桌上。旁邊還有幾天後的另一張立可拍，這就不是原本的那張了——它和基特的第一幅地圖一樣毀了——而是用底片重新沖洗的複本。在這張照片裡，我人在帳篷外，母親瘦巴巴的手臂將我包圍。她綁著鮮豔的針織頭巾，戴著大圓圈耳環，左耳後塞著一根手捲菸。我們都笑得好燦爛，右邊臉頰浮現同樣的酒窩。四個禮拜後，她被酒駕的醉鬼撞死，當時她才剛踏上斑馬線沒兩步，正要去幼稚園接我。

我爸爸史蒂夫到現在還是把溫蒂掛在嘴邊，死亡把她醃漬在最完美的一刻，因此我的幼兒時期總像童話故事。我很想記住她的缺點，但從未有這個選項。我一直到最近才領悟到這件事。我曾問父親他們有沒有吵過架，他說沒有，他們的人生觀非常一致。或許前期確實是完美無缺的，但我猜再過不久，她就會開始禁足我，監管我的衣櫃和朋友，對我聽的音樂、看的書不敢苟同。我知道溫蒂搶先流行好幾步，用背巾帶著我到處跑，也帶我親近大自然，我是靠著野花的名字學說話。爸爸愛憐地說起我們在租來的克羅伊登公寓廚房烤餅乾、用馬鈴薯蓋印章。眞希望我能記住其中的某段時光，相信它是眞正的記憶，而非經過內化的傳說，但我只能靠聯想和某些觸發的契機——巫婆一般的沙啞笑聲、手捲菸、蒂沐蝶洗髮精的氣味。唯一一段確定屬於我的記憶，是她幫我梳頭編辮子，輕聲說我的頭髮太漂亮了，她捨不得剪。我記得我像隻小貓似地呼呼笑著。這段記憶絕對與爸爸無關，他折磨了我好幾年，拿橡皮筋把我的頭髮綁成打結又歪斜的馬尾。我從沒向他確認過這段回憶的眞僞，生怕那只是我的想像，不過和基特交往的第二天晚上，我曾經與他分享這件事，加上無助又吵鬧的淚水點綴。那天睡前，他幫我梳了一百下頭髮。

或許我無法從溫蒂身上學到養育兒女的招數，可是我心中保留了一部分的她，我能感覺到她存在於我的肋骨後方。我總把這當成她來不及給我的愛。眞空理應沒有重量，但我卻被壓得腳步蹣跚，除非將它傳遞下去，否則我永遠覺得自己缺了一塊。基特的母親雅黛兒心地善良，卻拙於表達，她說她能給孩子兩份祖母的愛。她倒是絕對有足夠的毛線，也有適合她的工作，生活被布料和毛線球塡滿。雅黛兒對什麼都不在意，除了家務事外，她沒有半點意見。要是把她和溫蒂放在一起，肯定能拍成親家母大戰的完美眞人秀。

溫蒂是經典到接近老套的女性主義者：除了在格林漢外紮營，她還訂閱《多餘的肋骨》雜誌、不穿內衣，不過她長得像個十歲小男生，完全沒這個必要，跟我不一樣（至少和受到荷爾蒙影響之後的我不一樣）。我爸算是無心插柳的女性主義者，不受性別限制，一手把我帶大。他忙著搞政治，沒空買芭比娃娃。他從地方報社的小編輯起家，進入報業重鎭艦隊街，在我童年時期躍身爲工會運動的大咖。有一段我能相信的童年記憶是沃平區警方封鎖線前的激烈衝撞，爸爸和他的朋友上街支持罷工的印刷廠工人。他做錯過很多事，比如我是在工會大會年度會議上度過我的九歲生日；他也做對很多事。我的雙親是在職校期間打撞球時認識的，我十歲那年懇求爸爸教我打球，他帶我去克羅伊登男子俱樂部，買了可樂和酥炸馬鈴薯片。一開始我得踩著飲料箱才搆得到檯面，不過等我滿十三歲，已經跟爸爸一樣高，能在五分鐘內清檯。

他退休後認真參與政黨活動。我認識基特前，他曾說「南方已死」，宣布左派唯一的希望在北方。他把克羅伊登的公寓換成利物浦托克斯泰斯區的兩層樓小屋子，替工會與社會主義聯盟這個勞工階級的硬派政黨效命。在這個由市場支配的世界裡逆流而上的姿態使得我更愛他了。這個禮拜五他應該能清楚看到日食，越往北走，陰影的範圍就越大。托克斯泰斯預計有百分之九十的遮蓋率。不過大部分的日食追逐者會說除了日全食之外，其他都不算。日偏食確實是有意思的景象，但它不會帶給你顫慄。即使是百分之九十八的遮蓋率都和差點懷孕沒有兩樣。

以前我們常常好幾個禮拜沒說上話，不過現在爸爸幾乎每天都會打電話找我，問《衛報》上填字遊戲如何破解。基特認為他五分鐘就能解決整道謎題，再挑出思考最久的題目作為打電話給我的藉口。基特覺得這樣很可愛，我也是。爸爸喜歡聽我每天報告寶寶的狀況，就算只是簡單的「很好」也開心。一提到他們，他就會像奶油一般融化。

他知道詹米受審的消息，也知道後來發生了什麼事，只是不知道兩者之間的關聯。

他不知道那一夜我們不是為了什麼意外而死裡逃生，當然也不知道在那之後，我們一直害怕第二次襲擊的降臨。

他不知道貝絲是我們改名換姓的原因。

基特和我並沒有真正談過要把貝絲針對我們的惡意當成祕密。這是心照不宣的共識。我們總是迴避這個抉擇，兜著圈子說我們不想讓親人擔心，麥寇家的隱憂確實已經夠多了。現在我知道爸爸的悲劇已是陳年舊事，當時的他絕對願意為我挺身而出。有時候我想我能向他透露片段，然而祕密就是這樣無孔不入，只要說出一部分，就無法阻止隨之而來的千萬個疑問。你必須將一部分的自我封閉得滴水不漏。

要理解貝絲的憤怒，爸爸必須知道來龍去脈，以及我說出的一切謊言。我爲了她站上火線，從諮商的過程中學到憤怒的源頭總是痛苦。在貝絲面前，我一直都是沒有說錯過半句話的完美形象，直到我提出挑釁的那一夜。來自我的質疑比任何陌生人都還要嚴重。

在她心目中，最信賴的人先是背叛了她，接著消失得無影無蹤。基特和我爲了自救，奪走了貝絲回應的權利。我的心理治療師一定會說我們奪走了她的慰藉。

當時這看似唯一的選項，但我們的決定可說是火上澆油。

做出正確的選擇似乎也不重要了。在那個時刻，貝絲的判斷力早就被打到變形。現在仔細想想，當時的我也脫離了父親灌輸的正直道德觀，他和我的丈夫至今依舊認爲我走在正路上。

9

蘿拉

一九九九年八月十一日

基特逕自前行，我順著一枚枚硬幣走向幾輛緊閉的廂型露營車，一隻木馬斜靠在離我最近的一輛車旁，彷彿是掙脫了旋轉底座，在此筋疲力竭地喘息。它的側腹以手寫字體漆上愛洛斯這個名字，另一側傳來些許聲響動靜。

「嗨，這是你的嗎？」話才說完，錢包從我手中滑落。

女子趴在地上，她的衣物——看起來是長裙——被高高撩起。男子壓在她身上。不是什麼新鮮事，基特跟我也常做，然而僵在兩人臉上的表情完全超出我能理解的範圍。男子像眼鏡蛇似地挺起上身，失焦的雙眼瞇成細縫，唾液掛在勾起猙獰弧度的唇邊，我從沒看過如此深暗的慾望。我突然讀懂女孩的表情，勾起一陣反胃。她直直看著我，狂亂的眼神緊緊攫住我的雙眼。她拙劣的眼妝在頰上斑駁成塊，指尖扒抓地面。不需要親身經歷，光是看到就能本能地感受到恐懼。她的一邊鼻孔流出鼻水，沾上泥巴和草葉碎屑，彷彿她的臉不只是掃過地面，而是被人狠狠按往沙土間。我知道眼前上演的戲碼，那個醜陋的字眼在我腦海中喧囂，宛如漆在牆上的鮮紅大寫字母，大到看不清，怕到說不出口。

「天啊。」我低喃。常聽到別人形容血液頓時變得冰冷，我卻渾身滾燙，血管幾乎要燙傷。「妳沒事吧？」這句話聽起來眞可悲。

聽到我的聲音，男子猛然抬頭，令人膽寒的神情投向我。我踉蹌後退，背貼上露營車的冰冷車殼，倒抽一口氣。不知道我們三人困在這個僵局裡多久，或許是三十秒，或許只有三秒。我很清楚自己是多麼無能爲力，像是面對無法跨越的深淵。

「喔，抱歉。」他說：「眞是不好意思！她好得很，對吧？」

女孩對我眨眨眼，卻沒有回話的意思，甚至沒有揚手擦臉。他雙手一撐，從她身上退開。乳白色黏液從他陰莖末端流向她的臀部，他將逐漸萎縮的勃起塞回褲頭，阻斷那道白濁的流動。他從跪姿起身，全身上下的行頭，從連帽外套到牛仔褲全都像新品，展現出刻意的隨興。斗大的品牌名字印在胸前和袖子上，他的淺棕色頭髮在頭頂抓出小小的尖峰，只有膝頭和掌根的塵土洩露他方才的行徑。

「眞是尷尬。」他緊張地笑了幾聲，接著勾起嘴角。我驚覺他生了一張漂亮的臉。

女孩一動也不動地趴在地上，露出整條左腿和屁股。我原本以爲她的裙子破了，但布料邊緣沒有綻線，這時才發現她穿的是泰式漁夫褲，流行了好一陣子。攤平在地上像外型曖昧的布塊，連接著一條條繫帶。這款新潮的民族服裝對新手而言是道難解的謎題，相較之下，紗麗[1]簡直就和T恤一樣簡便。不過只要搞清楚穿法，那就輕鬆多了。毫無彈性的布料必須要用很大的力量拉扯才能露出這麼大片肌膚。

我回頭尋找基特，但他不在我背後。

「妳受傷了嗎？」我問。「他是不是傷了妳？」她又眨眨眼，不知道是不是受到藥物或酒精影響。「你做了什麼？」我朝男子發問。

「妳完全誤會了。」他這麼說，沒再做任何解釋，只對著女孩好聲好氣地哄道：「來吧，寶貝。」

我稍稍接近女孩，伸手想扶她起來，可是她沒有動。「妳叫什麼名字？」她往後一縮，蜷曲在露營車輪子前方。我想拿針織外套蓋在她身上，但上頭可能卡著我和基特的毛髮，只會污染犯罪現場，就算不把罪名說出口，我腦中也已經想著鑑識調查的細節。「沒事的。」我感到純然的無助。

「蘿拉？」基特的聲音又近又清楚。「我什麼都找不到。」露營車之間留下狹窄的走道，男子倒退著離開我和遭到他傷害的女孩，直直撞上基特。

「哇！」基特驚叫。「走路要看——」

男子的叫嚷聲再加上我的表情讓基特瞬間意識到當前情勢。「怎麼了？妳沒事吧？」

我向前一步，擋在男子與女孩之間。「這個女生，我覺得她被……」言詞在我唇邊崩解，字母如骨牌般坍塌。「我覺得她被攻擊了。」

男子對我翻白眼。「沒事啦。」他對基特露出男性心照不宣的笑容。『我們只是沒想到會碰上觀眾。對吧？」女孩用手背擦去鼻水，面無表情地盯著袖口的髒污。『她只是被人看到屁

---

1 是印度具代表性的民族服飾之一，原本是舉行宗教祭典時的穿著，逐漸演變成女性的日常服裝。

股覺得很害羞而已，對不對？」他的嗓音一派輕鬆，卻帶了點咬牙切齒的緊繃。「我自己也嚇了一跳，不過沒什麼大不了的。這位小姐想太多啦。」

「喔。」基特有些猶豫。

「我知道我看到了什麼。」我說。

男子繼續退開，女孩沉默不語，基特一臉疑惑，看來只能靠我了。

「我想我們必須找警察來協助。」我堅定的語氣絲毫沒有透露出腦中翻騰的恐懼。

「妳才該冷靜一下。」男子逐漸失去冷靜。

我據理力爭：「既然沒有做虧心事，你又何必擔心呢？」

他轉而對女孩發飆：「妳他媽的說幾句話讓大家好過可不可以？」他語帶威脅，聽在我耳中跟認罪沒兩樣，基特也終於察覺事情的嚴重性。男子發現他失去了盟友。

「我操！」他快步離去，繞過成堆的廢棄遊樂設施，鑽進樹叢。

「基特，別讓他跑了！追上去！」

「什麼？」儘管一臉震驚，他還是照著我的命令行動。我的基特，內向溫和的基特追著惡漢狂奔，因爲我要他這麼做，因爲他從我的語氣聽出發生了很糟糕的事情。

我蹲到女孩身旁。「喔，可憐的孩子。別擔心，我們會好好處理。」我碰到她的手臂，柔軟的皮膚下包著更柔軟的血肉。我仔細端詳她的面容：綠色的虹膜幾乎被放大的瞳孔遮蓋。蓬鬆的黑髮包圍著她的心型臉蛋，即使皺成一團依舊美麗。她看起來有點像迪士尼的白雪公主，留長頭髮、鬆開馬甲的版本。

「他是誰？」我問。「妳認識他嗎？」

她張開嘴巴，卻只擠出嘶啞的氣音。長長的黑色髮絲沾了她滿身，她拎起其中一根，另一手摸過太陽穴，又伸到眼前，似乎是以爲會看到血跡。

「他扯掉妳的頭髮嗎？」她沒有回話，只是讓那根頭髮飄落地面。「天啊。好吧，我們得先去找警察。出入口有臨時駐警站，妳走得到那邊嗎？」

這回她輕輕搖頭。

「可以跟我說妳的名字嗎？」

「貝絲。」她點點頭，彷彿很高興自己終於想起這件事。

「很好，貝絲，我打電話找警察過來。」手機在我的袋子裡，不過抵達會場後就關機了。我按住電源鍵，等待螢幕亮起綠光。漫長的等待差點讓我放棄，打算等基特回來再派他去求助，甚至期盼他有辦法逮到那傢伙，把他拖到警察面前，但這實在不太可能。我首度爲基特感到不安。他會不會打傷基特？手機螢幕終於亮了，我連按三次九，沒有任何反應，看看螢幕，發現這裡毫無收訊。我在空中揮舞手機，希望能撈到訊號。

「過去一點才有訊號。」我說。「我不會走太遠。」我走了二十步，一直到故障的碰碰車旁才打通。從這裡只能看見貝絲的銀色運動鞋探出露營車門邊。

「九九九，有什麼緊急狀況？」女性，西部口音，年紀不大。背景傳來普通的辦公室雜音，這樣想像滿奇怪的：對線路另一端的女性而言，這只是她的工作內容，說不定她正一邊喝茶一邊聽我說話。

「這裡是利澤德角音樂祭，在赫爾斯通附近，我要通報……」我聲音一窒，隨即冷靜下來。「我要通報強暴案。不，不是我。我發現有個女生，那個男的正在……我們需要警察協助。」

我揪著從碰碰車座椅裂縫冒出的泡綿。

「被害人意識清醒嗎？」

「對，她可以走路，身上沒有刀傷什麼的，可是我覺得她……她受到很大的打擊，不太能好好說話。我認爲她需要救護車。可以派女警過來嗎？能找女性急救人員嗎？」

我伸長脖子朝樹叢張望，想搞清楚另一端的狀況。我似乎聽到群眾的模糊低語，但聽不出是誰。

「我們先派最近的員警過去，妳先陪著她。」勤務人員說。

「我有看到施暴的男性，可是他跑掉了。」掌心的泡綿看起來像是棉花糖。我讓它飄上半空中飛走。

「可以描述一下嗎？」

「她叫貝絲，一頭黑髮，還有──」

「我是說攻擊者。」

「喔，好。」他的身影清晰地印在我腦海中。「他的棕色短髮抓得很翹，穿著深藍色迪賽夾克，Levi's牛仔褲，白色愛迪達籃球鞋。」眞像在朗讀《*Loaded*》雜誌的穿搭單品，感覺非常荒謬、跳脫現實。一隻汗濕的手掌按住我的手臂，嚇得我差點丟掉手機。是上氣不接下氣的基特。

「等等。」我蓋住收音孔，看基特無聲地對我說話。

「他剛才混入人群中了。」他說。

我重複他的回報，以高聳的海上救難旗作爲地標核對地點，掛斷電話。
「我起跑的時候他已經跑過半片空地。」基特說。「抱歉。」
「嘿，你已經盡力了。」
「媽的。」他朝露營車歪歪腦袋。「她還好嗎？她有說什麼嗎？」
我搖頭。「你想他們會抓到他嗎？」
「不知道。我沒辦法……」他攤開雙手，盯著空蕩蕩的掌心，彷彿上頭寫著答案，接著無奈地聳肩。「我完全沒有頭緒。」
「我去跟她說警察已經快到了。」
聽到我的報告，貝絲點點頭，低喃道謝。我陪她坐在露營車冰冷的金屬台階上，度過宛如永恆的十分鐘。
「這是我的。」她突然開口。
「什麼？」
「錢包。是我的。一定是從我口袋裡掉出來了。」
我低下頭，沒想到錢包還在我手上。
「來。」我幫她合上手指。
基特終於高聲通知警察朝這裡走近。來了兩名員警，結實的平頭男子和纖瘦的女性，她頂著燙鬈的黃褐色頭髮。
「她在這裡。」我有些多此一舉地說道。
「好啦，親愛的。」女警蹲下來與我們平視。「妳是貝絲？對吧？」貝絲點點頭。「貝絲，別擔心，我們會好好保護妳。我們要帶妳去警局，找醫生幫妳檢查。」

「能找女醫生嗎？」我問。

「我們有提出要求。」女警皺著眉頭。「貝絲，要找人陪妳嗎？」她望向我，不過貝絲已經搖頭。

「我們並不認識。」我說。「我只是碰巧撞見。」

男性員警清清喉嚨。「這裡就交給我們吧。我有個同事隨後會來請你們做筆錄。」

基特和我坐在碰碰車的車頭上等待訊問。我用力拉扯破損的椅子，他捏著一片草葉。

「日食才剛結束，他爲什麼要做那種事？」

我驚恐地望向他。「任何時刻都不該發生那種事吧！天啊，基特，我眞不敢相信你會說出這種話。」

基特對於某些事物的感受力似乎比不上我，不過只要清楚說明你爲何傷心或是生氣，他總是能想通。我看出他的後悔。「是啊——抱歉——我不是那個意思……只是不懂——」

「我知道。」我鼓起臉頰。「我想我們都嚇到了。」我試著托住一小團泡綿，可是我的手抖得太厲害。「我應該要早點到那個地方的。」

「說不定妳已經阻止他做出更可怕的事情了。」

基特這句話沉入我心底。

「你們就是目擊證人嗎？」眼前的女子活像是從八〇年代的倫敦穿越過來。她身穿光鮮亮麗的黑色套裝，金髮剪成俐落的長度，鮮豔的妝容應該是她二十幾歲時的流行，而且她絕對沒時間去美容。

「卡蘿．肯特警長，德文與康瓦爾警局。」她的語氣令我們不由自主地起立。「請你們陪我到音樂祭駐警處，我幫你們做筆錄。」

主舞台附近有並排兩個飽經風霜的棚子。我待的棚子裡有一條漂亮的德國牧羊犬坐在牠的領犬員身旁。牠興奮起來，聞聞我四周的空氣，扯緊牽繩，我臉一紅，心想牠大概是聞到昨天殘留在我身上的菸味。有人端上淡得像水的茶，我向肯特警長照實陳述我看到的一切，從看到那個錢包開始，盡可能提供所有的細節，可是說到男子的表情，我突然口拙、言詞抽象。他們不斷提出同樣的疑問，似乎是在測試我是否前後一致。我把同一句話翻來覆去地重複好幾次：「要是你們看到他……如果你們也在現場，你們就會知道了。」

在他們抄寫筆錄內容的空檔，我聽見基特在隔壁描述他的見聞。我聽見他說他沒看見攻擊過程，只有事後發展，我知道他進入科學家模式。觀察，記錄，不帶偏見。此時此刻，我真希望他看見我在露營車後看到的景象，不過稍後，當我陷入瘋狂時，我又慶幸他沒看見。

警察將寫好的筆錄內容唸給我們聽，並留下我們的聯絡住址後，宣布我們可以離開。

「貝絲在哪？」我問。「她之後要怎麼辦？」

「我們已經送她到安全的地方了。」肯特一副不想多說的模樣。

我們在筆錄上簽名時已接近傍晚。即便音樂祭還剩一個晚上，許多人已經拆下帳篷，將行李扛到車頂上。謠言在人群中傳開。「有人在後頭空地那邊嗑藥嗑掛了。」「才怪，一定是搶劫。」「聽說有人打架。」沒有一句跟真相擦得上邊。

「我想來一杯。」基特說。主辦單位的吧台沒有烈酒執照，於是我們只能靠著現場最強力的飲料湊合——當地農家釀造的蘋果酒，濃度高到一次只能賣半品脫。我們一人灌下兩品脫，喝得太急，盤腿坐在草地上，雖然沒有說出口，但我們都在人群中尋找對貝絲施暴的混帳。

儘管放了兩天舞曲，突然響起的警笛還是讓眾人嚇了一大跳，群眾往兩旁分開，讓路給警車。車子從駐警站的方向開過來，以步行速度隆隆前進。大家盯著後車窗瞧，不過基特跟我已經看出車上乘客的特徵——就算沒有認出他的身分。他盡量遠離車窗，但我依舊看得見那張無法忘懷的側臉，抓得半天高的棕髮，深藍色夾克。要不是我已經坐下了，一定會安慰得雙腳一軟。

「他們逮到他了。」我說。

10

基特
二〇一五年三月十八日

「挺舒服的嘛。」我說。隔著CD片大小的艙窗，地平線歪斜出讓人反胃的弧度。艙房很小，才出海一個小時，我已經受到防水結構帶來的封閉感荼毒。理查呼吸時鼻子咻咻作響。我覺得自己好可悲、好幼稚、好想家、好想老婆。我甚至開始想念我們夫妻之間的第三者——她的焦慮。

理查正在翻閱介紹手冊。「船上有賭場耶。」他讚嘆不已，似乎是把「瑟蕾絲特公主號」當成天文學研究船，而非一般的遊輪，充滿各種世俗的娛樂。他也以為遊戲間隔壁設置了最先進的天文觀測室。船上還有舞廳，今晚將會舉辦迪斯可舞會（天知道那是什麼活動），有迷你電影院，以及漂亮的交誼廳。出發前，我壓根不認為自己會踏入任何一處，現在我發覺除了那些娛樂場所，我只剩這間狹窄的艙房可待，就連擲繩圈遊戲都格外誘人。

「我已經過了光用牙齒就可以咬開這種瓶子的年紀啦。」理查想空手扭開他的新堡啤酒瓶蓋。「一個不小心就會磨掉掌心的皮。」他意識到自己說了什麼，視線飄向我擱在膝上的雙手。「喔，克利斯，抱歉，我沒有多想。」

「沒事。」他比我還要尷尬。「我背包側邊的袋子裡放了瑞士刀——不對，是另一邊——沒錯。」理查開了兩瓶酒，冒出暢快的氣泡聲。他把開瓶器收回刀身內丟還給我，我單手接住，起身拿過他遞出的酒瓶。

「我們到外頭邊走邊喝吧。」我說。

到了甲板上，其他乘客也來進行他們的午後散步，戴起兜帽擋住凜冽鹹腥的海風。即使遮著頭髮和臉，我還是能從他們的步伐看出這裡大多是退休人士。我第一次參加日食的套裝旅行團——出於顯而易見的原因，蘿拉和我總是自行規劃旅程——心中油然浮現旅遊老鳥對普通觀光客的不屑。察覺到這份心態時，我發誓要在這趟旅行期間克服它。在遊輪甲板上或是巴士外頭看到的日食，絕對不會輸給搭乘髒兮兮的吉普車橫越沙漠、跟一群嬉皮在曠野裡，或獨自在山頭上看到的景色。我快要四十歲了，即將成爲爸爸。我一向認爲自己足夠成熟，卻沒想到要花這麼久才領悟到這一點：認識我們的少數幾個人——即便我們盡力低調，依舊難免會引人注意——來到這裡的可能性非常低，換個環境也是有好處的。比如說那位穿著矯正鞋的老奶奶，我敢拿我的（二次）房貸來賭她不可能跑到尚比亞看日食。

廣播叮叮咚咚響起，眾人停下腳步，聽莫名熟悉的飽滿男性嗓音報告今晚的迎賓酒會、講座，以及——「獻給還有精力的貴客」——迪斯可舞會。我心臟一震。如果貝絲在這艘船上，她鐵定會出現在舞廳裡。從尚比亞的經驗來看，她完全不介意成爲注目焦點。我手中的酒瓶頓時變得好輕，我發現我已準備好再來一瓶。

收播的叮咚音樂破解了甲板上的魔法，乘客又開始閒晃。理查跟我來到船尾，靠著及胸高的欄杆，下方掛了滿牆的救生艇，左手邊就是海面。此處人來人往，但是到了人煙稀少的時刻，某個人，某個纖弱的人，某個行動難以預料的人，某個積蓄了十五年怒氣的人，從背後衝過來，將另一個人推進洶湧的浪濤間，這是全世界最容易的事情。真的不需要費太大工夫。

我們看著船後方掀起的黃色泡沫。一窩愚蠢的海豹游得太近，讓我想到自己的小家庭。每一道思緒都連到蘿拉身上。

「這趟旅程的第一張照片。」我把手機調到自拍模式，伸長手臂，努力把我們兩個舉起棕色啤酒瓶燦笑的模樣，以及後方模糊的藍色海面拍進去。我想把照片傳給蘿拉，卻發現沒有訊號。在北海上就是有這個問題：這裡沒有基地台。

「船上只在大廳提供無線網路，不過頂層甲板幾乎到處都收得到訊號。」理查說，他每個小時更新的氣象情報顯然離不了文明通訊。我沿著漆成白色的階梯搖搖晃晃地爬到上層甲板，金屬扶手握起來好冰。上頭沒有半個人，原因相當明顯——海風更加刺骨、喧鬧，吹得人分不清東南西北。我躲到冒煙的排氣口後方，這裡溫暖安靜多了。我沒花多久時間就抓到無線訊號，把照片傳給在倫敦的蘿拉。

看起來像世界上最宅的男子單身派對，她馬上回覆。我笑了笑，收好手機，轉身要去和理查會合。

背對著我倚靠欄杆的人，正是貝絲。

我先認出她的頭髮，未經梳理的亂髮在風中翻騰，彷彿是另一種生物。她的形象深深烙印在我的視網膜上，我在瞬間描繪出她的全身。身高對了，輪廓對了，腿邊翻飛的瘋狂花色長褲是她會穿的衣物。那股混雜著同情的恐懼回來了，比過去還要激烈。腦海中閃過與平時無異的記憶畫面，像是縮時攝影的影片，從我們第一次見到貝絲那一刻，跳至看到她的最後一眼：黑暗的白晝荒野，法庭，我們公寓裡的陌生人，在漫天煙塵間的人影，電腦螢幕上移動的影像。片尾卡司表：今天早上，蘿拉站在我們家台階頂端，拂去手臂上的隱形蜘蛛網，雙手落到肚子上。接著是最後一幕。我不知道要如何結束。我完全沒有計畫。我已經等了那麼久，卻一直沒有準備好。

11

蘿拉
二〇〇〇年五月八日

拉克倫．麥寇在新千禧年五月的第一天過世，三天後下葬。守靈夜麥克喝得爛醉，吐了基特滿身。我們得在前往康瓦爾之前到乾洗店領回基特唯一的西裝。

詹米．巴爾克姆的強暴案在星期一開庭。當天早上，基特和我背對著法庭大門，俯瞰特魯羅這座英格蘭康瓦爾僅存的市。法庭後方的維多利亞式拱橋伸出手臂，守護著這片谷地。城裡棲息著樸素的教堂，四面八方的紅色屋頂是聖誕老人會駕駛雪橇滑過的經典場景。刑事法院坐落於小山丘頂，坡面上整片色彩柔和的小屋看起來隨時都會溜進肯文河，河水汩汩流過單薄的河堰，這讓我覺得只要稍稍往前傾斜就會一路滾下去，忍不住抓住基特的手臂。

「今天早上沒有我們的事。」他握了握我的手。「他們得先整理案情，取得貝絲的說詞，至少要忙到午休時間。」

基本上——一如以往——基特說得沒錯。我們還沒機會接受傳喚作證。證人服務單位跟我們說今天是檢方陳述案情的日子。說不定連貝絲也不需要出庭。我們只是次要證人，要等她提出證詞後才能進入法庭。我承認這是合理的程序，同時也深感憤怒：無論她說了什麼，我的證詞都不會修改一絲一毫。我知道我看見了什麼。

這是利澤德角音樂祭之後我們第一次回到康瓦爾，第二次一同離開倫敦。我們剛從大學畢業，正面臨求職就業、累積資歷的挑戰。我是派遣人員，基特是研究生，他以雙重一級榮譽的成績從牛津畢業後進入倫敦大學學院攻讀博士，靠著批改大學生的報告賺錢。這趟討厭的行程是我們能獲得最近似於度假的體驗。我們可以在旅館免費住到星期四，星期五早上的回程火車票也訂好了，還有一筆微薄的零用錢可花用。我們昨天從克拉柏姆的小公寓出發，經歷了漫長的車程，半夜才抵達這間裝潢廉價的旅館，度過無眠的一夜，隔天渾身僵硬。只有我們住在那間公寓，原本打算和麥克琳恩同住，卻被他們兩個月大的女兒潔諾打亂計畫。她是他們在康瓦爾日食的幾個禮拜前無心插柳的成果，現在擁有跟倫敦一樣大的鐵肺。

音樂祭之後，或者該說是我們知道這個案子會進入審理後，我們臨時抱佛腳地鑽研出庭程序。這些新知帶著我在希望與絕望之間擺盪。得知許多強暴案甚至連受審的機會都沒有，必須要提出斬釘截鐵的證據，才能促使皇家檢察署開庭，我稍微寬慰了些。然而定罪的機率實在是太讓人洩氣了。在我心中唯一不變的是那個女孩，臉上沾滿鼻水，埋在泥地裡，遭到攻擊，遭到強暴的身影。不知何時，這個字眼不再令我驚嚇，反而成為我的武裝。

「今天我們只要簽到就好，他們大概會馬上放我們回去。」他說。我們走向法院大門。我仰望仿羅馬風格的柱子，表面鑲上細小的卵石，漆上醜陋的灰色防水漆。本日開庭的預定表釘在門外的公布欄上，巴爾克姆的案件將在第一法庭審理，原告律師是南森尼爾．波葛拉斯，辯護律師是費歐娜．普萊斯小姐，由愛德蒙．法蘭歇法官主持。

「我覺得還是要留下來。就算他們沒打算叫我們進去。」我說。

「在葬儀社和葬禮會場泡了幾天，我不知道自己能在法院裡撐多久。」基特說。

「喔，親愛的。」我得要不斷提醒自己，他心上除了這件案子之外還擱了許多東西。大家早就知道拉克倫時日不多，但這也無法減輕他過世的衝擊。我其實是希望出庭能轉換基特思緒的焦點，甚至讓他休息一下。我漸漸發現基特是以封閉自我來面對重大挑戰，要是能在他陷入沉默前將注意力稍微移出死巷就好了。

「你可以進去了嗎？」我問。

「嗯，來吧，我們——」他說。

我們被一群西裝筆挺的男女擠到一旁，他們像是總統隨扈般組成方陣，走在中間的人是詹米·巴爾克姆。他換上西裝、剪了頭髮、刮了鬍子。一頭棕髮光鮮亮麗，分明的睫毛包圍濕潤的藍色雙眸，一副偷穿爸爸衣服的小男生模樣。少了虛張聲勢的態度，他的步伐平穩，彷彿此刻心中只想著如何前進。直視前方的模樣有些刻意，我想他一定是認出我們了，即使我特地穿了一身黑，盤了低髮髻，不想引起旁人注意。只要把頭髮藏起來，我就失去了顯眼的特徵，像個無精打采的高中生。

來到法院大門，方陣縮減爲細長的隊伍，依序通過金屬探測門，化爲個體。走在前頭的女性將灰髮往後梳齊，有種賽馬的氣質，她和其他人毫無相似之處。不過旁邊那個戴著印戒的雙下巴男子想必就是詹米的父親。從相貌看出在場的還有他的兄弟姊妹。有點年紀的婦人一定是詹米的母親，她頭髮吹整過，戴著紅寶石耳環，優雅地搭著他的肩膀。握住他左手的紅髮女孩應該是他的另一個姊妹，或者是女朋友。臉色蒼白的女孩脫下大衣，通過金屬探測門，我看到她中指上閃亮的鑽石。不是女朋友，是未婚妻。她摘下戒指，遞給保全。

「沒關係，戴著就好。」他親切回應，但是她笨手笨腳的，戒指從她指間滑下，鏗鏘落地，滾過探測門。

「喔，安東妮亞。」詹米開口。他的兄弟匆忙上前撿起戒指，安東妮亞的手指抖得太厲害，詹米的母親幫她戴上。

基特和我得等巴爾克姆一家全都通過安檢，大廳只有一個出入口，我們只能跟在他們後頭。

「嗨。」我向保全打招呼。「請問證人要往哪裡走？」

「就是這裡。每個人都要經過這扇門。」

我花了幾秒鐘才意識到，剛剛跟我們即將作證定罪的男子擦肩而過。會不會遭到怨恨、恐嚇、報復、威脅？

「如果他們是黑手黨呢？」我實在是忍不住。基特愣了一下，保全和善地笑了笑。

「親愛的，這不是《教父》的場景。法院設下層層保護，不會發生那種事的。包包裡面有相機或是錄音設備嗎？」我打開手提袋，裡頭只有衛生棉條和筆記本。

法院內部令人坐立難安。建築師一定是虐待狂，以不具威脅性的方式讓肅穆的氣氛滲入眾人心底。這個地方風格近似艾雪的畫，柱子以及迴廊似乎會毫無預警地帶著你在原處打轉。

我突然想到很重要的事情。「被害人呢？」我問基特。「貝絲不用從這扇門進出吧？」

基特一臉驚慌。「如果這是唯一的安檢通道，那她也只能走這裡了。感覺很不對勁吧？」

「太荒謬了。」

我們橫越吵雜的中庭，希羅時代的建築風格延續到此處，柱子頂著高聳的天花板，其中一面牆被二十呎高的巨大爬藤植物覆蓋，營造出溫室般的氛圍。基特說：「簡直就像是在什麼渡假村裡面開庭嘛。」我很感謝他試著逗我開心，但也只能擠出微弱的笑容。

現在才九點半，第一法庭還沒開門。基特倒了兩杯咖啡，我們默默看著各色人士踏進法院，有人讚嘆地仰望天花板，有人叫著保全的名字打招呼。大部分仰望天花板的人一會就被人帶開，以人數來看八成是陪審員。最早幫我做筆錄的卡蘿·肯特警長從另一端朝我們點頭示意，她臉上鼓勵似的微笑軟化了死板的妝容。

「去看看我們要做些什麼吧。」基特說。

肯特沒有多費唇舌寒暄，我想她也挺焦慮的。

「我去跟檢察官說你們來了。在作證之前，你們不能進入旁聽席。是有證人休息室啦，可是原告已經在裡面了，所以那裡也不適合。」

我暗想讓貝絲看到支持她的人或許對她有好處，正要開口時，基特比我早了一步。「還是說我留下手機號碼，我們就在附近晃晃呢？」

肯特眉間的刻痕加深。「應該是可以，不過我還是要確認一下。」

她順著證人休息室的指標離開。

「我覺得應該要過去說聲加油，至少打個招呼。」我說。

「妳沒聽到她剛才說的話嗎？」基特斷聲警告。「這樣違反了所有的規定。妳會把自己搞得像是要跟她串供，這只會搞砸了這個案子。如果就因爲妳這個舉動害她敗訴呢？」

他又說對了。

旁邊有個金髮美女拿摺疊式手機通話。

「對，今天早上是強暴案。」她冷淡的語氣如同正與牙醫約診。看來是記者。「我認爲很有潛力。我們的被告是出身公立學校的帥小子，他爸可是上市公司的執行長，是查爾斯親王在高登斯頓學校的同屆同學，不過他們畢業後就沒有接觸了，眞可惜，不然我們肯定賺翻了。聽好，等好戲結束我再打給你，看你覺得有沒有追下去的價值。最好能搞大一點，我可是爲了這個案子推掉利物浦的雙屍命案呢。」

她看到卡蘿．肯特朝這裡走來，壓低音量。

「波葛拉斯先生說暫時離開沒關係。」肯特向我們告誡：「手機開著，不要跑到沒有訊號的地方。」

「謝了。」基特起身準備離開。

廣播系統的聲音是道地的康瓦爾腔，把R跟O拉得老長。

「巴爾克姆刑事案相關人士請至第一法庭。」

「我掛斷了。」記者說：「晚點聊。」她掛斷電話，把天線壓回手機機身，跟著巴爾克姆一家穿過法庭的雙開大門，在她背後還有另一名頂著圓滾滾鮑伯頭的記者，脖子上掛著新聞協會的識別證。

下一刻，法庭外只剩下我們和兩、三名法院人員，以及繞著藤蔓飛舞的藍色小蝴蝶。剛才負責引導眾人的員工對我們皺眉，細細打量我們。中庭似乎不斷縮小，擠壓著我們。

「我們出去吧。」我說。

「妳的語氣變了。」

「你到底要不要走？」

「好啦，別發火。」

我們從未用這種口氣交談過。

特魯羅市中心漂亮的區域範圍不大，不到一個小時，我們已經繞完一小圈，踏上回頭路。我們逛過教堂、書店、畫廊。城裡有一間博物館，但我們決定把它當成雨備方案。午餐在山丘下的酒吧吃了烤馬鈴薯、在美乃滋裡游泳的明蝦，以及每人半品脫的當地啤酒（叫髒水來著，嚐起來比名字好聽許多）。

「眞想知道大家在法院裡說了什麼。」我一邊說著，在盤子上方磨胡椒。

「就是不能讓妳知道，這樣妳的證詞才有意義。妳完全不能沾染到原告的說詞，否則就沒用了。」

我推開盤子。「我太緊張了，吃不下。如果我們的證詞沒辦法讓他定罪怎麼辦？」

「別把整件事擔在自己身上。我已經說過，有很多人爲此案辛苦了好幾個月。不知道他們掌握哪些鑑識證據。」

之前我們也談過這個話題。我難以維持嗓音平穩。「說不定沒有任何證據。只能看大家相信哪邊的說詞。」

基特搖搖頭。「言語總是如此的……脆弱，不是嗎？妳每次都說我太實事求是，腦中非黑即白。」這倒是沒錯，我點了頭。「可是在這個案子裡，是我們要大家往那個方向想，除了言詞，我們沒有任何證據。在這種情況下，妳要如何保證讓那傢伙定罪？」

「不然還有什麼結果？」我問。

他無法回答，只是若有所思地喝了一大口啤酒，過了一會才開口：「第六學級的時候老師要我們演出模擬開庭。我負責提供證據，那是一起假定的嗑藥駕駛案。雖然全都是假的，雖然只是在公共休息室，我還是連要站起來都嚇得屁滾尿流。」

「我不知道這件事！」我們還處於對彼此過往事物都無比感興趣的階段——你身上還有那麼多值得探索的事物！——同時也感到不悅——你怎麼沒有跟我說過？

「我猜麥克是被告。」

基特臉上閃過懷念的神色，笑出聲來。「事實上他是法官。」

「媽呀！」

「我們的老師很有幽默感。」他承認道。「總之呢，重點是輪到我發言時，我完全拋下緊張的情緒，因爲我只要說出自己的證詞就好，不用顧慮其他事情。」

我知道他說得對，卻還是無法壓抑奪走胃口、讓我想大喝一場的焦慮。要不是正在等基特的手機響起，我大概會灌下三品脫啤酒。肥碩的雨滴像石塊般敲打窗戶。

「那就去博物館吧。」我說。

可惜博物館下午休館，我們只能回到酒吧，在搖搖晃晃的桌子上打了一局撞球。（當然是我贏，雖然陪我玩了幾個月，基特尚未將滑行與彈跳的計算融入腦海。在我眼中這是運動，但他依舊只看到物體拋射的物理現象。他實在不懂得隱藏表情，還沒拿起撞球杆就能猜到他的下一招。）

本地的小鬼頭期盼地望著撞球桌，我們只能暫時停戰。

「三點了。」我說。「她大概正在證人席上。」

「如果他們要找我們，電話早就來了，回旅館吧。」我們遞出撞球杆。

「我們要如何在旅館房間裡打發一整個下午？」我癟嘴抱怨，穿上大衣。基特笑了。

「狀況其實也沒有那麼糟糕嘛。」

確實沒那麼糟，然而空腹喝下半品脫啤酒還是不容小覷，我只能躺著發出熟悉的聲音，基特漫不經心地做那些熟悉的動作。他花了雙倍時間了事，沒過幾秒就睡著了，射精的快感跟下了藥的調酒不相上下，而且還毫無痕跡。我知道他至少會睡上一個小時。雨已經停了，特魯羅的屋頂在陽光下閃耀。

現在是四點十五分，我靈光一閃，在改變心意前穿好衣服離開旅館，接受那股磁力的牽引爬往山丘上的法院。

12

蘿拉
二〇〇〇年五月八日

五分鐘後，我氣喘吁吁地踏進法院。程序已經銘記在心，少了尖峰時刻的人潮，我在幾秒鐘內通過安檢。我買了杯咖啡，不讓雙手閒下來，但還來不及吹涼，法庭的大門便毫無預警地敞開，裡頭的人湧向中庭。

巴爾克姆一家走在前頭，迅速與從側門鑽出的詹米會合，我猜那扇門直通被告席。稍早我看到的女子原來是他們的律師，她披著袍子，手中拎著假髮，沒有理會詹米，逕自跟他父親交談。他們的嗓音清晰，天生就是要在權力的長廊上發言的，即便人已經走遠，聲音還在迴盪。另一名身穿棕色西裝、看起來不修邊幅的男子走出法庭，手中破爛的檔案夾用紅色緞帶綁起。他急著逃離追兵似地，幾乎是側著身子移動。緊跟在後的是雙手環在胸前的卡蘿．肯特，最後才是貝絲。我反射性地躲到白色柱子後，想將她看得更清楚一些。她的外表經過梳理——髮髻紮成緊繃的辮子，凹凸有致的身軀經過訂做西裝外套的修飾——不過比起我們第一次見面時的沉默，她現在可說是口齒伶俐。

「你是在耍我嗎？」我聽不出她的口音。她轉向卡蘿。「他能這麼做嗎？」

「我沒說妳不准。」律師應道：「我是說我們不建議這麼做。」他想表達安慰之意，卻又一副硬要人領情的模樣。一名臉色通紅的男子和眼窩泛紅的女子加入他們。他的髮色以及她突出的臀部和胸部顯示他們是貝絲的雙親。她長得不高，他外表邋遢，活像是巴爾克姆家的鄉下表親，或是在他們家土地上耕作的佃農。

「親愛的，怎麼啦？」她父親問道。

「他們說已經沒我的戲了，叫我回家去。」貝絲和她爸媽一同轉向肯特。

「抱歉，貝絲，他說得對。」警官柔聲勸解。「依法妳有權利坐在旁聽席上，但問題是陪審員不喜歡這樣。特別是這類案件，妳和他的說詞牴觸，感覺像是要……挾怨報復。」

「我就是要報復！我超想剪掉他的老二！」貝絲嘶啞地冷笑。她父親似乎嚇呆了。卡蘿·肯特和律師同時要她噤聲，她母親則想摟著她的肩膀安慰。貝絲甩開她，深呼吸，顯然是在整理情緒，接著以比較平穩的語氣繼續說：「我必須複述他對我做過的事情，而他只要對陪審團張著那雙乖寶寶的眼睛就好。我怎麼不能坐在法庭裡看你們質問他？」

「我了解妳的感受。」律師說：「抱歉，妳一定覺得這樣很沒道理。我也不喜歡提出這種建議。如果妳眞的想出席，我無法阻止妳，但是如果沒有提醒妳缺席可以換得更大的勝訴機會，那就是我的失職。陪審員的心態就是如此。」

「那你之前怎麼都沒跟我說？」

卡蘿背對著我，說了些我聽不太清楚的話。

「妳說這樣有可能讓我打退堂鼓？」貝絲露出被人捅了一刀的神情。「很好，或許妳說得沒錯，妳可能——」

她沒把話說完，轉身離去，背脊挺得筆直，從她輕輕抽動的肩頭，我看見努力忍住淚水的驕傲女子。她的雙親追著她走向某條神祕的通道，把她夾在兩人之間。

「該死。」肯特對律師說：「產生反效果了。」她嘟起下唇。「我來處理。」

我看見早上那名金髮記者在另一端，幾乎藏在灌木叢裡，她正按下手機按鍵。即使四下無人，我仍小心翼翼地繞過整個中庭，躲到另一根柱子後。她就站在兩棵高大的羊齒草之間。

「嗨，我是愛莉。好消息。不用懷疑。一定會成為讓陪審團在男方與女方之間做出抉擇的經典案例。半數的女性陪審員已經愛上他了。嗯、嗯。」她對著手機點頭。「有點要哭要哭的，不過他忍住了。她跟他互看，滿少見的狀況，感覺她脾氣不小。我猜他在案發前一天晚上把到她，沒想到她會拒絕，他不肯接受之類的。」我眞想打掉她的手機。「老樣子。那些說詞總是很有條理，直到辯護律師交叉詰問被害人，把她攻擊得體無完膚。」我想像這個愛莉曾經目睹過的法庭攻防，聽著她一心只想把別人的遭遇寫成報導，我努力壓抑被她燃起的怒火。她看了看筆記。「有憂鬱症病史，這不是好事。對。對於那個可憐的小母牛來說，唯一有利的論點是她不是隨便跟人上床的個性。辯護律師查不出任何一夜情的紀錄。」她的通話對象提出問題。「嗯，等他進證人席的時候就知道了，對吧？可是你也知道，我曾經看過在暗巷犯案的強暴犯安然脫身，所以……總之跟老闆說我這禮拜要寫這個案子。我正在跟那個未婚妻套話，要是他無罪，她就是支持另一半的偉大女性了。要是他被定罪，她就成為遭到辜負的可憐蟲。無論結果如何都很有可看性。她也很漂亮，放到頭版剛好。叫美編那邊多找一些她的美照。」

憤慨如同岩漿般冒泡，在爆發之前，我衝進廁所用冷水沖手腕，這是跟爸爸學的控制脾氣招數。這裡的天花板格外低矮。法院的廁所有些破舊、缺乏維護。其中一間使用中，另一間門開著。我很快就發現沒有人會逗留在法院裡，相關人士湧入又退出。我繼續沖冷水，等待怒氣消散。

背後的廁間被拉開一條縫，貝絲與我四目相接。

我腦海裡響起基特和卡蘿・肯特的聲音：妳不該在這裡。

正確的作法是轉身離去，但我面對的是活生生的人，她剛才還在證人席上被攻擊得「體無完膚」。我至少能給她一個笑容。

「嗨。」我柔聲打招呼。

「是妳。」儘管神色緊繃，她還是回應了我的微笑，接著她表情凝重，再次看了看隔壁廁間，又往門邊瞄了一眼。「這樣違反規定。」比起道德問題，她心中掛記的是這樣會害我打輸官司。

通往走廊的門喀噠一聲打開，我們嚇得跳了起來，下一秒才發現門只是被風吹動。

「沒關係的，我知道妳不能談論案情。」我對我自己正直的態度深感驕傲，期待基特的讚許。「我聽到妳和律師提到明天不會進法庭。」

「誰？喔，他才不是律師，他是皇家檢察署的社工，幫律師打雜的。」貝絲脫下西裝外套，裡頭是黑色無袖直筒連身裙。我微微一驚：在我記憶中柔軟白皙的手臂現在變得結實，肩膀也幾乎和基特一樣寬。不需要擁有任何女性研究的學位也能意識到這是強暴帶來的影響。突起的二頭肌如同傷疤一般譴責過去的罪行。我看她洗手，肥皂抹到手腕以上，皮膚底下的肌肉如同繩索一般扭動，可怕的想法湧上心頭：希望她說出證詞時穿著外套。現在她看起來太強壯了，一點都不像是被害者。

還沒踏進法庭，我的思維已經跟那些人沒有兩樣。

「或許這樣最好。」她沖掉泡沫，甩乾雙手。「這樣我就不用每天跟那個混帳還有他該死的家人見面了。他們的車子就停我們旁邊，妳知道他們開什麼車嗎？他媽的捷豹。」雖然是對著我說，但她更像說給自己的鏡影聽。「卡蘿不斷向我報告案情發展。」貝絲往前一歪，差點跌倒，額頭貼上鏡面，接著她的臉埋入掌中。「要是只能瞎猜他們在我背後說了什麼，我想我撐不過接下來幾天。他一定滿口謊言，然後他們會相信他。看看他，裝得一副老實樣。要是一切照著他的心意走，我大概活不下去了。」

一股介於姊妹情誼與母性之間的熾熱衝動，從我心中擴散到全身。這是接近本能的舉動，我甚至沒有察覺自己做出這個抉擇，更別說是我的行動了。

「喔，貝絲。」我一手按著她的後腰。「妳會勝訴的，因爲他就是有罪啊。我知道我看到了什麼。」她對鏡中的我露出無力的笑容。「就算苗頭不對，」她的脊椎在我掌心僵硬。「我是說，如果有個萬一，妳想找相信妳的人聊聊的話，就打我的手機吧。」我往手提袋裡翻找，只挖出工作用的名片，每個臨時派遣人員都會拿到同樣的東西。我在背後寫下手機號碼。

貝絲雙手握住我的上臂，露出帶淚的笑容。她抽動的嘴角顯示她正努力憋住淚水。「謝謝。」她無聲地道謝，深深吸氣又吐氣。「好啦，我該走了。我要跟卡蘿談談，我爸媽還在停車場。回諾丁漢的車程挺遠的。」

她離開後，我一頭靠在她額頭留下的印子上。我辦到了。我超想知道大家在法庭裡說了什麼，但我沒有問她，陷她於不利的境地。基特一定會很高興。

我走下山丘，橫越肯文河上的小橋，拆掉髮髻。我覺得輕鬆許多，明早我就要踏上證人席了。無論發生什麼事，貝絲現在已經知道我站在她那邊。希望無論結果如何，她都能得到安慰。

打開門鎖時，基特才剛醒來；他露出被人吵醒的訝異神色，眼睛跟嘴唇周圍有些浮腫。他掀開被子，我鑽到他身旁，冰涼的衣物貼上他溫暖的皮膚。

「妳跑哪去了？」

我不知道爲什麼會如此回應。

「出門走走。沿著河邊繞了一小圈。」

這是我的第一個謊言。

13

基特
二〇一五年三月十八日

我憑直覺衝回艙房，照著蘿拉的作法列出我該說的話。看來十五年還不夠我準備這次對談；我還需要一個小時。

我應該要拔腿狂奔的，但卻無法動彈，靴子彷彿黏在甲板上，只能盯著貝絲看。她看到我了嗎？她以前也做過這種事，明知道我正在看她，卻故意背對著我。我總是說服自己，如果別人奪走你大半力量，你就得要善加運用剩餘的氣力。

我還摸不到她，但看得到她髮梢如同珍珠的水滴。快跑，我對自己說。我在大浪打中船頭時吸氣，狠狠吸入噴了我滿臉的海水，口鼻一片鹹濕，我忍不住將海水吐出。貝絲猛然轉身，查看噪音的來源。她也濕透了，髮絲平貼頭皮。我花了幾秒才意識到那不是她，差得遠了。這名女子從背後看來和我年紀相當，但她應該將近六十歲了。現在我看出她的髮色是染出來的，與鞋油一樣黯淡。她下顎皮肉鬆垮、鷹勾鼻，跟貝絲古典女影星式的菱角嘴和柳眉毫無相似之處。

「離船邊太近就是這種下場！」她哈哈大笑，扭絞濕透的髮尾。我也對她笑了笑，朝她舉起我的空酒瓶。正準備跟她閒聊幾句，廣播再次響起，這回換成帶著鼻音的女性，比起載滿天文學家的船隻，她更適合百貨公司。

「請移步到舞會廳，在今晚的娛樂活動前，我們提供了迎賓飲料。」

「絕對不能錯過！」我的新朋友說。「不過我還是先回房間整理一下吧。」我揮揮手，目送她離開，根據我多年來替蘿拉梳理頭髮的經驗推測，她大概要花不少時間與那頭打結的亂髮搏鬥。

甲板上只剩我一個人，我低下頭，看見我的瑞士刀握在掌中，最長的刀刃翻出，彷彿有人趁我不注意時塞進我手裡。刀身開始顫抖。我完全不記得自己是什麼時候將它取出，更別說是何時將刀刃翻開。

很久以前我學到，當你開始思考某個行動的邏輯——即便只是幻想可能會做的事情——你已經越界了。不過這回不同。這回我的行動比思緒還快。

心臟高速運轉。

「克利斯！」理查在下層甲板高呼。

我小心翼翼地收好刀刃，塞回口袋。黑髮婦人肯定沒看到，否則她不會對我和顏悅色，早就尖叫逃跑了。「我等下就過去！」我高聲回應。我不想錯過介紹講座，不過得先平復心跳，才能回到人群裡。我在額頭上滾動酒瓶，用力按向太陽穴。

打從十二歲開始，每次出門我都會帶著瑞士刀，但直到此時此刻我才意識到它身爲武器的一面。失控——或是喪失察覺——的感受最讓我害怕。或許我心中一直醞釀著某個計畫，只是不敢承認，假裝一無所知。透過下意識的舉動，我解放了離開倫敦後不斷追著我跑的恐懼。或許我該怕的不是貝絲，而是她會如何釋放我的衝動。

我盯著手機捕捉到無線網路訊號，點開應用程式，確認部落格和聊天室的更新情報。我滑過臉書頁面，不知道自己在做什麼，只知道我一定得要做些什麼。我不認爲貝絲會瘋到在網路上張貼任何訊息——上網大鬧一場之後，她不太可能在公開版面發言，這是一場雙方都躲在暗處的追逐戰。不過她還是可能成爲別人照片的背景。

陰影夫人寫了簡短的現況回報：抵達托爾斯。附上港口的紅色屋子照片。這毫無幫助。她應該不是貝絲，但我希望她至少能貼個自拍，好讓我不用繼續疑神疑鬼。

其餘的貼文主題都是天氣，目前還沒有多少變化。

我在網速容許的範圍內迅速切換應用程式，終於在一個存在感低到差點被我剔除的部落格上看到一張照片。

在法羅群島，與老朋友新朋友一同向陽光之神敬酒。這行標題之上是六個男女在陰暗的酒吧裡灌下啤酒的照片。他們的臉被杯底遮住，六個結霜的圓圈隱藏他們的身分。照片邊緣的年輕女子膚色白皙，黑色鬈髮紮成了丸子頭。

不用貝絲的臉填滿空白處是不可能的事情。

有個匿名人士在回覆欄留言：

明晚同樣的時間地點見？

格主用豎起大拇指的貼圖，回了一句：

食甚前每晚都來一杯！以及一排小啤酒和太陽的圖案。

我凝視照片背景。有一個石塊包圍的火堆，牆上掛著疑似麋鹿的水彩畫。這不是隨處可見的裝潢。

我想我能找到那間酒吧。只要我願意，我可以坐在酒吧裡等她送上門，想到這，我不由得一陣顫慄，像是用舌尖舔過電池般的刺痛。等到興奮消退，實際的問題浮上檯面。我真的想把接下來的兩天全耗在一間間酒吧嗎？遇上了千載難逢的機會，加上蘿拉不在場，我覺得自己有義務找貝絲對質。我累了，關掉頁面，閉上雙眼。

14

蘿拉
二〇一五年三月十八日

麥克那杯亮綠色靈氣飲料沒有聞起來那麼難喝。我在廚房裡用吸管喝著，聽英國廣播公司倫敦電台的女ＤＪ主持call-in節目，探討二〇一五年的日食護目鏡大缺貨現象。昨天綠巷的報攤在窗戶上貼告示說這裡沒賣日食護目鏡。夜空雜誌售罄。要是天氣再好一點，我還可以把家裡的護目鏡搬出去兜售賺點錢。我們手邊有好幾十副，從紀念品攤販的爛貨到專業等級的堅固塑膠框都有。根據節目內容，怪獸家長陷入恐慌，怕倫敦的小孩會跟電影《食人樹》的情節一樣瞎掉。甚至有個老師打算把可憐的孩子們關在室內，連窗戶都不開。來電民眾談健康與安全文化談得口沫橫飛。我不懂主持人爲何要搧風點火，她一定很清楚日食當下會是陰天，不過太過理性就做不成節目了。我在連上網路的iPad旁晃來晃去，類似麥克在家裡放著一瓶威士忌，考驗他禁酒決心的心態。有時候他甚至會打開來聞上幾口。差異在於不喝酒不會死，但是身在二〇一五年的倫敦，沒有網路就完蛋了。我瞄了一眼天氣概況，仍舊是隨時有可能變化。基特還無法確定是否能看到日食。還有更多更詳細的氣象報告，可是這代表要在網路上泡好一陣子，於是我蓋上iPad，不給自己接受誘惑的機會。一個連結通往下一個連結，影像肆無忌憚地湧入，一旦開始搜尋日食的相關資訊，那個影片就有可能找到途徑潛入我的螢幕。

那個影片是大人版本的夢魘。

七歲那年我被書上的一張插畫嚇得半死。羅德．達爾《神奇的玻璃升降機》書中，他的祖父母之一在瞬間老了好幾百歲。旁邊的插圖仔仔細細地畫出布滿皺紋的枯槁臉龐，我第一次看到時嚇到尿褲子。直到爸爸買了另一個版本、不同插圖的書，我才把那個故事看完。我把它稱爲「那張畫」——「我做了那張畫的惡夢」。每當爸爸在半夜被我的尖叫聲吵醒，我只要說這句話就可以解釋一切。即便是現在，生活中充斥著各種圖像，那張畫的地位仍舊屹立不搖。

那個影片也是如此。我可以在腦海裡一格一格地重播。（近年我思考不少關於記憶的事情，爲什麼某些事件能留下清晰的印記，而有些才剛發生就變得模糊不清。比如說詹米寄給我的那些信，就算我沒留著，還是有辦法背出內容。）我大可將那段記憶重新建構，從開頭的火舞藝人到蓊鬱的土耳其河谷。我可以完整描述配樂，經典的出神節奏搭配狂野的東方無調號叫，西方人似乎會自動配上節拍與和弦。我可以說出影片的十分五十一秒，有個黑髮女孩抓著一張照片——是琳恩在我們的畢業舞會上拍的那張？還是貝絲拍的照片，那個我選擇忽視的警告？——找了十二個人搭話，請眾人將視線從天空移向照片，詢問有沒有看過或認識照片上的人，告訴她要去哪裡找到他們。她的戲分大概只有二十秒，而且她只是背景，接著鏡頭掃向天上的食甚。這樣就夠了。

我全都知道。這段影像在我的夢中以精確的順序重現。那我何須畏懼再次看到它？

我想我知道答案。我可以假裝影片只存在於我的腦海中。當焦慮與被害妄想來襲，我可以把它推到一旁，當成我過度敏感、想像力太過豐富的產物。但是只要看到那個影片，就太過真實了，因爲它眞的發生過。

當時我怎麼沒看出來？現在看著她，她的不對勁全都刻在臉上，可以從那些陌生人的眼神看出一切。就連素昧平生的人都被她的狠勁嚇得退避三舍，爲什麼我跟她相處了那麼久，卻要到無法挽回的那一刻才看透呢？

15

蘿拉
二〇〇〇年五月九日

證人休息室瀰漫著陳舊的香甜味，大概來自泡過頭的茶和上一次開庭就放在這裡的餅乾。我第一個站上證人席；基特只看到案情後續發展，要排在我後面。即使我們從去年八月開始同居，依舊不得討論案情。卡蘿．肯特要我們別在兩人作證的空檔交談，於是我們靜靜地手牽著手，聽證人服務員（她名叫辛妮亞，是個活潑的中年婦人）向我們指點英國刑事法庭裡假髮的指標意義。

「光看假髮我就知道誰會勝訴。」她說：「你們認為成功律師總是戴著乾淨漂亮的新假髮，對吧？」她刻意停頓，等到我們點頭才繼續說。「錯了！」她得意洋洋地宣布。「頂尖的律師會戴放了幾百年的破爛假髮。這是能力的指標。我可不希望哪個戴著嶄新假髮的傢伙來為我辯護。」

到了十點半，辛妮亞陪我走過鋪著地毯的走廊，進入一號法庭。柔軟的地毯吸去我的腳步聲，法庭看起來像是小型劇院，有寶藍色的地毯、影院摺疊椅，而不是在電視上常見鑲著木板的古典風格。書記官桌上放著連秒數都精準無比的數位時鐘。最大的衝擊是旁聽席，我一直以為那些座位會設在高處的包廂裡，沒想到它們就在這裡，一張長桌後頭，沒有封鎖線，沒有欄杆，什麼都沒有。隨便哪個瘋子都能在兩秒內從法庭後側衝到前方。詹米人在被告席上，隔著一片玻璃，距離近到他制服領帶的條紋都一清二楚。

法庭或許不如我的想像，法官倒是滿足了我的胃口，完全符合法庭劇裡的經典形象，灑上白粉的假髮下是稜角分明的酒紅色臉龐。陪審團上下打量我。除了一名錫克男子，其他都是白人。我看到前排坐了一名面容嚴峻似教授的男子、脖子上用珠鍊掛著眼鏡的媽媽型婦人，以及身穿英格蘭國家足球隊T恤的小夥子，領口刺青蠢蠢欲動。

這些不起眼的陪審員擁有一項優勢：他們聽過貝絲的證詞了。但願我知道她提供了哪些關鍵，可以用來鞏固我的陳述，好讓我們口中的眞相滴水不漏。

我踏著虛浮的腳步走進證人席，儘管擺了張椅子，我還是站著。庭內空氣凝重，這股肅穆的氣氛必定能對最可惡的罪人帶來吐眞劑的效果。在這種地方，巴爾克姆絕對無法繼續否認。他向法官與陪審團眨眨眼，細長的睫毛扇去一切指控。

原告律師南森尼爾．波葛拉斯年約三十五歲，馬毛做的假髮看起來才剛拆封，每個髮捲僵硬得像是上了膠。他背後的皇家檢察署社工穿著昨天那套衣服。我知道他們其實不是貝絲的律師，但他們是她唯一的機會，先入為主的失望閃過我心頭。法官左側坐著詹米．巴爾克姆的辯護律師費歐娜．普萊斯，她外表俐落，把舊假髮戴得很好看，律師袍也是完美無缺，我無法想像她穿著其他服裝的模樣。我偷瞄了旁聽席一眼。詹米的家人佔去了兩排座位。媒體席上有金髮記者愛莉、另一名女記者、繫著懶人領帶的十六歲少年，以及昏昏欲睡的中年男子。

我看著印有誓言的紙張——在基特眼中，用聖經來發誓的人都是徹頭徹尾的蠢蛋，因此他們的證詞不可採信——照著唸出，視線掃向法官背後牆上的掛飾：鍍金的霧面浮雕，獅子與獨角獸爭奪皇冠。是拔河，還是爭奪監護權？這就隨人解讀了。

「感謝妳來此出庭，朗格里許小姐。」南森尼爾．波葛拉斯說道。他一口當地口音，把我姓氏的「許」唸成「舉」。「在妳開始作證前，可否請妳自我介紹一番？職業、學歷等等。」

「我在薩里的克羅伊登讀高中。中等教育普通證書十個科目中拿了三個A。」我上回如此列出自己成績時還是個青少年。「去年我在倫敦大學國王學院的女性研究以及社會學拿到二等一級榮譽學位。目前我在倫敦市擔任廣告行銷的臨時派遣人員。」顯然他只需要這段簡歷，接下來，透過一連串的問題，他引導我描述去年八月的事件，與當時做的筆錄幾乎是一模一樣。聽起來缺乏抑揚頓挫、置身事外，像是經過排練。確實是如此。我不斷望向陪審團，猜測他們的反應。刺青男甚至沒多看我一眼。不知爲何，到了嚴峻的法庭上，我的字句似乎缺乏當時在駐警站的力道。陪審員對我的說詞毫無興趣。說到我撿起錢包那段時，我想我要辜負貝絲了，大勢已去我卻無能爲力。說完後，我勉強忍住說出「你要聽的就是這些嗎？」的衝動。

我預期控訴和答辯之間會有一段休息時間，然而波葛拉斯還沒坐下，詹米的律師已經起身。她立刻博得陪審團的重視，也在瞬間博得我的敬意。

「朗格里許小姐。」她標準的發音突顯波葛拉斯的失誤。「原告是在何時向妳說她遭到強暴？」

起先，我還無法理解她的用意。「她沒有。當時她沒說什麼話，可是——」

「原告什麼也沒有說。那麼第一個暗示發生強暴事件的人是誰？」

我懂了。血液在我的血管裡瘋狂打轉。

「我想是我，但那不是暗示，我只是說出看到的一切。」

「所以說在妳報警之前，原告泰勒小姐沒有說她遭到強暴，或是被人強迫，或是任何暴行。」

「這個……那時候她說不出話。」

「所以當警察抵達時，她說她遭到強暴？」

原本在我四周兜轉的探照燈突然射入我眼中，我才後知後覺。爲什麼事態會惡化得這麼快？「沒有，可是——」

「原告完全沒有向妳說她遭到強暴。事實上，這是妳自己得出的結論。」

我雙手按住證人席的欄杆。「眞要說的話，那也是他自己先說出來的。」我瞪著被告席。「他把那一根拔出來的時候，對我說『不是妳想的那樣』。我都還沒開口呢。想要狡辯的人是他。」

費歐娜．普萊斯雙手拇指在律師袍的翻領下交扣，對陪審團揚起細眉。「所以他說不是強暴，不是妳想的那樣？」

「因爲他知道那就是強暴。」

我渾身發燙，像是有人在我體內調高溫度。這是不妙的跡象，指針轉向紅色區域。

「妳沒有回答我的問題。他爲自己的清白辯解，對不對？根據妳的說法，他說了『不是妳想的那樣』。對吧？」

「呃——對——可是……」我想要說，他當然會這麼說。做壞事被逮到的傢伙不都是這麼說嗎？小孩子不是都這樣？即使雙手黏答答、嘴邊還有碎屑，就是要否認他們碰過餅乾罐。我還在整理思緒，普萊斯已經進入下一個問題。

「事實上，被告巴爾克姆先生說的是實話，他發現妳顯然誤解了當時的情況，在誤解擴大之前連忙解釋，維護自己的清白，不是嗎？」

「不對。」我腋下濕了，幸好今天穿的是深色衣服。

「妳當時已經做出判斷了，不是嗎？」

「這不是判斷不判斷的問題。妳親眼看到就會知道。」

「妳打斷的是合意的性行爲，不是嗎？激烈的性行爲，是的，妳打斷了兩名達成共識的成年人的性行爲？」

「我知道我看到了什麼。」

「妳看到的是那場性交的最後一幕，朗格里許小姐。當他插入她體內時，當兩人的協議疑似破局的那一刻，妳是否在場？」

我的髮際線濕透了。我忍住揚手擦汗的衝動，心想陪審員是否看得到沿著我臉頰流下的汗珠。費歐娜．普萊斯一定看到了，她勾起嘴角，視線滑過汗珠的軌跡。

「妳知道我不在場。」

「所以妳認同僅有進行性行爲的兩人可能知曉協議內容，也就是說妳不知道？」

或許我在法律素養或是教育水準佔不了上風，可是我有公理正義撐腰。「不，我不接受妳的說法。妳沒有看到他們的表情。他是那麼憤怒。而她嘴邊沾滿泥巴，滿臉淚水、口水、鼻涕。」

「在未來的案件，我會記住沒有擦乾淨的鼻子能當作強暴的證據。」

淚水刺痛我的眼窩，不只是為了我受到的羞辱，也為了貝絲。他們都這樣對待我了，她的待遇還能好到哪裡去？

「認真點，普萊斯小姐。」法官的警告失了準頭。媽媽型的女陪審員憋不住笑意。

「庭上。」費歐娜．普萊斯垂頭三秒以示歉意。等她再抬起頭，眼神有如雷射光。

「朗格里許小姐，妳剛打擾他們的時候，原告是否表現出注意到妳的跡象？」

我想到貝絲望向虛空的雙眼。她花了多久才意識到我？完全無法判斷。在我腦袋運轉的當下，時間拉得好長，就像別人說車禍瞬間的感受。

「過了幾秒鐘。」

看到普萊斯的表情，我知道我說錯話了。

「當時她失神了，對不對？」律師語氣犀利。失神這個詞與我看到的景象差得太遠。那叫做自我封閉。她正在努力脫離現實。普萊斯怎麼能把那種反應解讀成愉悅的表徵？她哪來的權力這麼做？

「她是怕得無法動彈。他在傷害她！」我的嗓音拔尖。

「朗格里許小姐。」普萊斯開口打斷，但我不斷吐出沒經過大腦的話語。我幾乎能看見字字句句從我口中冒出，字幕掛在我眼前，我得要照實唸出，即使完全不知道下一句會是什麼。

「他雙手揪住她的頭髮，她說，拜託，不要，別這樣。」

南森尼爾．波葛拉斯猛然抬頭，假髮一震。腦海中浮現的台詞突然經過修剪裱框，我的言語懸在半空中供眾人檢視。費歐娜．普萊斯滑行似地走向我。

「抱歉，我沒有聽清楚前一句話。可否麻煩妳爲我重複一次？」

我感受到背後有一塊巨大的物體崩落消失。「她說，拜託，不要。」我用了最鏗鏘有力的音調，身體卻無法撒謊。汗水傾瀉而下。我不知道旁人看來是什麼模樣，總之我覺得像是有人將吸飽熱水的海綿在我頭頂上擠壓。

「庭上，請容我借用一點時間。」費歐娜·普萊斯說：「我想稍微瀏覽一下證人最初的筆錄。」

她戴上眼鏡，擺出全神貫注的模樣，彷彿是第一次讀到面前的文件，即便我相信她早就背下每一行文字，這只是她的策略。「當妳接受警官詢問時，妳還記得妳是否曾提到原告用了『不要』這個詞？」

「我不記得了。」我以爲她在羞辱我，不過直到她把證人筆錄遞給我時，我才意識到她比我想的更精明。她要讓我自取其辱。

「可否請妳唸出妳的筆錄，告知陪審團妳提到原告說出『不要』這個詞的段落？」

我茫然地掃視文件，但其實我很清楚那些字句根本不在上頭。

「這是妳的證人筆錄嗎？」

「是的。」終於能贊同她的提問，我幾乎鬆了一口氣。

「筆錄是什麼時候做的？」

「事發之後沒多久。在駐警站裡。」我想說是在他強暴她之後，但我知道這只會展現出我的偏見，我已經犯下太多錯誤了。

「在妳口中的強暴之後沒多久。」普萊斯說。「請大聲唸出倒數第三段的開頭。庭上，一百一十頁的倒數第三段。」

我的聲音聽起來像是在班上朗讀課文的遲緩兒。「『她什麼都沒說，嘴裡發出嗚咽般的聲音。』」

「『她什麼都沒說，嘴裡發出嗚咽般的聲音』？事發之後妳是對警方這麼說的？」

「對。」就連旁聽席上的人都能看到我喉中的硬塊。

「嗚咽跟開口說話是完全不同的兩件事，這點妳同意吧？」費歐娜．普萊斯說。

「是。」我輕聲附和。視線飄移，只要稍一放鬆，淚水隨時都會滾落。

「妳誤解了愉悅的呻吟，對不對？」

「沒有。」

「要是她眞的說了什麼，妳一定會跟警察說的，因爲言語不容易受到誤解，或是遺忘，對不對？」

我無法如我所願地用力搖頭，生怕眼淚會噴出來。

「然而妳方才在這個法庭上說妳清楚聽見她說，拜託，不要。朗格里許小姐，妳認同只有其中一種陳述能成立，對吧？」

導正一切的機率微乎其微──就像是期盼能用一根絲線撐住我的體重──但我總得要伸手抓住。

「我的意思是，我聽到她嗚咽著說，拜託，不要。」我哽著喉嚨說道。

費歐娜．普萊斯挑高的眉毛消失在假髮下。「像妳這樣的聰明人想必很清楚在這類案子裡，這句話有多麼重要，但妳卻在攻擊事件後幾個小時內的筆錄中漏了這一段。」

我只能聳肩。凝視自己的雙腳，我能理解爲什麼人們會希望被地洞吞噬。來吧，我盯著毛茸茸的藍色地毯。裂開吧。帶我墜入深淵。讓我離開這悲慘的境地。

「而妳直到幾分鐘前，踏入證人席之前都忘得精光？卻在交叉詰問時突然恢復記憶？」

「她眞的，眞的有說拜託，不要。」說不定她眞的有說，我告訴自己。她或許眞的有說。我希望她曾經這麼說過。

普萊斯讓這句話在空氣裡懸浮幾秒，再次切換策略。

「妳會如何描述妳聲稱的攻擊發生前的氣氛？」

我稍稍冷靜下來，慶幸聚光燈晃到別處，即使我知道這只是片刻喘息時間。我吞下堵在喉中的硬塊。

「放縱情慾的？」普萊斯問：「肆無忌憚的？」

「不是。以音樂祭來說，現場算是平靜。不過很快樂，很祥和。」我不會讓她逮到我的語病。

「發生了什麼事嗎？你們在看日食，放著音樂，氣氛高昂，對吧？」

「那並不是他做那種事的藉口。」我忍住得意的微笑。終於在她手中拿下一分了。至少我是這麼想的，直到她繼續質問，我才知道她想挖掘的是我的心境，跟詹米無關。

「事實上那天的日食被雲層遮住了？你們沒有看到？」

「是的。」我還沒察覺我替自己下一輪的受辱鋪設了康莊大道。

「當天能見度很差。經歷了無比的期待，是不是有種反高潮的感覺？」

「是的。」我在無意之間鋪下另一片地磚。

費歐娜・普萊斯摸了摸下巴。「蘿拉，妳是不是太入戲了？」

「什麼？」

「捏造事實？難以分辨現實與想像的差距？」

指甲陷入掌心，我對自己感到憤怒。

「沒有。我只是說出我聽到的一切。」

「妳聽到的內容似乎每分每秒都不一樣。」她露出接近感傷的微笑，像是在惋惜我如此不可靠。「妳看到兩名成年人在做愛，對不對？」

我用力搖頭。「如果妳親眼所見我看到的景象，妳會對自己的用詞感到羞愧。那不是『做愛』。我看到的是強暴。我在他們的臉上看到了。」

普萊斯的眼神裡透出憐憫。「朗格里許小姐，妳知道虛談的意思嗎？」

汗珠從我臉上滴往眼前的欄杆。「當然知道。」

「恕我無禮。可別忘了妳是受過高等教育的年輕女性；取得社會學以及女性研究的二等一級榮譽學位。」她上身湊向陪審團。「各位陪審員，爲了不熟悉這個詞的人，也順便提醒熟悉這個詞的人，在此說明虛談代表妄下結論。也就是說某人眞心相信某件事符合他所偏好的理論。妳是女性主義者嗎？」

我提出最鄭重的反駁：「我相信女性與男性皆是平等。」

「在妳的研究過程中，妳看過有些理論認定男性都是強暴犯？」

「這是偏激的刻板印象。」陪審員差點冷笑出聲。蘿拉，別耍小聰明，我對自己說。普萊斯毫無動搖。

「但妳讀過那些理論？」

「當然。」我努力表現出客氣的態度。

「妳認爲本案也是如此，不是嗎？」

「不，我看到那個男人強暴原告。」記憶中的情景在我腦海中無比鮮明。普萊斯轉向我，哭泣的衝動又來了，比方才還要強烈。

「妳的虛談狀態讓妳覺得自己看到強暴現場，不是嗎？過度旺盛的想像力無比失控，導致妳連複述同樣的事件都做不到？」

「我看到他們的表情。」我喃喃說道，如果不說話我就要哭出來了。我的聲音被費歐娜·普萊斯清晰刺耳的嗓音淹沒，她說沒有其他問題了。

「庭上，我方放棄覆問。」波葛拉斯咬牙道。我無法看著他。我從他的王牌證人淪爲大反派，就在短短的……我望向電子鐘，發現我才在這裡待了二十五分鐘。

被人領著離開證人席時，我聽見法官放大家去午休，他的聲音模糊，宛如水中的泡泡。我應該要在外頭等卡蘿·肯特，但我在眾人湧入中庭前逃離法院。我有些預期會在門口遭到法警以僞證的罪名逮捕。到了戶外，我深吸幾口氣，特魯羅的天際線游移不定。我好想跳下山丘，墜入河裡。費歐娜·普萊斯會讀心，她不斷看穿我的下一步。我把整個案子搞砸了。唯一的好事——也算不上什麼好事，但至少不是禍害——是基特沒有目睹我往自己的證詞上砸石頭。我不是他心目中的那個人了。我也不再是我自己心目中的那個人。

16

蘿拉
二〇〇〇年五月九日

作完證之後，我獲准進入旁聽席。我整個午休在飄著細雨的中庭獨自兜圈，認眞思考再也別進法庭。可是我要怎麼向基特解釋爲何不在場呢？他一定會知道狀況不對。於是，到了下午兩點，我跟在巴爾克姆一家後頭踏進一號法庭。從證人席上我察覺詹米的家人擠滿整個旁聽席，不過他們稍微挪動了位置，因此我的前方和左右都沒有坐人。只要我一動，他的母親——今天戴的是綠寶石耳環——就會縮一下，於是我坐得更挺，有了新的盤算。讓陪審團看到我這樣毫不畏懼，或許會增加我證詞的說服力。這是完美的虛張聲勢：在法庭上撒謊的人哪敢光明正大地接受眾人目光？

基特神色自若地宣誓證詞絕無虛假，以堂堂正正的態度包裹他的緊張，在陌生人眼中，他一定是充滿自信，甚至到了傲慢的程度。基特也介紹了自己的教育程度——聽到他在牛津以雙重一級榮譽的成績畢業，幾名陪審員，包括媽媽型的婦人和錫克教男子都認可地點點頭——接著，他也同樣複述了去年八月早晨的一連串事件。南森尼爾．波葛拉斯沒有再多問，但是費歐娜·普萊斯一逮到機會就開口：「可以請你再次描述巴爾克姆先生離開現場前那幾秒發生的事情嗎？」

基特點頭。「蘿拉護著那個女生，然後她，我是說蘿拉，與被告對質。他想向我打哈哈混過去，但是沒多少說服力，那是硬裝出來的笑聲。當蘿拉說該找警察過來時，他才認眞起來。」

「你是否給了他機會，讓他解釋為何要離開現場？」她面對基特的語氣截然不同，少了剛才詰問我的那種威嚇、接連不斷的諷刺。

「沒有，可是他也沒有試圖解釋。」

「在你原本的筆錄中，我不太能掌握被告的步調。他的行爲看起來像是想逃離騷擾嗎？」

基特想了想。「他沒有跑，不過發現我跟在他後頭，他加快腳步，接著就混入人群中了。我跟了一陣子，接著另一波人潮擠過來，我完全看不到他。」他提起這段回憶，一副深受打擊的模樣。

她在律師袍下雙手抱胸。「要是追上他，你打算怎麼做？」

「老實說我不知道。當下無法多想。我應該是打算實行公民逮捕吧，只是我不知道該怎麼做。」

「原來如此。你沒有看到性交現場？」

「沒有。」基特的語氣不帶任何感情，充滿威嚴。

「你幾乎沒看到受害人？」

「沒錯。」他是如此冷靜，像在回答問卷。過去我批評過基特將事實與情緒抽離的能力，現在我只能滿心欣羨。爲什麼我做不到呢，當時我心想。後來我才發現我們之間決定性的差異：因爲他說的是實話。

「你沒有詢問被告爲何要逃走？」

「沒有。」

「所以你的證詞基本上是以女友的證詞爲延伸，對吧？你是根據她認定他做了什麼事而行動？」

「我信任蘿拉的判斷。」基特語氣平穩，罪惡感在我心中蠢動。

「你可以秉持誓言，表示那場性交是非合意行爲？」普萊斯步步進逼。

「當然不能。你不能拿沒有親眼見到的事物來發誓。」他的微笑令普萊斯皺起眉頭，這是她今天第一次洩露眞正情緒的表情。基特以紮實的事實讓她自取滅亡。我身旁的巴爾克姆家族間掀起不悅的漣漪，有人雙手環胸，有人輕輕搖頭，珠寶名錶窸窣作響。他們要讓她吃一頓排頭了，我想。

***

一回到旅館房間，我馬上換掉連身裙。基特沒有換掉西裝，盤腿坐在床上，面前攤著康瓦爾的觀光地圖，愣愣盯著蜿蜒的海岸線。

「站上證人席之前，我根本不知道自己踩到了什麼該死的地雷區。」他說。我不知道他指的是性行爲的界線、司法體系，還是與我爭辯這些話題。「——當他們問他是怎麼跑掉的，他是有罪還是清白。幸好我們不用再回法庭。」

我拎著連身裙，愣住了。我們還要在康瓦爾待三天，我以爲我們會繼續參與開庭。

「明天我們可以去葛希利唐。就是去年夏天我跟妳說過的那個有巨石和訊號接受器的地方，還記得嗎？」我背對著他，把衣服掛進衣櫃，撫平縐摺。「好吧，對妳來說不夠優雅。不然我們去聖艾維斯吃午餐吧？」我還是沒開口。他往後倒下，床墊彈簧發出聲聲嘆息。「妳想留下來看完審判全程。」

我轉向他。「我只想待到他站進證人席那一刻。我沒有看到貝絲是如何接受詰問，但我想看詹米不斷否認，我想看到他崩潰。」

基特的神情不太篤定。我試著喚醒他的理性本能。「明天是警方和醫生作證。聽到那些鑑識報告說不定你會開心一點。」

「可是妳自己說過鑑識可能沒有用。」基特解下袖釦，我現在才注意到上頭刻著他父親的名字縮寫。無法想像拉克倫．麥寇穿著西裝的模樣。他把袖釦像小石子似地丟來丟去。「留在身上的掙扎痕跡能證明他知道自己在做什麼嗎？或者是她必須眞的有開口說不要？」

接著是無可避免的疑問：蘿拉，妳眞的聽到她說不要嗎？我得要打斷他。我不能當著他的面撒謊。

「我們已經談過了！沒有得到雙方同意的性行爲就是強暴！基特！夠了！」

他訝異地微微瑟縮。「對，我知道，可是——」

下一個問題以同樣的音高從我口中湧出：「你眞的相信她嗎？」

這樣的對話在我腦海中轉了無數圈，我眞正想問的是：你眞的相信我，對吧？可是基特不知道，他只是和平常一樣，被逼急了就靠著理性邏輯來逃避。

「妳自己說過了，事後她根本沒有提起那件事。直到警察出現，她才開口說話，不是嗎？所以基本上我無法相信或是不相信沒說過半句話的人。」

他說得很對，導致我的下一輪爆發更加缺乏邏輯：「我都不知道你是如此的自大、刻薄！」這百分之百是遷怒。我鬧脾氣只是爲了撫平我對於方才表現的罪惡感以及心煩意亂。但是當時我無法理解。他被我罵得臉一垮，卻還是據理力爭。

「我才不刻薄。」他勉強控制語氣。「我是……科學家。妳不能在法庭上情緒化。我只是想以他們的心態來面對這次作證。我認爲照實說明是有效的方式，這才是處理事物的方式。並不是每一次爭辯都等於攻擊對方的價值觀。妳知道妳的問題在哪裡嗎？同情心太氾濫了。」他越說越大聲。「妳不能成天接收其他人的負面感受。妳根本沒有情緒的過濾裝置。」

他還沒說完，我已經哭出來了。我狠狠回敬：「至少我還有情緒可以過濾！至少我不是該死的機器人！」

輪到基特一副強忍淚水的模樣。他緊緊握住他父親的袖釦。「妳知道這樣不公平。」

我們即將展開兩人首次的激烈爭吵，最後是習慣息事寧人的基特率先退讓。

「好吧。抱歉，我不該開玩笑的。我知道這件事對妳來說有多重要。我們只是觀點不同罷了。」他親吻我的額頭。「如果妳想的話，我們就待到審判結束。不過只能再待兩天。學校那邊不能繼續請假下去。」

「謝謝。」他如此輕易地拋開堅持，雖然順了我的意，我心中卻有些不悅。「我只是覺得該爲了貝絲，代替她看到審判結果。」如果說他失去了幾分我對他的尊敬，我也挑戰了他對我的尊敬。

基特收好地圖，每一條摺痕都毫無差錯，這不是每個人都能輕易做到的事情。「我認為妳已經為貝絲做得夠多了。」他把地圖塞進我們的行李箱。我繃緊神經，等待下一句話，可是他的語氣沒有任何立場，沒有多餘的暗示，這只是毫無機關的一句話，我卻被自己搞得疑神疑鬼的。「總之，我們就別繼續卡在這裡了。」他拉上行李箱拉鍊。「她不會知道這些事。卡蘿・肯特說她已經離開康瓦爾。說不定我們再也不會見到她。」

17

基特

二〇一五年三月十八日

這艘遊輪充滿配合高齡者的設備，每一面牆上都裝設了扶手，酒吧裡半數的椅子是養老院中常見的高背扶手椅。我找了個面對整個酒吧的座位，遮住臉打量四周。至少有一半的乘客是退休人士，而且——訂位時我完全沒察覺——船上沒有半個小孩。我太過習慣小孩子在公共空間到處亂跑，船上緩慢的步調和壓低音量的閒聊令人坐立不安。或許我只是被自己的心情搞得坐立不安。

一大杯冰啤酒沖淡了方才的驚嚇，我誤以為是貝絲的婦人不斷走近吧台，干擾我的視野。更糟的是她頻頻對我微笑，即便我知道她不是貝絲，只要看到她的笑容，我就會受到防禦本能的影響，在瞬間握起拳頭。

「露意絲的肚子還好嗎？」理查第一次提起蘿拉懷孕這件事。

「是蘿拉。她很好。再兩個月就要生了。」

我忍不住讓他看了我存在手機裡的超音波照片，兩顆如同滿月的頭顱，二十週的脊椎好似蜈蚣的腳。我仍舊難以相信這團模糊的黑白物體就是我的孩子。

「加倍的麻煩。」理查只是隨意瞄了一眼。「不過你們倒是挺悠哉的嘛。我可是在度蜜月的時候就搞大娜迪亞的肚子。」他的無心之言點燃了我的怒火。如果你不得不在診所裡對著杯子打手槍，不得不看著妻子注射針劑、吃藥、遭到搔刮、侵入，你絕對不會說出這種話。如果你知道妻子把你推開，只是因爲日子不對，或是看著她在合適的日子咬牙與你性交，你絕對不會說出這種話。

「一發就中。」他的語氣輕快。「眞要說的話，我覺得實在是太早了。第二胎也是一樣。重新開機的第一個月就中獎。」原來如此。理查認爲是他的功勞。是他在生物學的奇蹟中拔得頭籌。現在我們得要在這個鋼鐵牢籠裡待上四天，我這才驚覺其實我不怎麼喜歡理查。

「跟你說，在她還沒生之前先來個幾發，不然之後你們會有好幾個月沒辦法親熱。」他認爲現在是分享男人話題的好時機。「你可能會覺得跟懷孕七個月的女人上床難度頗高，可是跟有個寶寶和你們擠在同一張床上相比根本不算什麼。」

「是雙胞胎。」我直覺地糾正。

「對啦。你們的濃情蜜意結束了。至少要等到他們滿十八歲，到時候你可能會加入換妻俱樂部。」

我掩飾傷感的笑聲太放肆。事實上，我認爲我早就失去蘿拉了。顯然過去幾年完全不比結婚初期。我們對於報酬遞減法則無法免疫。然而在我們開始求子之前，我們依然單純地想與彼此歡愛，總有辦法喚醒年輕時的激情。那份歡愉伴隨著隱約的驚喜，儘管過了那麼多年，經過那麼多風雨，我們的身體依舊是無比契合，宛如爲彼此量身打造。

嘗試懷孕的頭幾個月相當浪漫；不對，那已經超越浪漫，接近刺激的程度。在特定的日子做愛，如果行不通，那就改成特定的時刻。然而經過計算的性愛很快就轉變爲例行公事般的性行爲。開始就醫後，我們之間的某種抽象事物隨即死去。激情一閃而逝。第二輪療程初期我還能感受到颶風般的情慾，可是種種挑戰實在是太過煎熬——會痛，不要摸那裡，在我屁股下墊個枕頭看看，不是那樣，天啊，基特，你要把它們擠爛了——根本算不上眞正的性愛。

這些事不能說給理查聽。不能告訴任何人。我用拇指抹去酒杯上的水滴。

「接下來一切都會走下坡。」理查把酒杯放回印著「瑟蕾絲特公主號」的杯墊上。「沒有比孩子還要龐大的壓力。」聽到這句話，我的怒氣轉變成興味，畢竟經歷過那些困境，我們殷殷企盼、嘗試了千百遍、付出大把鈔票的可愛寶寶還能帶來什麼傷害？「感覺很怪，享受了那麼久的兩人世界，突然冒出活生生的電燈泡。你們不是從小就在一起了嗎？」

「二十一歲。」我說。

理查勾起嘴角，我在無數張面容上看過同樣的表情。人們往往會憐憫我那麼早就定下來。不只是因爲我沒在情場玩過一輪，也因爲他們不知道我年紀輕輕的究竟能奉獻多少眞心。他們什麼都不懂。我能把餘生全都獻給蘿拉。看著那些年過三十才認識的夫妻，我眞想知道他們的情感能有多深厚。那麼多尚未共享的人生歷程，那麼多大相逕庭的過去。我人生中的重大事件也是蘿拉人生中的重大事件。我不知道沒有經歷過那類事件的男女要如何攜手共度一輩子。或許我失去了過去那個無憂無慮的女孩，她也失去了那個前途一片光明的男孩，依然把他當成自己的現在。我知道我不是她夢想中的伴侶；經過利澤德角的變故，我的人生脫離軌道，永遠無法成就自己心目中的理想。

一旁的吃角子老虎機台噴出硬幣，驟雨般的清脆聲響把我拉回酒吧。其他人已經前往舞會廳了。

「該去領名牌啦。」我說。「再過不久就要致詞了。」我們乾了手中的啤酒，將酒杯留在吧台上。

口袋裡的瑞士刀沉甸甸的，提醒我距離可能致命的愚蠢錯誤只有一線之隔。想到閃耀的刀鋒，腦海中浮現嚴苛的次要兩難抉擇。除掉貝絲最重要的目的就是讓蘿拉知道不用繼續擔心。如果我必須用到這把刀——或是我的雙手，爲了保護妻子，我知道我能跨越多少界線——我會告訴蘿拉嗎？我能跟她說嗎？她能繼續跟我生活嗎？就算知道我全都是爲了她，她還會愛我嗎？

18

蘿拉
二〇〇〇年五月十日

結束了證人席上的折磨，星期三感覺輕鬆不少。今天是專業人士作證的日子，我們的戲分已經結束了，無論做什麼都無法影響審判結果。說不定我已經破壞了貝絲的勝算，這個想法如同鐵箍般緊緊套著我的腦袋，不過我心底毫無罪惡感。我的謊言是通往眞相的道路，那麼它就是眞話。回想基特在證人席上極爲理性的表現，他嚴守事實的態度讓我知道他永遠不會與我有相同感受。

基特跟我第一次同時坐進旁聽席，我們手牽著手，四周全是詹米的靠山。今天的開庭沒有前情提要，沒有新進展，如同暫停後再次上演的戲碼。波葛拉斯起身說道：「我要傳喚負責本案的警官，德文與康瓦爾警局的卡蘿．肯特警長。」

肯特按著聖經發誓，我沒料到她會這麼做，不用看也知道基特翻了個白眼。我首度想到陪審團是否會因爲證人宣誓的方式，產生先入爲主的看法。如果我在法院上班，這會是無聊的日常工作內容之一，而非一生難得遇上一次的恐怖折磨，我會好玩地猜測誰會拿聖經發誓，誰又不會這麼做。

肯特的證詞填補了某些空缺：我們得知警車前來接貝絲時，她已經恢復到說得出姓名與住址的程度，不過還要幾個小時才有辦法說出整件事。原來貝絲和詹米是前一晚在某個營火旁認識的，當時她三言兩語把他打發掉。還有詹米稍後遭到逮捕的過程，不是我們想像的警匪追逐——他直接找上穿著制服的員警，冷靜地說明有人誤以為他性侵女性。對貝絲來說不太有利，我想。不過這只是開胃菜，接下來才是原告律師的重頭戲：物證。

大多是看似與案情無關的無聊資訊，波葛拉斯花了半個小時細問皮普的狀況（就是我看到的那頭警犬）。我發覺比起拳拳到肉的詰問，看不出重點的無聊疑問更讓人疲憊，或許這是讓陪審團頭昏眼花的把戲。基特的視線不斷飄向書記官桌上的電子鐘，紅色的數字持續跳動，節奏搭不上拖沓的庭訊。

期間穿插了短暫的現場表演，肯特警長套上泰式漁夫褲。波葛拉斯不顧偷笑的陪審員，一本正經地問道：「肯特警長，如果這是妳的穿著，而妳要與人發生合意的性行爲，沒有脫光衣服的激烈性行爲，妳會如何與對方發生關係？」

「我會脫掉褲子。基本上沒有其他方法。這種褲子不能拉到腰部以下。如果想要碰觸到女性的陰部，必須要使出不小的力道來拉扯。」

我腦海中閃過貝絲沾上泥巴的白皙長腿。我以爲已經壓抑住寒顫，但基特把我的手握得更緊，如同穩定我的船錨。

波葛拉斯將雙手拇指在律師袍的領子下交扣。（一定是法學院傳授的招數。）「謝謝妳，肯特警長。我們要向陪審團展示原告遭到強暴當天所穿的褲子。」

一名年輕庭務員取出塑膠證物袋。某位陪審員驚呼一聲，法官皺眉止住更多雜音。

「如同各位所想，褲子沾滿泥巴。」肯特說：「右側與褲子整體連接的繫帶在強力拉扯之下裂開了。」她站在貝絲那邊，我想。她和我一樣期望法律制裁。

「謝謝妳，肯特警長。」

費歐娜．普萊斯如同鷹隼般搶得發言權。「這種褲子便宜得很，一條才幾英鎊，在利澤德角音樂祭這類活動會場到處都有賣。妳可以明確認定那條小小的裂縫不是它本身的瑕疵嗎？不是穿著時不慎造成的損傷？」

肯特故意停頓幾秒，與辯護律師互看好一會。最後肯特先眨了眼。「不能。」她的語調毫無勁道。

在交叉詰問過程中，普萊斯一一反駁原告律師看似充滿說服力的論點，如同看著十多顆來回飛舞的羽毛球。陪審員想必是眼花撩亂，這正是她的用意。我閉上眼睛，強制將詹米壓在貝絲身上那一幕拉進腦海。我不得不承認，我知道眞相的唯一理由就是*我知道*。

***

基特相當期待醫師的證詞。不對，不該說期待，他還是不太想待在法庭裡。說他對這部分投注不同的關注或許會比較貼切。我知道原因：終於有了實際的依據了。日前為止的攻防說是文字遊戲也不爲過，但現在有了他能夠信任的證據，透過顯微鏡觀察到的事物，標上客觀的編號。現在輪到我警告他別抱太大希望。

「重點是判定他們是否合意，不是要指認他的身分。」我說。眾人等待法官午休回來。

「他承認他們有過性行為。科學證據只是背景的雜音。」

基特正要回話，卻被傳喚員要求大家起立的號令打斷。我們滿懷期望地跳起來。

「原告方傳喚艾琳．歐克涅杜醫師。」波葛拉斯說。艾琳．歐克涅杜大約五呎高，最上面的四吋還是她的頭髮，長長的辮子在頭頂上盤成髮髻。她看起來大概十二歲，我想——即使知道這種心態非常荒謬——她應該要穿著白袍或是掛著聽診器，或是說服大家她是正牌醫生的道具。希望她能幫上貝絲，要是她偏坦被告，我一定會很生氣。

她按著聖經發誓（「我都不知道有這麼多專業人士是虔誠的基督教徒。」基特低聲挖苦），接著介紹她本人是急診室代理醫師，與倫敦警察廳新設立的性侵部門藍寶石計畫合作，接受過治療與檢查性侵被害者的訓練。她的嗓音低沉而謹慎，營造出與外表矛盾的權威感。

「謝謝妳，歐克涅杜醫師。」波葛拉斯說道。「妳在赫爾斯通警局照顧泰勒小姐。當時她的狀況如何？」

歐克涅杜醫師清清喉嚨。「她呈現脫水以及飢餓的狀態，不過她本身健康良好，沒有營養不良。她極度疲憊，身上很髒，衣服與指甲縫都是泥沙。」現在我想起貝絲刨抓地面的模樣。我看了看自己乾乾淨淨的指甲縫，心想裡頭夾雜了多少基特的ＤＮＡ。

波葛拉斯緩緩點頭，佯裝同情。「至於情緒與心理方面呢？」

「我認為她陷入受創後的震驚狀態。她非常退縮，只能說出一、兩個字，以『是』和『不是』回答我的問題。她不想讓我檢查。」

「歐克涅杜醫師，謝謝妳。妳提到了我想問的下一個問題。警方請妳檢查原告，尋找近期受到性侵的跡象。可以請妳報告當時的發現嗎？」

「我的首要職責是治療以及檢查，提供止痛藥和五毫克的煩可寧[1]，她服下這兩種藥物。我從外部檢查開始，採集她口腔內膜、指甲縫等地方的DNA。被害人寡言但願意配合。她唯一明顯的外傷是單邊膝蓋出血，雙膝與掌根都有細小的傷口與擦傷。」

我望向陪審團，尋找和我一樣渾身不舒服的人。只有錫克男子搖搖頭。媽媽型婦人全神貫注，彷彿正在看她最愛的肥皂劇裡最精彩的橋段。不知道她是否還記得自己年輕時的樣貌。不知道她有沒有女兒。「即使是在激烈的合意性交中，我們可以預期女方會改變姿勢，以免磨傷自己的膝蓋。這些小傷口是否可能源自女性遭到違反她意願的外力脅迫？」

「依我的經驗來說，是的。」

「謝謝妳，歐克涅杜醫師。」他翻動文件，這當然是在作戲。費歐娜．普萊斯的助理坐在他隔壁，寫了幾個字，筆尖劃出尖銳聲響。法官也做了筆記。要是我能看到他們寫下的內容就好了。

「強暴發生後過了四個小時妳才抵達。」

「沒錯。」

「我們聽泰勒小姐描述在插入之前，她的內褲遭強力拉扯到側邊。我們可以預期此舉會在皮膚留下條狀痕跡？」

---

1 煩可寧Diazepam，處方管制用藥。可舒緩焦慮、肌肉痙攣及癲癇等症狀，還能控制因酒精戒斷所引起的躁動。

「是的。」

「關於拉扯泰勒小姐內褲的力道，布料在她皮膚表面留下的痕跡是否可能在妳檢查時已經消失？」

「是的。」醫師微微聳肩。「有這個可能。」

「我想也是。如此看來，四個小時是很長的空檔。」他皺眉看看筆記，顯示他對於下一個問題有多麼不快。「外生殖器的檢查結果如何？」

「我檢查外陰以及肛門周圍的皮膚，花了一點時間，因為泰勒小姐覺得即使是躺在沙發上也讓她非常難受。等她準備好，我沒找到肉眼可見的傷口。當我問起是否可以進行內診，她的情緒更加低落，縮成一團，重複說『不要』。」

這句話像是回音，呼應了我的證詞。我的心臟開心地跳起，接著堵在喉頭待命。

「妳曾在檢查其他不久前遭到性侵的受害人時，遇到這樣的反應嗎？」

「是的。」歐克涅杜醫師鄭重地點頭，等到基特拋來異樣的眼神，我才發現我竟然跟著她點頭。我命令自己不要亂動，即便陪審團看的不是我。「相信各位可以理解遭遇到如此暴行的受害人深受打擊，身體疼痛。我們需要對方的同意才能進行任何檢查。最後經過一番說服，她終於讓我採集陰部檢體。」

我皺起臉，緊緊合上膝蓋。

「妳是否採集到殘留的精液？」

或許我沒有看到插入的瞬間，但是我目睹了他拔出性器官的那一刻。我在腦中描繪那絲夾帶著罪惡的白濁黏液。基特挺直背脊，湊向前方，等待科學大展神威的時刻。

「有。」歐克涅杜醫師說。

波葛拉斯意有所指地望向陪審團，就連我也看得出他在打什麼主意。「妳檢驗過的性侵案件中，是否有類似傷勢的案子？」

醫師想了一分鐘，答得有些猶豫：「有吧？」

「可否透露妳在該起案件中花了多少時間檢查？」南森尼爾．波葛拉斯使出他的得意套路。「或許可以提供檢查程序所需的最短時間。假設原告狀況良好，足夠堅強，不會抗拒檢查行爲。」

抗拒這個詞融合了刺激以及束縛的意味。我忍不住想像貝絲只穿著病人袍，被迫在同一天內二度張開腿。我感受到胃酸往上湧起。

「可以在九十分鐘左右完成。」

「那麼妳對泰勒小姐的檢查花了多少時間？加上那些安撫與說服？」

「我在警局裡待了八小時，從抵達到最後簽名離開。其中大概有七個小時是花在受害人身上。」

「謝謝，歐克涅杜醫師。庭上，我沒有其他問題了。」

醫生過了四小時才抵達，再加上八個小時的檢查；當貝絲繼續遭受陌生人侵入時，基特和我大概正在帳篷裡睡覺。我應該要陪她去的。

費歐娜．普萊斯優雅地起身。「我們知道被告拒絕內診。妳是否向被告解釋爲何要檢查內部嗎？」

「是的。」

「但她依然拒絕？」

「是的。」問她為什麼貝絲會拒絕啊，我想。讓醫生告訴陪審團貝絲的狀況。可是這會壞了普萊斯的好事，因此她沒有問。

「既然我們無法判斷她體內沒有傷口，那麼我們也不能說有傷口？」

「沒錯。」一束辮子從髮髻內彈出，像天線般豎起，最後垂到醫師眼前。

「歐克涅杜醫師，請問妳執業幾年了？」

「我在一九九七年取得執照。」她把辮子勾到耳後。

「恭喜。」費歐娜．普萊斯的語氣活像是在稱讚領到新徽章的女童軍。「妳在倫敦警察廳受訓？」

「是的。」

「來到康瓦爾之後，妳獨自檢驗過幾起性侵案件？」

「七起，包括這一次。」醫師臉頰露出酒窩。

「所以在妳替泰勒小姐檢查之前，妳只參與過六起強暴案？」

「是的。」

普萊斯翻閱桌上的文件，讓醫師缺乏經驗的事實懸浮在凝重的空氣裡。她從資料夾裡抽出一張照片，從旁聽席只看得到一片模糊的米黃色。「原告膝蓋上這些小小的擦傷是否可能只是壓出來的痕跡？在激烈的合意性交中，女方受到男方的重量壓迫，印在她身上的痕跡？」

「是的。」歐克涅多醫師答得不太情願。費歐娜．普萊斯刺破她的疑問。「妳是否在被告的手臂上找到任何瘀青？或是其他象徵她受到違背自己意志對待的痕跡？」

我頭上的鐵箍再次抽動，彷彿有人正一點一點加壓。

「沒有。但我要聲明，無法動彈是面對強暴的正常反應。她或許沒有抵抗。」

我往陪審員臉上尋找同情的跡象。沒有，可是他們還來不及吸收醫師的說明，普萊斯又丟出問題：「妳是根據傷勢給予證據的醫師，對吧？」

「是的。」

「妳不是被害者行為的心理學專家？」

「不是。」

「那麼只要提出妳執業三年來，專業領域內的證據就好。」

普萊斯怎麼敢攻擊這位畢生協助受害者的醫生？我知道我永遠做不來這種事。「依照泰勒小姐的證詞，將女性按倒在地上還是需要很大的力道，對吧？」普萊斯問。

「是的。」

「我們都見過泰勒小姐，她既健壯又好鬥，對不對？」媽媽型的女陪審員點頭認同。好鬥在她心目中顯然不是正面特質。「就算是健康的年輕男性也無法輕易壓制她。妳是否在她身上找到打鬥的傷痕？」

「沒有。」

「方才的證人表示那件褲子是被人使勁扯開。原告在褲子裡只穿了單薄的丁字褲。控方律師暗示這類衣物用力拉扯留下的痕跡可能會在妳替泰勒小姐檢查時消失。可是泰勒小姐描述的力道會留下摩擦的傷痕，對不對？」

「有可能吧？」我的耐性即將用盡。換我上去說都比她有說服力。

「摩擦的傷痕不會在四個小時內消失，對吧？」

「不會。」艾琳．歐克涅杜靠向證人席的欄杆，尋求支撐的意味大於強調自己的發言。往後靠，我默默朝她發送訊息。站直。

「妳是否在原告身上找到這類痕跡？」

「沒有。」

南森尼爾．波葛拉斯嘲諷似地搖搖頭，完美的假髮無力跳動。

「妳也檢查過我的客戶。」普萊斯繼續說下去：「發現他的外生殖器殘留原告的陰道分泌物。但這只是證實了他的主張：性行爲確實發生過，對吧？」

「是的。」

在兩人的對答中，律師的音量漸漸提高。「妳對於原告的檢查結果是否能成爲她被迫發生性行爲的鑑識證據？她身體內外沒有任何傷口能推翻兩人發生合意性行爲的推測？」

這回她得到想要的答案。

「不。」歐克涅杜醫師說：「我不能如此主張。」

她的神情和我的感受毫無兩樣：有如看著自己踢出的球飛進自己的球門。

「謝謝妳，歐克涅杜醫師。庭上，我對這位證人的問題到此爲止。」

她一坐下，波葛拉斯隨即起身，像是蹺蹺板兩端的小孩子。「庭上。」他的語氣瀰漫著遭受致命一擊的挫敗感。「原告證人皆傳喚完畢。」

19

蘿拉

二〇〇〇年五月十一日

詹米．巴爾克姆踏上證人席的那一日，特魯羅萬里無雲，天色湛藍。被告依舊在家人的簇擁下抵達，之後才自行找庭務員報到。

頂著鮑伯頭的記者踏進中庭。法院廣播要求巴爾克姆一案的相關人士進入一號法庭，愛莉對她眨眨眼，輕聲說：「好戲上場囉。」

我們魚貫進入旁聽席，基特和我格外謹慎，不去碰撞或摸任何一個巴爾克姆家的人。有人噴了太濃的花香香水，害我昨天的頭痛又犯了，太陽穴陣陣抽痛。未婚妻安東妮亞坐在後排，她的打扮經過精心設計，營造出純眞無邪的氣質，黑色絨布髮圈搭配荷葉邊領口，活像是古早年代的小女生。再多個條紋褲襪就是插畫家坦尼爾[1]筆下的愛麗絲了。她伸長脖子，眺望巴爾

1 約翰．坦尼爾（John Tenniel, 1820—1914），英國插畫家及社會活動家，因創作《愛麗絲夢遊仙境》的插圖而出名。

克姆進入被告席。他看到她坐在後頭，臉上閃過冷硬的憤怒，但是消失得太快，我不太確定是不是眞有這件事。

「你有沒有看到他剛才那張臉？」我悄聲問基特。他望向詹米嚴肅鄭重的面容，聳聳肩。

「還不是老樣子嗎？」

我盯著詹米，他對前排的空位輕輕點頭。安東妮亞彷彿是被扯動牽線般起身，以口形無聲地道歉，匆匆移到最前排坐定，緊張地轉動訂婚戒指。

「看到了吧？」我對基特說，但他正在擺弄手錶，與法庭的鐘對時。

詹米從被告席到證人席走了十步，又或是十二步。他過度有禮，相當合作，對幫他拉開柵門、送他上證人席的庭務員數度高聲道謝。

「巴爾克姆先生，你可以坐著。」法官說。

「謝謝，庭上。」詹米垂下頭。「不過我站著就好。」

今天他換上另一套西裝，尺寸有點過大，使得他像是開學日的小學生，穿著預留成長空間的新外套。我偷偷瞄向其他巴爾克姆家的人，發現他們全都打扮得毫無瑕疵。詹米不合身的服裝除了降低陪審團的戒心以外，我想不出還有其他目的。他的眼睛比先前還要藍，是不是戴了隱形眼鏡？

他按著聖經發誓。他當然會這麼做。

費歐娜．普萊斯對她的客戶露出和善的笑容。

「詹米，謝謝你。」她說得像是他自己做出選擇，紆尊降貴蒞臨此地。「進入正題之前，希望你能向我介紹一下你的教育程度。」

「謝謝，普萊斯小姐。我畢業於薩克斯比主教座堂中學，在A級課程拿到四個A。在巴斯大學建築設計系取得學士學位，現在的目標是成爲建築師。」

他的嗓音猶如昂貴的蜂蜜，從銀色湯匙邊緣滑落。

「你現在已經取得完整資格了嗎？」

「沒有，加入英國皇家建築協會前，我還要取得三年學習以及工作經驗。相信只有獸醫的訓練時間比建築師長。大學畢業後，要進入業界一年，回大學讀兩年，才能拿到建築系的學位。接著是更多實務訓練，唸更多書，考更多試。」他微微一笑。「之後要申請成爲英國皇家建築協會的會員，找到工作。接下來才是真正的苦差事。」

穿西裝外套的男性陪審員點點頭，刺青男勾起嘴角。

「這個案子對你的職涯規劃有何影響？」

詹米的雙肩一垂。「老實說，我的職涯還沒開始就被這個案子毀了。我今年應該要進業界實習，原本要去拿過大獎的麥菲森與巴爾建築公司。他們負責在內陸城市的荒廢地區建造新的環保住宅，這個職位非常珍貴，他們一年只收一個畢業生。在我報到前，冒出了這些指控，公司決定讓我等到判決下來再說。所以現在我眞的是進退維谷。」

他的故事相當完整。我試著對上詹米的雙眼。你不能對我撒謊，我想。我了解你。我看過你腐敗的內心。

費歐娜．普萊斯一副難以接受的模樣，她低下頭爲這個年輕人脫軌的人生哀悼幾秒，繼續道：「令尊是成功的營造業者，是不是？說他是業界龍頭也不爲過，他掌握了那麼多的新建案。頂著令尊的名聲，你其實不需要學位。爲什麼不直接進入家族企業？」

詹米眨眨湛藍的雙眼。「我認為不依靠家父的名聲是很重要的事情。況且，這個產業的未來一定是放在永續居住的可靠建案上頭。這是我感興趣的領域。或許可以說是我的天職吧。」

一個強暴犯竟然如此有魅力，真是太諷刺了。

「你背負著許多不容許失去的事物。」普萊斯說：「職涯遭遇到巨大的阻礙，想必讓你十分痛苦。」

「庭上。」波葛拉斯打岔。「我的同行試圖以後果作為根據，而非證據。」

普萊斯沒有任何遲疑。「為了評估我的客戶會在特定情境下做出何種行為，我們必須考慮他做出這些行為要承受的後果。詹米，我們繼續討論本案對你的人生產生了什麼影響。」

「自從他們逮捕我之後，我難以入睡。這是一段漫長而疲憊的時間。即使是現在，我仍舊難以相信竟然會遇到這種事。」

費歐娜·普萊斯把她桌上的筆調正，換了語氣。

「你結婚了嗎？有沒有小孩？」

「我已經訂婚了。我的未婚妻安東妮亞就在這裡。」他對安東妮亞笑了笑，安東妮亞勉強擠出笑容。我驚覺她從開庭第一天就在法庭裡，也就是說她不可能是證人。為什麼他們不傳喚她？為什麼不打算傳喚她？

「有小孩嗎？」普萊斯問。

「還沒有。我想按部就班來，不過我對這件事抱持高度期待。」

女性陪審員的心都要化了。就連我也要費上一番工夫才能把強暴犯的冷笑，蓋過眼前這個天真的學生。

「在此向陪審團說明，該起事件發生在星期四。請告訴我你是如何抵達音樂祭，如何認識原告的。」

「沒問題。」詹米點頭。「我原本要和以前的同學彼得一起去康瓦爾，可是出發前幾天，他在冒險童軍團的山崖垂降活動中摔斷腿。」還眞夠巧的，我想。然後呢？扯到彼得和詹米平常都會扶老太太過馬路嗎？「所以我自己出門，搭乘從倫敦出發的長途巴士，然後在現場紮營。」他有點不太好意思地笑了笑。「這不是什麼順利的開端。自己搭帳篷對我來說不太容易。彼得是童軍，這是他的專長。老實說組裝好帳篷以後，我的心情有點低落。我不怎麼擅長獨處，因此當晚我在營火旁打轉，看能不能找人聊天。」他垂下視線，接著抬起頭，露出戴安娜王妃般的神情。「現場幾個營火圈子都很大，不用開口就可以加入。我甚至沒看清楚自己坐在哪裡，看到空位就坐下去了。一開始只是大家隨便聊聊，像是他們參加過的音樂祭，到底能不能看到日食之類的。」

「你如何與泰勒小姐搭上話？」

他微微轉頭，我看見他的側臉。不知道他的外表究竟能替他加分還是扣分。

「嗯，等到天色整個暗下來，有人開始彈吉他，那表示我們只能和身旁的人聊天。所以我們閒聊起來，她眞的去過很多地方，參加過很多音樂祭。我跟她說我也對這類活動很有興趣，只是我的女朋友不怎麼熱中。」

普萊斯將原子筆夾在指間旋轉。「所以原告知道你當時有交往對象？」

「這個嘛，我想……我們之間是有一點火花。」詹米一臉愧疚，像是在表達即使貝絲把他逼到此處，他依舊不想說她壞話。媽媽陪審員歪歪腦袋。「我們交談時，她一手摸上我的大腿，我想我應該要趕快擺脫她，終止那些曖昧行爲。」

普萊斯調整根本沒有移位的假髮。「這是日食前一晚的事情？」詹米點頭。「你在營火旁是否有使用任何藥物？」基特與我互看一眼。這比較像是原告律師會問的問題。波葛拉斯神情淡然。

詹米望向旁聽席，咬住嘴唇。

「詹米，你一定要回答這個問題。你在營火旁是否有使用任何藥物？」

「對不起。這種事很難在我媽面前提起。」他長嘆一聲。「有。有一根大麻菸傳來傳去，我抽了一口，就只是爲了合群。我想這是讓其他人接納我的方式。」刺青男點頭，似乎在說，是啊，誰不會呢？「那是受到現場氣氛影響。不過我把那口煙咳出來了，我很不習慣，說了幾句平常沒在用這種東西之類的應酬話。貝絲接過那根菸，邊笑邊說，別擔心，這是祭典，常規在這裡派不上用場。」

「泰勒小姐也有吸那根傳來傳去的大麻嗎？」

「有，不過只有一口，我想。」

「你們有沒有受到藥物影響？」

「我不知道泰勒小姐的狀況，但是我完全沒有。」

直到基特的手壓上來，我才發現自己的手指不斷敲動。

「這場集會是如何結束？」

「大概到了半夜吧，我沒有戴錶，她起身離開，我問她的帳篷在哪裡，陪她走回去。我想確保她的安全，在帳篷旁等到她把門拉起來才走。」

在這場表演中保持正面心態就和試著握住一灘水一樣困難。

普萊斯以拳頭抵著下巴。「在四下無人的黑暗中，你沒受到誘惑與她進一步接觸？」

詹米一手掩面，過了許久才回答：「沒錯，我是受到誘惑了，可以吧。我們聊得很開心。可是我什麼都沒做。」

我望向安東妮亞。她面無表情，好想知道她心裡到底在想什麼。

「你跟她一拍即合，而且你們都受到大麻影響，你卻放她自己睡？」

「這是當然。」詹米理所當然地答道。

「這是當然。接著是事發當天早上。你起床後做了什麼？」

「應該要頒奧斯卡獎給那傢伙。」我對基特低喃。他握起我的手，把我的拳頭展開，但他和其他人一樣，聽詹米的陳述聽得入神。

「隔天早上就是日食當天。我想去貝絲的帳篷看看，說不定她願意跟我一起看日食。她不在，不過在她離開主舞台區時我們遇見了，她說想找個安靜的地方欣賞日食。主舞台那邊真的很熱鬧，又是音樂又是叫嚷聲，我也不喜歡那樣，於是我提議跟她一起走。」

「她如何回應？」

「她沒有反對。」詹米加重語氣。「不然我也不會跟著她。我們繞來繞去，最後她突然停在放滿馬戲團器材的空地。我想，等等，這可不是適合看日食的地方，塞了那麼多貨車和雜物，然後我察覺到：這個地方相當隱密。她在兩輛露營車中間的草地找了個位置，我也跟著坐下。」

「你們有達成協議嗎？」普萊斯湊上前，陪審員們湊上前，旁聽席與媒體席上的每一個人也湊向前，彷彿詹米是個漩渦，拉扯著眾人。

他的字句宛如用穿著小羊皮手套的手捧著。「我會說那是心照不宣。」他說：「或許是我太天眞。要是我知道接下來的發展……可是那眞的是一時衝動。我們只是看著天空，好吧，看著雲層。有好一陣子毫無變化，接著一切高速運轉。前一秒我們眼中只有天空，下一秒天色就暗下來了，氣氛變得很詭異。跟別人分享那一瞬間的體驗太不可思議了，太親密了。明明身旁有那麼多人，你卻覺得世界上只有你和那個人，黑暗憑空出現。」不行，我不理智地想著。不能允許這傢伙感受到日食的美以及力量。我不能容忍。詹米清清喉嚨。「然後，等到天色亮起，我說——我原本想說這眞是太神奇、太不可思議了，但我的潛意識突然冒出來，我眞正說出口的話是：不覺得很浪漫嗎。我知道這個形容詞很不恰當，但這是我眞正的感受。」他無助地望向安東妮亞，爲了她壓低嗓音。她的表情仍然讓人無法捉摸，右手反覆轉動訂婚戒指。我不知道該覺得輕蔑還是憐憫。「我們被氣氛沖昏頭了，當我們開始親吻，很快就一發不可收拾。我們同時動了起來，我無法清楚說明究竟是誰起的頭。」

普萊斯揚手打斷他。「巴爾克姆先生，這很重要。親吻是兩人同時進行的嗎？她完全沒有推開你，或是要你停下來？」

「完全沒有。眞的。如果是我自作多情，我馬上就會收手。」

「接下來要討論到性交的實際狀況了。請你替我的同行解惑，究竟泰勒小姐的褲子是如何脫下的？」

「她沒有脫下褲子，只是鬆開繫帶。」詹米說：「褲子從側邊打開。否則我不知道要如何開始。她把臀部翹向我……」他雙手掩面，完美展現出自己承受多大的折磨。他父親鼓勵似地點點頭。「我把她的內褲拉到一邊，就這樣。動作沒有很粗魯，我沒有傷害她，就是——我眞的很抱歉，安東妮亞。」詹米花了點時間平復情緒。「那是……刺激的性行爲。在那之前或是之後我沒有做過這種事情。然後那對男女，或者該說是那個女生突然冒出來，下一刻我就成了強暴犯。」他越說越大聲，普萊斯警告似地橫了他一眼。

「證人朗格里許小姐和麥寇先生。」全場的視線射向我們，除了安東妮亞。她指間的鑽石在轉動間綻放光彩。「你又是如何回應？」

「我急著想讓貝絲說明眞實狀況。可是她完全不說話。我知道這樣很尷尬，可是做到一半被人撞見我也不好受啊。各位一定要知道他們有多激動。他們，她，一口咬定我做了什麼。」他看著我，我只希望陪審團沒發現我臉上冒出的汗水。「太離奇了，感覺像場鬧劇。我一開始還以爲他們在開玩笑，然後他們說要去找警察，我才發現事情眞的發生了，他們是認眞的。我完全沒想到會鬧上法庭。簡直是惡夢。」

「謝謝你。」普萊斯將幾張紙弄整齊，製造短暫的停頓。「現在來到下一個階段。你一開始遭到指控時，選擇離開現場。如果你是無辜的，爲什麼要那麼做？」

詹米．巴爾克姆重重嘆了一口氣。「我的口袋裡有一些大麻。先前我花錢找人幫我捲了一根菸。」

我第一次聽到這件事，顯然原告律師也是。波葛拉斯將紙條遞給卡蘿．肯特，我胸中燃起微弱的希望。

「你沒想到要跟其他人提起這件事？那也不是什麼正經的場合，對吧？」普萊斯說。

詹米雙手一攤。「有個陌生女人指控我是強暴犯！現場氣氛一點都不輕鬆！我的思路是，趕快找個地方丟掉大麻，我不想因爲持有毒品被逮。要是我眞的強暴了某人，妳想我會擔心口袋裡的大麻菸嗎？可是那位證人，他跟在我背後。」他朝基特點點頭，基特挺直背脊。「無論我丟出什麼，都會被他看見。我看到人潮湧向主舞台，就混了進去。當時我想，我知道出入口附近有駐警站。我就過去說有個女人隨便指控我做了壞事，讓警察來釐清一切。我相信到了那個時候，她已經冷靜下來了。」

「從事發當時到你向警方自首，中間隔了多久？」

「大概一個小時吧。我丟完大麻菸才有空思考更嚴重的問題。」詹米說：「我的意思是，我沒有強暴原告。我沒有，也做不到。但那並不代表我沒做錯事。我背叛了我的女友，我的未婚妻。那是一時意亂情迷，不過跟他的說法完全不同。」他朝波葛拉斯點點頭。「當時我有些動搖，因爲我想，要是事情翻上檯面，就算我只想釐清事實，被安東妮亞發現的機會仍然會大幅增加。於是我回到我的帳篷，大概思考了半個小時，發現我得要坦然面對，終結外界的誤解。我這輩子從沒想過會被人指控性侵。」

「你認爲原告指控你的原因可能是什麼呢？」

詹米用力呑呑口水。「我只能想到她覺得很尷尬。畢竟那眞的不是什麼體面的事情。」他打了個寒顫，像對自己不夠紳士的態度感到痛苦。天啊，他眞會演。「不過從她在證人席上的表現，我認爲她相信自己說的是眞話。這是最糟糕的一點：她是受害人，但我不是加害人。我誠心希望現在她能獲得她極度需要的幫助。」

20

基特
二〇一五年三月十八日

「瑟蕾絲特公主號」的舞會廳氣氛猶如明亮的購物中心。開場是關於健康與安全的宣導，旅行社的工作人員拿著乘客名單，劃掉已經領到識別徽章的人名。等我和理查抵達時，只剩下十多個徽章了。

首位講者上台，我認出他就是第一次廣播的那個人——傑夫·德瑞克教授。我在牛津上過三年他的課，他這次會在日食發生時錄影並現場說明，回程途中再來一段他戲稱爲「驗屍」的後續講解。我心不在焉地聽著，溜到舞會廳後方，乘客名單就丟在接待桌上。我花了幾秒鐘掃了一眼，排除貝絲登船的可能性。接著，想到蘿拉的假名理論，我在舞會廳側邊找了個方便觀察的位置，逐一打量每名女性——不需要太多時間，此處的男女比例大概是二比一，年輕女性更是寥寥可數——終於確定她不在她們之間。我已經盡可能仔細了。

貝絲不在船上。

還是有可能在陸地上遇到她。如果我真的要去找她，在她找到我之前找到她，機會最大的地點就是那間酒吧。黑暗中，數千名觀光客散在幾十座山丘間，要到日食當天早上，偵查員們到各處評估覆蓋整座島的雲層，才知道最佳觀測地點在哪。接下來的二十個小時，在遊輪停靠托爾斯港前，我不需要面對我的過去。

我想我有資格再來一杯。

***

我在酒吧遇到傑夫·德瑞克。他馬上就認出我。「克利斯多弗！」（多虧了我的名牌，我已經開始習慣自己的全名了。只有親人老友會叫我基特。）他的嗓音把我推入時空迴廊，回到俯瞰泰晤士河的教室，低頭說不定會看到以前那雙破破爛爛的愛迪達球鞋。

「我不時會想到你現在發展得如何。」他結束老套的開場白，說：「學界的損失是業界的獲利。」向別人說起目前的工作時，我已經很久沒有如此羞愧了，但他聽得津津有味，對於我沒拿到博士學位這件事絲毫不覺失望，令我十分介懷。傑夫的交際手腕和他的智識同樣出名。一名加拿大老太太打斷我們，認真地問起行星與恆星的差異，他也是以過去對待學生的態度仔細回答。我未能施展的專業潛能像哽在喉嚨的石塊，我拿紅酒一口沖下去。

理查和一群來自威爾斯的天文學家聊了起來，一會就確定這艘船上也有幾位卯足全勁的日食狂熱者。壯碩的婦人譚希臉色紅潤，跟我媽差不多年紀，她直說要讓我們見識她的幸運內褲。「只要有這條內褲，絕對不會遇上陰天！」她替我倒滿酒杯。

「還眞是風韻猶存啊。」我對理查低聲說。眾人四處比較各自的日食紀錄，場內自然建立起階級秩序。理查在行程表背後記下名字和那些人看過的日食。拔得頭籌的是一位加州老爺爺，他看過十九次日食。不過如果把次數除以年紀的話（我無法抗拒計算的誘惑），那我是這個年齡看過最多日食的人。

源源不絕供應的酒讓酒吧裡的氣溫漸漸上升。我脫掉法羅群島毛衣，露出九一年的智利日食紀念T恤。譚希活像是看到克拉克・肯特撕開襯衫露出超人裝。「一九九一年！那時候你還是小嬰兒吧。」

我又喝了幾杯，發現船隻的顛簸停了，這代表我們來到了平靜無波的海域，或者是我大腦的擺盪與船身搖晃達到完美同調。理查要大家一起挑戰突破一張照片收錄最多日食追逐者的世界紀錄。還沒看過日食的他沒有資格入鏡，他把我們趕進鏡頭中。一旁桌上放了頂「瑟蕾絲特公主號」的紀念帽，我沒問那是誰的，順手戴上，蓋住眼睛，站到後排，像是掛著黃褐色鬍鬚的黑色山峰。理查拍完照之後，拿吸管在他的名單上比劃，嘴裡唸唸有詞。「這張照片，」他揮舞手機，「囊括了一百零三次的日全食觀賞經驗。」

「心算就是要用在這種地方嘛。」我惹得眾人哈哈大笑。麥克一直說我一點都不好笑，就連蘿拉也抓不到我的笑點，不過今晚我發現以前我選錯說笑話的對象了。在這裡，他們愛我愛得要命，每個人都想聽我分享經驗。打從去康瓦爾之前開始，我第一次自由暢談那些故事，因為這些人很了解日食，我可以跳過許多細節——像是把完美情況搞砸的各種意外——他們仍舊興致盎然。我的新朋友聽得入神，譚希一點一點湊近。我看著手中的酒杯，發現葡萄酒已經換成蘭姆酒。有人摸出自拍棒，拍了更多照片，我沒有摘下帽子；還有人介紹我認識另一名穿著九一年智利T恤的男子，我們像久別重逢的兄弟般熱情擁抱。瞥見他的T恤已經被啤酒肚撐大，我的還是一片平坦，不由得暗自竊喜。難怪譚希無法抵擋我的魅力。對話內容不斷重複、兜圈，漸漸變得模糊。當我說出某段厲害的經驗時，有人唱起歌，大概吧。

「你可能要冷靜一下。」理查輕輕接過我手上的酒杯，放到一旁。

我一把火燒起來。「我跟譚希只是朋友。」

「你在說什麼？我們的床鋪只隔了兩呎，我可不想半夜被你吐了滿臉。」

我醉到無法停止喝酒，卻又足夠清醒，知道自己要吹吹風。我來到頂層甲板，倒在一張躺椅上，隨即不省人事。再次醒過來，我發現有人幫我蓋了條毯子。下方以及前後左右的浪頭敲打船身。夜風吹散雲層，露出即將消瘦的豐滿明月。星斗佔據了大半夜空，銀河在我眼前舒展觸手，流星多得跟倫敦公車沒兩樣。在尚比亞那次之後，我還沒看過如此燦爛的天幕。今夜如此完美，唯一的缺憾是蘿拉不在我身邊。我記憶中從未有過這般回到老家似的感受。

21

蘿拉
二〇〇〇年五月十一日

「如果是我遭人誤控犯下強暴重罪，我會留下來解釋，可是你轉身逃走，對吧？」南森尼爾．波葛拉斯問。

我憋住呼吸，看詹米冷靜地注視他。「剛才提過了，我只想處理掉口袋裡的大麻。」

「不對。你逃走的原因是被人撞見強暴原告泰勒小姐，你想要脫身，對不對？」

「不是。」

「你記得首度接近駐警站的狀況嗎？」

詹米無法掩飾驚慌的眼神，他望向他的律師，費歐娜．普萊斯很輕很輕地點了頭。不知道基特有沒有注意到。不知道陪審團有沒有看到。

「什麼？」

波葛拉斯神情肅穆。「陪審團已經聽過肯特警長對緝毒犬皮普的介紹，不過呢，巴爾克姆先生，我來替各位再次說明。那個週末，兩條警犬駐守會場，其中包括四歲的德國牧羊犬皮普，牠極度敏銳，受過嚴格訓練。殘留的毒品對牠而言，就像當著你的面點燃大麻菸一樣。巴爾克姆先生，你接受訊問時皮普在哪裡？」

「牠就在我身旁。」詹米說。基特跟我挺直背脊。「牠跟領犬員就在駐警站角落。」

波葛拉斯趁勢進逼，他終於在交叉詰問中找到樂趣了。

「皮普有靠近你嗎？」

詹米的臉龐忠實表達出我被普萊斯逼到絕境的感受。

「你對皮普沒印象，因爲牠沒撲向你，對不對？牠沒有聞到你宣稱急著丟掉的大麻。」

「那時候大麻已經不在我身上了。而且它原本是裝在塑膠袋裡。」

「對於經過訓練的鼻子來說，就算是這類狀況還是能捕捉到蛛絲馬跡。巴爾克姆先生！」波葛拉斯大喝一聲。法庭裡每一個人都跳了起來。「從一開始就沒有那根大麻菸，對不對？」

「真的有！」那天他就是用這種小男生哭訴般的語調對貝絲下令。

「那只是煙幕彈，事後捏造的謊言，你被送進赫爾斯通警局前臨時想到的招數，對吧？」

「不對！」

「你在營火旁吸了幾口？」詹米默不吭聲。「如果你要複習自己的筆錄內容，請便。」波葛拉斯催促道。根據我在證人席上的經驗，當律師遞出你的筆錄，他們握在手上的其實是讓你吊死自己的繩圈。幸好有那次經驗，我完全可以理解詹米現在有多坐立不安。

「一口。」他承認。

「你喜歡嗎？」

「不怎麼喜歡。」

「喔，那你為什麼要找人幫你捲菸呢？」

詹米的視線飄向天花板，彷彿正確答案就寫在上頭。陪審員幾乎要抱著特大號汽水和爆米花看戲了。

「你是個狡猾的小夥子，對吧？」

「什麼？」

「比起你真正的罪行，強暴孤單無助的女性，持有毒品罪受到的輕微譴責是不是好一點？」

詹米只能搖頭。他母親跟我坐在同一張長椅上，也做出同樣的動作。記者往筆記本裡振筆疾書。我不用記下任何事物；即便是現在，我還能背出這場審判中的關鍵發言。我發現只要多費點心思，記憶就會產生完全不同的效用。如果你在某天開始前就知道到當天說出口的字字句句都很重要，那麼就算只是毫無關係的細節也都會刻印在你的長期記憶中。只有當你遇上措手不及的狀況時，一切才會亂了套。應該要有不同的用語來指稱我們不同的記憶方式才對。

「你在其中一件事情上撒了謊。到底是哪一件？」

「我沒有說謊。」詹米說。喔，才怪，我暗想，他們會看穿你的真面目，就跟我一樣。

「反正也不是什麼大事。我們繼續吧。關於泰勒小姐的證詞，並不是只有強暴那部分與你的說法相互牴觸。你們都是在星期三抵達會場，但這是唯一沒有矛盾的細節。就從強暴前一天開始吧。是你先觸碰原告泰勒小姐的大腿，對不對？」

詹米一副躲過一劫的模樣。「是她自己貼過來的。」

安東妮亞不再轉動戒指，鑽石反射天窗透入的日光，一道白光貫穿法庭。

「是誰提議讓你送她回帳篷的？」

「是我。我怕她出事。」

「其實是你不顧她再三婉拒，硬是要陪她走一段，對不對？」

「不對。」

「我相信她在帳篷前是這麼說的：『再過十輩子也不可能。』」波葛拉斯臉一皺。「哎，沒有人喜歡被拒絕的滋味，你覺得不太爽快，對吧？」

「沒有。這件事根本沒有發生過。」

「你很沒面子，想給她一點教訓，對不對？」

「錯了。」詹米的嗓音沒有那麼好聽了，希望這是他情緒失控的前兆。讓他們看到你的真面目，我想。讓他們看到我所見的那張臉。

「泰勒小姐說她保持清醒，直到確定你已經離開。你還在附近時，她怕得不敢入睡。有過這種體驗的女性，隔天還會與你發生合意性行為嗎？」

「她撒謊，因為她覺得被人逮個正著太尷尬了。」詹米的語氣徘徊在忍耐與憐憫之間。「她可能從來沒有做過那種事吧，我不知道。對我來說也是反常的行為。只是一時衝動。整片天空都變了。」

波葛拉斯轉向陪審團。「現在巴爾克姆先生似乎想把他的行為歸咎於星球的排列。接下來呢？星座嗎？」刺青男憋住笑聲。「可是，巴爾克姆先生，那對你來說並不是反常行為，對吧？」

「因為我根本沒有做。」

「你習慣追逐你覺得自己應該得到的人事物，無論其他人要付出多少代價，對不對？」

詹米的說話速度放得很慢，像是要說出無聊至極的話。「我眞的不知道你在說什麼。」

「你第一次申請麥菲森與巴爾公司的實習時順利嗎？」

基特與我困惑地互看一眼。「沒有。」詹米的語氣少了方才的百無聊賴。

「那麼你是如何改變他們的心意？」

「我在慈善活動上接近公司高層，靠著熱情說服他們。」

我完全能想像他在酒杯和開胃菜間穿梭，大言不慚地說他才是那個職位的正主。

「那麼原本獲得錄用的申請者呢？」

詹米一臉怒意，基特朝我挑眉。我點點頭，視線離不開證人席。

「你究竟對公司執行長歐克塔維雅·巴爾說了什麼？容我提醒一句，你已經發誓不得有任何欺瞞。」

「我跟她說另一名申請者因爲鬧事被記了警告。我不認爲應該給予這種人如此重要的職位。」詹米對著波葛拉斯揚起下巴，顯然是要強調他有多麼認眞地履行身爲善良公民的責任。

「所以你詆毀比你優秀的申請者，篡奪他的位子？」

「沒有你說得那麼下流。」詹米臉色絲毫不變，皮膚依舊乾燥。他不像我緊張得直冒汗，或是像歐克涅杜醫師那樣動搖。

「我只是實話實說。你不接受任何拒絕，對不對？」

「不是那樣的。」

「你習慣以惡意回應拒絕，我這樣說錯了嗎？」

「那是兩碼子事——他能說這種話嗎？」詹米向他的律師求助。

南森尼爾．波葛拉斯對法官開口：「庭上，此事攸關被告的人格特質。」

「波葛拉斯先生，請繼續。」法官說。費歐娜．普萊斯等到法官移開目光，才對詹米搖頭。

「你在營火旁騷擾她，跟到她的帳篷外，隔天早上也跟蹤她，即使她要求你別這麼做？」

「沒有。」

「根本沒有雙方同意到停車場一起看日食這件事。你跟蹤她，等待時機，來到夠偏僻的地方才出手，沒有得到許可，做了你第一眼看到泰勒小姐時就想對她做的事。巴爾克姆先生，是不是這樣？」

「不是！」他的抗議劃破凝重的空氣。波葛拉斯給眾人一些空檔聆聽餘音，喝了一小口水。詹米也做了同樣的事。

「巴爾克姆先生。泰勒小姐是否主動說出，我想跟你一起看日食，或是類似的言詞？」

「沒有，並不是每一件事情都要說出口，對吧？」他的音量只剩方才的一半。

「巴爾克姆先生，我認爲一切都該說出口。我認爲本案的基礎在於清楚說出的協議，儘管『不要』這個詞反覆出現……」波葛拉斯稍稍停頓，讓這句話在法庭裡迴盪，我憋住呼吸：如果他說資訊來源是目擊證人的證詞，基特一定會知道是我說的——而我不應該向他隱瞞這種事。「你的行爲完全相反，對不對？」

我又躲過一次。我看著詹米。

「不對。」他閉上雙眼。

「你強暴了泰勒小姐，對不對？」

詹米猛然睜眼，直視波葛拉斯。「**沒有！**」

沒有、沒有、沒有、沒有。回音繞樑，直到波葛拉斯開口打斷。

「庭上，我的問題到此爲止。」

毫無預兆的終止出乎眾人意料。詹米．巴爾克姆愣愣地望向雙親，他答辯的機會就這樣溜走了。莎莉．巴爾克姆發出他聽不見的安撫聲。

費歐娜．普萊斯只剩最後一名證人能傳喚。克里絲朵貝兒．柴斯手腳修長，身穿綠色連身裙，以響亮的嗓音宣誓。她證實是在進巴斯大學的第一個禮拜認識詹米．巴爾克姆，她穩定交往的男朋友是詹米以前在划船隊的隊友。

「我想請妳說明妳大一最後一個學期發生的事件，當時被告巴爾克姆先生挺身幫助妳。」普萊斯小姐說。

「沒問題。」克里絲朵貝兒說：「在聖誕舞會上，我鬧得很難看。我在八、九個小時內喝了兩瓶紅酒。」她瞄了安東妮亞一眼，接著望向被告席上的詹米。「中途我昏昏沉沉地離開會場，到校園裡亂晃。我找不到回家的路。詹米察覺我不在場，到外頭找我。我幾乎站不住，他送我回房間，在我抱著馬桶狂吐的時候幫我撥開頭髮，扶我上床，在床邊放了個水桶，怕我半夜又想吐。」

普萊斯點頭。「妳會如何形容他的舉止？」

「他是完美的紳士。我會希望每次都有他照顧。」

「謝謝妳，柴斯小姐。」

南森尼爾・波葛拉斯抓抓頭皮。

「柴斯小姐，妳當時與巴爾克姆先生的好友交往，對吧？」

「羅倫斯，對，我們現在還在一起。」

「要是當時他佔妳便宜，肯定會在他的社交圈內掀起軒然大波吧？」

「呃——對。可是他絕對不會佔我便宜。」

「各位陪審員，這兩件事可是天壤之別啊。一個是在離家千里遠的偏僻音樂祭，襲擊落單的年輕女性；另一個則是細心照顧社交圈重疊，而且有些社會地位的女性。兔子不吃窩邊草，我相信這是耳熟能詳的一句話。」

「波葛拉斯先生！」法官開口了。「請勿佔用時間發表個人見解。你要對證人發問嗎？」

「抱歉，庭上。」波葛拉斯啪的一聲合上檔案夾，大概是爲了掩飾他的挫折感，卻只有反效果。「我的交叉詰問到此結束。」

法蘭歇法官瞄了時鐘一眼。「結辯以及我的總結就留到明天。」他的反應不出我所料，但我心中還是一陣失望：我們無法親眼看到審判結果。回倫敦的車票時間是明天早上，我們連伙食費都所剩無幾，更遑論自行負擔新的車票以及一晚房錢。

我們起立等法官離開，我的腦袋高速運轉。明天的結辯八成還是會提到我的證言。費歐娜・普萊斯肯定會努力詆毀我，把注意力引到我矛盾的說詞上頭。特魯羅法院是全世界我最不該待的地方。

「他的說服力實在很驚人。」走下山坡途中，我對基特說。他握起我的手，大拇指在我掌心摩挲。

「如果他眞的做了，卻又覺得自己是無辜的呢？」他問。「要是她認爲是強暴，但他不這麼想呢？」與其說是故意唱反調，他更像要展現某種男性間的共感。我首度察覺男人害怕這類控訴的程度或許不亞於女人對於襲擊的恐懼。「我的意思是，有沒有這種可能性？」

我們停在橋邊。肯文河在腳下奔流，兩個塑膠袋追逐著往下游漂去。

「要我說眞話嗎？」我凝視河水，塑膠袋在河道分岔處各奔東西，消失在橋下。「我認爲某些男人恨透了女人，卻沒有意識到這件事。他們不認爲那是違反兩人的協定，因爲他們心中根本沒有那個協定的存在，就這樣。或許詹米．巴爾克姆就是這種人。我不知道。」

「不能用這種理由來辯護，對吧？」基特問。

「天啊，當然不能。」我說。「這個想法更糟。」

***

下個星期二，我們回到公寓，發現電話答錄機亮起紅燈。「這是給克利斯多弗．麥寇和蘿拉．朗格里許的留言。」熟悉的熱情嗓音響起。「這裡是德文與康瓦爾警局的卡蘿．肯特警長，時間約是五月十六日星期二下午三點。判決結果出爐了。陪審團花了大半天，以十比一的票數裁定詹米．巴爾克姆有罪。法官在同一天做出審判，讓遠道而來的陪審員能早點返家。他判了五年徒刑，是這種程度的性侵案件的最高刑期。法官想要殺雞儆猴。或許你們會想知道伊莉莎白也在法庭裡聆聽判決結果，我想她對此相當滿意。我們都是。」她沉默一秒。「總而言之，我想感謝你們配合作證。你們的證言是將他繩之以法的極大助力。」

燈號熄滅，沒有別的留言了。陪審團看透他的眞面目，我想。感覺像是有人鬆開我肩膀上的巨大螺絲，緊繃了這麼久，我的手臂一時間竟無法動彈。我倒向基特懷裡，對著他起伏的胸口說：「結束了。」

第二部　食既

整個日面幾乎被月面覆蓋。太陽的最後一絲光芒滲入月坑間隙，使重疊的天體如鑽石戒指。

22

蘿拉
二〇一五年三月十九日

太陽一點一點移過月面，將月光偷走。基特在荒涼的山間仰望天空，貝絲躲在陰影中逼近。還沒有結束，她說了一遍又一遍。她手中握著尖銳的碎玻璃，但是流血的卻是我的掌心。我尖嚷著基特的名字，想要警告他，然而我卻什麼聲音都發不出來。詹米．巴爾克姆的手掩著我的嘴。

夢魘驚醒我，這支生動的短片過了整整一分鐘才消散。我抱著肚子，翻身側躺，瞪大雙眼。街燈將倫敦骯髒的光線射進百葉窗，床邊的時鐘告訴我現在是凌晨三點五十九分，跟我昨夜驚醒的時刻差不多。我四肢撐著床，摸向基特的枕頭，將注意力集中在冰冷的棉布上。心中的影像卻揮之不去，如同被陽光灼傷的視網膜。我傳簡訊給他。

你還醒著嗎？

我眞正想問的是，你還活著嗎？

簡訊一傳出去我就後悔了。身爲緊張焦慮的控制狂（這是我自己說的——雖然他一定也這麼想）是一回事，跨越時區騷擾他可就沒什麼藉口可開脫了。我又失控了。他沒在六十秒內回覆，我的心跳得好沉。其中一個寶寶在我肚子裡翻筋斗，帶來雲霄飛車般的恐怖墜落感。當焦慮佔了上風，瘋狂從理智上剝離。正常的自我站在遙遠的海岸上，驚恐地眺望我在自己搞出的浪濤間掙扎。我撥打基特的手機時就是陷入這種狀況。連續三次跳入語音信箱。另一幅影像浮現：基特靠著船邊的欄杆，貝絲出其不意地打掉他的手機，推了他一把……

下一刻，我裹著睡袍、套上雪靴在黑暗的起居室裡發抖，肚子擱在交叉的雙腿上。打開iPad螢幕時，我的臉瞬間映在上頭，眼窩凹陷、滿頭白髮、臉頰枯槁的殭屍。夜晚沖淡了白晝的規範，Google的兩個o與我對望。

思緒化爲行動。我想打電話到船上，請工作人員到基特的艙房確認，如果這樣太神經質（哈！），我也可以問問「瑟蕾絲特公主號」上的乘客是否都平安無事。但我只找得到旅行社的電話，而且清晨四點五分沒有人接。

新聞協會、路透社、ＢＢＣ、天空新聞台，我到各個新聞網站上尋找法羅群島、日食、遊客、遇刺、瘋女人、死了、殺了、克利斯多弗、麥寇、貝絲、泰勒、瑟蕾絲特公主號、北海等等關鍵字。要是眞的出事了，應該會跳出相關新聞。搜尋沒有任何結果，但說不定只是還沒報出來，我的安心瞬間瓦解。

我把同樣的關鍵字丟進Google。住手，我的理智說。妳只會把自己搞得渾身不舒服。妳的壓力荷爾蒙要淹死寶寶了。大腦中強勢的區塊豎起兩根手指，我按下確認鍵。這回網路把我傳送到YouTube，我像個孩子似地半遮住雙眼。從指縫間可以看出頁面上沒有那個影片。都是近期的隨拍片段。其中一段是前一天下午，整整十分鐘的北海落日。我戰戰兢兢地點開。沒有音樂，只有某個人編輯的落日錄影。我看完影片，凝視著銀白海面上的古銅色閃光。海浪一陣又一陣，在呼吸之間，我漸漸恢復冷靜。狂打基特手機的舉動顯得無比尷尬，甚至是無比危險。他會以爲我出事了。我又拎起手機。

抱歉別管我，我沒事只是作了惡夢。寶寶也很好。

日落影片結束後，側邊選單的推薦影片換了一輪，我繃緊神經，等待那個影片的截圖冒出，不過這回似乎讓我逃過一劫。貼出影片的都是科學家，不是享樂主義者。網路上的日食追逐者分成兩派：一邊是基特現在的同伴、認眞的業餘天文學愛好者，以及乘上新世紀浪潮的瘋子。前者的數量佔了上風，所以如果想看到那個影片，可能要加上音樂祭之類的關鍵字。

標題上打出「瑟蕾絲特公主號」的影片還有一支。

追逐日食的遊輪。「瑟蕾絲特公主號」上醉鬼高唱饒舌歌。超搞笑。

螢幕角落的時鐘顯示四點二十分。感覺睡意已經離我遠去。我想看點輕鬆的東西，於是我點開那支影片。

23

蘿拉
二〇〇〇年五月十六日

我們在克拉柏姆公園南邊的無電梯公寓，位於五樓，有個小陽台能俯瞰綠地。冬天的時候，光禿枝條讓人瞧得見北邊那些大樓，但到了夏天，遠方天地在近處的樹梢就此止步。要進到我們的公寓，必須先爬上八十五層階梯，曲折的階梯擠在無窗的樓梯轉角間。這棟其他三個樓層是從後巷進出，所以只要關上臨街大門，我們就到家了。不需要爲了鄰居保持樓梯整潔，沒什麼能阻擋我們光著身子飛奔下樓去拿信。我們以前開過玩笑，說要裝一根消防員出勤的鋼管來縮短晨間通勤時間，我們現在依然會以年輕人剛出社會、自覺自恃的口吻提起這個老笑話。樓梯井的壁紙陳舊剝落，到處都有成片脫落，能瞧見底下鮮綠色的油漆，基特說那大概是維多利亞時期的產物，有砷物質污痕。我以爲他在說笑，直到我有次揚言要舔油漆，他驚慌地攔下我。

公寓裡實際上只有兩個房間：後方那間我們的臥室，以及長條歪斜的客廳兼廚房。公寓設備的歲數比我們還老，臥室的門關不好，浴室裡的通風扇太吵，只要有人用浴室就聽不了廣播。插座不夠多，供應不了基特的所有科技產品用電，電話和所有插座下方盤繞著成窩的黑色纜線。

空間很小——大半東西都成箱堆在雅黛兒的閣樓裡——可是這地方是我們的。是我們。基特的日食地圖掛在舊沙發床上方最顯眼的位置，那沙發床原本是雅黛兒的。一週有個一、兩次，我們會把沙發攤平成床，因爲麥克會從南邊河岸的某個俱樂部下水道滾過來，或是——這越來越頻繁——當琳恩把他關在門外。我漸漸習慣了發現他醉倒在我們的客廳裡，身旁有個用來嘔吐的桶子。他已經缺了顆臼齒，臉頰開始向內凹陷，預示了基特五十歲看起來可能會是什麼模樣。而他才二十二歲。

***

基特說動了我們本地的報紙經銷商去訂購西部的報紙。他沒必要這麼做；巴爾克姆的判決案上了全國報紙。他從經銷商那兒返家，一手挾著一份《康瓦爾人週報》，另一手挾著六份八卦小報和印刷品。我們在陽台上讀那堆東西，中間隔著一壺茶和一疊吐司，一片沉默之中只有我這邊是出於緊張。基特從地方報紙開始讀。《康瓦爾時報》刊登了農夫羅里．波澤斯的一篇訪談，他不僅在財務上傾家蕩產，連情感也被他農地上發生的事所蹂躪。

我的手指因瘋狂點觸報紙頭條而染黑，想知道是否有哪份報紙可能洩露出我的謊言。《太陽報》寫著日食強暴犯有罪。《每日郵報》寫著公校男學生聲稱無辜，裡頭的報導聚焦在詹米．巴爾克姆家的房屋價格、他的就學開銷，還有他父親和查爾斯親王那淺薄的關係。完全沒提到我的證詞，因此儘管我直覺地出於厭惡想把報紙扔到房間另一頭，還是遞給了基特，爲自己多掙取幾分鐘時間。

《泰晤士報》有個專欄女作家宣稱，這起強暴案是所有「類似場景」釀成錯事的範例；對小孩參加音樂祭的父母是個很有力的鳴槍警示。我覺得自己整個人都繃緊了。《每日電訊報》扯得更遠。標題用法官儆戒祭典強暴犯，來主導一篇詹米職涯全毀的哀悼文。

「他們到底站在誰那邊啊？」我對基特說道，一時忘卻了自己在那些報導中所獲的既得利益。「我們該爲他感到遺憾？」

「哎。」他說道，把《每日電訊報》添到他要讀的那堆裡。

《每日鏡報》上，我聚焦在一行讓我血液發寒的段落文字。

> 審判庭上幾度氣氛緊繃，其中包含了一位關鍵目擊女證人證詞動搖的時刻。

我不敢往下讀，在基特近得能從我肩頭上方俯看的當下。我把一整份《每日鏡報》塞進棄置在旁的體育版欄頁裡，我知道那個我們誰也不會看，然後把它們通通送進回收桶。

那個鮑伯頭的記者，我以爲是《衛報》的人，其實是《獨立報》的。喬琪．貝克的署名照片看起來是十年前拍的，但她的文字先引起我的共鳴。

> 在強暴情景中最常見的反應是僵呆：
> 終於，有個陪審團成員明白了這點

終於，有個法官為被害人發聲

「他褲襠拉鏈往下拉開的聲音，就像是聽到槍支喀噠上膛；我像個人質，聽見的話只能照辦。我抵抗不了，我僵住了。我只想要趕快結束。」詹米・巴爾克姆那二十歲的被害人如此陳述證詞，該男子上週被判定犯下長時強暴罪行，在去年八月康瓦爾為了日全食而舉辦的慶典期間。她那有力的證詞粉碎了一般公認的論述——女性遭受強暴時要抵抗到牙齒指甲都染紅。對多數被害人而言，恐懼令人麻痺無能。

雙方熟識的強暴案件很難起訴成功，這點眾所皆知又惡名昭彰。因此，這樁案子為何能有所進展？巴爾克姆案十分不尋常，因為有確切證據——在法庭上，只靠女性被害人的證詞是不夠的——巴爾克姆先生的被害人坦承，要不是有兩個人路過打斷強暴犯行的話，她可能不會報警，過路人的證詞對此案定罪十分關鍵。

讀到這裡我整個人僵住了，但是定罪的細節沒有提及。我先是全然鬆了口氣，然後又對這份安慰作嘔，貝絲受到的折磨比我重多了。我含著眼淚讀完剩下的報導。

面對辯護律師費歐娜・普萊斯猛烈的交叉詰問，巴爾克姆的被害人在陳述控告和堅持說詞時展現了勇氣。她被要求重述一遍個人性史，歷數她失去處女到事件當天之前的所有性伴侶。在這令人難受的磨難裡，強暴她的人始終被人稱為另一個「性伴侶」。她還一再被灌輸，如今她站上法庭，是因為她對於自己在日食時刻「一時昏了頭」的行為感到羞恥。這讓她一度尖嚷著，「這比被強暴還糟。」

庭上法官，法官法蘭歇先生，兩度介入詰問並下令給予被害人時間平復情緒，但這是他同情心的症狀；普萊斯小姐的質問完全合乎法律，而且是強暴審判法庭上太常見的一大特色，在這類案件中，要仔細審視的是行為合意與否，而不是加害者的身分。被害人的性史是否一直是單一伴侶的良好關係，這點其實，也必定無關緊要；重點是，陳述本身等同於一場心理戰，企圖腐蝕被害人力持的自尊。

這點即將有所改變：當《性侵害被害人保護法》，也就是《少年司法及刑事證據法》第四十一條條文的修正案在今年稍後開始生效，將會大幅刪減對原告性史和性行為的質詢程序。

判決通過後，法官法蘭歇先生說道：「你是個自負的投機分子，蓄意盯上落單女性，對方拒絕後又更進一步讓她孤立無援，直到無力反抗暴行。你未能尊重她要你停手的懇求。你深切明白自己的行為，並且全然不顧對方的身心健康。是你把這種行為視為自己應得權利的心態，以及把女性視為物品的觀念，讓我對你判處該罪的最重刑罰。」

法官法蘭歇和陪審團在所有強暴被害人的長遠變革上邁開了一小步。讓我們期盼終於在某件意義重大的事上有個起頭。

「《每日鏡報》去哪了？」基特在我旁邊翻來找去。「我確定我有拿一份。」

「沒看到。」我刻意不看回收桶。

「奇怪。」他抓了抓脖子然後攤開《每日快報》。「噢，是我們出庭遇上的人。」愛莉，或者說是愛莉森・拉奇，那篇報導的署名寫出她的全名，她終究還是採訪到了安東妮亞・川特。這是一篇佔了雙版篇幅顯眼位置的文章。那個紅髮人兒在標題下方悲傷地仰望我，標題寫著詹米，我會等你。我讓報紙掉到地上。

「我懂妳的感覺。」基特說道。「我現在已經讀夠了。」他把報紙疊成整齊一落。「別忘了我要在午餐時刻去跟麥克喝一杯。」

「你確定那是個好主意？」

「要是打不過，就加入吧。至少這樣我就知道他在幹嘛。要是他有來的話。」基特說話的神態像個要上戰場的老兵。

公寓裡唯一的聲響是警報器和警笛，從樓下的街道隱隱傳來。這是這些日子以來我頭一次獨處，突然間自我陪伴已不再足夠。基特跟麥克外出，琳恩和寶寶黏在一起，我找不到人能隨便打一局撞球，或是一起去布里克斯頓市集閒晃。

爲了讓自己有事忙，我加熱牛奶用來摻入咖啡，把愛莉森·拉奇在《每日快報》的文章通讀一遍。安東妮亞，她原諒了詹米的「不忠」——「什麼鬼？」我對著那一頁報導咆哮——但司法不公令她搖搖欲墜。巴爾克姆的家人和律師團一直很肯定案件不會開庭，後來，他們又確信他會被判無罪，甚至買了間公寓讓他獲釋後搬進去，安東妮亞在公寓裡一個人「孤伶伶的」。現在可憐的詹米被安置在連續強暴犯和兒童猥褻犯住的那一區。貝絲，當然沒有寫出名字，但提到她時通篇用的是詹米的指控人，而非被害人。正當我奮力克制自己不把報紙撕成碎片時，一通陌生電話打進手機。我按下熱水壺開關，接了電話。

「我是貝絲。」

我的沉默完全出自震驚，我可不習慣在全國報紙上讀到某些人的新聞，然後就接到對方來電。而且我以爲，既然判決結果是站在她那邊，我們不會再有她的消息。貝絲誤解了這沉默。

「我是伊莉莎白．泰勒？」我想只是事後之明才讓她聽起來很暴躁。「來自，妳知道的，來自康瓦爾？」

「抱歉，喔對，我當然知道妳是誰。」我說：「天啊，接到妳的電話眞好。妳好嗎？該怎麼說才對？恭喜的話好像不太恰當。」

「我不知道。」她說。「現在主要是感覺鬆了口氣。我人在蓋德靈的家裡。老實說我不知道自己該怎麼辦。」我花了點時間才明白她是在尋求我的指點。我什麼意見也給不了；她最不該找我。「總之，我知道妳說過只在事情有了萬一才找妳，可是我就是沒辦法不跟妳說聲謝謝就斷了聯繫。不只是爲了妳在法庭上的證詞，還爲了妳在事情發生後接手一切。我不知道，要是妳沒出現，後來會怎麼樣。我大概沒那膽子自己去做。而且皇家檢察署說妳的證詞是扭轉一切的關鍵。妳那樣爲我據理力爭。所以，妳懂的。我欠妳一次。」

我再次望向安東妮亞．川特在《每日快報》上的照片，期盼貝絲沒有瞧見這篇報導。

「沒什麼。」我說。「誰都會這麼做。」

「不，才不會。」貝絲的語氣急切又激動。我知道她那時的狂熱不是出自我的想像。「我不認爲妳知道自己有多特別。我只是要妳明白這點。妳相信因果嗎？」

「我很願意相信。」我謹愼回應。

「哦，我很信這個，我想妳接下來幾年應該會好運連連。」我能從她嗓音聽出笑意。我身後的熱水壺開始嗚嗚作響，微波爐叮的一聲。「我就不打擾妳了，妳大概很忙。我只是想說，謝謝。」

「不客氣。」

我把《每日快報》的那篇報導讀完，喝著咖啡思索貝絲的事。在另一輩子的人生裡，我想，要是我們在其他情景下相遇結識，可能會成為好朋友。

24

基特
二〇一五年三月十九日

我靠著「瑟蕾絲特公主號」的左舷眺望托爾斯港，拚命忍耐出社會後一直與我無緣的宿醉。順著微風飄來的魚腥味令我作嘔，我穿著睡褲，身披橘色外套，沒穿襪子就套上靴子。昨晚到現在還沒刷牙洗臉或查看手機。理查去幫我倒不知道是解藥還是毒藥的咖啡。這裡的空氣好乾淨，比起吸氣，更像是將它吞下肚。我要盡可能地吸入氧氣，消解昨夜的酒精。

船身的陰影覆蓋整片海灣，從這個高度可以看到整座擠在岸邊的小鎮，群山往無盡遠處延伸。曾經是火山的玄武岩壁從海中衝出。灰暗的街景中點綴著幾棟紅色屋子，看起來像是樂高積木，街道上的人群身穿原色系運動衫，彷彿從玩具盒裡逃出來的小人。日食開始前，我們有一天時間要打發，而且要到下午才有安排行程，我們將搭乘小巴士到山間遊覽。想到車程，膽汁就湧上喉頭。

我連前往用餐室吃早餐的力氣都沒了，更別說是到處尋找那間石牆酒吧。

「我想躺回床上。」我對理查說。他端著保麗龍杯，裡頭裝了苦澀燙口的咖啡因萬靈藥。

「不可能。我們等下要去探險。」

咖啡效果不錯。我擠進艙房的小衛浴間刷牙、沖澡、換衣服，覺得自己幾乎恢復人形。這時我才打開手機。有一則法羅電信的簡訊祝我在島上玩得開心，接著是幾則來自蘿拉的簡訊以及三通讓人不安的未接來電。

我現在醒了。我回覆。昨晚很熱鬧。幸好妳沒事。晚點打給妳。愛妳。

這件事馬上就被我拋在腦後。晚點再問問她的狀況。理查和我在皮夾裡塞滿嶄新的丹麥克朗十元紙鈔，朝著托爾斯閫區進攻。腦筋動得快的當地民眾沿街叫賣常見的紀念品：T恤、棒球帽、護目鏡。我各買了兩份，這樣我的孩子就不用爭了。我很確定他們與我跟麥克不同，都會成爲日食追逐者。我們的法羅群島毛衣到處都在賣，我不確定我和理查是不是如同預期的那樣時髦了。每一間店鋪跟咖啡廳都擠爆了。

理查買了一張地圖。我們走近其中一棟紅色屋子。「這些木頭倉庫以前屬於丹麥皇室所有。」他說。

「別在這裡拖拖拉拉了！」

「好吧，你這個酒鬼。」理查對旁邊的酒吧歪歪腦袋。「來喝杯解酒？」

我們各點了一品脫淺色的窖藏啤酒，名字就叫「日食」，感覺是特別爲了明天推出的玩意兒，要在完全的黑暗以及滿月下釀造。就算它是妖精仙子在魔法彩虹下釀造的飲料，我還是喝不完，只碰了兩、三下就推到一旁去。我不要再喝酒了。

國立博物館裡擺出了一九五四年法羅群島上空的日全食紀錄資料，人牆圍了四層，這景象可不是每天都見得到。理查唸出當年政府機構的地質學家的評論：「『下雨又起霧，完全無法觀測。』好吧，至少這兩天沒有下雨。」

「話不能說得太早。」一名戴著防水兜帽的女子說：「根據我的應用程式，明天有百分之五十的降雨機率。」

我掩嘴擋住充滿咖啡味的嗝。

「兄弟，你現在感覺如何？」理查問。

「我得說我深感遺憾。」我回答。

「至少你以前有看過。」他誇張地掩面。「喔，天氣之神，拜託，不要讓我以處子之身死去！」

「哈。」有這個旅伴還挺不賴的。

***

我回到艙房，發現手機響個不停。蘿拉的照片佔滿整個螢幕，畫面的通知告訴我，天啊，她打了十六通電話給我。我抖著手滑動螢幕接聽。

「怎麼了？」我問。

「你他媽有沒有看到自己在網路上的模樣？」她的聲音好刺耳。胃酸在我肚子裡打轉。她一定是徹底翻過我的電腦，找到我的社群軟體帳號。這不是她的作風，但她最近幾乎變了個人。我眞的不該離開她身邊的。

「我用的是假名。」我聽見自己的心虛。「我沒有貼我的照片，也沒有留下所在地。」眞的。我的頭像是九一年的智利紀念T恤，我甚至關閉了照片中的地點標記。她不可能——

「你在說什麼？你那張臉！整個貼在鏡頭上！你就這樣把自己的近況全都分享給她了，對吧？唱那個什麼饒舌歌？網路上都是你的鬼樣子！」

「饒舌歌？」這個詞開啓了我的記憶。昨晚。我在鏡頭前大鬧。我——天啊——我編了一段歌詞，列出我看過的每次日食。我不記得有人說過要放上社群媒體，可是我也不記得叫其他人不要上傳。罪惡感，我的老朋友回來了。

「你不該碰半滴酒！」她大吼。我像是喜劇演員，將手機從耳邊移開。對，我麻煩大了，不過她沒有提起我的臉書帳號，昨晚的鳥事可以歸爲一時失態，不是欺瞞。

「你去叫他們撤掉，現在。」我把手機湊回耳邊，聽到她這麼說。

「聽好，我很抱歉，我不知道有人會上傳影片。」

「這是第一條規定！不要被人拍到照片。你被錄進影片了。」她哭了。

「不要這麼激動，對寶寶不好——」

「不用你來教我怎麼養小孩！」我腦海中浮現她失控時脖子上青筋突起的畫面。

「對不起。」我只能道歉，因爲我根本站不住腳。「蘿拉，她不在這裡。我已經搜過整艘船了。所以我才喝了幾杯，慶祝她沒有跟蹤我們。」

「她根本不用上船，對吧？她知道你要去哪裡。她已經掌握了船名！她知道船會停在哪裡！她一定已經上飛機了。前提是她人不在你的目的地。」

我們第一次隔著電話吵得這麼兇。我拚命尋找能讓她冷靜的關鍵字。「飛往法羅群島的飛機幾個月前都訂滿了。」

「屁啦。」她狠狠控訴。「今天晚上有一架從蘇格蘭因弗內斯起飛的包機，那是唯一能抵達法羅群島的交通工具。昨天還剩兩個空位，其中一個在今天早上賣掉了。就在你大聲宣布自己的行蹤之後。」

愧疚被憤怒取代。我搞砸了，可是蘿拉也沒有遵守約定。她承諾不會失控，不會上網找麻煩。這絕對不是上網買日用品或是寄工作信途中碰巧看到的東西。我可以想像她坐在沙發上，大肚子放在交叉的雙腿間，每點下一個連結就更加歇斯底里。但我什麼都沒說。我從來不會說出口。

「她買下那張機票的機率非常小。」

「是啊，她在尚比亞找到我們的機率更是微乎其微，但她還是做到了。」

「這是兩回事。當時我們去參加音樂祭，對她來說簡直就是甕中捉鱉。」

沉默維持了許久，我忍不住確認手機收訊狀況。五格全滿。她在耍脾氣。隔了千百里，我不知道該如何是好。真希望能觸碰到她。

「蘿拉，妳把風險看得太誇張了。」

「如果她真的找到你呢？」

那我就使出渾身解數對付她，我想，但我知道這只會讓蘿拉再次爆發。「跟妳說，讓我先看看那支影片。等一下再打給妳，我保證。」

回到甲板上，儘管方才向蘿拉口口聲聲說我的身分沒有曝光，某個我不認識的乘客跟我擊掌，稱讚我的那首「詩」，我知道過去的努力全都泡湯了。

該死。

我窩進大廳裡最喜歡的座位，插上耳機，心底惶然不安地連上YouTube。一定就是追逐日食的遊輪。「瑟蕾絲特公主號」上醉鬼高唱饒舌歌。超搞笑。我按下播放，暗中發誓這趟旅程中除了檸檬水，什麼都不會碰。看到自己深紅色的醉臉一邊流口水，一邊含糊地唸出成串清單──比起饒舌歌或是詩，我認爲這只算得上自言自語，不過只能隨別人亂講──列出從九一年的智利開始，我看過的每一次日食。我以爲沒被人注視的狀況下不會臉紅，但現在我覺得腦袋要燒起來了。醉得神智不清時，我誤以爲那頂鴨舌帽是管用的僞裝，但我搞錯了：拍攝影片的當下，帽子掛在我頭頂，連陰影都沒有蓋到我的臉。至少有三件值得慶幸的小事，我想。第一，我的名牌別在毛衣上，錄影前早就脫掉了。第二，完全沒有人提起我的名字，連克利斯多弗都沒有，更別說是基特了。上傳影片的人說我是「優秀的紳士與學者」。最後，關於九九年的康瓦爾，我只用「滿天雲朵/扭曲又喧鬧」換得一陣噓聲。不知道他們是同情我的厄運，還是我蹩腳的押韻。老實說我不認爲這是蘿拉口中的國安危機，可是我也無法否認自己是宇宙無敵大白痴。

一隻手拍上我肩頭，我跳了起來。

「你看到達倫的影片了？」理查坐到我對面。「他剛剛才跟我說。我正打算找個地方好好欣賞呢。」我不知道自己露出什麼樣的表情，理查稍微放軟音調。「哎，別這樣，沒有那麼糟啦。很好笑啊，大家都看得很開心。」

「我恨透科技了。」我雙手掩面。「他們哪來的許可？」

「遊輪的媒體公開政策。」理查一臉歉意。「本來要跟你說的，結果我忘記了。應該是在你去廁所的時候？」

我回想昨晚前半場的經過。一定是我溜去檢查乘客名單的空檔。「他們發貼紙給不想被拍到的人，船上有很多攝影人員，他們沒辦法替每個人準備同意書。這是標準作法。他們總要拿一些照片到社群媒體上宣傳嘛。」

「說什麼鬼話！」我說。

「確實有點偷懶啦。可是現況就是這樣，他們預設你想要入鏡。真的，在當下就該提出討論，只是沒有人說話，所以……怎樣？你擔心同事會說話嗎？」

工作！我壓根沒想到工作。「對啊，公司那邊有點麻煩。」

我終於找到影音部落客達倫，他正在小小的電動遊樂區玩水果遊戲機。他毛髮旺盛，身穿扎染上衣，認出我而對我咧嘴一笑，示意我等他玩完這一局。他不斷戳弄發亮的按鈕，讓我等了大概一輩子，我努力壓下拔掉插頭的衝動。

「有什麼需要效勞的地方嗎？聲名大噪的感覺不錯吧？」他問。

希望他夠爽快。「其實不好。我需要你現在就撤下影片。這可能會害我在公司惹上大麻煩。」

「那時候你自己說可以的。」達倫的神情有些猶豫。

「昨晚我醉得要命，不管你問什麼我都會答應。」

「也是啦。讓我再多玩一局，看能不能贏回本金。」他撥了撥口袋裡的硬幣。

「可以請你現在就處理嗎？」我一向不擅長對其他男性下令，也等著忍耐他惡言相向，但是達倫乖乖收好硬幣。

「你在這裡等著。我去拿平板過來，就在你面前弄。」

遊樂區裡鮮豔的燈光閃爍喚醒我的宿醉。我在癲癇發作前躲回大廳，三分鐘後達倫現身。他羞愧似地壓低視線，不過嘴巴有種掩不住的笑意。

「當然可以撤掉，我現在就來處理。」他滑了幾下螢幕，將影片從他的頁面刪除。我在他臉上看到呼之欲出的「但是」。

「怎麼了？」我說。

「有點尷尬。影片整個擴散開來了。布萊恩．寇克斯教授轉貼到他的推特，光是前兩個小時就有一萬九千次點閱，已經跑到YouTube側欄的熱門影片區。」達倫試著裝出愧疚的表情，卻難掩竊喜。我轉過身，低下頭，地毯的花紋看起來像在我腳下翻騰。打算尋找日食追逐者的人都會看到那支影片。我乾脆公布自己所在地的座標算了。想到與貝絲重逢的現實又更接近一些，我不由得心跳加速，但不完全是因爲害怕。或許我需要攤牌的機會。或許我爛醉時的潛意識比清醒的自我還要有膽，做出了延宕十五年的決定。

25

蘿拉

二〇〇〇年五月十八日

我想跟琳恩傾吐我上法庭那一週的事。搭火車去她在綠巷的新住處的過程中，懺悔的衝動像某種活物在我心裡扭來扭去。我在萊斯特廣場轉乘，坐地鐵繼續旅程，一點也沒有航行實感。北倫敦的人仍會抱怨南倫敦是個法外之地，因爲那裡沒有地鐵，但對我來說南倫敦就美在這裡；你有機會認識它。倫敦，在河流南岸，看起來像個眞正的城市，公車和地上火車連結出一片蔓生交雜的交通網絡。北倫敦對我來說就是孤立聚落拼湊出的地方，只能靠地鐵前往，從來不在地面上連接成塊；地圖上的環狀線圖就像繁星一樣疏離。舉例來說，登碧巷站，那時我數著大同小異的維多利亞式街道要找到琳恩的新公寓。這個站到底是哪兒？我弄不懂站名的地理脈絡。在都市縉紳化之前，哈林蓋階梯是你不會去的地方，除非有個該死的好藉口是南倫敦的人從沒聽說過的。

四個月後，這恰恰成爲這個地方的吸引力。

琳恩打開地下室公寓的大門時，我人還在最上方的台階上。潔諾寶寶攤開四肢趴在她肩頭。「他又來了。」她突然涕淚交橫。「拿了我的卡就閃人，我已經四十八小時沒見到他。蘿拉，我沒辦法全靠自己。我做不到。抱歉，進來吧、進來。」我輕手輕腳地跨過門檻走向一片混亂。人們提及尿布齊膝是用來誇飾，但琳恩是真的跋涉過成堆嬰兒服、內衣、毛毯和毛巾，燙洗好的衣物和髒的混在一起。我站在那裡不知該怎麼坐下，房間角落一座曬衣架在小小衣物的重擔下倒塌，已在舌尖的那段經歷就溜回了喉頭。我不能把自己的垃圾倒給琳恩，她已經是這種狀況了。即使在當時我已知道就這樣了，還是能感覺那祕密在我心裡發硬。如果復仇是道風味最佳的冷盤料理，懺悔就該熱呼呼地端來，要不就別上菜。

「我覺得我快死了。」琳恩說。「我覺得我真的快被這一切弄死了，這會殺了我。」她的手揮掠過房間裡的混亂——先在尿布墊旁的一個伏特加空酒瓶上逗留——然後她的拳頭溫柔地落在潔諾小小的背上。我和基特早就知道麥克的嗜酒行徑不僅僅出於新手爸爸的壓力，但這是我頭一次認識琳恩那遠比一般產後憂鬱還難應付的模樣。與我們處在平行線上的他們，朝著危險關頭狂奔而去，他們還不明白危機全貌只有一個原因。

「嘿。」我從她手中接過潔諾。「嘿，沒事的。」寶寶的頭髮像環繞著金色球體起伏的黑色日暈，與日全食相反。她是我沒血緣關係的姪女，也是我和基特不急著想生自己小孩的原因之一；不僅愛她就遏制了我們的父母本能，麥克和琳恩在她出生後的衝突也有所影響。我們太過看重彼此的關係，不願這種情形發生在我們身上。

我送琳恩上床睡覺，趁潔諾在她的遊戲墊上踢腿，我稍微打掃了一下公寓，按下洗衣開關、摺衣服、打包潔諾已經用不上的新生兒用品。她哭的時候，我就給她奶瓶，拍嗝然後換尿布。當潔諾在我懷裡軟倒入睡，我對著她的臉蛋試著解讀出她父母的臉部特徵。她雙眼闔上時很難分辨到底像誰；她有麥克和基特的尖鼻子。當她打嗝然後吹出奶泡，那奶泡在她玫瑰花蕾般的唇上久久不破，那嘴巴像琳恩。我讓自己配合她的呼吸：我每吸三次她就吸一次。朝著她那小耳朵，我傾吐自己的懺悔。她是我至今唯一的傾訴對象。後來我會慶幸琳恩睡了。她可能會理解我在法庭上的作為，但那樣一來她也會分擔我之後的疑慮，而且有了她作見證，我就得有所行動。

***

判決出爐後的星期五，我下班時發現大塊頭保全尤素夫正攔著人不放行。我沒多想，臨時派遣工作的辦公室地點有點妙，坐落在市中心和蘇活區之間，離大英博物館和維京唱片行很近，所以觀光客和購物客來借廁所並不稀罕。我從尤素夫旁邊閃過去，卻感覺有隻溫暖乾燥的手抓住我上臂。

「她在這兒，蘿拉！」

我看得出尤素夫為何不讓貝絲進去。她穿著紫色的牛仔喇叭褲，上衣是黃色小可愛，還戴了六、七條項鍊。她的頭髮梳成凌亂的丸子頭。而我身著派遣工作的套裝裙和高跟鞋，覺得自己在犯罪現場被逮個正著。貝絲的打扮比我更像她自己；不，她看起來比我更像我自己。

「妳聽說了嗎？」她問。我察覺她雙眼通紅。「他們沒打給妳？」我揚手向尤素夫示意這裡交給我就行了，然後攬著貝絲的手臂帶她到街上。

「誰沒打給我？」我問。

「警方。」

我的心神躍向那唯一的結論，雙腿像沒了骨頭：難道他們發現我說謊了？我的證詞貝絲是不是看過？她讓我露餡了？她不會冒險讓自己的強暴犯因訴訟程序細節無法定罪吧，會嗎？

「沒有。」我第一次覺得「沒有」眞是個簡潔從容的詞語；沒什麼餘地讓開口的人因嗓音流露動搖和洩密。是說謊者的禮物。

「詹米．巴爾克姆上訴獲准。卡蘿．肯特今天早上打給我。她不想讓我讀了報紙才知道。」貝絲用力吸了吸鼻子，像個孩子。「詹米捨棄舊的律師團，新團隊認爲他們拿到了一些新證據，也許能在法庭上再次全盤扭轉，我做不到，再經歷一遍那些事我做不到。」

我也做不到。我早就知道自己沒辦法把謊言再次說得有信服力；自發的行爲讓我展現出預謀絕對辦不到的可信感。我現在有時間去思考這件事，然後變得焦慮。回歸我對警方的供詞可能會讓詹米．巴爾克姆無罪開釋，而我會背上僞證罪。

「該死。」我說。貝絲把我自私自利的驚慌誤解成了對她的關切。

「的確該死。」她用一張髒面紙擤了鼻子。「抱歉。妳大概不想聽我說這些。可是，我不能跟爸媽講這個，他們已經承受夠多了，然後我的朋友都不懂，而且蘿拉，妳當時就在那兒。」有個同事從大樓的旋轉門走出來，祝我有個愉快夜晚。「抱歉。」貝絲說：「妳大概有別的地方要去。」

彷彿會有什麼事比弄清楚這件事更重要似的。

「沒有。」我說。「我想我們該……我想我們該去喝一杯。」

我們默默走著，朝著霍本區前進。我的思緒像亂成一團的線球。最理想的情況是——爲了她和我的心安理得——貝絲把大部分遇襲的經過都阻擋在記憶外，因而將我說的當成眞話；又或者她沒留意我的證詞細節，這似乎不太現實。最有可能的是，儘管她非常清楚自己沒說不或是我在場時沒說，但她明白我爲了她冒著多大的風險。不管怎樣，她的損失會和我一樣多。我腦海中的糾結絲線扯成一個緊緊的繩結，只有剪刀才能解開。

我們最後去了一個穿著破舊的老頭開的酒吧，離新牛津街不遠，是倫敦市中心的神祕酒吧之一，從沒見過裡頭有客人卻年復一年仍在營業。

「來瓶白的？」我問，我們一同爬上搖晃階梯，前往三樓的酒吧。

「謝了。」貝絲說。「那妳呢？」這笑話[1]是個試探：因爲我們可是在那種情況下結識的，輕佻不要緊吧？我回應的笑聲似乎令她安下心來。那不過是一瓶加州回音粉紅葡萄酒，酒保卻裝在冰鎮桶子裡，我有點忸怩地端回桌上。

「所以……」我先斟滿貝絲的酒杯，雖然我的嘴渴求某種冰涼辛辣的東西來麻痺緊張。

「怎麼回事？到底，是怎麼一回事？」

「詹米找了新的律師團。」她說。「在出庭時就可以看出他家很有錢，但我不曉得他爸到底多有錢，直到我看了那些可惡的報紙。」那麼，她讀過報導了。《每日鏡報》上寫的——審

1　該笑話的標題即為「Bottle Of Red, Bottle Of White?（來瓶紅酒？還是白酒？）」大意為：一位年輕女性開車偶遇路邊的年長女性，年長女性問她包包裡放了什麼，她回答：「It's a bottle of wine. I got it for my husband.（是一瓶酒。我替我先生買的。）」，年長女性就說：「很划算。」——後半句亦可解釋為「我用我先生換來的」。

判庭上幾度氣氛緊繃，其中包含了一位關鍵目擊女證人證詞動搖的時刻——她不可能沒看到。我做好面對質疑的準備，但什麼也沒發生。「那傢伙，吉姆．巴爾克姆，他的錢包是個無底洞。基本上他能持續出錢直到他們得到想要的結果。我查過律師團名單了。他們最擅長的就是把他那種人從牢裡撈出來。」

我吞了一大口酸酒。「可是他們有什麼新證據？」

她皺著眉望向杯底。「他們認爲自己查到某個待在營火邊的人，就是日食前一晚。」所以這跟我的證詞一點關係也沒有。寬慰之情把恐懼擠到一旁，讓我對貝絲的關切衝了進來。

「他們能說什麼，要是他們根本沒在事發現場？」我問。我的杯子已經空了。

「他們顯然是看到我們親密地待在一塊兒。這就證實了他所說的，我們之前就在眉來眼去。對了，那是胡扯。我是說，我前一晚的確就認識他了，所以他才會在日食的時候尾隨我，可是我花了一整晚時間想擺脫那個混蛋。」

我記得詹米的交叉詰問有提到這點。那是少數幾個他差點發起火來的時刻。「不過，這也許是好事。」我說。「我是說，新證人也許會站在妳這邊。要是他們眞的目睹了騷擾事件，應該會在交叉詰問時說出來。」

「是啊，沒錯。吉姆．巴爾克姆大概已經幫他們簽好支票了。就算他沒這麼做，哪個可憐的菜鳥出庭律師對抗得了他們的皇家大律師？」

「上次就成功了。」我說道。貝絲對此不屑一顧。

「我向妳保證，他們沒得到想要的結果前是不會罷手的。」她晃動杯裡的酒液。酒液像橄欖油般在杯子內緣滑動。「我試著不對他家人生太多氣。我是說，換做是我，我相信我爸媽要是有錢也會這麼做。他們都覺得他是無辜的。」

「哦，陪審團沒信他。」我說。

「多虧有妳。」我瞧不出這是感激的笑容抑或是共謀者的笑意，接著我從自己的證詞、這個宛如流沙的話題跳開。

「現在怎麼辦？」我問。

貝絲替我斟滿酒，再把酒瓶倒過來放回冰桶裡。「就我所了解，這只是上訴的許可。就像是眞正著手做什麼之前的那個步驟，就算如此也不保證案子一定會重審。還得經過很多道程序。」她的嗓音很動搖。「對我來說最糟的情形就是法官允許他上訴，然後上訴成功，然後又得重審，然後這一回他脫身了。」

「不會的。」我說，更想說服的不是她而是我自己。

貝絲無聲的淚就快流下來，她用餐巾壓了壓眼角。我向酒保示意再拿瓶酒來。「妳知道嗎，自從利澤德角的事以來，這是我頭一次自己出門。」她說得很不平穩。「我試著和朋友出去玩，想表現得像什麼也沒發生過，可是我連家門前的庭園小路都走不完就崩潰了。她們快對我失去耐性。」

「她們知道發生過什麼嗎？」

「有幾個人知道我被強暴，不過我沒跟她們說我就是那個詹米．巴爾克姆的被害人。但我覺得有人猜到了。她一直問我案子是在哪裡審的。妳知道，這案子廣受關注，又是同時期發生的，不需要福爾摩斯出馬。我若說是康瓦爾她就會知道，所以我沒說。也許她沒猜到，也許她只是想表示關心，是我自己太疑神疑鬼。老實說，我眞希望自己沒告訴過任何人。好笑的是，來這裡見妳我一點也不緊張。這……」貝絲臉色一亮，又迅速地沉下臉來。她的下巴抵向胸口。「不行，這聽起來太可笑了。」

「說啊。」我說。

「妳讓人安心。」在我看來，令她雙眼一直盯著前方桌子的不是因爲太想閃躲，而是因爲必須完全坦白。「只要跟妳在一起，我就不覺得會發生什麼壞事。我知道這很蠢。可是妳眞的救過我。」

酒保爲我們斟滿酒杯，把酒瓶擱回桶子。我一直沒說話。

「我覺得我該做得更多。」我輕聲說。「我該陪妳一起去的，在那之後。」

「眞好心。不過妳也沒辦法多做什麼。妳只能在牢房外乾等。」

「牢房？」我十分震驚。「他們沒帶妳去醫院？」

「他們在警局裡有間特別室，不過他們把那房間用來訪談某位人士。」她聳了聳肩，表達出對自己所受處置的驚恐和那段時間都已過去。「警方在等醫生來時，只有牢房才讓我有點個人隱私。」

「噢，貝絲。身體檢驗還不夠糟嗎。」

「很可怕。」她又蹺起腿來。「不過現在讓我耿耿於懷的是之後發生的事。他們給了我一條運動套裝的褲子，把我原先下半身穿的都拿走，而且沒有內褲能給我穿。他們開車送我回會場拿我放在帳篷裡的東西——我只拿了自己的衣服，把帳篷留在那裡——從頭到尾，我都沒有內褲可穿。我對這點太過敏感，我覺得大家都知道我沒穿。」

她皺了皺臉抑止淚意，這點我很明白，老實說，我願爲她再說一次謊。他們可以不斷重審詹米·巴爾克姆，每一次我都會撒謊再把他送回牢裡。

我們默默地喝了好一會兒酒，令人不自在的沉默總是伴隨著倉促的親密感而來，擠在我們之間。只有在我追隨她目光望向空蕩蕩的撞球桌，場面才得以破冰。

「我猜妳不玩這個？」她問。語氣跟被問有沒有直升機執照或首相電話號碼時一樣。

我咧嘴一笑。「我會讓妳一敗塗地。」

貝絲在吧台換了零錢，將二十枚便士疊起來堆在一旁，擲出最上方那枚便幣。

「猜吧。」她的手蓋住硬幣。

我吹掉球杆上的巧克灰。「正面。」

「是反面。」貝絲開球，紅色和黃色的子球平均散落在球檯的檯面呢上。她比我矮，有幾杆她得踮起一腳才能出杆，而我雙腳貼在地面就能做到，在出杆前她繞行球桌，從每個角度觀察。

「妳現在住哪？」她的語氣宛如老朋友。

「克拉柏姆公園那裡。」我讓一顆紅球彈向球檯橡皮邊，落入底袋。「頂樓的小公寓。」「我得暫時搬回去和我父母住。直到我又能習慣獨自一個人。」

「住得還好嗎？」我愛我爸，但住在他家照他的規矩生活令人難以忍受。

「我不知道，他們是出於好意，我沒多少選擇。我得停止工作，付不起房租。」

她的生活還有哪個部分沒被毀掉？「之前，妳是做什麼的？」

「我從沒擁有過自己的事業。」我瞧不出她投向我衣著的目光是欽羨還是同情。「大學畢業後我打工換宿走遍歐洲。去康瓦爾之前我在酒吧上班，那時我正想著長大後要做什麼。」她笑得很悲傷。「後來我試著回歸日常生活，但我做不到。像那樣穿越人群行走。到處都是人的軀體。」她縮了一下。「我忘了他們的身體大得多。沒有眞正明白他們的身體構成和我們不同，他們有多強壯。」

我把球杆豎直靠好，做好給個擁抱的準備。「噢，貝絲。我很抱歉。」

「錯不在妳。」她的聳肩姿態騙不了我們任何一人，但她設法振作。「所以妳還跟康瓦爾那時的男朋友在一起？」

我感覺警報解除，可以重回球檯了。「是啊，他叫基特。」血管裡的酒液鬆開了我手中的球杆，我的得分反而更高。

「那麼，是認眞的？」

「嚴格來說，」我單眼閉上安排好自己的下一杆，「他不是我男朋友，是未婚夫。雖然我很討厭這個稱呼，因爲這讓我想到某些花瓶女把閃亮亮的鑽戒秀給所有人看。」

「喔別這樣，蘿拉。」貝絲語氣裡的失望令我納悶她是否誤解了我的話。「對於愛，不要勢利也別羞恥。愛是很重要的，不是嗎？人生中的重要事情。」我把球杆遞給她，對著她挑眉。「妳看著我時大概不曾這樣想，因爲我不是那種典型的粉紅少女，不過我一直都很想要那樣，從我還小的時候。渴求性愛和伴侶，當個媽媽之類的，那一切並不軟弱。」我發現她說得對。我一直都覺得自己從基特那裡得來的歡愉和慰藉有點……不太酷。貝絲心不在焉地用球杆輕敲掌心。「我現在甚至想像不了那種情景。」她幾秒前的從容自信已然消退。「他把我的一切都搶走了。我像是……一隻豪豬。」她將手指張成尖刺模樣，示意尖刺長滿她全身肌膚。

「怎麼會有男人想突破這些刺?」

「我真的很希望會有這麼一天。」我的口吻聽起來說好聽是虛弱無力,說難聽是妄自尊大。貝絲扮了個鬼臉。酒吧的最後點餐鈴聲響起時,她瞪大眼驚慌不已。

「哦,真該死。」她說。「快十一點了?我只有大概五分鐘要趕到利物浦街車站。」

「住我們那兒。」我的提議是個反射行爲,我只擔心麥克已經佔了那張沙發床。

燈光熾亮的吵雜地鐵裡擠得沒辦法交談,坐回克拉柏姆公園的一路都只能用站的。那車站就算狀況再好我也討厭——沒有兩個獨立月台,只有一條狹長的月台通道橫在車站中間,列車會從月台兩側下方的深溝駛來。在尖峰時刻沒有牆面能安然倚靠。在末班車的時候,這種威脅感只會越發強烈,我們走過車站月台時,貝絲挽住我的手臂,像在尋求保護。

除了繞在客廳書櫃上的成串小燈泡,整間公寓黑漆漆的,基特用這方式讓我知道他已經睡了。臥室的門和以前一樣,是半開著;經歷過好幾個夏天的木頭已經變形,再也合不上原本的門框。

「眞漂亮。」貝絲望向陽台俯瞰下方公園。在微弱光線中,我無聲地拉平沙發床,把坐墊擺成枕頭,沙發罩鋪成床單。

我有收集香氛蠟燭的習慣。蠟燭都是手工製成,那個香味的名字是血紅玫瑰,蠟燭很貴,而我從來都用不完,因爲基特會在生日、聖誕節、情人節,和週年紀念時分別送我一罐;他對自己不用經歷某些女性測驗大爲寬慰,不用透過買下完美禮物來證明自己的洞察力和親密度,因此他面對價錢標籤沒有半點畏縮猶豫。這些蠟燭的氣味也中和了樓下印度烤肉串店的味道。

我為貝絲點上一罐。「睡覺前把它吹熄。」我說。「這讓妳不用摸來摸去找電燈開關。」總是殘留在公寓裡的玫瑰香氣開始變濃，像是在我們鼻下碾碎花瓣。貝絲吸了一口。

在我們的臥室裡，基特呼出熟睡和牙膏的氣味。我胡亂摸索我們共用的衣櫃找衣服給貝絲換，隨手抓了件舊T恤扔過給她。

「妳要牙刷嗎？」我輕聲問。浴室櫥櫃裡有一大包牙刷，自從我發現麥克用我的牙刷來清理他的白色舌苔。

「妳會讀心呢。」她說。

在她換洗時，我朝她留在沙發床上沒關緊的背包瞥了一眼，幾乎空無一物，只有一個藍色皮革錢包——利澤德角事件後她買了個新的——和一張青年火車卡，還有一本發縐的《天空》雜誌。網袋裡塞了條沒用過的內褲。我按掉客廳的燈串開關，掀開棉被一角，讓血紅玫瑰蠟燭繼續燃燒，留給那個像我們其他人帶鑰匙般隨身多帶一條內褲的女孩。

26

蘿拉

二〇一五年三月十九日

隔壁的裝潢工人正挖進共用牆深處，每一下鏗鏘的敲打聲都讓我的血壓升高一度。壓力令我全身發燙。正如麥克只要喝一杯就會乾了整瓶威士忌，造訪網路禁忌角落的舉動完全解放了我的痼疾。我很清楚這對我沒半點好處，然而面對被虐欲望，我毫無招架之力，不由自主地在網址列輸入www.jamiebalcombeisinnocent.co.uk。

在讀取網站的空檔，我憋住呼吸，告訴自己沒有什麼東西能比今天清晨看到的影片還要糟。首頁和六個月又兩天前一模一樣（我沒特別計算，會知道是因爲上回開詹米的網站是在我得知自己懷孕當天，害我腎上腺素飆高。測出陽性反應後，我得要保護胎兒不受激素變化影響）。少了那些聲明、個人介紹、聯絡資訊、內容清單。少了針對刑事案件審查委員會的陳年抱怨。少了一大堆照片：詹米與家人、詹米騎在馬背上、詹米和他設計的得獎環保住宅、詹米領取犯罪學碩士學位。整個網站只剩下黑底紅字的訊息：

出現了令人興奮的新發展
詹米的網站更新中
感謝各位長久以來的支持

我盯著頁面看了幾秒鐘，關上視窗。都已經放了半年了，根本沒有什麼轉折。總而言之，要是真的發生了什麼事，巴爾克姆家的公關團隊絕對會在媒體上大肆宣揚。不知道他有什麼盤算。換作是別人，或許以爲他們認輸了，可是吉姆．巴爾克姆曾說他會拚上老命來洗刷兒子的冤屈，而他現在還活著。

現在除了我——或是貝絲——還有誰能讓詹米的審判結果翻盤？他要找的是我。他那些信裡寫的都是這件事，要我簽署撤回證詞的宣誓書。他的緩刑條件包括這輩子禁止接觸受害者，可是這份限制沒有延伸到我身上。

都過了十五年了，某個證人突然想起某件事而出面平反的可能性極低，因此我認爲這張首頁圖是某種老派的影像測試。他們想要暫時喘口氣，又希望這則訊息、這個烙印不會消失。我想不到別的可能性。我完全不懂這項徒勞的行動究竟蘊含何種法律上的意圖，各種動機隨著我的情緒起伏在腦中時隱時現。

如果眞有要事，我的電子信箱應該會有反應。多年前設下的Google關鍵字通知「詹米．巴爾克姆＋重審」沒有反應過，但這份威脅從未消失。

這個案子要是繼續上訴，將會逼得我們再次與貝絲交會，也會喚醒我沉睡的謊言。我無法判斷哪種發展比較可怕。

27

蘿拉
二〇〇〇年五月十九日

先醒的是基特，他光著身子走到臥室門口時，我才想起我們有客人。我想得更多的是貝絲可能會受創，而不是他會害羞，於是迅速從羽絨被下伸出一隻腿，腳掌彎成牧羊人手杖的角度，勾住他的小腿。

「客房有人。」我小聲說。

基特扮了個好險的鬼臉——他知道如果是麥克我就不會特地提醒他——然後撿起地板上的褲子和T恤穿上。「誰？我沒聽見有人來。」

「別發飆，是貝絲。康瓦爾的那個。」

基特張大了嘴。「怎麼——她怎麼會在這裡？她是怎麼找到妳的？」

「她昨晚去了我辦公室那裡。上法庭那時候我給了她名片。」我話一出口才明瞭那些話語的意義何在。基特的目光像做珠算般不斷閃動：貝絲出庭作證後就離開法院大樓。因此她開庭第二天就不再出席。因此蘿拉一定是在第一天就找她說話。因此蘿拉對我謊稱了去向，她跟證人交談置案子於險地。

「是什麼時候……」

我試圖抓住他的手。「我們是不小心碰上的，在廁所。」我說得很小聲但語速很快，好讓他沒空想起我們一起去法院時我沒上廁所。要是他理清了我是趁他睡覺偷溜出旅館，肯定會大怒不已。「拜託別生氣，那只是一時衝動，我向你保證我們沒提案子的事。」基特瞟了我一眼，我爸也會用這種眼神看我——蘿拉，我沒有生妳的氣，我只是很失望。我在他身旁坐下。「聽著，先別管她是怎樣找上我的，我得告訴你為什麼。她來我上班的地方找我是因為她真的很苦惱。詹米．巴爾克姆被判有罪卻獲准了上訴許可。」

「哇。」基特一手摸著他沒刮鬍子的下巴。「要是案子重審，妳最好希望沒人看到妳們在廁所交談，更別提妳還讓她在這裡過夜。」他怒火下的蔑視令我一陣恐慌。我可以容忍他的怒意，但我禁不起失去他對我的敬重。要是我找貝絲說話就讓他反應這麼大，絕不能讓他發覺我在證人席上說了什麼。

「你們不用小聲說話，我已經醒了。」貝絲的聲音從客廳傳來。我把衣服穿了一半氣呼呼的基特留在臥室裡。貝絲已經起身，正打著呵欠。等我注意到她身上穿著什麼，我知道自己搞砸的事又多了一樁。我摸黑亂抓的T恤是基特很看重的九一年智利日食紀念衫，儘管衣服已經破爛有洞，但對他來說這寶貴到他幾乎很少穿。而我讓貝絲穿著睡。

「等等。」我扯過床罩，像套斗篷般把她包住，然後緊緊繫在她頸間。「先別扯開，我晚點再解釋。」

她什麼也沒問就照辦，而我再次納悶我們怎麼又成了共謀。等基特現身時，她看起來怪模怪樣的，黑色的鬈髮如火山煙雲懸在白色床單的山頭上。

「嗨。」她靦腆地對基特打招呼。「很高興又見面了。眞抱歉佔了你的沙發床。」

「沒關係。」基特機械似地回應，然後消失在浴室裡，他身後的門幾乎是甩上的。

「他眞的不習慣早起。」我往熱水壺裝水。「抱歉，妳不介意脫掉那件T恤吧？那是他最喜歡的其中一件衣服，要是他發現妳穿著睡覺，一定會抓狂。」

她脫掉床單外罩，低頭困惑地端詳那件破爛衣服，然後轉身換上昨晚的衣服。她的肩背上有個巨大刺青，是一對巨大舒展的天使之翼，筆墨細節十分漂亮，像某種十八世紀動物學課本裡會有的。那對翅膀隨著她背部肌肉屈縮。我逼自己不去盯著看。等我把T恤塞回衣櫃裡——說眞的，他如果不想讓人誤穿，就該用棉紙之類的包起來——我發現貝絲扠著手臂站在基特那張巨大的世界地圖前方。

「這些線條是什麼？」她問道。「是飛機的航線圖？」

我忘了對門外漢來說，這一切毫無邏輯。「這是基特一生中所有日全食的各個路徑圖。」我解釋。

貝絲的笑容抖了起來，她在我旁邊用手指比劃，描繪著那條橫跨英吉利海峽進入歐洲的陰影線。「那一條是去年。」她說道，手指擱在康瓦爾的地標上。「可是爲什麼還有別條線？」她問。

「他在世界各地追著日食跑。嗯，我們兩個現在都追日食。他從小就開始了。我們已經把下個千禧年後的行程排進去。慶典活動似乎在蓬勃發展。下一個尙比亞的就在兩年後，所以我這次應該眞的能看到。」我若用貝絲的耳朵聽自己的話，就會想往自己臉上打一拳。我想把地圖扯下牆面。她人生中最糟的一天被弄成紀念圖表，這眞是太愚鈍了。「天啊，我很抱歉，我太遲鈍了。在妳經歷過那些後，我還抱怨被雲擋住什麼的。」

她伸手揮開我的致歉，但她的下唇緊緊夾在齒間。她的注意力從地圖移向下方的裝框相片。是去利澤德角的幾個月前琳恩拍的。那是我畢業典禮的傍晚，相片裡的我和基特穿著租來的漂亮衣服親密地坐在草地上；基特一身黑領結小禮服，我穿著淺金色晚禮服。我們雙腿交纏，十指相連，身旁躺著一個香檳空瓶。我們被其他人包圍著，但卻完全無視他們的存在。我們再也拍不出第二張那樣的照片。拍不出的不僅僅是水亮臉色和緊實的下巴線條。

「我們不知道有人在看。」我說。「所以她才捕捉到這麼好的鏡頭。」

「我想要這個。」她說，顯然她指的不是那張照片，而是相片背後的意涵。我把牆上的照片擺正，進了廚房，把茶包扔進熱開水裡。「要是上訴程序有進展，我們多久以前能知道？」我問。

「顯然不會是幾週前，而是幾個月前。」

「嗯。」我說。「現在妳知道我在哪了。」

「我的確知道。」她環顧四周，像是試圖記下我們這小公寓裡的一切。

基特從浴室衝向臥室，幾秒後穿著他的上班裝扮現身：愛迪達運動鞋、牛仔褲，還有格紋襯衫。這等於是燈芯絨材質和手肘補丁設計的年輕版。他從流理台上抓了片乾麵包塞進嘴裡。

貝絲拿起另一張相片，公園上方橫過一道彩虹，是天空中的七線道公路。

「這照片妳在哪買的？」她問我。

「是基特拍的。」我說道。

「眞的？」貝絲說道。「用什麼拍的？我懂一點攝影，我的藝術先修課程就是選攝影。」

「用一顆很舊的NIKON定焦鏡頭。」他說道，態度終於比較緩和。「定焦鏡已經失寵了，不過我還是很愛用。」

「定焦鏡很好。」她贊同。「你有超望遠鏡頭嗎？那個用來拍天空眞的很棒。」

「是啊，呃，等我們中了樂透吧。」老實說他不太親切，但至少不失禮。「蘿拉，走吧，我們要遲到了。」

我在九十秒內沖好澡，用消臭噴霧把一件沒有明顯污漬的衣服噴了噴，然後在頭髮上也噴了噴。基特已經走到第一段樓梯的一半了，狹窄樓梯間的回音效應讓他的嘖嘖聲變得響亮。

「走吧。」我套上我的上班鞋。

「我想我大概沒時間快速沖個澡？」她說。我看了看時鐘。八點五十。看樣子我把時間卡太緊了。

「沒關係，不用送我出去。」

我只猶豫了一下。通常我不會讓幾乎素不相識的人獨自留在我家，但我後來自圓其說地當作這不過是快轉版的友誼。

「好吧。浴室的門後有備用毛巾。妳用完就掛在扶手上。」

我在地鐵克拉柏姆公園站入口追上基特。

「貝絲呢？」他從我肩膀上方往後瞧。

「在洗澡。」

他挑了挑眉回應。

當我五點半後進門時，貝絲已經做完所有清潔工作，把公寓徹底收拾了一遍，裡頭幾乎看起來像重新布置過，儘管瞄一眼書櫃就知道書籍還是早上擺的那樣，只不過都放得端正的而且不知怎地乾淨不少。比起閃亮玻璃和整理好的床鋪，那些書櫃更令我心神不寧；我有種感覺，她也把書一本本翻過，內容全都讀了，彷彿她在試著讀懂我們。晚上六點，來了封簡訊。

希望妳不介意我把妳公寓的灰姑娘活兒全都幹了。

這是我道謝的方式，謝謝所有一切。

不用謝——但還是謝謝妳。我回傳訊息。

等基特到家時已經很晚了，要批改的論文把背包壓得下垂，他誤把這整潔模樣當成我帶貝絲回我們公寓的和解禮物。我沒糾正他。

28

蘿拉
二〇〇〇年五月二十日

在那些日子裡我的行蹤一定很好追查。朗格里許這個姓並不常見，我從沒機會碰上同姓的人。那封信得意洋洋地斜躺在破爛的門墊上，我馬上就知道那是什麼信，不僅是因爲寄信地址——監獄的郵資已付戳記告訴我他仍在苦艾叢監獄——還有信的內容。只有一個原因讓他寄信過來。他的信寫在——噢，很諷刺地——寫在黃色橫條筆記本的內頁紙上。

親愛的蘿拉：

我在苦艾叢的牢房裡寫這封信。隔壁住的是一個性侵兒童的連續犯。上星期他把刮鬍刀片嵌在舊牙刷柄上對一名女性監所管理員造成生命威脅。這就是我現在的生活。妳害我跟那種人在同個地方生活。除了外頭的安東妮亞和我的家人，唯一讓我堅持下去的就是我知道自己不該待在這裡，以及等我洗清罪名後我無疑就會獲釋。

蘿拉，為什麼？我還是不懂妳為何在證人席上說謊。妳明知自己沒聽見我的指控人說不。我知道妳心裡明白。妳也許騙得了陪審團，甚至可能說服了我的指控人把妳的話當成事實，但妳和我都很清楚，妳怎能心安理得？

妳這時應該已經聽說了我們要上訴。我確信我們不久後就會在法庭上再次碰面，這次我的律師會揭穿妳。現在就識時務點，去找警方或是我的辯護律師更正妳的證詞，這好過在法庭上才被揭穿，不是嗎？當然妳也得承擔後果。但不管妳被送去哪裡，都慘不過我現在待的地方。我會一直寫信給妳。要是我寫得夠多——我沒別的事可做——我相信妳就能理解自己的所作所為有多嚴重。我在康瓦爾見過妳，也在法庭上見過妳。我看出了熱情和原則，但很遺憾這些品性把妳導向了錯誤結論。妳的良知肯定為此痛苦，而我不會為了利用這點感到抱歉。所以拜託，拜託：收回妳的謊言，讓我得回我的自由。

詹米．巴爾克姆

我重重跌坐在樓梯上，力道大到臀骨都痛了。先擊中我的是那男人的自負，他竟敢斗膽提起我們都明知的事，那時我確實在場，那時我看到了。他信裡的自信口吻再次讓我意識到那股鋒利魅力。我以爲寫信給證人起碼有違反一條法律。後來做了一番調查，偷偷去昂貴的公共電話亭打電話給證人保護部門與緩刑部門，然後發現這種事比想像中更常見。只有恐嚇行爲才讓寫信給證人構成犯罪，而他很聰明，沒有公然威脅我。他肯定知道我太怕被揭穿，無論如何不會把信交給當局。我得知寄出信函的檢查程序是隨機作業，而且他們要查的是安檢方面——藥物或是逃跑工具——而不是談論案情。我想要是他們審查所有聲稱自己清白的囚犯，信件量很快就會大減。也許我要是保留所有信件，以這寄件頻率和數量合計起來可能算得上某種騷擾和威脅，但我只想在基特瞧見之前把信處理掉。

那時候，關於詹米的正確與正當，我可以輕易區別這兩者，前者嚴格說來他沒說錯，但後者我不相信他有資格這麼說。

我打開臨街大門，虛掩著門，踮著赤腳走過克拉柏姆公園南邊骯髒的人行道，把信放進公共垃圾桶，塞在星巴克空杯和報紙之間。一整個週末，我都能感覺那封信還在外頭街上。我無法鬆懈下來，直到星期二大清早來了垃圾車。我從陽台望著連身工作服的人們把桶子一個接一個倒進垃圾車。我確信自己瞧見了那張黃色信紙，如謊言般鮮亮，當垃圾車車斗用力咬下難以消化的眞相時，那張紙就在垃圾堆裡一再翻騰。

29

基特

二〇一五年三月十九日

在那支影片爆發性地擴散之後，我需要一點表示，要想辦法安撫蘿拉。類似帶著香檳與花束回家，不過我常被人說欠缺這種浪漫細胞。達倫的影片拍下我的兩個特徵。首先是九一一年智利日食紀念T恤（現在捲成一小團塞在背包側袋，在回倫敦前沒有重見天日的機會）。還有這把紅褐色絡腮鬍，即使在北歐國家也不常見。重新隱藏身分的最佳手段就是處理掉它，我想。於是我來到「瑟蕾絲特公主號」上的髮廊「個人時光」。這個沒有窗戶的房間挺可怕的，瀰漫著女性頭髮和陌生化學藥劑的氣味。角落有個附上蓮蓬頭的水槽，邊緣加裝讓人聯想到斷頭台的裝置。一名戴著鑽石戒指、腳踩厚底鞋的老太太坐在有如太空人頭盔的烘髮機下，翻閱名人八卦雜誌《*Hello!*》。

櫃台上放著價目表，我掃過她提供的「服務」。我不需要剪髮和造型，不用知道好萊塢髮蠟是什麼東西就能確定我不需要。我找不到我需要的項目。我討厭在任何狀況下提出非預設的需求，然而非常時刻需要非常手段。

「需要什麼服務嗎？」年紀與我媽相當的女子從百葉門後走出，人未到，胸部已經搶先進房。她頭髮雖短，卻很有女人味，挑染一縷一縷的紫紅色和酒紅色。

「我想妳這裡沒有在幫人濕刮修臉？」

「沒辦法用舊式的濕刮。」她笑了笑。「尖銳的剃刀與瞬息萬變的海面不是最佳拍檔。如果你想擺脫這把大鬍子，我可以拿剪刀和安全剃刀幫你處理。」

「多少錢？」

她上下打量我，顯然察覺到我的急切。

「三十鎊。」她的笑容似乎添上一絲譏諷，我把你他媽這樣要收三十鎊吞下肚，說：「好的，麻煩妳了。」

她幫我圍上寬大的圍兜，在我脖子上綁了條毛巾。換在其他情境，這倒是挺舒服的。隨著剪刀喀嚓喀嚓，粗糙的紅褐色鬍鬚飄下。我以爲她會掏出刮鬍泡，沒想到她用刷子往我下巴刷了一層肥皂泡沫，正是我爸用的那種工具，突然間，我回到九一年的智利日食現場。麥克和我大約十二歲，還沒長出幾根毛就執意要刮鬍子。趁爸爸在沙灘上昏睡的空檔，我們翻出他的盥洗用具包，自己玩了起來。臉上塗滿肥皂泡沫時，我們笑到眼睛睜不開，接著用他那把鈍鈍的舊剃刀（上頭還沾著他的灰色鬍碴），把自己的臉刮花。

我繼續飄向下一段回憶。跟爸爸出遊期間，我們獲得了各式各樣的初體驗，通常是他出門喝酒或是在旅館房間、海灘小屋、拖車車廂裡醉倒時發生。隔年夏天，我們吸了第一根菸（從他習慣抽的美國精神軟盒裡摸來的）。這款菸用的是有機菸草，爸爸把這當成維他命藥丸。當時我們笑不出來，嚴肅得要命，笨拙的儀式一會就變得趣味橫生，我們發現點菸時要同時吸氣。完成了這項任務後，我吸了第一口，差點昏倒。麥克說菸味比氧氣還好聞。

再過一年是九四年的巴西日食。我們十四歲，爸爸決定採取公路旅行的模式。我們從新墨西哥的機場一路開車到巴西找他的老朋友。沿途我們第一次喝醉，偷來一瓶懷特馬凱蘭姆酒，我以為要花整個禮拜消耗，結果半個小時就沒了。我們都吐了，只有麥克繼續倒來喝，我再也沒碰過那種酒。

在那趟旅程中，我應該要獲得初吻，可是麥克有別的打算。蘭姆酒沒了，還有一瓶琴酒，我們帶去海灘上，跟其他日食追逐者的孩子一起燒營火、喝酒。他們大多是美國人，我們的倫敦腔聽在他們耳中彷彿是春藥。麥克對一名十七歲性感女孩說：看得出妳很注重精神層面。我則是和名叫艾詩莉的女生聊天，她內斂的美貌很容易在倉促之間遭到忽視。她說話犀利逗趣，當她問我想不想「來一發」，我說好，等我一下，接著匆忙到山崖邊撒個尿。等我回到火堆旁，艾詩莉躺在沙灘上，我的雙胞胎兄弟在她身上扭動，一手鑽進她的內衣。即使是那麼多年前，他的性生活已經是一連串相互重疊的體驗。對於腳踏多條船的行為，他的藉口是時間能赦免許多事物，越是久遠的行為，你就越能接受，直到它遠到幾乎像沒發生過。罪惡感總有一天會消失，只要認知到這點，它就會消失得更快，他說。

他總是滿口屁話。

稍後，等到艾詩莉拍掉滿身沙，回到父母身邊後，麥克無法理解我為何如此憤怒。他說他是在替我「驗貨」。好像跟他睡過以後，任何一個女生還會想再跟我來一發。這段酸澀的回憶令我忍不住臉一皺，使理髮師劃傷我的臉皮。我猛然睜眼，在鏡中看到一條紅色小河流過蒼白隙縫。

「喔，小笨蛋。」理髮師說。我乖乖躺著，讓她剃光剩餘的鬍鬚。克利斯多弗．史密斯消失了，基特．麥寇重現江湖。貝絲鎖定留著大鬍子的男人，希望如果我們正面衝突，這樣能爲我爭取幾秒空檔，看透她的盤算。

我只要一笑，臉頰上的傷口就會流出血來。傳自拍照給蘿拉道歉時，我把沒受傷的那側對著鏡頭。

回到甲板上，托爾斯籠罩在暮色中。我決定待在船上，別去酒吧裡冒險。船裡燈光明亮，到處都有反射倒影：玻璃門板、擦亮的金屬食具、鍍金雕刻擺設。每當我看見自己的鏡影，總會擺出同樣的姿勢，托著下巴裝成哲學家，或是我永遠錯過的教授身分。

30

蘿拉
二〇〇〇年五月二十八日

那是星期五晚上，那年的頭一個眞正夏夜。樓下的人行道上，酒吧和咖啡店擺出了桌椅，彷彿午後陽光就足以將克拉柏姆公園南邊變成巴黎香榭大道。人行道上的吸菸人士吸的是霧煙和尼古丁，但乾淨的微風從樹梢吹來，爲我們悶熱的公寓帶來新鮮空氣。我待在陽台上，想給基特一些個人空間；這對雙胞胎兄弟前一天大吵一架，因爲基特拒絕借錢給麥克。基特待在沙發床上，對著筆電悶悶不樂，然後家用電話響了起來。我接起電話。

「開始了。」貝絲用這句話來打招呼。「我得見妳。」

「好啊。」我說，把腳從電話檯基座纏繞成團的凌亂電線裡拔出來。要是不夠小心，踩錯一步就會同時扯掉電話、網路和電視的接頭。「我想我們這週末沒什麼事要做。」

她的嗓音畏怯。「我就在地鐵站。」

「克拉柏姆公園站？」我嗓音中的尖銳讓基特從螢幕前抬頭。

「對。」她說。「抱歉。我不得不逃離家裡。」

「那就上來吧。」

基特嘆了口氣然後伸了懶腰，筆電歪到了一旁。「是麥克？」他問。

「不是。」我說。「呃，貝絲・泰勒在外面。」

無奈變成了擔憂。「跟上訴有關？她爲什麼非得過來？」

「不曉得。」我深信自己的好日子到頭了。我已經研究過上訴程序。看起來提起上訴只是單方行爲，任何被判有罪的人都會被給予這重要手段。案子重審的機會很小。再受一次折磨的可能成了天上的一朵烏雲，而不是已經出現在地平線的風暴。現在她又來了，這只意謂事情眞的發生了。我爲貝絲開了樓下大門電鎖，覺得自己心煩意亂。懺悔衝動再次縈繞心頭，但我現在心急又悲觀，而且要緊的不再是卸下重擔，是減少損害。告訴他妳在證人席上撒謊，我心想，她的腳步聲從樓梯間傳來。他若會發現，最好是從妳這兒知道。告訴他，在她上來之前。

可是那些話我說不出口。

貝絲抵達時滿面通紅，汗水把她臉邊的波浪鬈髮扯成了螺旋開瓶器。

「怎麼回事？」我問。「要開始上訴了嗎？」

「沒有。」她喘著氣。「我是說，我不知道。要打聽正式上訴的事還太早。可是他們已經向我開戰了。」流理台上有個半滿的酒杯，她用不加掩飾的渴望目光盯著。

「喝吧。」我說。她一口喝下，然後望向基特的筆電。「現在有網路嗎？」基特點點頭，看起來和我一樣困惑，甚至是一樣緊張。「可以打這串jamiebalcombeisinnocent.co.uk嗎？」

基特把他點開的六、七個視窗最小化，開了新分頁。巴爾克姆一家顯然忙得很。

詹米・巴爾克姆在二〇〇〇年四月二十日強暴案被誤判有罪。這個網站是由他的家人以及朋友所架設，他們會持續奮戰直到洗清他的罪名。

「他們能這樣講嗎？」我問。「他們根本是在說妳撒謊。這不算誹謗？」

「不算。」貝絲神情緊繃。「對匿名的人不構成誹謗。他們想說我什麼就說什麼。」

在二〇〇〇年五月二十日，貝德福德街因梅爾與康明罕律師事務所的唐納德・因梅爾先生獲准了判決的上訴許可。他們確信判決結果很快就會全盤翻轉。

「繼續，下面更精彩。」貝絲從我們肩頭上方看過去。「我可以再喝點酒嗎？」

「喝吧。」

我們想開宗明義地聲明，這個網站並非企圖破壞強暴的嚴重性，或是看輕強暴被害人所遭受的折磨。詹米若真犯下了罪行，我們認為五年徒刑還不夠。然而我們要聲明的是，他根本沒有犯下強暴罪。此外，我們認同也承認在強暴案件中，保護被害人個資是基本的法律原則，應該加以維護與尊重。然而，我們也很樂見這種權益能擴展到男性身上。這是詹米洗清罪名後，打算投入精力的要務。

對於可預期的判決推翻是否會反訴詹米的指控人，我們無法表示意見。我們一直主張她精神不穩的病史已使她脆弱無比，而且更重要的是洗清詹米的罪名，不是將一位早已受創的年輕女性投入刑事司法系統，她的問題是醫學上的。我們很樂意協助她取得所需的專業諮詢，幫助她接受自己的所作所為，面對那些使她最初提出錯誤指控的深層問題。

「胡說八道，多半是。」貝絲說。「要是他脫罪，他們肯定在他解開手銬前就會告我。」

這點我毫不懷疑，但我得承認虛假的關切口吻是個公關高招。

「你看完了？」我問基特，他正無精打采地盯著螢幕。他點點頭。

網頁側欄上有成排頁籤連結：幫助詹米、懇請提供資訊、相片集，以及詹米的經歷。媒體調查這頁籤告知網站瀏覽者，他家人不僅雇了新的律師團，還請了公關。「眞是不擇手段。」我按下連結「安東妮亞的信」。隨著網頁一同出現的照片是她和詹米參加一場婚禮，頭髮上有幾片彩色紙屑。

感謝你拜訪詹米的網站。我叫安東妮亞．川特，是詹米的未婚妻。我們在一起兩年了。過去這一年我過得很辛苦。得知自己未婚夫不忠並不好受，但這都比不上接下來的夢魘，這個誤判把他描繪成了怪物。如同所有認識並且喜愛詹米的人一樣，我深信他是無辜的。

在這些網頁裡，我們盡可能清楚地闡述，這為何會是一起嚴重的判決失當。如果你能把我們的訊息盡可能分享得越廣越好，我們會很感激。

特別是，我們在尋找事件前見過詹米和那位與他交談的年輕女士的目擊者。不管你覺得這可能不重要，或是你的良知感到困擾，請透過這個網站寫信給我，幫助我們為詹米討回公道。

「她被他洗腦了。」我說。

貝絲咬著嘴皮。「還沒發現我當了主角？」

我和基特一起抬起頭。

「點那個寫著『你自己判斷』的頁籤。」她說。

法官法蘭歇先生在法庭上表揚詹米的指控人挺身而出的堅強品格，卻在證據總結中把對方描繪成膽小怕羞的人。法官也掩蓋了她精神狀態不穩的病史。儘管我們對任何受到精神疾病折磨的人都深感同情，我們認為陪審團並未考慮到這使指控人的證詞難以採信。

我忍不住看向貝絲。

「妳想知道我的精神病史嗎？」她說：「我十六歲的時候，祖父母意外喪生。我的心都碎了。」她望著我，令我想起自己喪親的事，我對她感到同情。「我睡不著，所以家庭科醫師開了兩週的煩可寧錠。眞的就這樣。不過是非常老掉牙的悲痛。在證人席上，他們說得好像我從那之後就一直進出精神病院一樣。」

這些照片顯示出詹米的指控人在外頭「尋歡作樂」的樣子。我們當然依照法律將她的身分予以掩飾。這是證人席上那個樸素保守的女孩嗎？還是說這是一個不受拘束、享樂主義、喜歡派對的女孩，勇於嘗試一切，對她來說在音樂祭上亂搞都只是週末的樂子？我們相信，要是陪審團得以看到這些照片，判決結果將大為不同。你信誰？是那個勤奮好學、沒有暴行紀錄的年輕人，還是那個有精神病史、任人拍下這種照片的女孩？

在那些照片裡，貝絲的臉部加了馬賽克，但頭髮清晰可辨。其中一張的她在夜店舔了男性友人的臉，不是什麼端莊的照片，但我們這年紀的人都幹過更糟的事。另一張照片把她的頭整個塗黑，但身體都沒遮住，穿著黑色馬甲、熱褲和牛仔靴的她看起來身材更加傲人，雙峰間夾了瓶龍舌蘭酒。她側身入鏡，一邊肩膀朝著鏡頭。天使之翼的刺青沒有被掩蓋。

「這眞狗屁。」我說。「任何認識妳的人都能認得出來。」

「不用妳說。」貝絲痛苦地說道。「他們還不如買下《泰晤士報》的頭版廣告。我昨天跟我媽逛街，妳眞該在場瞧瞧。就像是摩西分紅海，每條通道只看得到人的背部和肩膀。」

「照片是誰給他們的？」基特問。

「我的一個老朋友，你能相信嗎？第一張是諾丁漢的一間夜店，第二張是在本地慶典活動賣龍舌蘭酒一口杯的暑期工作。我記得拍照片的是黛絲。我一直以爲她是最不可能做出這種事的人。她讓我心碎。」

我心裡的某個角落痛罵起黛絲。

「噢，貝絲，這太過分了。」我想起琳恩以前幫我拍過的照片：狂亂地穿著牛仔褲和比基尼上衣，張大嘴巴，舌上放著一片避孕藥，那是送給任何想玷污我的人的禮物。我們把照片貼在舊公寓的冰箱上，爸媽來探望的時候就收起來。年輕的時候不會考慮後果。

「妳說對匿名的人不構成誹謗，可是妳在這裡不算是有隱藏身分，不是嗎？」基特問。他幾乎是在自言自語，思索著法律後果。「他們這樣曝光妳身分肯定是藐視法庭。這是個超大烏龍球，肯定是。妳有代理律師嗎？」

「有。」貝絲嘆了口氣。「我爸的老年人律師正在處理。他認爲可以叫他們把照片撤掉，但傷害已經造成。大家都知道了。」她突然一屁股坐下來。「一陣陣的餘波一直湧向我。我指的不只是讓我掛記的上訴，雖然那已經夠糟了，還包括人們說的那些話。昨天在合作社，有個我從四歲就認識的女孩說，我一個人去音樂祭，發生這種事不也是預料中的嗎？而且這女孩跟我們差不多大，她很普通，會喝酒，不是處女。她是你最沒想到會說這種話的人。」貝絲環顧我們的公寓，看向日食地圖，看我，看基特，目光最後停在公園那頭的景色。「現在，這間公寓像是這世上我唯一能信任的地方。我得離開那裡。看著我爸媽被這一切搞到崩潰卻爲我努力堅強，我受不了。我也沒辦法在那裡討生活，現在不行。」

「留在這裡。」我說。「待個幾晚。等到風波平息。」

「眞的嗎？」她問。要像我這樣了解基特才看得出他在想什麼：妳跟這女孩越親近，重審的時候就越危險。但很快地，貝絲還沒瞧見，他就輕輕一笑，我知道他不會取消這個邀約。他這麼做是爲了我，不是爲了她。

「那當然。」基特啪地闔上筆電。

「噢，謝謝。」貝絲的淚水突然停歇，像關掉水龍頭一般迅速。「沒有你們兩個我該怎麼辦呢？」

31

蘿拉

二〇〇〇年五月三十日

「妳在幹嘛？」貝絲小聲問，那時我踮著腳尖上樓，正想悄悄溜過她旁邊。那一天是星期六，我們全都睡到很晚。我枕在枕頭上，以爲自己聽到信箱傳來的噹啷聲。自從詹米開始寫信給我，我就有了早上第一個下樓去取信的習慣。我不能冒監獄來信被基特截下的險。我坐在沙發床沿，手裡拿著一封銀行月結單和一張披薩廣告紙。

「我只是喜歡當第一個拿信的人。」我說。「就像例行公事。某種安慰。」我解釋過頭了，卻也什麼都沒解釋。

「噢。那……很好啊。」貝絲說。

「早。」基特很不自在地杵在臥室門口。我試過把門關上，但鉸鏈一如往常地回彈。「天啊，這麼晚了。」

「我今天要去市區。」貝絲目標明確地說。「有事要做。」

「我以爲這裡的人妳誰也不認識。」基特說。

「是沒有。」她笑了笑。「那正合我意。我可以正常地做些事情，不用擔心大家都在講我的事。我可以走在牛津街上，連一個人也不認識。」

早餐後，我們倚靠陽台目送她出門，她穿著淺黃色細肩帶洋裝，還有在康瓦爾穿過的那雙銀色運動鞋。

「她打算在這裡待多久？」她轉頭揮手時，話語從基特齜牙咧嘴的笑容間傳來。

「我不曉得。可是你看得出來她有多需要我們。我無法在她經歷那些事後還攆她出去。」基特用指節揉了眼。「我不是在要求妳這麼做。只是，這時間點不太好，不是嗎，在自己家裡還得這麼拘束。」

「她在這裡不過待了四晚。天啊，基特。你表現得好像我選澤了她沒選你一樣。這可不是什麼二選一。」

他臉上的怒意像水面漣漪蕩開。「不是嗎？」

我發怒。「你知道嗎？要是你連一點同理心也沒有，那就有可能。」

他充血雙眼底下的半月形黑眼圈好像變得更深沉，我眞希望自己能把話收回。我頭一次瞧清楚他看起來有多糟，有多麼被人忽視。他同一件T恤穿了好幾天，頭髮長到觸及衣領開始亂翹。他把目光投向公園。

我才剛要道歉，他就脫口發問：「要是我們是同卵雙胞胎，妳覺得我會跟麥克很像嗎？像我爸那樣？」

這句話顯然跟之前說的話題毫不相關，讓我知道我們所思考的根本是平行線，我逼自己踏上他的思路。談論選他或選她那種無聊話的時刻已經過去，再也不回頭。「天啊，基特，我不知道。我還不太清楚。」

「我有時候差點希望自己是。不對，我不是那意思。我是希望自己能走進他心裡，搞懂他腦子在想什麼。要是他跟我爸走上同一條路……」

「嘿。」我握住基特的手。他的手掌溫暖乾燥又光滑。「麥克比你爸年輕那麼多，而且他有我們。我們這次不會錯失良機。」我們靜靜地站了好一會兒，基特望向稍遠的地方，我則低頭從陽台往下看。街上都是紅色公車。

「關於貝絲。」我覺得時間已經過了夠久，於是出口試探。他什麼也沒說，但從他牽手的力道更用力就能察覺他的惱怒。「不，聽我說完。我想說的是，我們就讓她放縱一天，好嗎？好了啦。你有你白費工夫的事。我有我的。」

我是當成玩笑話講的，但我惹到他了。

「妳怎麼能把這兩個拿來比？麥克是我的雙胞胎哥哥。」

那時我明白了基特不可能理解我對貝絲感受到的那種羈絆。爭不過血緣關係。

***

「嗨，寶貝兒，我回來啦！」貝絲叫喚，她一路笑著上樓。基特抑住惱怒只翻了個白眼。她身上沾了少許城市污塵，提著重重的7-11購物袋，裡頭滿是洋蔥、罐頭和酒。一根香茅從袋口往外突。

「我要煮東西給你們吃。」她說道。「沒吃過我做的泰式綠咖哩，就不算眞正活著。」

「我愛泰式料理。」我的聲音大到足以掩蓋基特「眞沒這必要。」的難聽話。就算貝絲聽見了，她也選擇無視。「我們有事要慶祝。我的律師打電話來。那些照片從網站上撤掉了。」

「那眞是好消息。」我說。

「我們有機會提告，但我不知道自己要不要。我寧願把這拋到腦後，妳懂嗎？我已經受夠律師和法庭了。」她把材料都拿出來——泰國香米、椰奶、一截薑塊，還有三塊厚厚的雞胸肉——擺在我們的流理台上，然後在她巨大的手提包裡翻找。「我有東西要給妳。」她說道，突然害羞起來。「用來感謝妳讓我留宿，還有——」她意味深長地注視著我，「——總之感謝妳多做的一切。妳先。」她拿出一個磚頭大小的小禮物盒，滿懷期待地看我拆封。我還沒打開包裝紙就知道裡頭是血紅玫瑰蠟燭。在一九九九年，香氛蠟燭還不是隨處可見的禮品，只有在馬里波恩那裡的偏僻小店才買得到。貝絲一定是記下商標，然後做過功課了。她買了禮物組給我：蠟燭有三罐，燭芯沒修剪過。那濃烈的甜美香味還沒點燃就盈滿整個房間。一定花了她一百鎊。

「哇。謝謝。」

「嗯，老實說，是我不對。我沒把燭芯吹熄就睡著了，就是第一天晚上，蠟燭都燒到底了。」她帶著歉意朝壁爐台上的玻璃空瓶點頭示意，「我喜歡火光，而且味道眞的很好聞。」

基特瞇了瞇眼：讓我有用不完的血紅玫瑰蠟燭是他的分內事。我對他的臭臉還以顏色。貝絲並不曉得自己得罪他了。

「還有基特，這是給你的。這只是二手貨，不過品相很好。」那是她曾提過的超望遠鏡頭。「在低光源的表現眞的很驚人。」她讓他震驚到都忘了禮貌了。「你已經有了啊。」她的聲音在那字句上盤旋。

「不，我沒有。」他語氣平板。「謝謝。」

「我想基特只是覺得彆扭，因爲……」我望著他，但他實在太難捉摸。「我想基特只是覺得彆扭，因爲妳不用一直謝我們。」

「沒錯。」基特說。「我們在法庭所做的一切不過是說出我們看到的。」他的語氣超然，這代表他眞的尷尬到不行。

「不。」貝絲說：「你們救了我。在許多方面。你們救了我。」她的話語尾波曳著令人難堪的沉默，等到她像隻從水裡衝出來的狗甩了甩身體，才打破這沉默。「好啦！」她爽朗地說道：「晚餐不會自己煮好。」

她切菜攪拌料理的時候，我放了點音樂，把三件組蠟燭成排放在壁爐台上。幾杯酒下肚後，基特拿出鏡頭裝在相機上，對新玩具的欣喜之情無法隱藏。

＊＊＊

我們面對面躺在仍有一絲光線的臥室裡，希望我們的悄悄話不會從門縫傳出去。

「那鏡頭要多少錢？」我問。「一百鎊之類的？」

「一千鎊還差不多。最高可以到三千，如果是全新的。」

「什麼？」

「我懂。」他說：「她試圖收買我們的支持。」

我試著望進他眼裡，但昏暗光線中只能看到目光閃動。「她要怎麼收買我們？我們已經作過證了。」

「那麼，她就是想確保我們不越位。我擔心上訴會有什麼事發生，然後案子會重審。而我們留她在這裡，會讓整件事全部白費。」

「除非我們跟別人說她在這裡，或他們找了私家偵探去盯她，不然誰會知道？」

基特變得緊繃，我看得出來他努力不拔高音調，維持輕聲細語。「這就是我怕的。捲入一團亂的謊言裡。一個謊總是需要另一個謊來圓，然後又有下一個。現在已經開始了。除非妳從一開始就問心無愧，不然就慘了。」我僵住了，然後才想起他談的不是我那趟祕密的法庭之旅。我把一隻手擱在基特胸口，讓他冷靜一下。

「她只是需要朋友。」

「蘿拉。」他抓住我的手。「妳怎能真心期望跟一個在那種情況下結識的人發展真正的友誼？那會一直糾纏著妳。妳已經做得超過妳該做的。」

「你想怎樣？」我快維持不住低音量。「要我叫她走？」

基特朝我發出噓聲，然後說：「老實說？沒錯。我的腦子沒地方放這個，我的公寓就更不用說了。照顧我哥就夠我忙的。我不像妳。我不會想把所有流浪迷途的都救下。」

「你說過，」我努力控制自己的嗓子，「我們剛在一起的時候，你說過你就是愛我這點。愛我關懷一切。任何議題。任何人。」

他撲通倒回枕頭上。「是啊。」他說：「我是說過。現在也是一樣。可是有時候我希望妳忙碌使命之餘，也把注意力同樣放在跟家庭更相關的事情上。」

他一直背對著我。在隔壁房間裡，貝絲翻了個身，沙發床發出嘎吱的提示聲，彷彿有這必要似的，提醒我們這房子裡還有外人。

32

基特
二〇一五年三月二十日

艙窗外的天空一片淺灰，失望一擁而上，奪走我的胃口。我終究還是沒去找貝絲，錯過了昨晚的機會，我整個早上內心飽受折磨。

相機器材重重壓在我肩頭：濾鏡、防雨套、我最牢固的腳架。一瞬間，我眞想把這包東西丟在艙房，什麼都不想管。奇異的哭泣衝動充滿腦海，日食前的幾個小時內，所有的感受總是變得格外激昂。

「瑟蕾絲特公主號」的餐廳在日出前開放，提供歐陸早餐。我跟傑夫．德瑞克一起用餐（或者該說是往空蕩蕩的肚子裡灌咖啡）。他沒有對我的新造型發表評論。他有什麼話好說的呢？認識他的這幾年我一直都是這個模樣，他只在前天晚上看過我的大鬍子。不知道他有沒有看到我的表演錄影，總之他沒有提到這件事。他那副心不在焉的態度是因爲心思全放在更重要、更崇高的事物上頭。他背負著重責大任：判斷我們能看到日食的最佳地點。

「你覺得去哪裡好？」我啜了一口咖啡。晚點要幫麥克調查他們是用哪牌的豆子。「北側還是南側？」

「克利斯多弗，恐怕你要換個用詞。」他往切半的葡萄柚上撒砂糖。「我們現在的目標是避開最糟的結果。跟預測天氣相比，預測天體動向實在是簡單太多了。」

太陽要被雲層遮住時，日食追逐者們會露出類似的表情：強顏歡笑、下定決心無論有什麼結果都要盡情享受。但無論如何就是無法掩飾那股失望。我覺得自己對理查有所虧欠，是我硬把他拉來這裡，至少我該為了他把雲層撥開。

「有時候雲層會在最佳時刻散開。」我們沿著踏板下船，走向在岸上等待的巴士。「只要有一點點縫隙就夠你看了。」這句話是說給他聽，也是說給我自己聽。

港邊塞滿了人，比任何一場音樂祭都還要擁擠。在人山人海後方，封鎖道路的另一側停了六輛黃色巴士，擋風玻璃掛著「瑟蕾絲特公主號」的牌子。我領著理查前進。觀賞地點在最後一刻終於底定，牌子寫著我們要前往俯瞰托爾斯港的胡薩倫山半山腰。只有半吊子才會往山頂跑。太高了，你會直接被雲層罩住，抬頭什麼都看不到。

說來真是奇妙，旁邊圍了這麼多人，我卻能感受到某個人的雙眼、視線。是從我的左肩旁傳來的熱度，又或者是我眼角餘光瞥見了動靜。我緩緩轉頭，心中浮現熟悉的預感，沒想到只是某個中年光頭男子，厚重的眼鏡上夾著遮光片。他對我燦笑。

「眞的是你。」他說。我快速回想在船上認識的人，確定他沒跟我同船。「喔，看看你，拚命回想我是誰想到發慌。」他的美國中西部腔代表他可能來自美國的任何一座城市。會不會是我小時候遇過的人？某人的爸爸，到違法點燃的營火旁帶某個爛醉的年輕人回家。

「抱歉，要麻煩你提醒……」我開口。

「別擔心，我們根本不認識。」男人說。

「哈哈。」理查說：「你已經聲名大噪啦。又是你的影迷。不過挺妙的，他刮了鬍子你竟然還認得出來。」

男子一臉困惑。「什麼影迷？有個女人拿著你的照片到處走，說要找你。照片是好幾年前拍的，不過我確定就是你。」

我的心臟跳得像隻擱淺的魚。她要找的人不是克利斯多弗，而是基特。她在這裡，她要搞砸我的日食。「應該不是吧。她要找的人一定不是我。」

他盯著我瞧。「除非你有個雙胞胎兄弟。」我瑟縮了下，但從他的表情能看出他只是隨便說說。

「她長什麼樣子？」不知道理查是否聽出我嗓音中的動搖。

「我猜跟你差不多年紀。很漂亮。黑色頭髮。她搭上其中一輛桃紅色巴士了。」

他朝港口歪歪腦袋。我看到閃耀的桃紅色車殼，就停在港灣邊。

該死該死該死該死該死該死。

「嗯，我會注意的。祝你看到美好的日食。」我說。

「祝你們好運！」男子臉上燃起愚蠢的期盼，消失在人潮中。

如果我沒想錯，拿著照片的人正是貝絲，她已經登上這座島了。我幾乎能聽到我的神經啪地斷裂的聲音。

「馬上回來。」我對理查說。「幫我拿一下。」我把袋子遞給他，只帶著相機，掛在我手上猶如彈弓。

「你說馬上回來是什麼意思？你不能亂跑啊——克利斯！克利斯！」我擠過緊緊相貼的身軀，理查的叫嚷聲越來越小。每擦過一個人，就會聽到防水衣物相互摩擦的沙沙聲。蘿拉也體驗過這種感受嗎？知道自己像個白痴，儘管無力卻無法停止？

我從離我最近的桃紅色巴士開始找。「你是這一車的乘客嗎？」灰髮燙得蓬鬆的婦人手拿夾紙板，笑容漸漸轉爲戒備。

「不是，我只是要看看車上有沒有我要找的人。」

「我們只讓有預定的乘客上車。」她轉頭向司機求援，但他差不多九十歲了。「先生，我要請你——」她無力地阻擋，我硬是擠了進去。

「我只是要確認她是不是在這裡。」我站在座位走道上，瞥了一眼就知道貝絲不在這裡。「抱歉。謝謝。」我快步下車，背後響起一陣低語：「他是嗑藥了嗎？」「那是英國腔嗎？」「要不要找人來處理？」

第二輛桃紅色巴士就停在後方，乘車手續尚未結束，我直接跑到中間那扇門，這回連假裝詢問都沒有。白花花的腦袋往我這邊探來，車上沒有人不到六十五歲。

有人以無線電或是電話通風報信，第三輛巴士已經做好準備，兩名男子雙手抱胸堵在車門前。我被逼得只能對車上大吼。

「貝絲！」我的聲音夠響亮，能傳到巴士尾端，能引起雪崩。「貝絲！我受夠了！好，妳贏了！出來說清楚啊！我受夠了！」車門在我面前關上。「我要瘋了！」我隔著玻璃叫嚷，整張臉貼上去。如果她在車上，一定聽到了。如果她在這裡，她一定是爲了我而來。她一定會來的。「我他媽的要瘋了。」我小聲重複。

司機發動引擎，車身在我臉頰下震動，把我猛然震醒。我衝過人潮漸漸散去的碼頭，在黃色巴士上找到理查，我的袋子放在他隔壁的座位上。

「你到底是去搞什麼鬼？」

「我們換一下位子。」我拎起袋子，移到最後一排。從這個角度我可以看見每一名上車的乘客。我肌肉繃得死緊，已經做好正面衝突的準備了。我很不樂意這麼想：如果今天貝絲出了什麼事，那也是她自找的，誰叫她要跟蹤我。

不對，這樣說有欠公允。無論她犯了多少錯，貝絲也曾在地獄裡走了一遭。我的怒氣應該要投向詹米·巴爾克姆，他責無旁貸，如果他眞能負起全責。

33

蘿拉
二〇〇〇年六月二十五日

「妳確定妳沒動過？」基特一小時內第二十次問道。「裝在膠筒裡小小的底片盒。大概這麼大。不可能就這樣不見了。應該在這裡啊。」他指向流理台。

「大概掉到廚具還是什麼東西的後面吧。」我說。「你就不能等我們弄完嗎？」我坐在餐椅上，頸間圍了條毛巾，頭髮中分；貝絲戴著乳膠手套，把糊狀的紫色染髮雙氧乳塗在我的髮根。當漂白劑把我的髮色漂淺，一陣熟悉的腐蝕痛感傳來。我已經在她頭髮上試過了，把幾縷黑色鬈髮的髮尾染成亮紫色。

打開的收音機響亮到我們玻璃杯裡的水隨著音樂拍子跳動，但她擱在書櫃上那手機發出的聲音，依然聽得見。手機螢幕閃著綠光，亮出了「家」的點陣字樣。她瞥了一眼，微微皺臉然後無視。基特挑了挑眉，但什麼也沒說。

我和貝絲跟著音樂唱得越大聲，基特就對我們的無聊舉動畏縮得更厲害。他若想表現得像個悶悶不快的爸爸，那我就幼稚地以惹惱他為樂。

「別理他。」我說。「他只喜歡有概念的音樂。」

貝絲對此給了一個「我才不插手」的眼神，把另一份漂白劑舀到她的攪拌缽裡。基特回客廳忙他的專案，眉頭皺得死緊。彷彿底片盒失蹤的悲劇還不夠糟似的，現在他的筆電風扇也出了毛病。他把燈打在外露的主機板上，拿起一支小起子。當貝絲的手機再次響起，他的雙肩又上揚了一吋。

「也許妳要接一下？」我在第四輪電話響完後開口。

貝絲遲疑地張開手指，又響了幾段鈴聲後才說：「天啊，好吧，給我個機會。」但她厲聲以對的是手機，而不是我。她脫下手套扔在廚房水槽，抓起手機。她關上身後的公寓大門，才戒備地接起電話：「喂？」腳步聲下了樓梯，然後就聽不見她的聲音了。

「是什麼事啊？你覺得是她沒對他們說人在哪就離家什麼的嗎？」我能明白她爲何搬回家裡，然而二十一歲還要被父母管，對我來說太過屈辱。

「可能吧。」基特回應。吹掉一片電路零件上的灰塵。「我覺得比較像是他們哪個人可能出了什麼壞事。」

「喔天啊，你說得對。好像她經歷的還不夠——」

貝絲的聲音打斷了我們，尖銳刺耳地從緊閉門後傳來。

「她活該！我這麼幹的時候她沒在車上眞是好運！」

基特挑了挑眉。我悄悄走過地毯，耳朵貼著前門使勁地聽。

「沒有，我不是眞心的，我當然不會那麼做。妳知道我不會這樣。」

我將手平放在門上，感覺到指尖的脈搏。

「喔，我很抱歉讓妳爲難。」貝絲最後這麼說。「我昏了頭。我是說，媽，妳知道她幹了什麼。」隨之而來的沉默久到我開始覺得貝絲講完電話了。「喔不，眞的嗎？我很抱歉。」她的聲音帶著沉重的悔意。「等我有了工作就還妳。不，我會還的。好吧。嗯。謝了。那個，我該掛了。我在我朋友那裡，眞的不能再講了。」隔了很漫長的一秒鐘後，她才開口，用更小的聲音說：「我也愛妳。」

她一定是一步踩兩階，因爲沒幾秒門把就被轉動。我從門後跳開，努力裝做若無其事，但貝絲進門後我一關門，我們兩個都發現門上有個耳朵形狀的染髮劑印子。

「妳聽了多少？」她問。

「聽到發脾氣的那一段。」我承認。

她一屁股坐在沙發床上，弄亂了基特仔細擺放的那些迷你工具，她甚至沒發覺基特抓狂地撲過來把工具擺正。

「還記得我提過那個叫黛絲的朋友？」她問。

那個名字令人想起一張緩慢載入的圖片，是貝絲穿著龍舌蘭酒促服裝的照片。「我怎麼會忘記呢？」

「嗯。」她垂下目光。「哦，我大概把她車子的輪胎割破了。」

「貝絲！」儘管我能輕易想像。半分佩服，半分震驚。

「我不知道自己中了什麼邪。」她說：「我在莫里森超市的停車場看到她那台迷你的佛賀轎車，等我回過神來已經在店裡買了把小刀。小刀直接捅穿橡膠胎皮，然後車輪就開始噗噗消風。」她將臉頰往內凹，模仿輪胎放氣的樣子。

「哇。」我瞄了瞄基特的反應，但他忙著把電腦維修工具按照長度依序放回透明塑膠盒裡。「他們怎麼知道是妳？調了監視器？」

貝絲搖搖頭。「她把車給了她媽。我怎麼可能會知道？她推著購物車出來的時候，我剛戳完最後一個輪胎。我跑了，但她知道是我；我是說她打從上輩子就認得我了。她大概去找了我媽討補胎的錢。我爸媽氣炸了。」

「天啊，貝絲。」

「我知道，我知道。」她說。我們的尷尬笑聲是種不敢置信，但也似乎承認了這將成為未來的笑柄。基特的最後一絲幽默感似乎已耗盡，他喀的一聲封好工具盒，刻意把東西挪到我們臥室裡安全的地方。貝絲放低聲音。「我對男人沒多少期待，再也不了。」她小聲到我得傾身靠近。「我早料到他們會欺負我。可是被女性友人背叛，完全不是同一回事。」

我想像若是琳恩像那樣出賣我，我會有多受傷，我知道那會毀了我。我也會想戳她輪胎。我會想幹出更糟的事。

「那幸好妳還有我，對不對？」

貝絲臉一亮，我知道這麼說是對的。

34

蘿拉
二〇〇〇年七月三十日

七月的時候我把自己的理想工作弄到手，比預期目標早了一年，是兒童慈善機構的募款工作。這崗位讓我得以走上自己目前規劃的職涯道路，儘管我現在很納悶自己怎麼有精力在工作上有所表現。這是個悶熱的夏天，我和基特大多時間都花在地下鐵上；我們不是通勤，就是坐到登碧巷站去照顧潔諾（是我）或應付麥克（是基特）。我們一天洗兩次澡，含鹽的環狀汗漬毀了我們一些深色衣服，擤鼻涕的衛生紙都變黑了。

貝絲定期造訪我們的公寓。她再次隱居在諾丁漢的父母家，那幾刀使得她身爲詹米．巴爾克姆案被害人身分遭到曝光的恥辱更加惡化。她通常兩星期來一次倫敦，卻沒有任何探索這城市的意願，寧願宅在屋裡。除了我們在利澤德角見過的那次，我很少在大太陽下見到她。我們沒提過她可以常來過夜，那是其中一件沒明說的事。

詹米一週寫兩次信給我；星期二和星期五一定會收到信。信件主旨總是一樣——現在就撤回妳的供詞，在妳的處境變得更糟之前——他總會告知我其他事態的進展。他顯然建起了相當的擁護者網絡；其他遭受「誣告」的大批男士紛紛寫信給他。還有一個男性人權組織認爲女性「哭訴強暴」的趨勢漸長，因此非常關注這個案子。而且——我能從他筆觸看出愉悅之情——也有女性寫信給他。那些他稱之爲「真正」的強暴被害人，有遭受繼父性侵的，有在夜店被下藥的，還有被刀抵著遭到集體施暴的。詹米總是把握每次機會，把那些「勇敢女士」跟我的怯懦拿來做對比。我把信件撕成碎片，分別扔進我們家到克拉柏姆公園地鐵站之間的各個小型垃圾筒裡。我開始希望那個把刮鬍刀片嵌進牙刷柄的男人能去拜訪一下詹米。

琳恩總算拿到了能把她拖出憂鬱的處方藥，也決定是時候該對麥克提出「干預」了。這個美國來的詞語現在正式加入語彙表中，但這還是我第一次聽到，她告訴我們大致的流程。我們所有人——我、基特、琳恩的父母、雅黛兒，再加上一個琳恩找來的戒癮輔導員——都去他們的公寓，一一向他提出該改進事項。這個構想是，看到每個關心他的人提出了大量的擔心批判，他馬上就能改過自新。基特從未相信這行得通，但他還是一起去，我們所有人擠進他們位在地下室的公寓裡，裡頭的椅子太少，我們得輪流坐。

然而琳恩的計畫有個困難點。干預要能起作用，麥克必須在場。而既然他的主要成癮症狀是跑去喝酒，這就讓他好幾天一直不回家，她沒什麼機會成功。等待某些可怕事情發生幾乎比事情已經發生更加令人精疲力盡，經過八小時麥克都沒接電話，更別說是回家，我們只能作罷。地鐵像個烤箱，我們卡在一站站間動彈不得快二十分鐘，等我們回到地面上後，看什麼都討厭，包括彼此。

「靠。」拐彎走到克拉柏姆公園南邊時，基特咒罵。「我現在最不想看到這個。」

我隨著他目光看去。門階上方冒出一雙磨損的銀色運動鞋和纖細白皙的腳踝。「妳知道她要來嗎？」

我回擊他的敵意。「我他媽怎麼可能知道。」

我沒力氣應付任何人了，除了基特，但也沒留多少給他。我們這天過得怎樣在臉上表露無遺，可貝絲似乎對我們的疲憊不為所動。

「我不能待太久。」她領著我們走上我家的樓梯。她髮尾的紫色染劑已經褪色，粉紫色髮束卡在蓬亂黑髮間。她的手一路摸著壁紙，一度在樓梯轉角佇足細看壁紙剝落顯露的一塊綠漆。「我得趕末班火車回家。現在時間很緊，我以為你們會更早回來。」我和基特茫然對望，貝絲從不趕回家的，她只要來了，共識就是她會過夜。

「回家？」基特問，他豎起雙手拇指，貝絲一轉頭，他就把拇指藏進拳頭裡，看起來好像一邊揮拳一邊上樓。

「別鬧了。」我笑著用嘴型示意。

「是啊。」貝絲說。「但我覺得我得親自把好消息告訴你們。」

一定是上訴的事，我心想，他們一定是放棄上訴了。

「說吧。」我們走到最上頭的樓梯轉角，基特正從牛仔褲口袋摸出鑰匙。

「我要搬來倫敦了！」貝絲笑容滿面。

我差點踩空樓梯。基特把鑰匙插進門鎖就僵住了，我知道他想的事和我一樣：她打算要搬進這裡。

「怎麼說？」我小心翼翼地提問。

「哦，我提過家裡的氣氛。我差不多是被軟禁在家。所以一直在找房子和工作。」她語氣得意洋洋。「我在連鎖照相館找了個工作，要待在暗房裡。薪水很差，不過可以處理照片。我研究過了，這邊的房子我都負擔不起，不過我在水晶宮那裡找了個套房。現在我可以跟妳常常碰面了。」

「那很棒啊。」我說，儘管我的喜悅是因爲知道我們現在可以更不常見面；或者更確切地說，我們可以把這段友誼降到較不熱烈，更正常的關係。見面喝個咖啡，或是吃頓晚飯，然後各自回家。

「所以，我還有最後一個東西要送妳，用來感謝妳對我的照顧。我知道妳說過不要一直送禮，可這是最後一次，我保證。」她的笑容靦腆又單純。「拜託別說我不該送。」

她遞給我的禮物用了威廉·莫里斯[1]花紋的包裝紙仔細裹著，還綁了條緞帶，看起來像本書。我拆開包裝就看到一個細條松木相框，裡頭放著——

「靠。」我說。

那是我和基特的合照，顯然是從我們臥室門口拍的。什麼時候拍的？總之是某天清晨，當我們都還熟睡著。清晨光線穿過竹片百葉窗，在我們皮膚上繪出虎斑花紋。被子半落，幾乎像是有人扯掉的，我們的腰部以上一絲不掛。我平躺著，基特側躺，把我半圈在懷裡。他手臂虛攬過我胸口，握拳抓著我的頭髮，像小寶寶抓蓋被。我本能地將雙手環在胸前。基特抽了口氣，我能感覺到怒氣一波波湧來。

「覺得怎麼樣？」沉默不斷延長，貝絲的目光漸漸暗淡。

知道她的經歷，我說不出侵犯這個詞，但這樣看著自己，沒有別的話語能描述這感受。

「很……私密。」我最後這麼說。

「我知道！」她說。「這種照片是無法刻意安排的。可是那天去上廁所，房門開著，我忍不住瞧了一眼，那個光線實在……」她的手指圈成OK的手勢。「而且你的相機就擱在旁邊，基特。」他憤怒地抿唇，比起自己意外入鏡這回事，碰了他的寶貝相機讓他反應更大。貝絲全沒留意，繼續往下說：「我想起妳朋友拍的另一張相片，還有妳提過沒察覺自己被拍的事，我按捺不住。我今天去了公園那邊的快速沖印店。」她每說一句話都變得更小聲了些。「我用的是非常慢速的快門。鏡頭是……」她甩甩頭，音量降成了低語。「不喜歡啊？」她掃視我們的臉色然後誤解了。「我再買一盒全新底片還你。」她的理解差之千里。「不過我只能去藥妝雜貨店買。抱歉，基特，我沒料到你會發現底片盒不見。」

「沒關係。」我開口，但基特的沉默越發響亮。

貝絲一掌重重地拍上額頭。「我以為妳會懂，我以為妳會喜歡。」

「我是很喜歡。」我抓住她的手腕免得她繼續打自己。我忘了她的皮膚有多柔軟。「只是太突然了，這樣而已。」

她掙脫我的手。「我有時候做得太過頭了。」她朝著窗外說道，語氣有種別人對她這麼說過不止一次的意味。「我想錯了。我很抱歉。」

稍晚，在彼此尷尬道別後，我和基特靜靜等著臨街大門砰地闔上，不知該發笑還是尖叫。基特把照片拿得遠遠的。「她怎麼會以為那沒什麼，從任何方面來說？」

1 威廉·莫里斯（William Morris, 1834—1896），十九世紀最具影響力的設計師，所設計的家具、壁紙花樣和布料花紋在後世廣為運用。

「嗯……我想她經歷過那些後，有點失去判斷力了。」就我們所知，她一向都這麼直接，行爲的界限總是那般流動易變。也許這是她對自身磨難的反動，她被扒個精光，於是決定繼續暴露自己的神經，希望能慢慢麻木脫敏。這是貝絲的創傷。若這是她的應對方法，我們怎能批判呢？

「要是我露鳥了呢？」基特問。

我站在他旁邊細看那張照片，少了貝絲的期盼重擔就從容多了。

「不過，我們看起來很讚。」我微笑說道。「要是拿掉太過詭異的本質，不去想這照片怎麼拍下的，這其實很美。我不知道你睡著會這樣抓我頭髮。」

「我也不知道。」他的態度緩和下來，摸了摸我的馬尾。

「等我們年老皮皺的時候可以看一看。」我說。「回憶我們以前的模樣。我知道這不是那種能放在壁爐架上的照片，可是我想留著。」

我們把照片面朝下地擱在床頭櫃抽屜裡。在我們四處躲藏的時候，這張照片是其中一項遺失的物品，我不曉得它後來的下落。

回頭看來，基特是對的，在她來我上班地方找我的第一時間，我就該堅決卻不失公正。我不該讓她進入我們的生活裡。用老一派的講法來說，我該讓雙方關係合乎體統。

那晚在床上，我睡不著。我太在意自己看起來是怎樣，太在意自己光著身子。只有等我起床穿上睡衣才終於放鬆下來。我作了怪夢——一種受到注視的感覺，門邊有道身影——我認爲是貝絲的照片害的。我還不明白自己的心神不寧不僅是因爲她的侵犯行爲。那是某種太過巨大、深沉又黑暗，塞不進抽屜或街上垃圾筒的東西在初次萌動。某種我還未能命名的東西。

35

蘿拉

二〇一五年三月二十日

初虧將在八點二十分發生。地方電台說首都將會「陷入尖峰時段黑暗期」。我可以從書房看到偏食，但就算窗戶大開，在屋內觀測還是非常不對勁。

我把頭髮紮成細細的辮子，垂到腰間，再捲成髮髻。出門前把頭髮隱藏起來已經成為我的本能。我就像受到宗教規範不得在公共場合露出髮絲的女性，只有丈夫能看到我放下頭髮的模樣。替代方案是全部剪了，或是別再染髮，但她已經奪走我大半靈魂。我不會繼續退讓。

我打算在附近走一走，稍微沐浴在觀看日食的氣氛中，卻大失所望。整條綠巷淨是呼嘯而過的車輛、忙著卸貨的貨車，跟平日沒兩樣。撞球場不會這麼早開。我的肚子大到無法貼近球桌，已經兩、三個月沒去了。從背後擊球的招數不多。日食逼近的唯一跡象不是星球，而是在腳下的水溝——一張被人棄置的《都市日報》剛好翻到頭版：科學家警告與太陽自拍會導致眼盲。頭頂上沒有什麼精彩變化，只看到一抹詭異的紫光，我可能會把它當成暴風雨的先兆。走到達克特公園才遇見五、六個人手上拎著護目鏡，讓你知道有什麼特別的事情正在發生。我站在原地，雙腳踏穩，雙手捧著肚子。倫敦沒有陷入黑暗，連暮色都稱不上。就連寶寶也感染到我的遺憾，全程呼呼大睡。

回到家，門口放著Bean/Bone的紙袋，裡頭附上紙條，說潔諾和帕琵陪麥克來幫我送流質餐。我心一沉，錯過他們眞是可惜。咖啡還是順口的熱度，但是我把骨頭湯倒進水槽，果汁塞進冰箱。樓上的電腦無聲呼喚我——有一份介紹信等著我寫——可是我知道自己今天什麼都做不了。我不斷查看手機，等待基特的消息，徒勞地逼自己冷靜。他跟我說過五、六次，今天整個早上應該都會在沒有訊號的地方。我滑開通訊軟體，又看了一會他刮過鬍子的照片：原本的用意是哄我安心，卻只讓我牢牢記住勃然大怒的原因。

我打開電視，ＢＢＣ的女主播說斯瓦巴群島的觀測環境很完美，托爾斯群島卻是一敗塗地。我爲基特感到遺憾，心中同時湧現怒氣。太浪費了。所有的壓力，過去所有的陰影，撒出去的大把鈔票，以及我們之間最激烈的爭執。少了清晰的日全食作爲代價，我覺得自己被騙了。全都付諸流水。

電話響起。「眞是讓人失望到極點啊。」爸爸說。

「北部理論上還不錯吧。」我說。

「是有稍微變暗一點點啦。」他承認。「基特那邊如何？」

我這才發現大吵一架之後，我們還沒有說過話。那會不會是我們最後一次交談？我體內突然多了個腫塊，像是有人往我嘴裡灌氣球。我想跟爸爸抱怨基特有多蠢，他是如何讓貝絲知道自己的下落，可是我做不到，因爲這是我要承擔的事。

「爸爸？」我輕聲呼喚，線路雙方都嚇了一跳。

「親愛的，妳沒事吧？」爸爸的關切刺破了那顆氣球。我只要稍微崩潰，所有的事情就會傾瀉而出。「很好。只是有點胃酸倒流。我還沒跟他通話，可是狀態看起來不是太理想。」我勉強回應。

「眞可惜。」他敷衍地說。「聽好了：好心做壞事。六個字母、五個字母、三個字母。」

我毫無頭緒，腦中擅長分析的區塊暫時被疑心病和瞎猜侵佔了。

「讓我想一想。」我說。

「幫我想想吧。另外五個字的開頭字母被它掐住了。」他清清喉嚨。「我的外孫們過得如何啊？」

「應該不錯吧。」像是接收到電波，一隻小腳推了推我的肚皮。我一手按住，像要搔搔他的腳趾。我們約好了，下週末爸爸要來玩，這附近有間新開的土耳其餐廳，我想帶他去嚐鮮。向他提到今天下午要去照超音波，也聽完他前景暗淡的選戰近況，差不多到了出門產檢的時間。我的孕期紀錄全都整齊收在電腦旁的資料盒裡。

上午十一點，我檢查手機，依舊沒有基特的訊息。手臂開始刺痛，雖然他曾說午餐前應該無法聯絡。我拉下袖子，蓋住手腕，將資料盒塞進手提袋。

這時我靈光一閃，想到猜字的答案。好心做壞事，六個字母、五個字母、三個字母——善意的小謊言（Little white lie）。

36

蘿拉
二〇〇〇年八月二十九日

開啓的筆電通常與基特在屋裡的存在劃上等號，但他的筆電已經五天沒開機了——這是項紀錄——一週前帶回來批改的成堆論文還擱在門邊，他之前丟下的位置。在我們這邊一連串失敗的干預行動後，麥克對自己進行干預（勉強能這麼說）。他直接橫跨托特納姆區兩間古柯鹼毒窟之間的鐵軌，差點把自己給切了。現在他待在北密德薩斯醫院的管制病房，治療輕度灼傷、割傷、擦傷，以及主要的成癮症狀。今天是接受治療的第十天，基特第一次獲准探病。

他外出後，我和貝絲開了箱法國啤酒來喝。她沒說一聲就來訪，但我沒像以前那樣邀她一起吃飯。我把她列在優先順序已經夠久了，現在該把基特暫時放回第一順位。雖然我從沒照他的希望，拒絕讓她進門，然而偷拍事件後我覺得有必要跟她保持距離。

我們三個人以成熟負責的方式處理那件事：假裝從沒發生過。

要是基特准我向貝絲解釋他的情況，也許她能理解，然後把我們急需的個人空間還給我們。但他超護著他的哥哥，求我別讓她知道，所以她還是一直開心地來克拉柏姆，我既沒那個心，也說不出那種話把她打發走。

今天是星期五，在早上的信裡，詹米提出自己該不該直接把下週的懇求信寫給基特。我伸手又拿了瓶啤酒。

「我買的蠟燭妳幾乎沒在用。」貝絲說。那三罐蠟燭仍排在壁爐架上，中間那罐的蠟身高度比其他罐低了一公分。實情是這香味我有點膩了。

「我要留到特殊場合才用。」我謊稱。「點燃的蠟燭更適合冬天。現在傍晚都還很亮，窗戶也老是開著。妳要拿一罐去妳那邊嗎？可以去霉味。」

「等哪個人放火把那屎地方夷為平地才有可能除味。」她悶悶不樂，用指甲把啤酒標籤從瓶身摳下來。「總之，我是為了妳才買的。」

我點了一罐，但放在陽台上，大半香氣都會溢散。

在四層樓下方，臨街大門發出砰的一聲。

「我們在屋裡！」我朝樓梯下方警示地喊了一聲，重點顯然是*我們*而不是*在屋裡*。等到基特走進客廳時，他不知打哪擠出了笑容。

「去哪裡玩了嗎？」貝絲問他。他的笑容消失了一瞬，對我瞟了一眼示意*別在她面前提我哥*。我輕輕點頭。

「沒什麼特別的。」他從廚房抽屜取出他的瑞士刀，撬開瓶蓋，啤酒泡沫才湧上瓶頸就湊上嘴巴。他連吞幾口就喝光，接著又開了一瓶——我從沒見過他這麼做——然後一屁股坐在沙發床上，瞪著牆壁。我真希望貝絲不會盯著他看，或者至少試著掩飾一下她的過度關心。這小小公寓裡滿是各種祕密，令我想起了特魯羅刑事法院的證人休息室。基特老早就把雙胞胎心電感應和幻痛的理論拋在腦後，但現在他的人中出汗而且身體動個不停，彷彿他胃裡有什麼在翻攪，簡直就像他才是那個戒斷症狀發作的人。

「基特，你沒事吧？」貝絲問。「你看起來不太妙。」

「我沒事。」他像機器人似地回應。

「我開個電視，可以嗎？」我拿了遙控器。新聞頻道正報導著計畫開鑿外環隧道為巨石陣地帶來的交通紓困。

「如果不能從窗外看到巨石陣就太可惜了。」我說：「我喜歡第一眼看到巨石矗立在山丘上。」

基特咕噥一聲表示聽到我在說話。

「不過，他們是該好好整治那條路。」貝絲說：「那裡一直都很塞。去格拉斯頓伯里的車程要多花兩個小時。沒意外事故的路況就夠糟了，要是出了車禍根本動彈不得。我去利澤德角的那天有追撞事故，就發生在我坐的那台車前方半哩。我們卡在車陣裡大概五個小時。那只是一台迷你的福特轎車，我膝蓋沒辦法伸直，坐到腳超痛。車通過追撞地點時，那些失事車輛都還在冒煙呢。」要不是貝絲臉紅，我可能永遠不會明白她這些話有什麼重要涵義。我從沒見過這麼高彩的色澤：點點桃紅從她白皙脖子開始浮現，然後漸漸爬上她的臉，彷彿有人朝她倒了瓶血漿。「總之，我覺得最好挖個隧道。」她的臉紅已經消散，用幾近挑釁的愉快口吻說：「別再把混凝土鋪在更多田野上。」

下一則報導是關於稅務局新的線上系統。貝絲挺意外地對此也有不少話要說，她的律師似乎對那系統各種謾罵，他需要跟上時代……我試著不理她，挑出她談論巨石陣的那段話細細思索，但她像個學步幼童，廢話說個沒完。幾乎像故意讓人沒空去想。只有等她去了廁所，我才有辦法去想那段話。我剛想問基特是否留意到她臉紅的事，我就想明白了，我那誇張的抽氣難以否認，大聲到將他拽出自己的心緒。

「怎麼了？」他問。

「哦，可能沒什麼啦。」我說，儘管我心裡的動搖漸增。「聽我說完。貝絲講的那場車禍是我去的前一天發生的。」我頓了頓，好讓基特弄懂這句話的重要性，但他一臉茫然。「事故車輛的殘骸都還堆在路邊。」我說。「巴士司機告訴我們，要等日食車潮消化掉才能清理。可是他們在法庭上有提過，說她日食前一天才到？」我還想起了別的。「而且他們說她是搭巴士去的，因為我記得我那時心想她如果沒搭我那班巴士，一定是搭了當天的第一班。她剛才說了，是不是，說她在一台轎車上。」

基特皺起了臉。「是啊……」他終於開口。「我很確定妳說得對。」我當然說得對。如果考我那場審判的事，我一定最高分。他聳聳肩。「波葛拉斯一定是弄錯了。」

我搖搖頭。「費歐娜．普萊斯肯定對這個很感興趣。法官也是。」

「那大概就是貝絲搞錯了。」我不敢相信他會這麼不在意。「她看到的一定和妳一樣。所有的殘骸都堆在路邊。」

貝絲在廁所裡哼歌，我把音量放得更低。「基特，我不這麼想。我覺得她說謊。就算她記錯日期，那車子的事怎麼說？」廁所的沖水聲響起。「我要問她。」

「噢，天啊。」基特總算專心聽我說話。「別惹她。我們就不能有個安靜的夜晚嗎？」但我沒辦法置之不理。我的謊言是因為確信貝絲說的全是實話才說的。要是她沒有，那還有什麼意義？我渾身發寒。她走了回來，披散著頭髮。我清了清喉嚨。

「貝絲，我只是納悶——大概是我弄錯了，可是妳剛剛說妳看到車禍現場？」她這次沒臉紅，而是臉色一白，連嘴唇都褪去顏色，我還沒開口就明白有什麼被我看穿了。要是我惹她，用基特的說法來說，這會讓事情有所不同。我得知道實情，但把話說下去需要勇氣。「那個，就是，他們在法庭上提過妳是星期三去的，跟我一樣，還有妳是坐巴士，可是妳剛才說妳坐在轎車裡。我只是想知道哪裡弄錯了。是妳弄錯還是法院弄錯。還是說……」我已經講得太多，倒不如把話說全。「如果眞的是弄錯的話。」

她雙手抱胸。「噢，我很抱歉。我不知道自己上法庭了。再一次。」

「不，不是那樣，我不是那個意思。」是嗎？我突然不太肯定。我深吸了口氣。「要是詹米的案子眞的要重審，這個矛盾說詞會讓妳犯錯。我想在這裡幫妳解決麻煩。」我望向基特求援，但他盯著地板，好像他希望我們兩個能像一陣煙突然消失不見。

「好吧。」貝絲倚向牆壁，閉上眼睛。「妳要是非得知道，去那裡的確切日期我沒說實話，因爲我不想讓他們知道我用什麼方法抵達。我沒搭接送巴士。我搭的是便車。」

「妳搭便車？」不敢置信令我一時看不出我離自己的謊言有多近。

基特的目光隨著我們的對話來回打轉。

「沒錯。」貝絲睜開眼睛，下巴防備地上揚。「搭便車。我伸出大拇指做手勢，最後就有人讓我上車。一對老夫婦一路載我到弗利特休息站，然後兩個女孩子載我到赫爾斯通，最後有個開金龜車的小夥子把我載到了會場。我現在還是嚇到剉屎，覺得詹米的辯護律師可能會找到他們其中哪個人。我每天都以爲會在法庭上碰見。我想他們的律師現在已經找到人了。」

我鬆了口氣，同時也感到迷惑。「妳是怎麼去或何時去，我不懂那有什麼大不了的。」

「妳眞的不懂？」我搖搖頭。貝絲在沙發床上坐了下來，坐在我旁邊抓住我的手。我看到她上唇有個不明顯的小黑點，我之前從沒注意過。「因爲在我看來這很明顯，從一開始我就想到了。」她朝我的書櫃點頭示意。「在所有人之中，妳和妳的潔玟．葛瑞爾還有卡米爾．帕莉亞[1]，應該會明白。連我看報紙都能知道他們怎麼看待強暴被害人。要是他們知道我是搭便車去的，會說我有做事冒險的前科，或更糟。我早就知道空口無憑。所以我認爲自己要拿掉可以被解釋成自作自受的任何細節。」

貝絲說完話，整個人陷進沙發床裡，等著我說些什麼，但我還沒消化完她所說的。我在事發後見過貝絲。她受到太多創傷，連名字都說不出口，更別說是當機立斷做出這種決定。她把我的困惑當成懷疑。

「看吧？」貝絲兩手一攤。「這就是爲什麼。我知道他們會怎樣看我。妳也是。」她站了起來，把東西都塞進包包裡。「我不會再來煩你們了。」

「貝絲，拜託，別這樣。」我說。基特瞪了我一眼。這正是他想要的：到下個法律程序之前保有個人空間。他不在乎付出這點代價。但就跟他放不下他哥一樣，我沒辦法就此罷手。這件事我也有一份，我要全部弄清楚。

貝絲把她的東西從壁爐架上掃進她敞開的手提包——鑰匙、手機、錢包——暴躁地大步行動，然後彎身繫鞋帶。「要是上訴有什麼新消息，我會再通知。」她說。

「留下來喝一杯。」我急切地說。「我們好好談談。」

「好好談談？眞他媽好笑。花這麼多時間跟你們在一起，還得一直忍著不講，妳想過這是什麼感覺嗎？」

我的血液朝著皮膚猛撞。她要講出來了，我驚恐地想著。她一直都知道我爲了她在法庭上說謊，她現在要告訴基特了。我從他皺起的臉就看得出自己沒能及時藏住驚恐。我覺得他不知怎地讀了我的心，他知道這有多嚴重。我知道自己的台詞應該是「這句話是什麼意思？」，但我不敢冒險聽她回答。

「你們兩個都該死。」貝絲揚長而去，頭髮飛揚，手提包噹啷響。大門砰地關上後，我和基特驚呆困惑地對著彼此眨眼，就我來說，不過是一時的緩刑。我該去追她。求她看在我的分上繼續閉口不提。先有動作的是基特，他從陽台往外探。

「她去哪了？」我問他。

「往公園那邊，進了樹林。」

我飛奔下樓，穿越草坪來到公車站牌，走到半路才發覺自己不知道她是朝著水晶宮那邊去，還是要回諾丁漢郡。道路兩邊的站牌我都找過了，卻沒看到她。我繞了公園兩圈才放棄。

等我回來，時間已經過了挺久，資源回收桶裡成排擺了三個空酒瓶。基特起身去冰箱又拿了瓶啤酒，開瓶遞給我，又替自己拿了一瓶。基特似乎是覺得，既然麥克喝不了酒，他便一人喝兩人份。

「他媽的到底怎麼回事？」他問。

1 潔玫・葛瑞爾（Germaine Greer）與卡米爾・帕莉亞（Camille Paglia）皆為西方當代知名女性主義者。

「我顯然踩中她的痛腳。」我說。「基特，她在隱瞞什麼。」

「也可能沒有。自我保護是非常驚人的。妳自己也說過，人對創傷會反應怪怪的，不同平常。」

「嗯。我今晚該跟她談談，解決一下。我眞的惹惱她了。」掃視骯髒街道的雙眼乾澀，我用拳頭揉了揉眼窩。「幸好我們買不起車子，對不對？」他摸不著頭緒。「我是說，她可能會去戳輪胎……」我的笑話癟了氣。

「哦，希望她是認眞的，我指的是她說上訴前不會再來這裡。」基特說。我偎進他懷裡，耳朵尋到他的心跳。他落在我肩上的手臂很沉。「這對她比較好。她太依賴妳了。妳沒辦法幫她一輩子。而且……」基特拉開我們之間的距離，吸了一大口氣，然後花兩倍時間吐出來，像在做瑜伽。「我需要妳。我沒辦法……麥克……我……他看起來快要死了。我不知道要跟他說什麼。這超出我的能力水平。」他吸了口氣往下說。「該死——這什麼鬼……蘿拉，我快被淹沒了。」這是拉克倫過世後我頭一次見他哭，哭法全然不同。悲痛讓基特緩慢平穩地啜泣，但這次是一連串的情緒爆發，每次呼喊都比前一次更加有力。他的淚水洶湧不絕。我試圖用手臂環抱住他，但他把我推開，不過我把手擱在他背上時他默許了。他的頭垂向胸口，身體緊緊蜷起，令我驚覺自己的背部幾乎僵直。我一直把手掌平貼在他肋骨位置，感覺他的肺在肋骨後方鼓動推擠，直到他終於哭到眼淚都乾了。

***

隔天是星期六，我們賴床賴了好幾小時，百葉窗的影子在我們皮膚映出緩慢移動的日晷。我確信詹米的信今天不會送來，就沒去檢查門墊，不想讓基特察覺我總是衝下樓去拿信。到了中午他終於有空去拿。

從樓梯間跳射過來的尖叫聲高亢又娘氣，儘管他昨晚哭得很男子漢。我只有零點一秒以為是因爲詹米的信，不過那叫聲太過發自本能。

我在四樓樓梯轉角碰上基特，他左手拿著一片血淋淋的玻璃，臉色慘白。我好幾年來從沒留意到的雀斑在他鼻樑上變得顯眼。

「沒有看起來那麼嚴重。」我難以相信他的說詞。「哪個週五夜晚的醉漢覺得好玩就把這個塞進信箱口。我們該買個鐵絲籃來裝信。」

電燈過了亮燈時間設定就熄滅，好一會兒我們周圍漆黑一片。我摸黑上樓走到轉角最上方，按了電燈開關。基特換了個姿勢，他左腳往上翻，亮出了腳底一道三吋長的傷口。

「你上次什麼時候打破傷風？」我問。

「去年。」

「讓我瞧瞧，看要不要送你去醫院。」他單腳一路跳到沙發床邊。我把他的腳擱在膝頭，調整檯燈照明他的傷口，檢查裡頭有沒有碎片。傷口雖然很長，卻劃得不深，而且血已經止住了。還有另一片物體卡在他的足弓裡。「我想你的足球生涯結束了。」我用鑷子全神貫注地將碎片夾出。「好啦。」

「哪裡好。」他說。我瞇眼檢視那片玻璃，然後同時看到也聞到了證據。一丁點的淺粉蠟塊——血紅玫瑰的殘留香氣。我的目光掃向壁爐架。中間那罐蠟燭，我才剛開始用的那罐，不見了。我記得她把她的東西都掃進包包裡。蠟燭罐是不小心挾帶進去，還是刻意偷走的？我想像她一直在外頭徘徊等我們熄燈，才把碎玻璃投進我們的信箱口，不禁虛弱地靠著沙發扶手。她一直以來表現出的傾慕，另一面竟是這種惡毒？為什麼？因為我們對她的說詞提出質疑？或者她只是因為上訴拖得太久，壓力讓她失控爆發？

「是我的蠟燭罐。」我對基特說。我把那片玻璃托在手中。不是我們，我驚恐地明白。是我。她知道我總是第一個下樓。是我。「有人打破蠟燭罐，從信箱口把碎片撒進來。」

不用指名道姓。

基特的臉色變得更白。「她為什麼要這麼做？這太瘋狂了。」

＊＊＊

那晚，等基特睡著，我用他的筆電讀完jamiebalcombeisinnocent.co.uk網站裡的一字一句，不安的感覺越來越明顯。在過去二十四小時內，貝絲顯露出她撒謊又惡毒的一面，顛覆我先前的認知。我把安東妮亞的聲明讀了一遍又一遍，費歐娜．普萊斯正中紅心的話語在我耳中響起。「妳是不是太入戲了？」也許不是我受貝絲影響而入戲，是她受我影響太入戲呢？貝絲是因為被詹米強暴才變得瘋狂，還是說她聲稱被他強暴——配合我一口咬定他的所作所為——是因為她早就瘋了？

在這之前我思考的是二元條件的戰役：要不詹米拒絕接受現實，不然就是他在對世人虛張聲勢。但現在出現了避不開的第三種可能，而我對此可怖地難辭其咎。萬一詹米是無辜的呢？

37

基特
二〇一五年三月二十日

拆掉防雨套，蓋上防雨套。拆掉濾鏡，裝上濾鏡。取出電池，檢查後再裝回。調整背帶。

「你該死的能不能別再碰相機了？」理查說。

「抱歉。」我把手掌收回大腿上，抗拒以指尖敲打車窗的衝動。

「抱歉，兄弟，我不是有意把話說得這麼重。只是……你也知道的。」他往窗外比劃。爬上胡薩倫山途中，車內的空氣能與窗外的天空媲美：陰沉又暗潮洶湧。雲層動得很快，卻很厚重。一隻隻綿羊散布在田野間，深色岩石從草地與石楠叢間竄出。地平線上閃過一抹色彩，三輛桃紅色巴士攻佔了隔壁的山腰。我反射性地戴上兜帽。

車子停在傾斜的山路旁，我很想知道倫敦現在的情況。要是蘿拉能把日偏食看得清清楚楚，而我卻只看到滿天烏雲，這樣就太諷刺了。

我們盤據了一片山坡，腳下是玩具屋一般的港邊小鎮。此處相對來說沒多少人煙，有足夠的空間讓眾人散開。這不是我害怕的群眾，而是以小組為單位行動。在凹凸不平的草地上行軍的少數孤單身影中，沒有一個人是她。我相信就算過了這麼久，我還是有辦法認出她，她的步伐、身材曲線全都與蘿拉大相逕庭。

我立好腳架，調整設定，蹲下來瞇眼對著取景窗。

「你竟然能隔著兜帽看東西。」理查說。

他說得對，帽沿遮住我的視線，但我不能冒險。

再十分鐘就是初虧了，太陽從細密的雲層間探頭，接著又像被我們的歡呼聲嚇到似地退了回去。八點二十九分，初虧，它仍然不願露面。我戴好護目鏡，這只是樂觀的舉動。月亮一路咬進日面，我們只瞄到零星的過程，接著到了食甚，雲層竟然變得更厚，連太陽的位置都難以分辨。

我的視線不斷飄向腳邊鬆動的石塊，大小介於拳頭和人頭之間，我想：這東西派得上用場。假如她憑空冒出，這顆石頭剛好管用。我被自己的思路嚇到了。這不是我，我告訴自己，這不是我。她不在這裡。她不在這裡。

「誰不在這裡？」理查問。我完全沒發現剛才的想法全都說出口了。

「那裡是不是有個空隙？」我引開話題，仰望堅不可摧的雲層。

失望暫時擠開對貝絲的掛記，我幾乎是在享受這不同的負面情緒。我決定轉而觀察與日食相伴的其他現象，專注於太陽本身時，大家往往會忽略那些事物。比如說我光是看天空都來不及了，根本不曾看過花朵合上花瓣。可是我們腳下只有石頭、粗短的青草、綿羊大便。

接著，黑暗降臨。少了明顯可見的倒數計時，這片黑暗來得又急又全面。山腳下小鎮裡的路燈一同亮起，如同紛飛延燒的火星。在黑暗中，失望被熟悉的顫慄取代，可是這回不太一樣。突如其來的恐懼從天幕的窟窿傾瀉而下，我頓時陷入孩童對夜晚的懼怕，貝絲化身為怪物，她體現了我害怕失去的一切。周圍的空氣凝滯，聲音消失。瞬間，我察覺到背後有動靜，從相機前猛然迴身，卻什麼也沒看到。

鏡頭一直對準天空，等待或許會發生的奇蹟，期盼越來越渺小。然而我無法聚焦在雲間，注意力全放在我四周與背後的黑暗上頭。山嶺也跟著屏息。

生光後過了大約十秒，我們看到新月形的太陽，但我只來得及按下七、八次快門，雲層又再度合攏。一片漆黑的海灣恢復銀亮，日食結束了。日食後的世界缺乏生氣，平凡無奇。貝絲不在這裡，就算她眞的在，我也並非無力對抗。現在我終於懂了。幾秒鐘前的恐懼消失得無影無蹤，正如燈一開，夢魘就會不見。

38

蘿拉
二〇〇〇年九月四日

「我有點想告她傷害罪。」基特輕手輕腳地把腳套進鞋子裡，這是他受傷以來第一次穿鞋。那是衝著我來的，原因我再明白不過。我從沒說過現在大概是時候把回憶拋在腦後了，也沒有問她自己一個人參加音樂祭還預期有什麼結果，或是說她一定做了什麼才讓詹米以爲她願意，甚至暗示她其實某種程度上還挺享受的。其他人對貝絲說了這些，也許說得更糟。他們對她品頭論足，在法庭上，在報紙上，然後是網路上，還有在她家鄉的城鎮街道上。人們說這些話是爲了勝訴，又或是帶著惡意，也可能出於關愛之情，但在那一晚之前，我從沒說過。從貝絲的角度來看，又是另一個黛絲。我把她拉進我們的生活，只是爲了趕她出去。

「別這樣！」我求基特。「她心理失常。她是受害者。我們不能對她出手。」他發出了老人般的哼哼聲，每當他知道我說得對卻不想照做時就會這樣。我逼自己說得更溫和些。「我沒有排除那種可能。但我寧願跟她好好談一談。」

「那妳做了嗎？」

他明知我根本沒打電話。我腦子裡仍在重溫這整件事。跟貝絲在一起的局面，一度如此清晰，卻已變得模糊，我想讓我心裡的泥水沉澱下來再去找她談。

「不能只因爲犯了一次錯，你就把人扔到垃圾堆。」我反駁道。

「那不算是一次而已，是吧？隨時想來就來，帶太超過的禮物給我們，就像嗜殺的貓帶老鼠屍體回來一樣？妳聽到她對她朋友的車子做了什麼。而且那甚至是在我們被拍裸照之前的事。蘿拉，她就是個人形麻煩。」

儘管如此，我還是對她有種保護欲。「誰都會以爲你忘記我們是怎麼認識她的。」

他的鼻孔噴出怒火。「那個幾乎算不上什麼危險。」

我們互瞪對方，怒氣一觸即發。基特先讓步，我知道只要我撐得夠久他就會這麼做。我很少利用他根深蒂固的默許，但我現在毫不猶豫。「聽著，我眞的不想爲了她跟妳吵架。」他張開雙手。我偎向他，卻讓雙手沉重地垂在身側。

我又多花了兩天試著想出跟貝絲談話的開場。工作上的企業募款電話和這場談話比起來根本不算什麼。貝絲的皮膚薄得像層膜，但她臉皮卻很厚。誰知道她會有什麼反應。結果，是她先打電話過來。我一知道電話那頭是誰，就按下擴音鍵。基特走到我旁邊，雙手抱胸，對著地板皺眉。

「他們駁回上訴了。」貝絲的話在我們小公寓的牆壁來回彈射，電話傳來的聲音很失眞，無法判斷她的語氣。「我們從一開始就是對的。他們找到了營火邊的目擊者。但法官說那些人跟行爲是否合意並不相干。他花了那麼多錢還是逃不過法律制裁。」

「那眞是太好了。」我說。就算她察覺我的語氣淡漠，似乎也不在意。

「我們可以去外面吃個晚餐慶祝嗎？我請客。答謝妳為我做的一切。」

我應答得不夠快。

「蘿拉？」

「我在聽。」我吸了口氣鼓起勇氣。「只是，吃晚餐？在上次發生那種事後。我們說再見的場面不太好看。」

基特穿了襪子的腳屈伸了下腳趾，無心地提醒著她做過什麼。貝絲不知道他在旁聽，我意識到這點。熟悉的那股恐慌油然而生，她可能會選擇在這時提起我在法庭上說的謊。

「是啊，嗯，聽著……」我從她嗓音聽出她極力克制。「妳說了什麼，我也說了什麼。我是說，我不會假裝聽了不難受。可是我可以原諒還有忘掉，要是妳也做得到的話。」

我再次感覺到基特的腳放在我膝上的重量，鮮血從劃破的傷口滲出。「這算不上是一回事。」我說。「等級不一樣。妳不能這樣突然動手！」

貝絲頓了頓才往下說。「蘿拉，妳要是經歷過我的遭遇，情緒也會很激動。」

這是她頭一次對我用上她受過的磨難，我阻止自己說出她不能拿那件事當藉口。「我不明白妳的態度為什麼這麼怪。妳要我說什麼？」

「先道歉。」我說。

「我跟妳道歉？」她的呼吸聲變得粗重，然後完全沒聲音了。

「她掛我電話！」我對基特說。我用遲來的溫和態度掛上話筒。「她為什麼要這樣？」

「我不曉得。」基特說得謹慎。「妳跟她提出質疑時，她好像有點當機了。」

「我要回撥給她。」我說。

基特的手輕按住話筒。

「也許妳該先冷靜一下。」他說。「妳的手在抖。」

我全身都在發抖。唯一比對質更糟的，就是被剝奪對質的機會。但他說得對，要是我現在跟她說話，必定會吐出令我後悔的言詞。

「怎麼一下子就全都變了？」我問。「我以為她是我朋友。我根本不懂她。」

是該表揚基特，他沒說出——他從沒說過——就跟妳說吧。

***

黑暗中沒有一個地方比臥室更令人熟悉，但半夜時那裡卻突然陌生得有如飯店房間。煙霧像在我喉嚨插刺，在我眼睛下針。我勉強穿上一件長版T恤和內褲，那是我之前脫在地板上的。

「基特！」我晃動他肩膀。「有東西著火了。」講得太輕描淡寫，整間公寓都著了火。

「基特，該死，醒醒！」他從沒顯得這麼重，從沒睡得這麼沉，在那極其黑暗的幾秒間，我以為他死了。「基特！」我朝他的臉重重甩了一巴掌，他咳著醒來，一下子就明白處境。他穿上短褲，完全清醒，精神集中。

「是從樓梯那邊燒過來的。」他說。「去床上。」

他強行打開兼具逃生口功能的窗戶，整層公寓變成了一條排煙管，從我們的臥室吸進煙霧，帶來了橘紅火焰巨瀑。門的另一邊燒得更厲害，我們蹲了下來。有什麼東西炸開了，就連在爆炸聲中我們仍能聽見客廳的玻璃破掉了。煙霧從我體內刮削著。「我們的所有家當。」我抽了口氣。我指的只有一樣東西：我和我媽在格林漢公地的合照。一想到她的照片發黑捲曲就令人忍受不了，讓我想冒生命危險去搶救。念頭閃過的時間不超過三秒，但悲痛是那樣狡詐，像是煙霧，能找到最細微的空間然後填滿。基特扯住我的T恤，衣料在我奔向客廳的動作下撕裂，就在那時橘紅色的火龍烈焰躍上了臥室的門。

「妳他媽的在幹嘛？」他的聲音因爲奮力咆哮而破音。

「我要我媽。」我說。他太懂我，從那句話就能推論出我在想什麼，他用超人般的速度越過我衝向前方，然後拉上臥室的門。赤裸的左手握住燒紅的門把，他發出的那種慘叫我再也不想聽到。尖叫令他失聲，叫到一半又破音，然後只剩粗嘎喘息。他用右手推著我走向窗外的逃生梯。通往街道的金屬樓梯被煙霧吞噬，燙得無法碰觸，所以基特把我粗暴地推往屋頂的安全地方。我們往上爬，衣衫不整又光著腳板，走到涼爽的屋瓦處，試著搞清楚在我們下方發生了什麼事。

「我很抱歉。」我想這麼說，但我的嗓子發不出聲音。

其他樓層看起來都沒受波及，只有我們的陽台竄出明亮火舌。下方的人行道遍布了穿著睡衣和睡袍的人們。有個我不認識的人說：「不要緊，他們在屋頂上！」然後朝著我們這頭大喊：「消防隊快來了。」

我們回不了話。光是呼吸就費盡全力。空氣中有股美味肉味，像是燒烤豬肉，我環顧四周，訝異竟會在那時間點聞到煮食氣味，餐廳肯定都打烊了。直到我低頭看到基特生了水泡的皮肉，才明白自己聞到的是他左掌燒焦的氣味。

***

藍色的警用警示燈繞遍公園。消防梯架了起來，消防水龍開始工作。在人行道上就能聽見火遇到水的嘶嘶聲。我和基特坐在救護車後方的踏板上，氧氣罩繞著脖子，肩頭披著毛毯。一名救護人員處理基特的手傷，另一個人聯絡聖巴塞洛繆醫院的急診部門。我爲了一張照片差點賠上我們兩個人的性命，這股衝擊令我難以平復。

「你們的房東得背上一堆責任。」一名消防員說道，他摘下頭盔，汗水在他變黑的臉上刻出一條條紅色支流。「我敢打包票，一定是電路走火。我想不出別的原因會讓樓梯間燒成這樣。可以看到牆壁的灰泥都掉了，線路應該有六十年歷史了。」

「是施力和高溫造成的。」救護人員說著，輕柔地用繃帶包裹基特的手掌，他痛得嗚咽出聲。我之前從沒見過有人的臉會冒汗，但他前額密布著大量圓珠，看起來硬得像蠟塊。我能聽到他咬著牙努力不叫出聲。那名消防員被同伴叫走了。「如果你只碰了一下，我們就只要處理一點小傷口。你一定是用力拉了門把。不過嘛，要是你沒這麼做，你們現在就變成烤肉了。」

另一名消防員朝我們走來，戴了手套的手平舉著。

「我們找到了起火點。」他掌中放著一小片燒黑的粉色物體，我立時認出那是一罐血紅玫瑰蠟燭，或者說是蠟燭的底部。即使破碎焦黑也仍有一絲香氣。不需要對上基特的目光就知道他也明白。「要是我能下決定，會禁用這些東西。引發火災的機率和香菸不相上下。哦，你們不會馬上再犯，對吧？」他微微彎腰，彷彿我們是頑皮的五歲孩童。「你們到底在幹嘛，在樓梯間點這個？說正經的，你們在想什麼？」

「你為什麼要……？」我問基特，他同時也問：「妳怎麼會……？」我們的聲音不像自己，因為聲帶都被煙嗆傷了。我的怒意也反映在他臉上。「我沒有。」他說。

「也不是我。」我說。在脹大的沉默中我們拼著同一塊拼圖。麥克和琳恩先擱到一邊，只有一個人知道我們的公寓在哪，那個人知道蠟燭放在哪。我帶著襲來的驚恐，想起那天我把她一個人留在我們的公寓裡。她有八小時的時間能拷貝鑰匙。那是她唯一的機會。

她從一開始就想掌控一切。

消防員臉上的神情變得截然不同。「確定不是你們哪個人幹的。」

「絕對不是。」我們異口同聲地說道。

心懷某些疑問的消防員對這回答點點頭。「好吧。我們會認真處理。我們會找鑑識人員尋找強行侵入的跡象。隔壁的烤肉串店有裝監視器，可能會查得出什麼。你們要跟警方做個筆錄。在這裡等著——」我們也別無選擇，「——我去叫個同事過來。」

他離開後，我們震驚無語地坐了好一會兒，望著消防員在那棟冒煙建物疲憊地進進出出。

我終於正視了自己的天真，那天真讓我在法庭上說謊，賭上我的感情生活，還賭上我的生命。我盡可能吸了燒黑肺部所能容納的一口氣，對基特說：「這不是縱火，對不對？這是殺人未遂。」

第三部　食甚

月面完全覆蓋日面。日全食過程中最戲劇性，也最詭譎的階段。天空暗下，氣溫降低，鳥獸噤聲。

39

蘿拉
二〇〇〇年九月二十八日

火災之後過了七天，我開著琳恩的舊廂型車在克拉柏姆公園繞了一圈又一圈，想找地方停車。基特坐在我旁邊，他的左手仍像是戴了只白色大手套。在我繞第三圈的時候，終於在我們公寓外找到一個收費停車格。我努力把車停妥又不刮傷前後車的烤漆，並在計時收費器投進夠停兩小時車的硬幣。

「我原本還以爲她會坐在門口。」我邊說邊甩上車門。

警方沒辦法對貝絲進行偵訊。儘管他們找了她「聊聊」，卻沒把她當成嫌疑犯。沒有目擊者，烤肉串店側邊的監視器原來只是做做樣子。消防隊滅火時破門而入，毀掉了所有強行侵入的證據。我勇敢面對基特的盛怒——「妳在想什麼，把陌生人留在房子裡？」——告知他們門鎖可能被拷貝了鑰匙，但本地所有的鎖匠都問不出個所以然。貝絲的DNA在我們公寓裡到處都有——火災發生的幾小時前她才剛開門讓自己出去——所以鑑識也沒用。沒有什麼能阻止貝絲追著我們。我那深不見底的同情心水庫已然枯竭。當我們快窒息時，同埋心救不了我們。

貝絲沒在門口。除了閃亮的新門鎖和鉸鏈，大門看起來跟以前沒兩樣，今天還附帶了一個肯德基空盒和一小灘被太陽曬乾的嘔吐物。仰望廚房用木板封起的窗戶，附近都是黑色羽毛，訴說了眞正發生過的事。疲憊如波浪般向我襲來。我是靠咖啡因和焦慮在撐著。自從火災發生以來，我從未睡過夜，不是因爲受了驚嚇——說這個還太早——而是因爲自己有事要做，某種冷酷堅持在深夜凌晨達到高峰。每晚我都清醒地躺在雅黛兒家客房凹凸不平的沙發床上，發誓自己隔天就會去做，但醫院掛號、找公寓以及跟保險公司和房東一通通長時間的往返電話佔用了每天的時間。

我們用新鑰匙開了新門鎖。基特幾乎是一走出醫院就已經辦了好幾件事，其中一項就是把我們的所有信件轉寄到雅黛兒家，我把自己的清晨收信慣例全挪到她家門墊。克拉柏姆這邊的信只有常見的廣告單和郵遞傳單。樓梯間散發著陳舊煙燎味，牆上有厚厚黑痕。我握住基特完好的那隻手。

吸了髒水的地毯仍噗滋作響。著火的不是樓梯本身，而是有著一層層油漆和壁紙的牆面。客廳裡的所有東西都被燒，或是熔化了。電視機、基特的照相機和筆電成了塑膠和電線的塊狀物，裡頭滿是帶狀矽膠和玻璃碎片。他只損失了一星期的研究進度，大部分的資料在倫敦大學學院的電腦裡都備了份，就我所知，學校裡那埋藏已久的電腦硬碟直至今日仍堅守待命。（他的系所給了他病假，我鼓動他把假延長，我沒告訴貝絲我的新工作是什麼，但她知道基特成天都待在哪裡。等我崩潰發病後，基特的病假就改成無限期的不給薪事假。我支持他繼續請假；理論上，他還是可以返校唸完他的博士學位，但我學會了不去提醒他。）

我們兩個的手機、市話和答錄機都毀了，桌上的機台變成一灘黑色的冷卻熔岩。我們早已買了新手機，也換上新門號。我們所有的書幾乎都得扔掉。我媽照片那附近的火勢燒得太厲害，我根本認不出哪塊焦黑物體曾經是相框。

基特的大衣原本掛在臥室門扇朝外的那一側。僅存的只有金屬釦子，還有口袋裡的瑞士刀殘骸和幾枚發黑的硬幣。

他站在原本貼著日食地圖的前方。我揚手掩嘴。「基特！你那些紀念品！」

「我原本也這麼想。但其實大部分的東西都屯在我媽那裡。放在這裡的只有T恤，衣服可能沒事。」

令人驚奇地，他說得對。臥室進了煙，但沒被火燒到。我打開衣櫃，嗅了嗅最近處的衣服。外表看起來還過得去，但聞起來令我反胃。「我們也許可以把這些晾，晾通風，或是把味道洗掉。」我說。我們默默打包衣物和一整個書櫃的書，那些書或多或少逃過了一劫，變黑的書脊抹乾淨後就露出書名，內頁也只有頁緣被煙燻到。

其他的東西我們都留給房東去清理。

我們拖著袋子顫簸下樓。在外頭，烤肉串店的老闆坐在倒扣的木箱上抽菸。

「眞是損失大了。」他低頭看基特纏著繃帶的手掌。「你們現在要去哪？會留在這邊？你們的同伴在問。」

「同伴？」我的聲音不由自主地發顫。

「那個黑頭髮的女生，她前幾天有來。看起來很擔心。」

「我想也是。」我低聲道。

「要是她又來了。」基特語氣平靜。「跟她說我們當背包客去旅行了。放空一年休息。」

「行。」烤肉串店的老闆點點頭。「這樣很好，拋開一切休息一下。」

回雅黛兒家的路上，我們開車經過蘭貝斯市政廳結婚登記處，在紅燈前停下來。一對發胖的中年新人在台階上歡笑，接受撒米祝福。

「現在就結吧。我們還在等什麼？」基特的聲音帶著不尋常的激動，聽起來很悅耳。

「你認眞的？」這是幾天以來我第一次由衷微笑。

「要是我們有這個錢，我今晚就帶妳飛去拉斯維加斯。我們去塡申請表吧。無論如何都是結婚的第一步。我想要妳當我太太。這場火災只讓我明白這對我有多重要。」這股決心把他眉間那火災以來就生出的深深皺紋給暫時抹淨。「瞧，警方告不了貝絲的唯一好處，就是我們不會跟她牽扯上另一樁法庭案。我們可以斷個一乾二淨。我們結婚。重新出發。換個名字。去別的地方生活，也許往北去麥克和琳恩那邊。」

我沒留意到燈號轉綠，後方的車子喇叭大作，我中斷我們的吻，踩下油門，還沒換檔就下定了決心。

「就這麼做吧。」我說：「我想不到更好的辦法來消聲匿跡。」

***

傳統的紅色電話亭有傳統的尿臊味，我得用嘴巴呼吸。外面的車輛緩緩駛過我還不熟悉的綠巷街坊，經過了看起來從不打烊的土耳其麵包店和似乎從不開張的蕭條珠寶店。

那晚我帶著破碎的心終於妥協，爲自己的失眠尋求解藥。我們搬到哈林蓋的那星期以來，我從沒能睡超過三小時。疲憊，要是再這樣下去，勢必會讓我失控地管不住舌頭。我把油膩的話筒架在下巴和脖子間，插入一張五鎊面額的電話卡。我維持這姿勢已有令人窒息的五分鐘了，卡蘿·肯特警長的名片擱在我另一手掌心上。那張名片的邊緣起毛，還被利澤德角的草汁弄髒。聲援詹米·巴爾克姆無罪的那些人無疑會想讓我直接聯絡他們，但是令肯特發怒似乎好過令他們開心。

聽過案子的裁決結論讓我早已知曉詹米的定罪並不確鑿，但我一直相信那是他應得的。現在我知道貝絲也對警方撒了謊，而且推測她在法庭宣誓時，再次隱瞞自己是如何前往音樂祭，儘管我能明白她的理由，但這跟我在事件後見到的她並不一致。在我們的公寓裡，她先展現出自己愛窺探他人的一面，接著暴躁反覆，最後是暴戾的那面。這些任何一項都動搖不了詹米的有罪事實，但加在一起對我來說改變了一切。我的善意謊言變成惡意，煙燻留下黑痕。我仍相信詹米有罪嗎？我信……我信。大多時候，我相信。我仍確知他有罪嗎？不。罪證並不確鑿。

我知道自己撥出電話必定會損失什麼。具體會有的後果成為我心上的陰影。僞證罪。可能是歪曲法庭正義和藐視法庭。要是我招供就得坐牢，但這跟個人方面的後果比起來不算什麼。我得揮別我爸對我的驕傲，揮別琳恩對我的敬重。幾乎必然揮別我跟基特的關係。我拚命想發展的職業生涯也陷入危機。我不認爲會有多少慈善機構把自家信譽託付給被判僞證罪的人。我按下區域碼，每按一個鍵都讓我步步遠離自己唯一想要的人生。然而易地而處，我會期望並要求站在我立場的人坦承這件事。這是基特會期望我去做的。

一輛追趕中的警車迫使車輛紛紛讓道，警笛的聲音振動了玻璃。當警車緩緩經過我這邊，法律的長臂掐住我的脖子，使我頸間的肌肉開始痙攣，喉管收緊。

我做不到。我驚恐明確地發現我想讓自己的人生和信譽都待在原位。直到那一刻，我才明白自己的自尊心有多強。我和我映在一塊髒玻璃中的倒影商量，眩暈突如其來。看來儘管機會極小，我寧可冒險讓一名無辜男子在獄中服刑，也不願擔負在法庭上撒謊的責任。

像這樣凝視自己心中的黑暗，我發瘋也不奇怪吧？

在家裡，基特大膽地用我們那蹩腳的小雙口爐煮了義大利麵，他笑容底下隱隱透出關切。要是我告訴他法庭那件事，他便再也不會用這種神情看我，這點我明白。我永遠也撥不出那通電話。一股奇怪的感覺隨著思緒出現，兩臂上的汗毛如波浪般立起，彷彿被一陣微風擾動，儘管空氣悶得讓人冒汗。

「很好吃。」我邊吃邊說。麵條稍微煮過頭了，我們兩個都喜歡這種口感。

「謝了。」基特答得心不在焉。他的目光好像沒對上我的，一直垂眼看向我盤子附近的某處。

「怎麼了？」我放下叉子。

「那個，妳可不可以不要再抓了？真的很礙眼。」

我隨著他目光望向自己上臂，驚訝地發現上頭紅痕交錯。「我不知道我抓了。」我說，但我突然覺得皮膚有點癢。那種感覺就像走過一片樹林，裡頭每棵樹的枝枒都垂掛蜘蛛網。

「我們是不是買了不一樣的洗衣粉還是什麼的？也許妳對某種成分過敏。」他一躍而起跑去檢查水槽下的櫥櫃。「沒有，是原本那種。」

現在那感覺就像樹木枝枒也刮著我的皮膚。搔抓的痕跡快要變成被人鞭打過的紅痕。

「會不會是某種吸入煙霧的延遲性反應？」我問。「或是神經損傷？」我的身體內部也感覺不太好，胸口呼呼作響，有什麼東西想鑽出來似的。

基特用他完好的那隻手抬起我下巴，瞧瞧我的脖子，然後拉高我上衣檢查我的胸背。「一定是對某種東西的局部反應。只有妳手臂上有。」

我的皮膚整晚都像著了火。等我終於睡著，我夢見我媽用卡拉明止癢洗劑塗抹蚊蟲咬傷，醒來時眼中含淚，指甲縫有血。鬧鐘顯示的時間從八點二十跳到八點二十一。

「為什麼不叫我起床？」我衝進客廳，基特坐在筆電前，他身旁的數據機指示燈亮著。

「妳不用去上班，我打電話替妳請了病假，幫妳在家醫科診所掛了急診。」

「就為了一點搔癢？」我覺得古怪又急躁，彷彿自己喝下一整壺咖啡。

他用雙手捧住我的臉。「不管是什麼，我們一起面對，好嗎？」

「你真的覺得是因為火災？」我開始發抖。

「妳知道我無論如何都會照顧妳，對不對？」他說。

我到後來才知道基特整晚沒睡，在網路上搜尋神經性搔癢的資訊，然後列出一串退化性疾病的可能名單。家醫科醫師敏銳的診斷令他鬆了口氣，我卻大吃一驚。

「親愛的，妳是恐慌發作。」她說：「你們倆經歷過那種事，這沒什麼好驚訝的。」

「不對。」我說。「這是生理病。」

「是身心症。」醫生糾正我。「人的心理是個難搞的老傢伙。我會開類固醇藥膏給妳鎮靜皮膚，和煩可寧錠讓妳比較喘得過氣，然後我幫妳轉診給心理諮商師，這樣妳就能在病情失控前消除後患。公醫的心理諮商要排隊等七個星期。要付費走快速通道嗎？」

我能思考的只有那天沒做的工作，還有基特的手，痊癒時間比醫師所預期的慢多了。

「要。」基特立刻說。

我努力擊退抓癢的衝動，來到外頭的人行道時，那股搔癢幾乎勢不可擋。我用指甲攻擊早已損壞的皮膚。基特用他完好的那隻手環住我上臂，在我試圖掙開時摟得更緊。我想到貝絲說過的。沒有真正明白他們有多強壯。

我擺脫不掉她。思緒摺疊成堆。就算她瘋了，也不代表他沒有做。

我真的能確定嗎？

***

他們替我掛的心理諮商師擅長幫人克服焦慮症的生理症狀。正念療法[1]和練習可以訓練我的體細胞戰勝心理，控制刺癢和發抖。但我從未能對她說出僅有我一人明白的問題根源。諮商師不傻，她知道我有所保留。有時候我想過編造一些童年創傷來當成發病緣由。情況最糟糕的時候，我想過把原因歸咎到喪母之痛。

基特陪我度過這段時期。他救了我的命兩次：一次是火災，然後是每天每晚他會早起陪我玩牌，在凌晨半夜陪我看一集又一集的《歡樂單身派對》DVD，幫我梳頭，綁成辮子，而我忙著力抗抓手臂的衝動。那時我深陷在自身祕密之中，那是我自找的悲慘困境，到了現在我才明白他犧牲了多少來照顧我。我不可能繼續上班，不管他接了多少教學工作，他沒辦法靠獎學金支撐我倆開支和他唸博士。當醫生一說他留了傷疤的手沒事時，他就立刻找了份短期兼差，在商業大街的眼鏡行當技術工，把廉價鏡片卡進鏡框裡。他以前都是透過高級鏡頭來觀看無名星斗，卻從不抱怨這份工作有失他的身分。

***

在公寓燒燬的四星期後，原本住在郵遞區號ＳＷ４克拉柏姆公園的蘿拉．朗格里許和基特．麥寇，在蘭貝斯市政廳結婚登記處交換了結婚誓言；蘿拉．史密斯和克利斯多弗．史密斯走出市政廳，返回他們新租的房子，地址在郵遞區號Ｎ８威布拉罕路。沒有婚宴，沒有抱新娘跨門檻，但新婚床上的洞房之夜甜蜜溫柔。蜜月就在新娘一週兩次的心理治療中度過，新郎在他實驗室技術員的工時翻了一倍，正好用來支付她的療程花費，還有房租。

我們只不過二十二歲，那些極度平靜的日子對年輕夫妻來說實在受不了。當其他跟我們同齡的情侶還對著承諾支支吾吾，我們完全陷在截然不同的問題裡。在一段只有黑暗的關係裡，承諾算什麼？就連性事，曾讓我們能暫時喘息，也失去了興味。我們做愛是因爲需要，而不是想要。何時才能重拾樂趣？

我們已經在威布拉罕路住了五個月，基特回家時腋下夾了根細長圓筒。

「那是什麼？」

1 正知療法（Mindfulness）是對以正念為核心的各種心理療法的統稱。被廣泛應用於治療和緩解焦慮、抑鬱、強迫、衝動等情緒心理問題，在人格障礙、成癮、飲食障礙、人際溝通、衝動控制等方面的治療中也有大量應用。

「妳看。」他展開一張世界地圖，用萬用膠黏貼在壁爐上方的空白牆面。他買了——更可能是從雅黛兒那裡拿來的——幾根紅色繡線。最後，他動作誇張地剪了一段繡線，釘出一條橫跨中非到南非的紅線。

「尚比亞，一月。」他說：「那裡有個小型活動。只有幾千人。沒有琳恩和麥克。只有我們倆。我們可以不告訴別人。」他露出熟悉的笑容。「那裡的實際降雨機率是零。」

我知道若是我們不想僅僅活著而是要活得好，我們非得有所行動。只有取回日食，站在日影之下，我們才能再次找到我們的光。

40

蘿拉
二〇一五年三月二十日

「大家怎麼如此執意要把我餵飽？」

琳恩跟我對彼此家中的廚房都是熟門熟路，沒多看一眼就從抽屜裡摸出湯杓，把雞肉玉米湯舀進碗裡。

「坐下。」她命令道。

「妳說得倒容易。」我們家廚房沒有餐桌，而是在角落設了一組長椅加桌面，就像美式餐館裡的卡座，與防火橡膠桌面長度相當的皮椅已經頗有年紀，和牆面的接合處出現半吋寬的裂縫，黏膠和碎屑到處跑。我要在生產前一個禮拜把它黏好，每個人都說到了那時，孕婦會突然產生洗窗戶、修補座墊的衝動。我坐下來，滑進長椅中央，背靠牆面。從這個角度可以看到整間廚房。「在寶寶出來之前，我絕對不會再塞進這個地方。」我感受到肚皮與桌面的推擠。

琳恩在我面前放下湯碗，看我沒動手，雙手抱在胸前。

「我也很想要有食欲啊。」

她關切地皺起眉。「喪失胃口不是早期的警訊嗎？」

「天啊，是嗎？什麼的警訊？」

「我不餓會不會是因爲寶寶沒有好好長大？或者是更糟？」不需要我明說更糟指的是什麼，琳恩很清楚，每次流產她都陪在我身邊。

「焦慮啊。怎樣，妳以爲我在說什麼？」

「親愛的，妳太緊張啦。」沒錯。只是她連我緊張的一半程度都無法想像。「我兩次懷孕也都是這樣。我可以保證這很正常。等一下就要去照超音波了，如果眞有緊急狀況，醫生馬上就能處理。他們可以讓妳安心。眞的——妳有沒有在聽我說話？」

我的視線離開手機。

「抱歉。好，謝謝。」我知道沒聽見基特的聲音，我絕對無法放鬆。日食已經是兩個小時前的事情了，夠他找到有訊號的地方。他算好等寶寶出生，就要帶他們一起去追逐日食。二〇一七年的美國自駕之旅已經排定。光是想到他自己出門，我就緊張成這樣，那我怎麼有辦法在人潮中守護兩個小小孩呢？我一定會過度疑神疑鬼，連半秒鐘都無法抬頭。我不想成爲街上隨處可見的怪獸家長，儘管我的恐懼並不是無憑無據。

我推開沒有喝過半口的湯。出門前，快遞將隔壁羅妮的Mothercare包裹寄放在我這裡。

「這會不會是凶兆？」我對琳恩說。她接過包裹，上下摸了一圈。

「感覺像是雨靴。來吧，帶妳去照超音波。」

最後幾輪的不孕症治療都是自費，不過我懷孕後就回到健保的懷抱，在北環路上的北密德薩斯醫院做產檢。眞不知道誰能在倫敦最髒亂的道路旁好好養病。醫院裡和平時一樣，飄散著快壞掉的生雞肉與乾洗手噴劑的氣味。我們抵達時，寶寶在我肚子裡玩摔角，基特仍舊音訊全無，我不情願地照著標示關掉手機電源。

我的孕期顧問坎達爾先生是多胞胎的專家，他從懷孕初期就陪著我，也將由他替我接生。（每個人，包括琳恩在內，都認爲我覺得自己自然產的經驗被人搶走了。事實上這只是減少一項我無法掌控的事情，我很慶幸有人幫我做決定。）坎達爾先生完美無瑕的雙手——他一定是找了專業的美甲師——激發我的信心。

「今天克利斯多弗沒來？」他邊問邊打字，指甲閃閃發亮。

「他去法羅群島看日食了。」我說：「在寶寶出生前的最後一趟遠行。」

「喔，眞的。我一直想親眼看到呢。九九年那次我們帶孩子去康瓦爾看，那時候你們可能還沒開始看日食吧。不過那次讓人超失望。」

我笑了笑，躺下來，等待冰冷凝膠往肚皮上抹。現在我已經習慣了。

「妳呢？妳什麼時候要休息？」

事實上我要工作到產前。我們需要錢。

「很快就要休產假了。」我說。

坎達爾先生將螢幕轉離我眼前，探頭在我突出的肚臍周圍打轉，分析各種數據。基特喜歡這部分，這是他可以參與的量化計算。到時候除了最重要的照片，我一定要幫他印一份數據。

「他們都長得很好。胎位很正，臍帶也沒有問題。妳真的不想知道他們是粉紅色還是藍色的嗎？」

我別開臉。我決定要對他們的性別保密到家，好給基特反將一軍。雖然基特從未正面批評我是控制狂，但他一直懇求我放鬆一點、放慢腳步、別那麼在意，有一次甚至叫我「冷鬆」，我們都很驚恐聽到他用這個混成詞。

「喔，這一個一定是……」

「別說！」

坎達爾先生跟琳恩都被我的激烈反應嚇到了。我連忙說笑話打圓場。

「事實上我們打算以性別中立的方針來養育他們。橘色的衣服也不錯啊。就當作是一種實驗吧。」他們勉強被我說服。離開醫院時，我鬆了一口氣。

琳恩開車送我回家。

「妳一個人眞的沒關係嗎？」她說。可是我知道她得要加班到晚上，彌補陪我產檢期間的工時。

「沒事啦。」我甩上車門。

「**吃點東西！**」開走前，她對我大喊。

回到家，我坐在受潮嚴重的沙發上，把超音波照片傳給基特，他馬上開了視訊。他人可能在酒吧，背景陰影幢幢，隱約能看見前方桌上的啤酒杯杯口。訊號斷斷續續的，他恢復光潔的臉上不斷跳出方格，那件法羅群島毛衣的黑白花紋也不時化爲一片亂碼。即便經過低畫質的荼毒，我還是看得出他眉宇間的後悔。冷硬的怒意漸漸融化。我不想再跟他吵起來。這一次就由我來終結爭執。

「他們很漂亮吧？」我嗓音中流露出溫情。

「一切都沒有異常吧？」他問。「他們的生長速度有沒有問題？沒有長出角或是尾巴？」

「他們很完美。」他勾起嘴角。我這才想起這段對話隔著電話進行的原因。「抱歉，寶貝，跟我聊聊你的日食吧。完全被雲遮住了嗎？」

「有史以來最糟的一次。」他語氣一沉。「倫敦那邊如何？」

「爛透了。」

「眞可惜。」基特的嗓音中毫無情緒，我靈敏的警告系統開始運作。我往他臉上尋找線索，可是另一頭太暗，畫質也太差。

「你不太對勁。那支爛影片讓你惹上麻煩了？」我說。

「跟影片無關。」他說。

這麼說真的有哪裡不對勁。我的皮膚開始刺痛。「那又是什麼事？怎麼了？」

訊號再次減弱，他的字句喀嚓作響，如同海豚的鳴叫。

「聽好，別擔心，我馬上就搭船回去，到時候我們都可以放鬆下來。」

我抓抓握著手機的手臂。「你爲什麼不能放鬆？基特？」我聽見自己尖聲訊問。我知道這就像是戳弄蝸牛的觸角，只會讓他縮進殼裡，但我就是忍不住。「你見到她了？」

「沒有。」

「不要只用一、兩個字回答我。」

「妳才不要想太多。」他語氣重了些。「妳知道我的個性，沒有看到日食，心裡總是不太舒服。」

「以我們的寶寶發誓你沒有遇到任何事。」

通訊中斷一秒，我無法分辨他回答「我發誓」之前的停頓究竟是他的猶豫、我的想像，還是衛星訊號延遲，然後他就消失了。

我猛然意識到自己做了什麼。我逼他以未出世的孩子發誓。基特一點都不迷信，只要能讓我脫離恐慌發作，他什麼都能說得出口。我這是在冒險。我一手按住肚皮，等待寶寶踢上來，可是他們毫無反應。

41

羅拉
二〇〇一年六月二十日

「七千個日全食迷，全都擠在這裡。」某個女孩說道，她的鼻孔兩邊都戴了鼻環，紫色髮辮在她頭頂向上盤成倒錐狀。「一定他媽的髒死了。」她說得有理，地點深入尚比亞的荒野地帶，輕鬆派的尋歡作樂分子和正經派的天文學者都被過濾排除了，不少學者對噪音污染的厭惡幾乎就跟光害一樣。我和基特從里文斯頓機場已經搭了五小時的車前往活動會場，車程總計六個小時，坐在一輛沒空調、避震系統又差的巴士上，裡頭坐了五十個只用天然除臭劑的嬉皮。硬毛刷般的樹木在杏黃色土地上冒出綠意。家畜行走在滿載的急駛貨車之間，毫不畏怯。路旁的菜販擺出五顏六色的貨品。破舊的油漆廣告板和鐵皮屋城鎮在車輪轉動下時有時無。我們在一間掛著芬達招牌的小店下車吃午飯時，不知打哪冒出好多小孩，他們全都想摸我的頭髮，用他們細小的手指扯了扯然後繞成圈，樂得尖叫。

等到我們越過山丘高點看見那臨時搭建的城鎮，文明地帶似乎已經離得好遠好遠。活動會場的基礎建設還勝過我們路過的一些村落，有一小間叢林間的超市，一整排淋浴間和非洲風格的蹲式廁所，廁所比英國購物中心裡的更乾淨。小店裡的毒品賣得跟啤酒一樣坦蕩又便宜。

「感覺很好。」我告訴基特。他只仰頭看向天空然後咧嘴笑。他在這裡不用看氣象預報，不用擔心天候。非洲的冬天完全可以預料。那一天，天空是一種溫暖的淺藍色，讓人不禁質疑那顏色能否聯想到寒冷，天空澄淨到讓我們懷疑起雲的存在。搭建完善的舞台上，有個雷鬼樂團嚓嘎嚓嘎地翻唱巴布．馬利的一系列歌曲。我們路過一個帳篷，其中一面帷幕投影了大理石花紋的圖案。基特拿起一個繪著非洲人臉尖叫模樣的椰子殼面具，蓋在自己臉上。「這看起來就跟麥克出事的時候沒兩樣。」這是他第一次能拿麥克的康復情形來開玩笑。

這裡沒有黃昏，前一秒太陽才變成南瓜般的橘色，下一秒就不吭一聲沉入地平線。剛入夜的時刻我們忙著鋪床，躺在我們的帳篷口，背靠著地面。在海拔四千呎高的地方，光害極小，只有粉色月亮散發光芒，非洲天空的星星不是用點綴的，而是用撒的，這種效應是氣象學上的，與天體無關，銀河就像醞釀中的風暴雲要落下閃閃發亮的雨。望著天空，我感到一股原始的滿足。

「我們該往上看。」我說。他靠著我肩頭點頭，然後翻個身抱著我。他微凸的小腹卡進我腰間，配合著我橫膈膜的起伏。那晚我們連呼吸都同步。

***

也許是因為抵達這裡得付出不少努力，也許是我需要贖罪，總之尙比亞之旅比起度假更像是朝聖。我們避開舞台和酒吧，跑到樹蔭下。那一定就是她為何過了那麼長時間才看到我們的原因。

當日全食即將開始，會場的工作人員拔掉音響系統的插頭。「初虧。」基特輕聲說道。月亮朝著太陽如小寶寶般咬下第一口，現場歡聲飛揚。這裡總算有我在康瓦爾就相當期待的那種莊重氣氛。周遭並不安靜，這裡有太多人了，但每聲高呼或輕嘆都對這天文現象滿懷敬意和某種虔誠之情。群眾有如向陽植物般動作齊一，仰頭望向漸漸變細的弦月形太陽。接下來的一小時，我覺得自己幾乎沒眨眼。

「你不想拍點照片嗎？」我指向他掛在身側的相機。他擺了擺手。

「不了。」他說，這令我吃驚。「這次不拍。這一次我就好好體驗吧。」

起風了，那股怪異莫名的微風我在康瓦爾已體會過，不過這裡的風溫暖中帶有塵土的砂礫感。那陣風彷彿是個信號，原本緩慢前進的時間加速了，薄暮從東邊壓過來。

「一小時橫跨兩千哩看起來就像這樣。」基特說道，黑暗向我們襲來。地景和天空一樣急劇改變，我們的影子縮得越來越小，彷彿要融進地面似的。我開始顫抖，伸手握向基特的手。他抬起手臂領我轉了個圈，像跳芭蕾一樣，好讓我能看到整個地平線的微光。

太陽的邊緣繞著一圈白光，最上方有純粹的鑽石光焰閃動，食甚的開關啓動了。噢我的天啊，上帝啊，老天爺啊，哇。人群傳來各種語言的驚叫。月亮像個黑膠唱片覆蓋了太陽，電漿流光搖曳不定，如瓦斯爐點了火。「還有危險嗎？」我問基特。我指的是能不能拿下眼鏡，但這問題也感覺不僅於此。活在這顆旋動的鑽石之下，不會有危險吧？這樣渺小不會有危險吧？我們不會有事吧？

他拿掉我的眼鏡作爲回應，我用裸眼望著天空中的煤黑球體。整套理論我都懂，我知道自己觀看的是電漿態的大量氫粒子向外輻射，但站在那裡卻只能想到天啊太神奇了這些詞語。日冕在舞動，活躍的金色日焰比太陽本體大了一倍。這恆星不是天使，是怪物。天體巨大到令我們身上發生過的一切、做過的一切，都顯得微不足道。懊悔、罪惡感和恐懼都消失了。

「我被治好了。」我說，在此種情景下並未令人覺得老套。在日影下能暢所欲言。基特的臉頰弄濕我肩頭，我跟他淚眼相對。不是只有我們在哭，近處傳來低聲啜泣，遠處有人嚎得像匹狼。我們那種狀態維持了四分三十秒。彷彿某種生理時鐘已規劃好似的，基特把我的護目鏡像眼罩般架回原位，幾秒後，黃色強光出現，陰影朝東邊消失。結束了。我現在擦掉的眼淚是喜極而泣的。

「下一次是什麼時候？」我問。

***

隔天，載我們來這裡的巴士又來載我們回去，只不過現在是七千人全都想在同一時間離開，混亂場面隨之而來；有些人要去首都的盧沙卡機場，其他人要去更南邊的里文斯頓機場。有些來自日本的可憐傢伙要坐兩天的車去南非的約翰尼斯堡。我和基特在馬路這邊排隊等里文斯頓的巴士，馬路另一邊的盧沙卡接駁車排隊隊伍已蜿蜒半哩長。等了兩小時後，終於輪到我們把行李使勁搬上車頂的行李架，在黏乎乎的塑膠座椅中找個位子坐下。我擦了擦車窗，但灰塵是黏在車外。

「我不想回家。」我對基特說。「只想再看一遍。」說這句話時早已知曉下一次的日全食是在南極圈。

「我不覺得在南極還能辨得像這樣。」基特環顧了我們周遭抱怨連連的受害者們。我們這輛巴士的引擎還沒發動，就算所有位子都坐了人。「他們負擔不起。以前沒人去南極看日食。那會是大規模的遠征探險隊，得花上好幾千鎊。我不覺得我們付得起，除非我們中樂透。」

我不曉得是什麼令我回頭張望。某種正義精靈施行報復，懲罰我竟敢鬆懈警惕那麼開心。但我就是回頭看了，伸長脖子轉頭看另一輛巴士。她就框在髒玻璃那頭，看著我，凝視著我。

「貝絲。」我的咆哮般脫口而出。一時全然靜止與驚恐。基特僵住了，緩緩追隨我的目光看過去。在心跳瞬間，我們三個人像那樣固定不動。接著有如追著蒼蠅的蜘蛛一般，她開始行動。

「可以開車了嗎？」基特對司機說。在另一輛巴士上，貝絲已經從窗邊艱困地挪動到走道，走道上的行李和乘客顯然很擋路。巴士司機是「簡明」一詞的化身，他對基特挑起一邊眉毛，然後咂了咂大黃牙。

「他媽的開就對了！」基特大吼。我從沒見過他如此驚恐，連火災時也沒有。

「拜託。」我求司機，不知怎地擠出鎮靜笑容。「我們眞的趕時間。」我在口袋裡挖出一些克瓦查鈔票；基特把紙鈔扔到司機腿上。車輪終於轉動，攪起一層薄土，等貝絲總算踏上石子路，她跌跌撞撞地走進了一團廢氣和打旋的塵土。一輛摩托車從她旁邊呼嘯而過，距離近到我以爲會刮破她的膝蓋。她不屈不撓，試圖追在巴士旁邊跟著跑，但腳上的夾腳拖讓她跑不快。

「蘿拉！」她吶喊，嗓音卻毫無威嚇意味。她看起來絕望而非憤怒，悲痛但不驚恐。

「別慢下來，別停車！」基特對司機命令：「他媽的踩下油門！」這是他頭一次在我面前顯露恐懼。只有當他失了氣力，我才明白他費了多少力氣支撐我。巴士向前猛衝。我轉過身，站在座位上，看見貝絲跌坐在街頭，她的裙子裏住雙腿，讓她看起來像上岸的美人魚，快被打旋的成團紅土弄得窒息。我們轉了個彎，她就從我視線範圍消失了。

巴士上的每個人都盯著我們瞧。基特沉陷在座位上，困窘得臉紅。隨之而來的是一片沉默，直到司機開了他的收音機。〈過著瘋狂人生〉這首歌放送著，司機跟著亂唱。

「她跨了大半個地球來找我們。」基特的聲音低到我幾乎聽不見。「我們所有的努力，換了姓名，展開新生活，全都是白費工夫。我們跟她說過我們會去哪。」

巴士駛經散布在塊狀田野間瘦巴巴的家畜。我握住基特受傷的那隻手，手指撫過傷疤。他抽開手。「她瞧過我的地圖，她永遠知道要去哪找我們。」

他沒說出口，但言外之意很明顯：因爲妳邀她進了我們的房子。我再次把手伸向他，但他的手已緊握成拳。

42

羅拉

二〇〇三年十一月十五日

詹米·巴爾克姆在所服刑期過半後獲得假釋。他當了兩年半的模範犯人，在監獄圖書館教獄友讀寫。在火災後他又寫了封信來，說他聽聞這起意外——知悉他一直監視我們令我顫慄——他希望我自身的創傷經驗能增強我的同理心，並提升我撤回供詞的可能性。我把信重新封好寄回監獄，表明查無此人，就再也沒接到信了。我不知道監獄當局是否拆過信，就算他們拆了，也沒有影響到他的假釋。

詹米重獲自由同時帶給我恐懼和解脫。恐懼於他會用某種方法找上基特。我很自信基特會信我的謊話，不會去信一個定讞強暴犯說的眞話，但謊話依舊是謊話，我不能忍受自己複述謊言給我最看重意見的人聽。至於解脫，因爲我覺得他服刑的每一天就像在我皮膚上刻痕。至少現在他出獄了，依舊受到玷污的只不過——只不過！——是他的好名聲。

在尙比亞之後，我們有五年沒去看日全食。我們——好吧，是我——太怕貝絲會在二〇〇二年去南非。二〇〇三年十一月的南極洲簡直就像登陸月球一樣，因為我們有經濟上的考量，那時已經買下威布拉罕路的房子，靠的是當時到處都有的個人信貸。

我們仍在追逐日影，但不再跟著興奮的主流人潮跑，反而選了不引人注目的地方。二〇〇六年，日全食的軌跡在利比亞達到最大食分；第三屆的「千載難逢音樂祭」在土耳其舉辦，而我們去了巴西，到地球另一頭看日食。

出發的前一天晚上，基特發現我偷偷把類固醇藥膏，和一整盒煩可寧錠塞進我們包包的拉鍊夾層裡。

「我們不是非去不可。」他細看我的臉。

「全都訂好了。錢也全都付了！」

其實不算眞的付了，這更糟，整趟旅程是用早已超支的信用卡預訂的。基特對著我笑，顯然笑得相當努力，我覺得他的臉頰會咯吱作響。

「沒關係。要是會讓妳再次發病，就不值得去。」基特這麼努力讓我相信他，我很感動，但我也很了解他。異國之旅和令人興奮的原始體驗對任何男人來說，都比手上有痂痕的神經質妻子更具吸引力；更何況對基特來說，他早在認識我之前就開始追逐日食，那種衝動難以抗拒。在我情緒最低落的時候，我擔憂對他來說這件事還有更深的意義——那些日期就印在他的DNA裡，是他跟父親的最後一絲關聯。如果我害他停止這項活動，他永遠都會怪我。是我的錯、我的謊言、我的缺乏判斷力讓貝絲進到我們的生活裡。我有責任處理這個爛攤子。

「我們當然要去。」我說。「我們不能向她認輸。」

「謝謝妳。我知道妳費了多大工夫才說出這話。」

他知道的只是一部分，我這麼想。

我們住在廉價旅館，坐在租車引擎蓋上，一起觀看全然理想的日食。車子開到半山腰，方圓數哩只有我們說英語。四分零七秒的日全食，月亮遮蓋太陽，在巨幅油畫上鑿出一個巨大子彈孔。從那之後，我們相信貝絲已經放棄找我們了。當然我們是到最後才知道她去了土耳其。在二〇〇六年，YouTube還處在相對搖籃時期，再過幾年才有俱樂部的一個德國人上傳了那個影片。

我們接下來的幾趟旅程都被我病情輕重不一的焦慮所毒害。

二〇〇九年七月去中國的時候，基特想讓我好受一點，於是訂了一間高速公路邊不起眼的旅館，是她最不會留意的那種。即便如此，出發前一週我還是幾乎不能入眠。知道自己必須忍受不適未能阻止我在機場恐慌發作，我在飛機上吃了太多煩可寧錠，基特得背我下機。那次日食平安無事——如果有這種可能的話——正如他之前保證過的。這趟旅程的大多時間都耗在觀看基特在高速公路旁擺弄攝影器材。

我很想去二〇一〇年在復活節島為日全食辦的大型活動，但基特說不值得為了去那裡而讓我妄想症發作，所以我們去了巴塔哥尼亞的安地斯山脈半山腰觀看。在那裡的山腰上，雪乾得像沙子而不是凝結的水。基特拍了幾張很漂亮的照片，圓錐狀的日影在雪地上蔓延開來。我發誓自己在日全食過程中雙眼一直都盯著天空，但我們的導遊拍了張我的照片，當周遭所有人都著迷地仰頭望，照片裡的我卻轉頭往後看。

二〇一二年的凱恩斯，我應當放鬆下來，上萬人潮在澳洲黃金海岸的棕櫚海灘數哩範圍內觀日。那時已經人手一支智慧型手機，害怕有人會把我們的身影廣為散播，就像之前他們對貝絲所做過的，我戴了頂大到幾乎看不見太陽的帽子。現在，當我看著地球儀，想像那次日食的日全食軌跡，在我看來半個澳洲都掩蓋在日影下，她要在這麼大塊的陸地上找到我們，機會實在渺茫。不像現在，日影落下的地方大多是水域，所有人都擠在那些昏暗的北方島嶼上，地方小到根本無處可藏。

43

蘿拉
二〇一五年三月二十日

現在太陽終於甘願露面了。接近傍晚時分，一束束粉紅色與紫色的光芒四射，倫敦各處的手機鏡頭紛紛轉向天際。

不知道法羅群島是否也已經恢復晴朗。再過一個小時基特的遊輪就要出發了，「瑟蕾絲特公主號」的乘客想必是同一批人。這是簽約的套裝行程，不是定期船班。或許她在島上，或許在某個地方——比如說斯瓦巴群島，或是其他島上。說不定她就在托爾斯港，說不定她跟基特就隔了一座山頭，同樣經歷了毫無亮點的日食，雙眼看的不是天空，而是她手中的老照片，另一手則是拿著那支影片的截圖。即便是如此，她終究還是沒找到他。

明天中午他就會回到家，帶來成堆的紀念品。他會連外套都沒脫就先把相機接上筆電，上傳照片。每過一分鐘，我的恐懼似乎就變得更沒道理，前一次通話時的激動反應越來越像被害妄想。我把他低落的情緒解讀成大禍將至。就連肚子裡的寶寶都變得更加冷靜。

距離上次用餐還不到一個小時，我卻再次飢腸轆轆。我咀嚼著麥克送來的最後一塊酸麵包，用最後一杯飲料沖進胃裡——某種青紫色的綜合莓果汁，一層像海藻的綠色粉末漂在表面。大概是海藻吧，本地小農公平交易的有機海藻。天知道他跟顧客收多少錢。都攝取了這麼多維他命了，這兩個傢伙最好給我健康地出生。

ＢＢＣ正在播放今晚月食的特別節目，雖然已經幫基特開錄影，我還是坐下來看了，這不是實況轉播，我在腦中描繪他這幾天去過的地方。就在我慢慢躺下時，門鈴響了。我從軟墊上撐起沉重的身軀，拎著羅妮的包裹準備交給她。我像是拿到聖誕節禮物的小孩一般摸著內容物的輪廓。琳恩說得對，這是雨靴。如果羅妮不急著回家哄小孩上床，說不定我可以請她進來喝杯咖啡。

我忘記門鍊還沒解開。門板往外推開兩吋。我看到貝絲．泰勒站在我家門口。

杯子從我鬆開的掌中滑落，紫色果汁噴了滿地滿牆，腳邊的地板一片濕滑，酸溜溜的果香與我舌尖金屬味的恐懼形成反比。我反射性地抱住肚子，踉蹌後退，腳一滑，連忙抓住扶手。我坐在最低一級的樓梯上，雙手可悲地努力掩蓋突起的肚皮。無論貝絲原本想說什麼，從她盯著我肚子的眼神，我知道她被我懷孕又跌倒的模樣嚇到，屏息了好幾秒，接著才開口：「靠，蘿拉，妳沒事吧？」

「妳想幹嘛？」

她一手伸進門縫，不知道是看我可憐要扶我一把，還是打算解開門鍊。這點空隙只夠容納她的手腕。

「蘿拉。」她說。

「不！」我說，她迅速收手。

我望向玄關的小桌子，然而電話的無線聽筒不在話機上。太遲了。我這才想起下午跟爸爸講完電話就把它留在樓上。手機在客廳某處，在我跑過去的空檔，天知道她能做出什麼好事？解開門鍊？踹開門板？她手上有武器嗎？

「拜託，蘿拉。」她的臉湊到門縫間，我只能看到她的鼻子、嘴巴、眼頭。「我真的需要妳讓我進去。」

第四部　生光

月球陰影開始移開，太陽漸漸顯露。

44

基特

二〇一五年三月二十日

「斯瓦巴。」理查在我鼻尖揮舞平板電腦。「我們應該要去該死的斯瓦巴。」我們在港邊找到一間提供免費無線網路、日食啤酒源源不絕的酒吧，還能眺望紅色倉庫。就當作是暫時封杯前的放縱吧，我想。我決定接下來要等到寶寶安全出生再碰酒精飲料。理查在法羅群島的最後一刻對著螢幕、對著我們原本有機會看到的奇景搥胸頓足。「連法羅群島的其他島——這張是在北方二十哩外的小島拍的。」他放大一張美麗的照片，新月形的太陽掛在澄澈的天幕上。「你看！有一艘無法停靠托爾斯港的遊輪，他們在海面上看得一清二楚！『瑟蕾絲特』爲什麼做不到？」

「你要不要爲了爛天氣告他們？」我提議。這種事情時有所聞：要是日食被雲層遮住，還算不上日食追逐者的遊客就會大鬧旅行社，要求退款。理查聽懂了我的言外之意。

「說到『瑟蕾絲特』，我們該買單了。再過半小時開放上船。你東西都買好了嗎？」

「當然。」我拍拍剛才入手的紙袋。我的「東西」是兩件印著日冕的小T恤，從獨特的平行光芒可以看出這是二〇〇六年日食的照片。這兩件T恤看起來好小好小，感覺只有人偶或泰迪熊穿得下，可是裡頭的標籤說適穿年齡是一歲到一歲半。迫在眉睫的預產期、對嬰兒的無知再次令我震懾。以前幫忙照顧潔諾和帕琵時，我一直以爲自己是個稱職的叔叔，可是琳恩和蘿拉說我總是讓她們的腦袋到處亂晃，而且她們一哭就馬上換手。

我站起來，喝乾最後一杯法羅啤酒，跟著理查離開酒吧，相機背帶拉扯我的後頸。我喝了兩杯啤酒，或許是酒精的影響吧，飄飄然的陶醉感漸漸取代被害妄想，以及那股在山上深深感染我的瘋狂。蘿拉的恐懼全都是無的放矢，再走二十步就能上船回家，回到她身邊。

「基特！」

女性的嗓音在我背後響起，距離近到她根本不用提高音量。理查翻翻白眼，他已經厭倦了我的名氣，但我心臟跳得像是打鼓。聽見有人用蘿拉呼喚我的本名，這衝擊使得時間先是停滯，再延長。一隻手按住我的手臂，我這才察覺一件很重要的事：雖然是女性的嗓音，但口音不對。我轉身看見與我年紀差不多的女子，她一頭黑髮、面容姣好、神色有些憔悴，一臉遇上舊識的欣喜。我壓根想不起她是誰，她卻沒有半點狼狽的反應。

「我是克莉絲塔啊！克莉絲塔．米勒！」

我腦中亂成一團，找不到立足點。

「很抱歉，克莉絲塔，要請妳多給我一點提示。」希望我的笑容夠有魅力。

「啊，沒關係啦。」她依舊滿腔熱情。「畢竟我變了很多嘛——你完全沒變。阿魯巴群島？一九九八年的阿魯巴？那個叫貝比海灘的地方？」

記憶如同拍立得照片般緩緩現形。我最後一次和爸爸一起看的日食。跟大學請了一個禮拜的假——那是我認識蘿拉前一年——飛離二月的英國，躺在不斷滑動、燙得像烙鐵的柔軟白沙上。那次的日食美極了，金星與木星點綴天際。每天晚上英美兩國的旅客都會聚集在同一間海灘酒吧裡，其中有一個美國學生——影像合成的速度加快了——她身穿露肩上衣和百慕達短褲，戴著牙套。我記得有人拿當年還很火紅的拋棄式相機拍了幾張照。記憶湧現：眾人紛紛約好要寫信，要加洗照片，互相交換住址（不是電子信箱）。沉浸在往昔時光中，我突然發覺克莉絲塔依舊期盼地盯著我。

「我當然還記得。」我伸手回應她的擁抱。

「眞不敢相信我這麼走運，能像這樣與你相認。」她說。「我拿著你的照片四處問人，不敢相信眞的是你。我們都以爲你已經死了！」她笑得開懷，是因爲欣喜而笑，而不是因爲她拙劣的玩笑。「你知道我們這一夥人在阿魯巴群島之後還保持聯繫嗎？我曾經寫信給你……」難怪她找不到我。我的信件全都寄到老家，爸媽到處搬遷，郵件不一定跟得上他們的腳步，而且現在也沒有基特．麥寇這個人了。「我想透過臉書聯絡你，或者是我以爲是你的人。我記得你穿著那件九一年的智利日食T恤，上面還有一個……」她壓低音量，彷彿是要提防埋伏在四周的緝毒小組。「被大麻菸燒出來的大洞。那時候你快崩潰了。」

「陰影夫人！」這個暱稱挾帶著出乎意料的喜感脫口而出。「妳說出名字跟我們在哪裡認識的就好了嘛！」

克莉絲塔一掌拍上額頭。

「難怪你都沒回。那個爛暱稱。眞是不好意思。我應該要更堅持一點的。」她聳聳肩。

「前幾天我們舉辦了盛大的團聚派對。你今天晚上有空嗎？有些人還留在這裡。」她突然意識到理查的存在。「也歡迎你。」她露出笑容，理查的重心在雙腳間變動。

「我的船快要開了。」我朝著背後的巨大遊輪比劃。

「天啊！」克莉絲塔皺皺鼻子。「要跟我保持聯繫喔。我們打算在二〇一七年來個全員到齊的大會。」她說。「我們家就在日全食的軌道上。你可以在院子裡紮營。」

「我很樂意參加。」我發覺這句話是眞心誠意的。

「我跟比爾結婚了。」她擺出「誰想得到呢」的表情，我模仿她的臉，心想，誰他媽的又是比爾？我根本沒有頭緒。「他應該快到了，你一定要跟他打聲招呼。」

我瞄了手錶一眼，還有十分鐘才截止登船，遊輪離我們也就幾步路。

「哇！眞期待！」我依然猜不出比爾的身分。

「我去艙房等你。」理查說。「幸會。」他對克莉絲塔說道。我這才發現還沒替他們兩人介紹。

「我以爲他是你的雙胞胎哥哥。」她說。「他過得如何？還是很愛玩嗎？」

「近年來收斂不少。不過在他安靜下來之前確實瘋了好一陣子。他很好，有兩個小孩，在倫敦有自己的事業。」

「那你呢？」我已經看到她瞄向我的左手。

「跟我大學的女朋友蘿拉結婚了。」她的名字在我心頭掛了一個小勾，把我往家的方向拉扯。「她待在家裡，懷了一對雙胞胎。我們努力了好一陣子，做了四輪人工受孕。」我沙啞的嗓音把自己嚇了一跳。不知道是因爲放鬆不少，還是因爲遇上舊識的衝擊，總之這個熟悉的陌生人讓我好想說出一切。全都說出來，包括我從未對麥克說過的部分。

「四年啊。」克莉絲塔應道。我還在努力控制表情。「你們都辛苦了。不過是雙胞胎耶！你們要用嬰兒車推著兩個小日食追逐者環遊世界啦！我們到哪裡都會帶上我們家的兩個小鬼。日食被雲層擋住的時候你可能會覺得很掃興，可是跟孩子的表情相比根本不算什麼。喔！說人人就到！」她瘋狂揮手——現在我想起克利絲塔幾乎做什麼事情都是如此活力四射——而傳說中的比爾擠過人群，手中牽著兩個小孩，一男一女。他們跟克莉絲塔穿著同款的紫色連帽外套。這彷彿是我未來的景象，一切時尚品味在家庭生活前都得繳械。這是一幅傳達出歸屬感的風景。

「老兄！」他對我眉開眼笑。我這輩子從沒見過這個人。

「能再見到你眞是太好了！我們竟然失聯這麼久。」我說。

比爾望向天空。「可惜我們遇上雲層。」

我們互相比較成果——他們在港邊碰運氣，一樣什麼都沒看到——接著交換電子信箱，擁抱道別，承諾會趕快寫信。

登上「瑟蕾絲特」時，我鬆了一大口氣。這幾天我的曝光率如此高，貝絲卻始終沒找到我，那麼危機肯定早已解除。這三天來我幾乎是在頭上頂著閃爍的霓虹招牌，她還是沒來找我。她一定是放棄了。

45

羅拉

二〇一五年三月二十日

「拜託不要關門。」貝絲湊上前，遮住我眼前的街景。「說真的，妳沒有摔到哪裡嗎？我不知道妳懷孕了。」

我抹掉顴骨上的果汁，發現連頭髮都沾到了，肩膀上被髮絲畫出一條濕答答的紫色軌跡。

「妳怎麼找到我的？」話說出口我才察覺到應該要說「我們」。妳怎麼找到我們的？不該讓她知道我獨自在家。不對，已經太遲了，她一定知道基特不在家。一定是那支該死的影片，只是我不懂她是如何從「瑟蕾絲特公主號」追蹤到威布拉罕路。我的心臟跳得飛快，思緒完全跟不上。

「讓我進去我就告訴妳。」她說。我沒有回應，無論是言語還是身體都無法反應。嘴巴像被針線縫起，雙腳釘在地上。我只能愣愣地盯著她看。

貝絲看起來不錯，除了頭髮以外一切如昔。額角的一縷白髮如同黑夜中的流星。引誘我降低防備的笑容在她眼周牽起細紋，除此之外，她的臉龐毫無變化。門板稍稍顫動，我低頭看到她的腳尖——原本有些預期是銀色的運動鞋，但她穿著我以前常穿的笨重靴子——一點一點鑽進門縫。隔在我跟貝絲之間的只有老舊的玻璃和脆弱的門板。我終於動了，狠狠甩上門，把她的腳尖撞出門外。

「好吧。」她對著彩繪玻璃說。她的語氣裡沒有憤怒，只有無奈。「我早就料到了。可是我眞的要跟妳談談，必須跟妳說一件事，我發誓，眞的是爲妳好。半小時就好，我說完就走。妳不會想隔著信箱談這件事。」她嗓音中的怒意越來越濃。「我不是來玩的。」

「妳怎麼弄到這個住址？」我又問了一次，她仍然沒有回答。我都忘記她會如何對不喜歡的問題恍若未聞。

我深深意識到我家前門有多麼脆弱，慢慢朝客廳移動。在相對陰暗的房裡，我按下手機鍵盤的數字九。這輩子我只報過一次警，就是在利澤德角那回。我又按了一次九。現在我眞的做得到嗎？在法庭上做了那件事之後，這組號碼洋溢著失控的氣息，不是救人的生命線，而是能炸掉一切的保險絲火花。調查環環相扣，我的僞證將會水落石出。基特將會知道。他不能知道那件事。全世界將會知道，詹米．巴爾克姆的團隊一定會搞得人盡皆知。遇上如此攸關龐大利益、充滿爭議的案子，任何一位法官都會拿我來開刀。要是他們把我關進監獄的話怎麼辦？要是他們奪走我的寶寶，或把我關起來的話呢？想到這裡，我的肚子緩緩收縮，肌肉彷彿要把他們鎖得更緊。我刪掉一個九，再一個九。貝絲的指尖撬開信箱洞口，門板喀啦作響。

「蘿拉啦啦啦啦。」她唱道。

我只想跟基特談，不過即使陷入恐慌，我仍然知道這是個爛主意。這只會害他擔心得要抓狂，但也不能讓船長把船開得更快。我希望爸爸就在身邊，但他也在千里之外，而且想到要向他解釋一切，這跟讓基特知道我在法庭上的行為一樣糟糕。我打給琳恩，她的手機沒開。她在警局或法庭這類需要格外謹慎的地方總是如此。下午的產檢之後，她大概認定一切平安無事。三個小時前確實風平浪靜。在絕望之下，儘管不知道要說什麼，我還是打給麥克。除去那堆缺點，他是個忠誠的人，我知道在我認識的人之中，只有他會先幫忙再提問。「這個號碼通話中。」電子語音說：「請在嗶聲後留言。」

「麥克，你快回電，現在。」嗚咽化入句尾。

「蘿拉。」貝絲的聲音飄來。「聽我說完嘛。」

「警察在路上了。」我撒謊。

「我沒差。」她冷靜的語氣把我搞得暈頭轉向。她也是在虛張聲勢嗎？

我給麥克十秒鐘時間，接著飆了一通簡訊：

麥克拜託拜託拜託盡快打給我或是過來一趟。

我渾身冒汗。是腎上腺素，對寶寶有害，說不定也會害死我自己。戰鬥或逃跑是肉體的反應，而現在需要控制的是我的心靈。踏過走廊磁磚，我專注於每一個細節——腳跟、足弓、腳尖、腳跟、足弓、腳尖——努力逼退發作的恐慌。

貝絲站起來，一手按著寶藍色長方形玻璃，我近到幾乎能看清她的掌紋。我坐在門邊，凝視不發一語的手機，想著或許可以逃出去，從後門溜走，橫越羅妮的後院，可是身體狀況不容許我爬過每戶之間六呎高的柵欄。更何況後院外一邊是河，另一邊是哈林蓋街，走出去大概會直接撞上貝絲。她拍了玻璃幾下，像是腦中正在數數，控制自己的脾氣。她再次開口，語氣中帶著另一種焦躁。

「妳有智慧型手機嗎？」

它就在我手中發亮，她大概已經看到了。「有。」我小聲回答。

「妳現在就查詹米·巴爾克姆，我等著。不是他的網站。把他的名字丟進Google。」她的手指再次屈伸。「加上『法庭』這個關鍵字。」

不是重審，是法庭。這個出其不意的要求消除我的戒備，我照著她的指示操作，手機讀取花了點時間，螢幕上的小風車好像轉了一輩子。我聽得見貝絲的呼吸聲。我幾乎感覺得到她的體溫。

「出來了嗎？」貝絲問。

「等等。」

風車停了。

網頁上跳出幾個頭條標題。

名聲掃地的男權運動者獲判六個月徒刑

詹米又添一樁醜聞

業界鉅子被控犯下傷害罪

強暴大亨再次出擊

詹米：你這個偽君子

這些字母像是長了腳，在網頁上昂首闊步。

我怎麼會錯過這件事？我怎麼會把那個網站當成一切？懷孕以後，我一直把腦袋埋進土裡，這就是問題所在。跟康瓦爾無關，甚至看起來跟貝絲無關，那麼到底跟我有什麼關係？細微的安慰從我內心深處湧出。現在我只要搞清楚來龍去脈。

「天啊。」我說。

「讓我進去？」她幾乎是在懇求。

我想到那時身陷烈焰公寓中的感覺，想到火焰從內部將我灼燒。我想到握著基特至今仍滿是傷痕的手掌。「貝絲，妳怎麼問得出口？我怎麼會再放妳踏進我家？」

她嘖了一聲，喃喃唸了幾句，我只聽見最後幾個字：「又來了。」她收手，留下油脂與汗水的淡淡掌痕。「就知道會這樣。」門外傳來在包包裡翻找東西的窸窣聲。「很好，跟妳說，街尾那間老酒吧，索爾茲伯里，我在那等妳。我天一亮就在這裡了，再等一個小時也沒差。」

「妳說天一亮就在這裡是什麼意思？」

她在外頭等了一整天？她是來看日食的嗎？她有沒有看到我出門看日食？有沒有跟蹤我到達克特公園？那兩個小女生上門的時候她也在嗎？

「我真的沒辦法在這裡跟妳說。聽好，這裡有些東西要給妳看，我都準備好了。」

紙張沙沙聲響起，白色的A4信封掉進信箱，沒有封口，沒有署名，塞得飽脹。

「現在是七點半。答應我妳一定會看過裡面的內容。我在酒吧裡待到八點半。妳一定需要時間想一想。到時候我再跟妳說全部的事情，可以嗎？妳有什麼問題我都會回答。好嗎？」

「好。」我還有別的選擇嗎？我要知道的事情太多了，關於貝絲，關於過去，還有詹米那些爛事現在又跟我有什麼關係。貝絲的手回到玻璃上，輕柔如同愛撫。她是否知道只要稍微出力就能打破它。「蘿拉。我想幫妳。請不要想著我要傷害妳。」

那叢黑髮消失在彩色玻璃外，她走了。留下我一個人，在我的屋子裡，滿地都是紫色果汁，我也是。果汁沾上牆面，漫過磁磚，滲入我的頭髮，甜膩的莓果香味開始讓人反胃。我應該要先清理一番，可是手機的時鐘告訴我已經是七點三十一分了，信封裡塞了厚厚一疊紙。我粗魯地坐倒在地，信封在我手中顫抖，費了好大的工夫才抽出內容物。

時鐘跳到七點三十二分。我開始閱讀。

46

蘿拉

二〇一五年三月二十日

手機鈴聲大作，麥克的照片塡滿螢幕，儘管是我哀求他來電，還是感受到如電流般的驚嚇。幾分鐘前他還是我的救世主，現在卻成爲我無法負擔的干擾。

「蘿拉，妳怎麼了？在醫院嗎？」麥克驚慌的時候嗓音和基特好像，少了那些懶散。我聽到背景充滿敲打聲和說話聲。

「沒事。寶寶也沒事……」線路另一端傳來爆炸聲，有人大喊該死！「怎麼了？」

「店裡水管爆炸。地下室水淹到膝蓋，我一直在下面處理，手機收不到訊號。所有的庫存都毀了，我要花一整晚清理。」他停頓一下，終於跟上我的話題。「既然寶寶沒事，妳幹嘛打給我？」他的聲音降了八度。「媽的，不會是基特吧？」

諷刺感讓我好想仰天狂笑。我擔心基特擔心個沒完，他卻平平安安地待在海上要塞裡。

「他沒事。抱歉，是假警報。」我不會跟他說焦慮的老毛病犯了，否則他只會把我塞給琳恩，而我需要讓盡可能多的人準備好當我的後援。

「我手機放在樓上。」他懶散的語氣回來了，現在多了一絲硬擠出來的耐性和爽朗。「鈴聲一響我就聽得到。我也會多確認幾次。」

終於讓他掛斷電話，我鬆了一大口氣。現在是七點四十分，貝絲應該已經抵達索爾茲伯里，點好一杯酒或是咖啡。

最上面一張的雙面信件一定是她剛才塞進信封裡的東西。我迅速翻過剩餘的內容物——影印和列印出來的網頁畫面——接著從頭開始讀信。

親愛的蘿拉：

出發往倫敦前，我在我家廚房餐桌寫下這封信。如果妳正在看，那就代表我們為了種種原因無法好好對話。或許我沒找到妳家。或許找到了但妳不願意談。我想陪在妳身邊解釋清楚。不過這封信總比什麼都沒有好。重點是要把資訊傳達給妳。這讓我心力交瘁好幾個禮拜了。

我知道突然冒出必定會嚇壞妳。相信我，重提舊事真的不是為了找樂子。我以為詹米這件事早就塵埃落定了，也一點都不樂見他過了這麼久又回頭來反咬我們。但事實就是如此。

請仔細閱讀所有的內容。分量不少，但我已經努力排好順序，讓妳知道發生了什麼事。

別擔心，我對於恢復友誼毫無興趣。妳已經清楚聲明想要與我不相往來，老實說過了一陣子，我也失去找到妳、說服妳的動力了。總之，無論當年發生過什麼事，我仍舊感激妳為我做的一切，因此我現在才會來聯繫妳。

我真的認為妳應該要認真看待這次的威脅。

愛妳的

貝絲

她的信不但沒有回答我的問題，反而激起更多疑竇。她這幾個禮拜爲了什麼事心力交瘁？什麼威脅？她到底是怎麼找到我的？

我翻到第一張附件。那是一份打字信件的影本，在六個月前寫下，正好是我發現自己懷孕的那一週。正好是詹米的網站改頭換面的那一週。

倫敦市EC1
貝德福德街一百九十八號
因梅爾與康寧罕律師事務所代轉
安東妮亞・巴爾克姆寄

諾丁漢郡NG15
蓋德靈
布洛德街一號
伊凡斯與拜伊特許律師事務所代轉
伊莉莎白・泰勒收
二〇一四年十月三日

親愛的貝絲：

希望妳不介意我稱呼妳貝絲。希望妳順利收到這封信，也確實讀了內容。我似乎抱持著太多希望了。我不配獲得妳的關注，就算妳想燒了、丟了這封信，我也不會怪妳，但我希望妳能讀過內容。

或許妳注意到上個禮拜詹米的網站——那個充滿惡意的可惡網站——換上了一則通知，說這個案子有新的發展。其實完全不是這回事。都過了十五年了，怎麼可能出現轉折呢？實情是經歷了多年的悲慘虐待，我終於鼓起勇氣離開詹米，不打算讓他繼續利用我的名字。並不是因為要離婚了我才撤回支援，而是因為我撤回支援才導致離婚。我從一開始就不該支持他的。即使說我欠妳一句道歉也像是在侮蔑妳。

我下定決心，別在這封信裡牽扯藉口，但我覺得應該要好好解釋一番。

詹米是個惡棍，而我猜我是個容易受到欺壓的人。他很聰明、很有魅力——寫下這些句子感覺很蠢，可是他承認與妳「出軌」是很厲害的妙招。我以為他全是真心誠意，沒料到這只是他最無恥的謊言。能出面對抗他，妳真的很堅強。我常常回想那次開庭，對妳敬佩萬分，最後是妳的勇氣幫了我。現在我學到了新的詞彙：原來我一直活在高壓控管之中，儘管能舉出無數個例子，我還不知道這種行為擁有名稱。我以為那只是他對我「做的事」。

貝絲，對事物的認知分為好幾種層次。當年雖然我知道詹米對妳做了什麼，卻陷入某種強力的掌控。就算他進了監獄，我依然相信他。或者該說是我「相信」自己相信他。不知道這句話有沒有邏輯可言。我沒有質疑的空間：妳只看過巴爾克姆家冷硬的一面，若是沒有真正體驗過，一定無法想像他們的盛情。詹米是他母親的心肝寶貝，她對他抱持的信心令我折服。

他們把我安排在一間公寓裡，幫我準備一切，迎接他出獄。頭幾個月他表現得很好，沒過多久就故態復萌，想要什麼就一定要得手。不需要多提細節，我只能說妳和我有許多相似之處，經歷過任何女人都不該經歷的事。那時候，我才發覺自己已涉入太深，手上戴著他的戒指，名字掛在他的宣傳活動上。事後永遠都有那些甜言蜜語、高級禮物——珠寶、衣服、香水。然而他永遠不會道歉，因為道歉就等於承認。

或許妳現在有了小孩，若真是如此，妳就能理解我為何待了這麼久。這與物質層面不無關係，尤其是初期。他是個好父親，至少他沒在他們面前傷害過我。

但總有個轉捩點：他又來了。不是對我，或者該說不是只對我出手。

我就從頭說起吧，或者該說是從那個女生的事情開端說起。詹米的公司提供一個非常寶貴的大學生實習名額，薪水高，也能獲得比業界其他對手還要豐富的經驗。了解這個產業的人才能理解，進入巴爾克姆集團對於年輕的建築系學生有多大的意義。去年的實習生是個年輕漂亮的女生，詹米擔任她的指導人，給予她過度的關切，而她不知道這不是標準待遇。她當時二十一歲，個性格外天真。我很清楚世界上真有這樣的小女生存在。等到她察覺他別有用心時已經太遲了。貝絲，這狀況眼熟到嚇人。有一天他趁著兩人加班到深夜的時機示好，她拒絕了，於是他打哈哈混過去，她也就當被吃點豆腐的尷尬意外。後來她說她甚至覺得他是被誣告的。如果他真的是強暴犯，那天晚上一定會趁機襲擊她吧？拒絕他之後，她其實比先前更放鬆了不少戒備。

兩天後，他在辦公室停車場把她壓倒在地——那個畜生知道要在哪裡下手，他很清楚監視器的死角——就這樣強暴了她。他把她的臉按在地上，正如同他在康瓦爾對妳做過的一樣。這回沒人打岔，她不知道自己被侵犯了多久，他伸出魔爪時天還亮著，等到他心滿意足天已經徹底黑了。詹米一完事就提出補償方案，要給她加薪、漂亮的推薦函、參與泰晤士河通道區新建案的機會。她完全嚇傻了，只知道說好，接受了這個交易。

妳知道我是怎麼知道的嗎？不是她說的。她絕對不會向我打小報告。在某次的慈善舞會上，她跟我同桌。這個我大約認識一年的女生，這個活力四射、才華洋溢的小女生，雙眼如同死灰。我以為是感情糾紛、負債，或是飲食失調之類的，想晚點跟她聊聊，看是否需要協助。我對她的轉變有些印象，卻想不起曾經在誰身上看過。接著，等到大家開始跳舞，詹米只看了她一眼，她就跑了，穿著高跟鞋衝過舞廳，逃進女廁。我渾身冰冷。我知道她讓我想到誰了。這副神態我曾在妳臉上看到，也曾在我的梳妝鏡裡看到。我去女廁找她，她崩潰了，把一切都說了出來。

我試著說服她報警，跟她說我會支持她，可是她知道我的過去、參加過的宣傳活動，她有什麼立場相信我呢？她看著我的表情好像我是瘋子，是騙子，是壞人。她以為這樁陰謀我也有份！那一夜，我卸妝之後，在自己的臉上看到她作嘔的表情。

隔天，我跟詹米說要撤掉我在他網站上的聲明。我不是要離開他，也不是要組織反對他的活動。光是靜靜地撤退就夠了。目前他因為打斷我的下巴進了厄萊斯托克監獄。

我不期盼妳的原諒，也不值得妳這麼做，但我很希望有一天能見到妳，試著釐清這些事情。我希望——又來了——妳能把這封信當成誠心的致歉，而不是侮辱。

誠摯的

安東妮亞・巴爾克姆

最後一張紙飄落地面。沒錯。詹米強暴了貝絲。多年來壓在我身上的疑慮終於一掃而空。舒暢的心情在我頭頂上打轉，如同飛出籠子的小鳥。在道德層面上，我可以解套了。現在我流的淚全是爲了安東妮亞跟另一個女生。我可以哭上一整夜，可是時間有限。

下一頁又是貝絲的字跡。

好，就是這樣。收到安東妮亞的信以後，我跟她見了五、六次面。她人很好，很真誠。她下巴的鋼板要陪她度過下半輩子。她的遭遇比我慘，因為她忍受了那個畜牛那麼多年。總而言之——我們全都談過了，以下是我整理出的現況。

她寫那封信時，詹米剛進牢。在那之後他的狀況變得更糟了。那個實習的小女生——我不知道她叫什麼——顯然快要下定決心去報警了，他知道這件事。現在他認為安東妮亞、她、我，甚至是妳要聯手搞他。他完全瘋掉了，竟然說要告那個實習生。他還說要「從起點開始」，這邊就跟妳有關了，意思是要對付我們，逼我們更改利澤德角的證詞。我知道他不正常。可是他「相信」他是對的，這才是最恐怖的地方。

難以判斷這份威脅到底有幾分真實性——監獄裡（仔細想想，滿街都是）有太多胡言亂語的神經病。我一直想，不對，他不是認真的，反正他也不能找上他們，我應該要放他們好好過日子。仔細想想還滿好笑的，我們突然轉過來跟他說：「真的，詹米，你說得對！是我求你跟我來一發，蘿拉根本沒有看到我們！好，我去自首，這些都是我們的陰謀！」接著我又跟安東妮亞談，我看到她再也無法好好咬東西，因為她的下巴已經無法恢復原樣了。我想到她有多害怕，必須孤軍奮戰，無法依靠在她成年後就像她親人一般的姻親。她不會捏造出這種事。這一點都不好笑。我想到他把我害到什麼地步，想到他現在人在哪裡，跟哪些人廝混，想到他還是個有錢人。金錢加上人脈再加上他的扭曲想法，我認為詹米比以往都還要危險。想過一輪，我發覺「不能」不把這件事告訴妳和基特。

安東妮亞擔心詹米會做出什麼好事，我也是。少了她，他努力重建的名聲再次岌岌可危。那些認為他沒有犯案的人，認為他無辜的人，全都是因為她所以才相信他。少了她，他無法繼續愚弄那些支持者。他已經無路可退，特別是在安東妮亞說服那個女生出面報警之後。他無法照著我的方式找到妳——只有像我這麼了解妳的人才有辦法……

最後一句話把我的心思從詹米拉回貝絲身上。這是什麼意思？能找到我是因爲很了解我？混在這堆情報之間，很容易漏看這一句。還是說這就是她的目的？我正踏入她的陷阱？我提高警覺，繼續讀下去。

……可是他很有錢，心意已決，而且他沒別的事好做。

對，妳不用問了，我也想過要報警。警方是我的第一個靠山。我想跟肯特警長談談，請她給些建議，可惜她幾年前過世了。於是我找上家附近的警局，他們只能提供很有限的協助。因為詹米過去的犯行，他們沒有打發我，可是他們只說會監控他的動向，等他出獄時會通知我。

根本沒有用，我早就聯絡上安東妮亞了。但警方沒辦法為妳做任何事，即使妳作證將他定罪。我跟安東妮亞都請他們幫忙，還是沒有用。首先，他必須要直接對妳造成威脅，警方才能介入。他說給安東妮亞聽的狠話不算。這稱為第三方威脅。就算警方能保護妳，還有另一個大問題。我要請他們保護誰？「有一對夫婦，基特和蘿拉，我認為他們已經改名了，說不定人早就離開英國，可以請你們投入所有的資源，找到他們，讓他們住進安全的地方？」妳可以想像警方的回應。

總之，我努力將一切資訊轉達給妳了，但總有可能漏掉什麼。真的希望可以當面談談，讓我好好說明。

感謝妳看到這裡。

貝絲

最後一頁是一組電話號碼，是貝絲與安東妮亞的手機和陌生區碼的室內電話，下面有一排大寫字母：

存進妳的手機。有需要隨時找我們。

我遲疑一會，實在是不太想聽從貝絲的指示，但還是存下她的號碼，如果她找到我的手機號碼——無論她做什麼都不會嚇到我——我不會接起她的來電。也存了安東妮亞的號碼，就怕信中的威脅成眞。接著我摺好這疊紙，威脅以及謎團擱在我腿上。我閉上雙眼，不去看時間，給自己思考的空檔。最需要塡補的空缺是她完全沒提到的那些，信中沒有我們過去的禮物與照片，玻璃和烈焰。

我漸漸意識到周遭環境。寂靜的手機在我身旁，電視節目兀自播放，蘇格蘭的學童仰望日食。灑了一地的飲料開始凝固，地板冒出怪味，衣服上的污漬結塊。已經八點十五分了。

我麻木地走進廚房，抓起抹布擦地板，四肢著地，肚皮摩擦磁磚，雙眼在手邊的任務、門板、時鐘、手機之間掃動。今晚我無法睡在這裡。我要去琳恩家。我有她家鑰匙，隨時都可以進出。如果我現在過去，貝絲人在酒吧裡，她無法跟蹤我到琳恩家。我回臥室換掉髒兮兮的衣服，穿上單薄的孕婦T恤、寬鬆的針織外套、彈性牛仔褲當睡衣。

八點二十分。她再十分鐘就會離開。

我穿上已經扣不起來的外套，手機放進口袋，鎖了兩道門鎖，沿著威布拉罕路走向很近的索爾茲伯里。心臟的位置住了一窩蜜蜂，要不是雙手抱著肚子，我一定會覺得無所適從。來攤牌吧：那場審判、那場大火、那張照片、尙比亞。全部攤開來說個清楚明白。踏上炭火的訣竅就是勇氣。

綠巷裡連春天都談不上，夏天更是遙遠，不過隱約的暖意足以驅動整條街。兩個小男生在壅塞的路旁踢足球，車道跟人行道的區隔消失了。到了索爾茲伯里，我一手按住巨大的門板，站在黑白格紋台階上，隔著刻上花紋的玻璃，瞇眼打量店內。雙腿抽了幾下，似乎只有它們知道我應該要轉身逃離，跑進警局。可是這段對話已經延宕了好幾年，而且我對於警方的恐懼仍然揮之不去。

酒吧裡的裝潢以暗紅色和金色爲主，就像音樂廳。高聳的維多利亞式天花板與鍍金牆面彷佛是舞台出入口，孤單的女演員貝絲就坐在中央的雙人桌。她看起來安全無害；不對，她看起來嚇壞了，這是兩碼子事。我得要停下來提醒自己，詹米有罪並不代表能夠抵銷貝絲的所作所爲。沒有人能抵銷她做過的一切。

47

基特
二〇一五年三月二十日

「瑟蕾絲特公主號」是第一艘駛離托爾斯港的船隻，引起不少注目。岸上揮手的人群猶如百年前老照片常見的光景，男人戴帽子、留著大鬍子，女人揮舞蕾絲手絹。

取代帽子和手絹的是風衣與智慧型手機。克莉絲塔和她的家人也在其中，身穿同款的紫色外套。我朝他們揮揮雙手，發覺我真的很想與他們保持聯繫。（雖然我還是猜不到比爾是誰，發問的時機也過了。我可以預見我們的交情綿延二十年，只是完全想不起是如何認識他的。）跨坐在他肩上的孩子才剛學會走路，年紀夠小，應該還願意跟我的孩子一起玩，等到二〇一七年，他們差不多跟現在的他一樣大。這個想法讓我心頭一暖。

鳴笛。船身震動，朝右舷傾斜，船上眾人抓向欄杆，及時穩住腳步的人哈哈大笑，沒有扶好的人連聲咒罵。

法羅群島一會就消失在視線中。船身在深藍海水中劃出一道泡沫。我站在船尾，就是我以為看到貝絲的地方。距離那件事才過了兩天嗎？

企盼伴隨著安慰浮現。我稍微習慣了海上生活，但也開始厭倦甲板、鉚釘、欄杆。今晚我不想睡在船上。我沒有耐性等待明天的火車和地鐵。我眞正想要的是現在就把自己傳送到家門口，或者是直接回到我的床上，縮在熟睡的妻子身旁，一手抱著她的肚子，在孩子有一搭沒一搭的踢踹下睡著。我已經受夠遠行了。接下來我要在倫敦待上好一陣子，直到二〇一七年的美國大日食。我們要一起過去：我、蘿拉，還有我們的孩子。

我傳了封簡訊給蘿拉：

要回家了。晚上不會開手機。愛妳。

遊輪衝進北海，陸地在我們背後散去，手機訊號一格一格消失。等到完全離開收訊範圍，我關掉螢幕。

48

蘿拉

二〇一五年三月二十日

調酒師低頭看著今天的《標準晚報》，頭版印著雲間的鐮刀形太陽。貝絲正在喝一杯加了半片萊姆的蘇打水。

「妳來了！」她蹺著腳，右邊腳掌隨著只有她聽得見的旋律踢踏。我突然好想來杯酒。琳恩兩次懷孕都沒有禁酒，沒有過量，只是爲了反叛。紅酒不是很好嗎？抗氧化什麼的？麥克一定知道。

「點些什麼合適的飲品嗎？」我問。貝絲瞄了我的肚子一眼，流露出瞬間的猶豫。

「我想來一杯白酒，謝謝。」

我在吧台邊等候，感覺到她的視線刺入我後背。我點了杯富含鐵質的健力士啤酒。調酒師在泡沫上放了一片三葉草。我坐到她對面，啤酒濺出。她不改在酒吧打工的習慣，連忙拿杯墊把酒吸掉。

「恭喜。」她對著我的肚子低聲祝賀。「我完全不知道。」

她的面容變了，雙眼周圍凹陷憔悴，臉頰的線條說明她曾經增重又減重，像是經過懷孕的肚皮。不知道貝絲有沒有小孩，但我不打算問。

「謝謝。」我維持冷硬的語氣。「所以說妳是來警告詹米的危險性。如果妳早就知道這些事，為什麼現在才急著找我？為什麼要在基特離開的期間過來？」

「妳一定要這麼開門見山嗎？」她一臉失望。

「妳說這不是禮貌性的拜訪。」

「好吧，也是。」她從提袋裡掏出更多文件。她的指甲修得乾淨整齊，塗上紅色指甲油。「詹米原本還要關上六個月，不過他出獄的時間提前了，下禮拜就能到處亂跑。我已經逃避事實太久了，知道他的狀況後，我想，不對，我今天一定要說幾句話。」她誤解了我的害怕。「別擔心，假釋官會在他出獄時通知安東妮亞，她會打電話給我。喔，對了，妳有沒有存好我們的號碼？」

「有。」

她察覺到我語氣中的不情願，但沒有追究。「可以用簡訊把妳的號碼傳到我的手機嗎？」我很想隨便打一串數字，不過仔細想想，既然她都知道我住哪，隱瞞手機號碼根本毫無意義。我把自己的號碼傳到她的手機。

「謝了。好，我明天吃完早餐就要去找安東妮亞，跟她討論進展。到時候可能會打給妳。」

這番話乍聽之下沒什麼問題，但我捕捉到她的言外之意。「他們不能直接通知妳嗎？因為妳和他有過糾紛？因為他威脅過妳？」思緒在我腦中閃爍，過去研究詹米那些信件中的暗示時就想過這些。「即使只是聯繫妳，他這樣也算是違反禁令吧？」

她的笑聲像是吐掉苦澀的果核。「理論上妳說得沒錯，但是妳太看得起假釋制度了。」她的腳掌踢得更快。我眞想一把抓住。「我不是要怪罪他們，那些人都很好，只是每天要處理十個左右的案子。他只是透過第三方——也就是安東妮亞——傳達威脅，因此還不算犯罪。如果他與我接觸，那就觸犯了假釋條件，警方可以對他出手。就算只是打電話給我，他也會直接被送回牢裡。雖然我不認爲他打個電話就會心滿意足。」

我沒碰桌上的啤酒。「然後我和基特沒有半點保障。該死。」

「是可以這麼說。」貝絲同意道。

我凝視酒杯，泡沫消散，三葉草沉到杯底，一會就失了原樣。「那他威脅要對我和基特做什麼？」

貝絲不再抖腳，將杯墊立起來滾動。「嗯，他是這樣對安東妮亞說的：我會不擇手段要那些人吞下證詞。我們也見識過他的能耐了⋯⋯」

「所以妳大費周章找上門，就是要通知有個神經病要來尋仇，不過沒關係，等到他在我背後揮舞斧頭的時候妳會打電話給我？」

「我不是一定要告訴妳。」她察覺到自己的焦躁，壓抑下來，試著安撫我。「妳忘記一件事了，他不知道妳人在哪裡。」

我最大的疑問再次翻上檯面。「可是妳知道。妳說妳靠著詹米・巴爾克姆永遠做不到的方式找到我們。」

「其實就是在網路上花點工夫。妳真的完全不留痕跡。基特也很難找，但我知道只要在日食聊天室裡待得夠久，他總會露出馬腳。」

基特的失誤讓我心中再次湧現怒氣，我得要小心控制，別讓情緒模糊了眼前的大事。

「但妳是怎麼用那支影片查到這裡？」

她一臉茫然，我發覺我們的談話沒有交集，雖然我不太清楚這代表著什麼。

「不是影片，是照片。在他的臉書頁面上。」

「我不准基特開臉書帳號。」現在我一點都不在乎表現得像是管家婆。

「總之他有帳號。」貝絲語帶愧疚。「基本上妳在網路上並不存在。」她滑過手機裡的一個個應用程式。「你們兩個都不存在，至少不是以一般的方式存在。所以我跳出框架，心想有那麼多日食愛好者的網站，他不可能忽略那些論壇。」畫面在她指尖變動。「我全都看過了，就是為了找他。最後……」她開啓了名叫日食癮的臉書專頁，把手機推向我。「這件衣服讓我認出他。」

她將陰影男孩這個暱稱反白。沒有大頭照，只有破破爛爛的酒紅色T恤，胸前印著九一年智利，我知道再放大一些，就會在領口看到燒出來的黑色小洞。「我知道這就是他。還記得嗎？那一晚我們打完撞球，我就是穿著這件T恤睡覺。那個洞害我癢了一整夜。」我記得我在他看到前把T恤塞回衣櫃，基特不曉得貝絲知道這件T恤的存在。然而光是他有臉書帳號這件事就足以煽動我的怒火。

「我們互相承諾過了，不要在網路上留下痕跡，不能讓我們被人找到……」

「其實他做得很好，私人設定滴水不漏，也從未貼過任何個人資訊，全都是鏡頭、天氣，還有一堆我看不懂的數字。可是大概三個月前，他貼了這個東西。」

她放大那張照片。是基特的攝影裝備，散在桌面上，相機、每一個鏡頭、裝在消毒包裝裡的拋棄式拭鏡紙、備用相機背帶、兩張備用的記憶卡。全都擺得整整齊齊。背景牆上貼著他的地圖。如果曾經看過它，曾經把它燒燬，你一定知道這是他的東西。照片附上一串說明：

「準備好參加二〇一五年法羅群島的男子漢之旅。這不是強迫症。」

「妳從他的照片裡找出我們的所在地。」我低聲說。我要宰了他。重新看了看那串文字。男子漢之旅。難怪她知道我會一個人在家。

「沒有。」她搖搖頭。「他關掉了手機的地標功能。」她將照片放大。在他的書桌左側邊緣有個加上棕色杯套的紙杯。照片像素夠高，即使放到這麼大還是看得到商標：Bean/Bone，N7。接著，她又放大了另一個角落，仔細一看，亞歷山大宮的尖端映在一片漆黑的電腦螢幕上。她鉅細靡遺地分析這張照片，多年前，正是這份不屈不撓的決心帶著她找到他的相機鏡頭、我最愛的蠟燭。我往後靠上硬邦邦的椅背。

「妳從這些地方找到我們家？」

「不是。很難鎖定特定的屋子。今天我走了很長一段路，努力縮小範圍。」

「繼續吧。」我不顧那股令我疲憊的張力。「為我指點迷津。」

「妳確定？」她百般不情願地滑到另一個頁面。陰影男孩參與一段討論，主題是如何在都市看到星星。

該死的鄰居和那些整修——整夜開著泛光燈。根本看不到星星。錯過冥王星連線超火大。

「我在那間店四周走了三哩路，尋找架設整修鷹架的屋子。」

「妳整天都耗在上面了吧。」

「沒錯。只有一戶人家裝了泛光燈。然後我一直等到妳出現在窗邊。」她疲憊地說。

我想像貝絲雙腿痠痛，心意堅決，等在我家外頭，等待沒有閒雜人等走動的時機。基特的粗心大意在我們家屋頂上畫了個大箭頭，門上打了叉叉。「他怎麼能這樣？」

「不過是個臉書帳號。每個人都有啊。」貝絲說。我猛搖頭。她不懂。基特發誓過他絕對不會做這種事。背叛是與信任成反比的主觀行為。

「不要為難他。不然我也找不到妳啊！」

「妳這句話倒是沒錯。」沉默在我們之間顫動。「跟妳說，我怕了十五年。我去看精神科。我得了一種病，看這裡……」我拉起袖子，露出被抓得體無完膚的手臂。「無論去哪裡度假，都要請旅館員工陪我做一輪火災演練，我才敢關門。」

「天啊，蘿拉，太可怕了。妳好可憐。」

她想按住我的手，被我一把抽走。「妳在耍我嗎？」

「蘿拉，別這樣。」她軟著嗓子懇求，右邊眼皮卻微微跳動。「我是在幫妳。」

我一時忘記詹米的存在。他很可能就在我背後，手持彎刀，而我只顧著沉浸在憤怒的記憶中。「妳期待我怎麼做？喔，嗨，貝絲，妳想把我活活燒死，不過就讓那些事隨風而去吧！我們來喝一杯，敘敘舊，如何？」

她的瞳孔瞬間放大，像是兩滴黑色墨點。「等等，妳說什麼？我……我不可能——妳怎麼會這樣想？」她的手移到我的手腕上。被她碰到的地方一片灼熱。疤痕跟肌肉一樣擁有記憶。

「如果妳是在開玩笑，那眞的很難笑。」

「喔，貝絲，別這樣。再裝傻下去就太尷尬了。」

她努力控制情緒，微微顫抖。「別這樣，眞的，我們全部說清楚吧。」是她自找的。我從她無法否認的部分開始。「好啊，妳要如何解釋尙比亞那件事？爲什麼要追著我們還跑去土耳其？」她張大嘴巴，完全沒料到這些疑問。「有人錄了音樂祭的影片，妳就在背景，拿著我們的照片問別人有沒有看到我們。」

我們一直壓低聲音交談，她突然提高音量：「妳以為我爲什麼會去尙比亞？」調酒師察覺到起了爭執，往我們這邊看過來。貝絲小聲說：「查出妳爲何要那樣離開我，就在我有機會回報妳給予我的支持時？」

我乾笑兩聲。「眞不敢相信妳說得出這種話。」

貝絲一手按在心頭，像是要表現她的眞誠。「蘿拉，妳是我的世界。妳拯救了我。我愛妳。妳和基特陪我走過最難熬的時光，然後妳……」她模仿抽走地毯的手勢。「妳讓我心碎。」

這句話觸發一段記憶。「妳提起黛絲的時候也講過同一句話，就在妳戳她輪胎之前。」我說。貝絲沒有回話。她胸口的那隻手軟軟地垂到桌上。

「聽好。我知道妳無法控制。」我說。「是詹米害妳變成這樣。現在我懂了。我爲妳感到遺憾。但這並無法改變發生過的事。」

我們四目相接，眼神之間蘊藏著千言萬語，但我說不出個所以然。我保持沉默，給她空間。要是她現在承認，我可能會對她多一分信任。她輕輕搖頭，把她想說的話吞回肚子裡。

「妳不知道自己在說什麼。」她的嗓音裡帶著碎玻璃與火焰。「蘿拉，妳知道嗎？妳愛怎麼想就怎麼想吧。妳他媽的愛怎麼想就怎麼想。我已經完成來這裡的目的了。」

她推開椅子起身。

「我不會回家，所以妳別打歪主意。」我說。

「喔，別擔心。自取其辱也有限度的。」她停頓一下，緊緊包好圍巾，拋來令我血流沉滯的眼神。「可別說我沒警告過妳。」

她狠狠盯著我，恐懼的烈焰重新燃起。我竟然蠢到想跟她講道理。我一推桌面，笨拙地起身。外套才穿了一半，我已經推開沉重的酒吧大門，踏上燈火通明的綠巷。

懷著六個月大的雙胞胎狂奔不太妙。就算一手撐著肚子——另一手要負責維持平衡——我還是能感覺到每一步都讓骨盆腔底部陣陣哀號。擔心被她跟蹤，我繞路穿過哈林蓋街。抵達琳恩家時，我已經渾身大汗，氣喘吁吁。

「蘿拉！」潔諾驚呼。她已經到了能察覺狀況不對的年紀，但還不知道要如何處理。她嘴唇顫抖。「怎麼了？寶寶嗎？快進來。」她轉頭大叫：「媽媽！」

琳恩衝下樓，一次跨兩格階梯。

「天啊，蘿拉。」她摟著我的肩膀，推我進門。「有一通未接來電，我正要回妳電話。妳要再去醫院一趟嗎？」

我完全沒想過要透露半點實情。

「恐慌發作。」我說。「我不能自己在家。」

她不疑有他。她有什麼理由懷疑呢？

「我的床給妳睡。」

***

琳恩的房間有乾淨的被單、鮮花，以及能讓我投射一切思緒的白牆。詹米的威脅是如此真切——從他的信件中能感受到同樣瘋狂的氣勢——卻又是如此遙遠，宛如地平線上的人影，透過望遠鏡才能看清。直覺要我繼續逃，展開另一段新生活，可是現在多了層層限制，醫院、工作、房貸。我們被困在這裡了。對基特的怒氣再次膨脹。想痛揍他的欲望令我雙手抽搐。他怎麼能害我們陷入這麼大的風險？他怎麼能騙我？到了凌晨一點，憤怒掙脫束縛，我迅速發出一封凶狠的簡訊：

貝絲找上我們家——多虧了你。她跟我說了你做的好事。基特，你怎麼可以這樣？今晚我睡琳恩家，等你回來我們一定要談談，好好談談。

發洩怒氣實在是無比爽快。偶爾唇槍舌劍一番，婚姻不就是這麼一回事？我們明天會大吵一架，然後和好，一如以往。

我無法獨自對付貝絲，更別說是詹米了。

49

基特

二〇一五年三月二十一日

「累死了。」我喃喃抱怨，跟理查站在艦橋上，手握咖啡杯，等待陸地映入眼簾。天空一片蒼白，冰冷的銀色晨光搭配淺灰色的北海海面。

「我睡得超好。」理查愉快地搭話。

不用他多說。他每次打呼、放屁我都聽得清清楚楚。貝絲沒找上門來的放鬆感，加上日食前的緊繃全被大失所望的結果打散，我原本以爲自己也能一夜安眠，卻在狹窄的鋪位上翻來覆去，整晚看了無數次手錶，接著繼續失眠。

地平線上浮現龐大的物體，周圍掀起一陣低語。即使隔著厚重的雲層，與岩石嶙峋的法羅群島相比，諾森伯蘭的海岸線呈現出盎然綠意。看到英國的陸地感覺眞好，對於家和蘿拉的期盼使得我心跳加速。新堡碼頭的橋式起重機和吊臂朝我們逼近，我思考是否該加緊腳步，趕上十點十五分開往王十字站的火車，或者放鬆一下，好好享受車程。無論如何，我應該都能在兩點前到家，最晚三點。

泰恩河上知名的橋樑在霧氣中成形，我的手機恢復生機，在口袋裡震動。我點開蘿拉昨晚深夜傳來的簡訊。

貝絲找上我們家——多虧了你。她跟我說了你做的好事。基特，你怎麼可以這樣？今晚我睡琳恩家，等你回來我們一定要談談，好好談談。

這股震撼帶著強烈令人暈眩的傾斜感襲向我的肉體，一瞬間，我還以為遊輪撞上什麼東西了，沒有及時忍住慘叫聲。

「你沒事吧？」理查連忙關切。

「一定是暈船。」我試著回應，卻只能吐出含糊的呻吟。「坐一下就好。等會兒就沒事了，眞的。」

「你的臉色糟透了。明明十秒前還好得很。需要我的話就叫一聲喔。」

我點點頭，頹然坐倒在長椅上。就算坐著，脈搏仍飆得像剛跑完百米。到底是什麼鬼——她爲什麼要——爲什麼是現在？貝絲說了什麼？甲板上的婦人，照片裡喝啤酒的女子，還有克莉絲塔，她們只是披上我幻想出來的面貌。我忙著把貝絲的臉孔四處投射，從沒想到她竟然會去倫敦。

雖然已經背下內容，我還是把那封簡訊重讀一遍。

她跟我說了你做的好事。

現在我只能拚命不要尖叫出聲。十五年了。十五年來，我擋在蘿拉面前，不讓她接觸到那般可怕、痛苦，連我都不讓自己回想的眞相。船身浮上浪頭，我領悟到時間是直線前進的想法錯得徹底。我以爲人生會一直往單向前進，遠離某個事件。但時間其實是扭曲的圓環，是梅比烏斯環。年歲彼此交疊，帶我回到康瓦爾，冰冷的雙手在熾熱的皮膚上游移，金色顏料沾上我的指尖，我彷彿擁有與那位點石成金的國王相反的力量。過去唯一的固定點似乎就是我與貝絲共度的那一夜。

50

基特
一九九九年八月九日

距離日全食還有四十八小時，琳恩把我們所有人心裡的想法化做言語：「這場音樂祭會名列史上最花錢的失敗活動之一。」

她說得沒錯。高聳飄揚的旗幟原本用來在人群中當作標誌，結果卻以很大的間距矗立在一片空蕩田野中。比起非主流文化的繁華中心，這裡看起來更像某些裝備差又穿錯衣服的人們誤入了高爾夫球場。我們的小攤位生意還行，主要是因為發電機和煮茶鍋讓帳篷成為一個溫暖的泡泡。今天的第一位客人還留在這裡，從兩小時前就醉得不省人事，油膩的髮辮像觸手般攤放在墊子上。

「這天氣該滾蛋。」麥克說。他怒瞪我和琳恩，好像我們該負起責任。我們四人齊聚的時候相處融洽，但少了蘿拉就再也不管用了；我重回過往日子，在麥克和他的當週女伴之間當電燈泡。我們三個整天互相找碴，對彼此列舉種種不滿之處：麥克對賠錢很生氣、我對天氣很鬱悶、琳恩終於明白身為病態成癮者的麥克其實不是那麼有趣的傢伙。自從來到康瓦爾，他不是喝醉就是嗑藥，不是酒後頭痛就是嗑藥後不爽。嬌小纖弱的琳恩注定只能試著迎合他興趣來解決麻煩。那天早上，他們都喝了混威士忌的茶。喝了幾杯印度茶後，我完全亢奮起來，撒尿都有肉桂味。我們的喇叭放送著輕柔的音樂，但我單耳塞著口袋收音機的耳機，一小時聽兩次氣象預報。

「我們的生意已經比一大堆人好多了。」我說，儘管這並不難。喬恩，那個開貨車賣有機墨西哥捲餅的小夥子，差不多是淚眼汪汪地任他的食材腐敗，櫃台後還有無事可做的員工。

「這都是你該死的錯。」麥克咒罵。

「什麼？」

「你和你那該死的圓餅圖說會是晴天，我才會來康瓦爾。我們該去土耳其，像我想要的那樣。只要靠信用卡就行。」

「那跟你之前提議的完全相反。」我說。「要是你還記得，你才是那個想待在英國的人。所以我才花了一整個星期幫你做那些氣象圖表。」

「你只是想在蘿拉面前表現得可靠。她對西部地方還有那些到處都有的狗屎公平交易超興奮的，你不過就是配合她。」

「這跟蘿拉一點關係也沒有，全都是灣流的關係。康瓦爾應該會是晴天。結果不是。我也沒辦法。」

他像條嗅出了什麼的狗。「你知道你的問題是什麼？」

我咬牙忍耐，他有太多可以挑來講的。

「你這馬子狗。被管得死死的。現在總算有個人來幹你，別的你都不在乎了。」

我覺得自己臉色一白，儘管琳恩把這邏輯不通的惡毒話當成笑話。她的笑聲是熱誠又不由自主的那種，是因為真心覺得有趣，而不是聽見尷尬真相被人當俏皮話講而發出的憐憫笑聲。

「去你的。」琳恩背過身的時候我對麥克無聲咆哮。他高舉手掌賠罪，不完全是惺惺作態，連他都知道自己說得太過分了。我背對著他，差點露餡令我渾身發抖。麥克知道，他是唯一知情的人，我只跟蘿拉睡過。我當了二十一年處男的重擔終於不再勒住我脖子，就在他那冷死人公寓裡笨手笨腳的那一夜。現在一想到那曾經是我最深最隱祕的祕密，我幾乎失笑。我曾在夜裡清醒地躺著，渴望當個二十一歲的處男。他從不錯過任何取笑我的機會──「你肯定會跟第一個讓你看奶子的女孩定下來。」──不過總是在私底下講。對他而言，把這祕密掛在我頭上晃盪比說出來更有樂子。這是他最接近說溜嘴的一次，而且還是在琳恩面前。我真想揍他一頓。但繼續辯下去我們更可能說溜嘴，因此我寧可保持沉默，朝他發射惡毒目光，他卻就像壞掉的衛星接收器，把我的目光全都反彈開。他早已轉移了注意力。

「要是賺不了什麼錢，我們至少可以嗨一下。」他的手已經伸進口袋，下了決定。我心中一沉，他從口袋裡拉出一串打孔紙，紙面用紙牌花色做了標記：方塊、黑桃、紅心還有梅花。他撕下一小片方塊紙，放到琳恩舌頭上。

「不，謝了。」當他拿了一片給我，我這般回應。那像是洋娃娃用的郵票，指尖大小的紙片有著方塊記號。我永遠也不想跟迷幻藥扯上關係。這些年來，我已經目睹了好幾次糟糕的迷幻之旅，倘若從外在看他們已是那副模樣，我一定是傻了才會想親自體驗。

「你真是個老古板。」

「隨便你說。」麥克認為超過二十四小時不喝酒不嗑藥的人都是老古板。或許我曾是如此，不過自從認識蘿拉後這一切全都變了。跟她分食小藥丸讓我們更親近，那藥讓我們爬進彼此的心，簡單得就像我們爬上對方身體一般。有問題的不是藥物，而是麥克。沒有能跟他一同追逐的共享體驗。不管哪種興奮藥物，總是他自己的迷幻之旅，他只想讓別人搭便車，好讓他的嗑藥過度有正當理由。

他給了我一個白眼。「好吧，你可以犧牲一下小我。」他的腔調完全變了。「我來幫大家再泡杯茶。」

「我不用。」我拒絕，但他還是將茶包扔進杯子裡，笑得燦爛無比，我立刻就起了疑心。他要把東西摻進我飲料裡，我心想。我思考著要不要接過那杯茶，當著他的面喝下去。我對了下時間，在蘿拉抵達前大概還有二十四小時要熬。

「我自己顧得了攤子。你們就去玩吧。」

我看到麥克的手在杯子上方徘徊，像是阿嘉莎．克莉絲蒂電影裡的下毒者。然後他把小紙片放回口袋。

「謝啦，兄弟。」

我望著他們離去，暗祝他有個可怕的迷幻之旅。我希望他會看到琳恩的臉融化，露出裡面的頭骨。

要幹的活兒多到足以讓時間過得飛快。冷淡的太陽落下，音樂登場，砰砰響的貝斯拉扯我的橫膈膜。我出於同情從「喬恩捲餅」買了個雞肉捲，邊吃邊聽廣播第四頻道的航海預報，鬱悶地輪番想著天氣、我哥，還有我可悲的性史。

所有的日食都重要，但這次對我來說似乎比過往任何一次都重要。我想讓蘿拉體驗這天文現象的完整奇觀。她已經讓我見識了不少，這是我帶領她進入我世界的機會，必須完美無缺。

到了半夜，所有的舞台都休息了，營火升起。凌晨一點，當我考慮要休息時，我們稍早的那位油膩朋友搖搖晃晃地朝攤位走來。通紅的眼珠框住微點大小的瞳孔。

「抱歉。」我說。「我要收攤了……老哥。」

我們不是成長在那種會用老哥稱呼人的家庭，我從沒能說得自然。

「弄杯茶。」那個嬉皮點單。「濃茶，不要給我劣質品。」他看出我身上讓麥克很挫敗的弱點，我順了他的意不過是加深他的認知。我把杯子遞給他。櫃台上擺了一碗時下流行的不規則棕色糖塊。他把整個髒兮兮的拳頭塞進碗裡，抓了一把吃。

「拜託別這樣。」我說：「我們得整碗扔掉了。」他笑了，牙齒跟那棕糖同樣顏色。

「乾了。」說完，他轉身走遠，一併帶走了那個黃色杯子。我放棄討回杯子，一同認賠的還有我倒進垃圾桶的那碗糖塊和我該叫他付的一英鎊。「蠢蛋！」他回頭大喊，當作道別。

我窘到不行，把煮茶鍋裡的滾水和水龍頭的冷水一起混進洗碗盆裡清潔杯子，忙了五分鐘的活兒才發現有人在看我。

「這是你的嗎？」一個黃色杯子在我胸口高度晃啊晃；杯子後頭是個黑鬈髮女孩，皮膚白皙，身材嬌小，心型臉蛋上的深邃五官皺成一團。「有個糟糕的髒嬉皮老頭把這個往田野一扔，打到我的腿。不知道他怎麼會那麼蠢。八成跟日食有關。也許是天體交會，水星逆行，或者是地球靈線。」

「不，我想是因爲會場裡有一些迷幻藥眞的夠猛。」我說。她笑了。她口中冒出白煙，把杯子遞給我。我將杯子浸入泡泡水裡。

「我想來杯印度茶，謝謝。不加糖但牛奶多一點。」

甭再提收攤了。「馬上來。」我說。

「嬉皮就是有這問題。」她說。茶包泡在熱水裡。「做的事總是跟他們宣稱的完全相反。去你媽的愛與和平。好吧，不是所有嬉皮都那樣。我很肯定你是那種眞心誠意的。但我遇過一些最粗暴又懶散的傢伙，卻在脖子上掛著和平符號，或身上有印度刺青。」她講的可能就是麥克。我腦中燈泡一亮，總算有人說出事實。

「你今年的巡迴場都有擺攤嗎？」她問。「我之前沒見過你。」

「巡迴場？」

「在祭典會場工作。我現在就幹這個。薪水現領的假日工。我這幾年暑假跑了超多場，有些人的臉我已經認得了。那邊賣墨西哥捲餅的小夥子，我敢肯定他某一年去過鳳凰城。」

「有可能。」我這時候才發現「喬恩捲餅」打烊了。「這是我們第一次出來擺這種攤。其實是我哥的主意。我們只是想找個法子看免錢的日食。」

「結果呢？」

「光來到這裡就虧錢了。」

「難怪我找不到活兒幹。勞力過剩。失衡的勞動市場。我是資本主義下的絕望受害者。」她又笑了。「這茶不錯。」

我微微一笑。「自己一個人來參加祭典，不怪嗎？」

「有得選的話，我也不想。我通常可以說服朋友一起來，可是今年八月很怪，因爲我老家的朋友暑假大多都去了伊維薩島。我知道有兩個人去德文郡看日食，也許我該跟他們一起去的。」微風晃動樹林，讓風鈴發出聲音。「這裡怪怪的，是吧？幾乎有點不祥的感覺。不只是因爲沒什麼人。是場地的關係。通常就是一大片田野，或是田野裡有一些灌木籬笆，可是這裡根本像樹林。樹叢超多。就算看到巨魔或小紅帽也沒什麼好驚訝的。」她自己就像是童話裡跑出來的，皮膚白得出奇。「對了，我叫貝絲。」

「基特。」我握住的那隻手好柔軟，像泡過蜂蜜，跟蘿拉纖長的手指如此不同，幾乎讓我抽了口氣。欲望的燈管一閃，我無法忽視，用力一扯切斷危險電流。

「你只有跟你哥來嗎？」她問得直接，但我的手被她碰過的地方還在發麻。我突然眞切察覺到我們是多麼獨處。我看到自己像是置身在老片中，右肩有個天使代表我的良知，左肩有個小小的紅色惡魔，是我的動物本能化身。跟她提蘿拉的事，天使輕聲說道。現在就跟她提蘿拉的事。

我拐了個彎回答。「他跟他女友去迷幻之旅了。有人產生幻覺的時候最好離遠一點。」貝絲做了個鬼臉。「是啊，我也不愛迷幻藥。自九四年格拉斯頓伯里和燃燒的十字架從田野那頭衝著我來之後就不嗑了。」她打了個寒顫。「祭典可不是迷失方向的好地方。」她的手指在杯身敲打。「所以你不擺攤的時候是做什麼的？」

「剛從牛津畢業。要開始唸天體物理學博士。」

「我之前讀到物理學家很多都信教。」她說：「顯然其他的科學家都是無神論者。可是物理學家是眞的把時間花在觀看宇宙的宏偉，比其他大部分領域的人更有可能表態信仰上帝。我覺得這眞的很有意思。」我不知道自己臉上是什麼表情，但她又笑了。「抱歉，我講過頭了。只不過我大概有兩天沒聊過這麼有內涵的話了。」

「我也是。」這不是敷衍。跟貝絲聊天毫不費力。她懂我的笑點，我也懂她的。我們交換了旅行見聞。我自己的事全都告訴她了，除了那件重要的。跟她講，天使催促我。跟她講蘿拉的事。讓她知道你有女朋友了。惡魔倚著尖叉，咧嘴一笑。我抬頭望，還是沒有星星。

「看起來明天不太妙，對不對？」貝絲說。

「雲系剛好籠罩在西部地區。」我說：「不過，我們也許會走好運。風勢很強勁，天知道明天會怎樣。」

「說到這個，現在眞他媽冷。這帳篷有室內空調嗎？我還想再聊，可是我凍得發青了。」

「當然有。」我發現自己的聲音年輕了好幾歲，像個在海灘吹口哨搭訕女孩的青少年。

「我乾脆打烊好了。」貝絲望著我把招牌翻到休息中，然後拉起了帳篷拉鏈。

我就是在那時學到了教訓，對於思考與行動之間的關係。我思考後勤：帳篷裡的空氣很溫暖、乾淨的寢具放在哪、她的內衣、我的腰帶釦。開始思考如何行動的那一瞬間，就已經是行動的一部分了。

座位區有閃爍燈球和波斯地毯，是個齷齪的後宮。跟蘿拉在一起的時候總是與愛有關，但欲望與犯錯交織的時候，那股牽引力比平時大了一倍。我心想，以一種瘋狂性衝動的完美邏輯，我只幹這一次，然後就回到蘿拉身邊。我甚至找了藉口——哪怕再不合理——我只是晚了一步享用之前就該嘗試過的女人、新鮮肉體、一夜情，那是每個年輕男人應有的。

角落有個綑成一團的紅色睡袋。

「這個沒用過。」我說，然後解開睡袋。睡袋像紅地毯般攤展。貝絲坐在一頭，我坐在另一頭。

「哦。」她緩緩勾起嘴角。

要是我知道自己開啓了怎樣的事件，我還會去做嗎？我爬向地鋪另一頭的她，親吻她。她嚐起來有辛辣茶味，還有微微的營火味。「你眞可愛。」她說。我們替彼此寬衣解帶，在凍僵手指撫過溫暖肌膚時偶爾出聲。她的皮膚上繪著金漆，橫過胸骨的舞動太陽被我弄得模糊。我撫過她背上的天使之翼，彷彿不想她起飛。貝絲軟得柔若無骨，揚言要一直幹下去，直到我突然被鎖定在她體內。她徐徐律動，目光和嘴巴都與我黏在一起。要不是她是個陌生人，我可能會說我們是在做愛，蘿拉很討厭這個詞。當我快要射的時候，她抱住我，望進我眼裡。「你眞可愛。」她又說了一次，但這次沒帶著笑意。爆發的瞬間我把臉埋進她髮間，就連我肩上的惡魔也作嘔地背過身去。

51

基特
一九九九年八月十日

睡了幾小時後我在清晨醒來，還光著身子，冷到肌肉抽筋。我的腦袋立刻被內疚籠罩，其餘的都思考不了。我想像蘿拉知道這件事後會有什麼表情，思索若是她幹出這種事我會怎麼想，下一刻我的內臟一陣翻攪。麥克怎麼有辦法一犯再犯？他爲何沒告訴我會有這種後果，而且是發自內心立刻產生的？他爲何不提醒我會有這種恐懼？也許是因爲他從未擁有我將會失去的東西。

貝絲還在睡，我和她的衣物掩住她身體，奶白手臂將雙峰擠得聚攏，頸間有鬍碴磨出來的紅疹，皮膚上僅存的金漆閃著微光。刺青的羽毛搔弄她肩膀。我想起她臉上歡愉神態的定格畫面，內疚之下隱藏著篤定的暗流：我握緊拳頭將之逼退。少了我供暖，貝絲開始發抖，我看到她的眼睛顫動睜開。少許的睡眠令她左眼積了點眼垢。我擊退幫她抹掉的衝動。

「嗨。」她說，用手肘撐起上半身：「這裡剛好能讓我來杯茶呢。」

我感覺得到自己繃緊。再做一次，心裡的惡魔說道。在太陽升起前再來一次。現在還算是昨天。但我壓制住了，穿上牛仔褲，希望自己看起來像要攤牌。

「貝絲。」我開口。她留意到我叫她名字的那股沉重，扯了睡袋包緊身體，瞇起了眼。

「聽起來不太妙。」

「沒什麼好辦法說出口。我有個女朋友。」

頓了一秒鐘，然後當我以爲貝絲會往後縮，她卻靠過來。「去你。媽的。」她說道。她手忙腳亂地試圖著裝，但衣物不像昨晚那麼容易穿脫，她笨拙地穿上內衣，把刺青羽翼切成兩半，然後將起了雞皮疙瘩的雙臂勉強套進上衣袖子裡。

「這個。」她轉過來面對我，朝著睡袋朝著我擺了擺手，「不是我的調調。你害我變成那種女人。跟別人的男朋友睡了。你這不折不扣的渾蛋。」她推了我胸口一把，那是我應得的。「老實說，不對，不只是那樣。有什麼別的。有種默契。我沒想錯，是不是？」

她看起來好像快哭了。

我確實愣住了。我以爲，既然其他所有人似乎從十幾歲就不計後果地亂搞，需要更進一步的默契會是我個人特有的缺陷。我沒想過貝絲會當真。

「我很抱歉。」我無力地說道。我想跟她說錯不在她，那眞的很美好，但我知道自己早已進入損害控制的範圍。

「我也很抱歉。」她彎身憤怒地穿好銀色鞋子。「我不想成爲一個……不知道，你把我當什麼？坦白講，我寧可不知道答案。謝謝你毀了我的音樂祭。」

她穿著整齊，拉開帳篷，那時我還光著腳只穿牛仔褲。我追著她來到銀色的田野。冰冷的草地戳刺著腳趾。我求她給予我不應得的憐憫。「貝絲！」我喊道。「拜託別這樣離開！」

可是她不見了。她覺得很不祥的樹林將她整個人吞沒。天空上，雲朵扒掉晨光的灰燼，提醒我自己為何身在此地。即將到來的日食似乎因為我的所作所為降格了。

鬆垮的帳篷門以嘲諷鼓掌緩緩拍打帳壁。回到帳篷裡，我穿上靴子，對自己的衣著進行鑑識，從毛衣纖維中挑出一根黑色鬈髮。那個紅色睡袋在我們睡過的地方有一道微濕的銀色痕跡，昨夜的狂熱化為小小的俗氣污漬。我不能把睡袋就這樣擱著。我再次捲好睡袋，打算丟回貨車後面。我覺得自己是替別人善後、清理犯罪現場，一個我不想認識的人。我把髒污的睡袋塞在腋下，走回我們的小營地。幾堆悶燒營火坐落各處，我想過將睡墊扔到火上，但我知道睡袋纖維會讓火燒得很旺，引來我掌控不了的注意，於是依舊把睡袋丟進貨車後頭，在那裡我既看不到也聞不到。

紅色帳篷裡毫無動靜。我拉下綠色帳篷的拉鏈。我們的睡袋在裡頭，綑在一起。我幫蘿拉帶過來的枕頭聞起來有她的髮香，彷彿她就睡在這裡，我眼前浮現她的臉龐，但我沒看到她的笑容，只看到扭曲恨意。我一個激靈就明白了大家稱讚蘿拉的那些——她的聰敏，她的節操——若是轉而對付我會是怎樣。她瞄一眼就知道我做了什麼，會立刻離我而去。

我不光是怕她難過，還怕她生氣。

我躺回自己的鋪蓋上，令人反胃的晨光透進帳篷，四面牆隨著微風縮脹，像個巨大的肺。我極度肯定自己再也睡不著了。

麥克叫醒我的時候，感覺只過了十秒鐘。他的頭從拉鏈洞口探進來，眼睛凸得像卡通人物，舌苔很厚。我看了下手錶：早上十點。

「基特。」他的聲音低沉沙啞。他這二十年的慫恿在我體內團成球狀，吹噓的話語蹲伏在我舌上。在半睡半醒暈沉的幾秒內，那件事感覺值得一提，等我思緒聚焦，馬上就察覺那會是我這輩子第二壞的主意。我及時清醒過來。

「我沒料到你會這麼早起。」我說。這點挖苦對他沒用。

「早起個頭。我們現在才剛要去睡。」他的吐息滿是難聞菸味。「我們去了懸崖頂。看了一些超棒的東西。天空有雷射光。那個。你可以替我們開店，接待午餐人潮嗎？」

「你開玩笑的吧。我昨天才輪了二班。」

「拜託，基特。」他哄著我。「我們今晚負責最後一班。我再不睡覺，真的會嗝屁。」我瞪著他。「明天日食都交給我們。」他說。

「去吧。」

我沒有直接去擺攤。我覺得渾身沾了貝絲的金漆，就算要花五十鎊（更別說區區五鎊），讓自己站在熱水下用力擦洗，我也願意。在農舍泥斑點點的小浴室裡，我把水溫調得高到讓皮膚發紅。我搓著皮膚直到最後一抹金漆也消失。在返途路上，我買了一件沒什麼特色的卡其色連帽衣，蓋住大半臉孔，只有這樣才能安心穿越人群。

會場終於開始有人潮。喬恩捲餅播放響亮的墨西哥街頭樂隊音樂招攬顧客引來客流。在茶水攤上，我一早上掙了七十鎊，然後自己污下了十鎊好讓麥克不開心。我從發動發電機那一刻就全神戒備，等待貝絲現身。直到午餐時刻我才見到她。她換了件有點怪的紫色喇叭褲，頭髮裹在俗麗的棕色頭巾裡。我原本不會注意到她，但她的沉靜姿態在亂竄的人群中十分醒目。當我們目光碰在一起，她別過頭。直到稍後我才明白她盯梢的根本不是我。她是想瞧蘿拉一眼。

***

蘿拉從田野那頭走來。我差點把手上拎的垃圾袋給扔了。爲了面試，她稍微弄了髮型，讓頭髮滑順筆直，不再是我習慣的波浪鬈。我眼前閃過我們的未來，蘿拉把鑰匙放在桌上，踢掉上班鞋，我闔上筆電準備睡覺。這平凡的家庭幻想現在似乎是我人生想要的一切，所以爲何我會想急著撲到她腳邊坦承一切？我吻了蘿拉，把她髮絲勾到耳後，因爲我通常會這麼做。

「面試感覺如何？」

「我想還不錯。到時候就知道了。」從她細看我的方式，她目光在我臉上割出星形，我知道她看出了哪裡不對勁。她試著從我身上套話，在我耳邊輕吻，雙手環著我的腰，但我只想躲開。我頭一次明白了站在懸崖邊的人是怎樣被迫受到影響，想要一躍而下。我掏出幾句閒聊，提了在農舍洗澡還有天氣預報的事，擠出的每個字都是折磨。

「這種事誰也說不準，」她說。「氣象預報每次都會出錯。」這話讓我差點開始期待天空有雲。

我向來瞧不起第六感，但我發誓我感覺到貝絲在我後方。我慢慢將目光從蘿拉身上移開，看到貝絲倚著樹幹，怎麼看都只像個享受慶典氣氛的嬉皮。我對著她搖頭，她的頭往後輕輕一點當作回應，我把那動作理解成召喚。

運用我那新出現的創造力，我轉頭瞧向運作正常的煮茶鍋。「等等，這裡不太對勁。」我擺弄了一下鍋子，貝絲溜到帳篷後頭。「又脫落了，後面有個零件鬆了。妳在這裡喝點東西，我去修就好。」我再次親親蘿拉的頭頂。

帳篷後方的樹上掛滿風鈴，叮噹聲響刮擦著我敏感的神經。我突然有股衝動，想把全世界的風鈴都收集來，用鐵鎚大力敲扁。貝絲的頭髮乾得像黑色長蛇，眼睛的微血管顯得通紅，與綠色虹膜和眼白形成對比。我們有過親密關係，但她卻是個陌生人，這兩種狀態似乎不太可能共存。

「就是她？」她雙手抱胸，腳反覆刨抓地面，把泥土刨出一條溝。

我很氣憤。「當然是。我不會到處……」我沒把話說完。從現成的證據來判斷，貝絲幹嘛得相信我？「除了妳，我從沒做過對不起她的事。」

她哼出一聲冷笑。「你是說我很特別？還是我該感到榮幸？」事實上，我正是那個意思；但我心裡想的比較好入耳。「不是——我不知道——我只是想說，拜託別對蘿拉說什麼。很抱歉沒對妳說實話，可這不是她的錯，這會讓她心碎。」我有種想跪下來的原始衝動。

突然颳起一陣強風晃動我們周遭的樹木；樹葉如大海咆哮，風鈴響得不合節拍。

貝絲讓雙手垂落在身側。「你愛她嗎？」

整整二十一年被女孩子視若無睹。現在我似乎讓人看得上了，但我希望沒有。「沒錯。」我說道，感覺自己必須誠實以對。「她是我的一切。」

貝絲搖來晃去，彷彿想用身體來衡量決定。「我得說表面上看來似乎很有說服力。不過沒聽她的意見還很難說。」

我的內心崩塌傾毀。「拜託什麼也別說，求求妳。」

「我不用去講。」她字字宏亮自制，滿是未落淚水。「要是你們像你說的那麼要好，我不會因爲你管不住褲襠裡的東西就毀了她人生。而倘若你是我想的那種混蛋，她遲早會發現。」

她說話算話，也就是說，那可怕的對質場面並未成形。那天我又撞見貝絲兩次，她從田野另一頭，從人群中注視我們，彷彿從遠處審視就能估量出我們的感情。但她從外頭怎麼看得出來呢？就連我也不曉得自己擁有什麼，直到我差點搞砸的那一刻。

52

蘿拉

二〇一五年三月二十一日

手機螢幕的光芒刺痛我的眼睛，我小心翼翼地確認內容，如同大醉初醒一般。昨晚確實就像喝了一整夜：超現實、如夢似幻、失控。基特還沒有回應我憤怒的簡訊，我想像他在鋪位上熟睡，渾然不覺家中等待他的風暴。我不知道究竟是想揍他還是擁抱他。

到了七點，手機鈴聲響起，螢幕上亮出基特的照片。現在船差不多要抵達新堡了。我拒接這通電話。我們要面對面談一談。六十秒後，簡訊一通接著一通傳來。

拜託接電話。

我知道這感覺像是世界末日可是我們可以撐過去的。

寶貝請跟我說話。

希望妳不是以這種方式知道但我保證可以解釋，我們可以撐過去的。

我真的真的真的很抱歉。

他終於了解到自己的所作所爲，以及可能的後果有多麼嚴重了。但我只傳了兩句話要他閉嘴。

我真的不想用電話談。我在家裡等你。

琳恩在屋裡收拾四散的工作筆記，找到成對的鞋子，我看了帕琵昨晚早就該讀的書，小心地替她在閱讀日記裡僞造成果。潔諾纏著琳恩，想多討三鎊零用錢在回家路上買咖啡。母女眞的是最原始最穩固的關係，也是無法抵抗的力量。這是我的理想。我再次思考究竟會生下兩男、兩女，還是一男一女。

我在門口攔截潔諾，往她制服外套口袋裡塞了張五鎊紙鈔，對她眨眨眼。她回贈了珍貴的親吻，消失在門外，留下一抹隱約的香水味。琳恩前往辦公室，口中嚷嚷能準時上班眞是太陽打西邊出來了，我送帕琵到五十碼外的學校，握著她的手過馬路，享受陌生人以爲她是我小孩的舒坦以及虛榮。我的雙胞胎寶寶將會來這裡上學，我注意到幼稚園門口擠滿身穿條紋上衣的金髮女子。較高年級學生間的族裔多樣化漸漸消失。許多樣板式的媽媽遷入這一帶，我對於這種社會階級統一現象不敢苟同，即使在外人眼中我也是她們的一員。

我回到琳恩家，撿起浴室裡潔諾留下的滿地濕毛巾，她跟小時候沒兩樣。我要沖澡，換上乾淨衣物，但我家再也不是安全處所。我又在屋裡摸了一陣，將牆上的照片擺正，以不夠優雅的姿勢取出洗碗機裡的碗盤，這時我靈光一閃，有個簡單到極點的方法可以確認貝絲的下落：她跟安東妮亞的住家電話都在我手機裡。爲了防止號碼外洩，我用琳恩家的電話打過去，設定成不顯示號碼。來電答鈴響了三次，接著嗶的一聲後，她接起電話，以酒醉般的嗓音說道：

「哈——」我馬上掛斷，踏上回家的路。就算搭乘直達班車，或高速公路暢行無阻，她也無法搶在基特前找到我。

53

基特
一九九九年八月十一日

日食讓我得以暫時喘息，不去煩惱貝絲的事。我確信一件事（當然不久後我的確信野蠻地遭到駁回）：在日影之下，所有外在的人類行爲和動機都進入某種休眠狀態。烏雲蔽日，地平線變幻不定的紫光圍繞著我們，天空視野受限，我就用其他感官來感受，這是我從未有過的體驗。而蘿拉就在我身邊，這讓一切變得不同。

在日食復圓後，我們爬下車頂小心地穿過荒無人煙的停車場，張牙舞爪的遊樂器材零件胡亂擱在地上。我再度心懷戒備，忙著回頭張望，沒注意到地上的錢包。但蘿拉看到了，她就像大多數人看到流浪幼貓的反應一樣，不願意置之不理地路過。我趁機走遍附近樹叢搜索一雙注視的眼睛，但什麼也沒找到。

蘿拉走開的時間比我想的還久，我記得那是我第一次心生煩躁。當我叫她名字，沒人應答，煩躁變成了恐懼，還是說，那不過是我的後見之明？我朝她的方向折返走回露營車停車場，路過一輛老舊碰碰車和一隻看起來很不祥的木馬。

那個男人——我稍後會得知他名叫詹米・巴爾克姆——他倒退走路撞上我，重重踩了我的腳趾。我甚至從我們短暫的身體相撞就感覺到體格差距。對於我的抱怨叫喊，他像是坐上電椅般蹦跳起來。蘿拉臉色蒼白，站在兩輛露營車之間的昏暗通道上。他對她做了什麼？

「這個女生，」蘿拉用顫抖聲音打斷我初生的恐懼，「我覺得她被……」她吞了一大口空氣。「我覺得她被攻擊了。」

「她受傷了？」我問。蘿拉沒好氣地瞄我一眼。「那個，她是受了需要急救的那種傷？」

我不知道自己幹嘛問。我們都不懂怎麼急救。

至於那位女生，她整個身子蜷進了露營車門口，我只能看到流血彎曲的白皙膝蓋。那個可憐、非常可憐的女孩。侵犯女性在任何時刻都駭人聽聞，但發生在日全食的時刻實在無法理解。簡直就像有人回到了中世紀的黑暗時代，那時的人們會對日影大叫大嚷。在這時間點真怪，真浪費。

我想——也許這又是後見之明，因爲從這一刻起事情發展得太快，我只能靠回想才有時間作出反應——我當下就不喜歡詹米。當他叫蘿拉冷靜一下，她望向我尋求保護；她之前從沒這樣做過。

「既然沒有做虧心事，你又何必擔心呢？」我問。這句話理應能緩和越發緊張的局面，但詹米必定把這當成威嚇。「妳他媽的說幾句話讓大家好過可不可以？」他對著蘿拉肩頭後方發飆。他看著我，彷彿想讓我站在他那邊。我只瞪大眼睛。我的肩上掛著一台相機，但卻沒想到要用，反而發覺自己試圖記住他的長相以便警方做肖像拼圖，可是他看起來哪兒都不對勁。在電視上看到的嫌犯拼圖照總是那種鼻樑斷過的方下巴惡棍。我很難想像警方那些卷宗裡的臉部拼圖零件會有這種嬰兒肥下巴和平滑額頭，他明白我不會是他盟友時壓低了眉毛。「我操。」他喃喃咒罵，憤然離開，他走得不快但步伐一點也不輕鬆。他的臉孔像小男生，體型卻並非如此。他的肩膀比我的寬了一倍。我認得這種貌似精瘦的槳手體形，在牛津總會碰上他們。過度發達的身軀犧牲了大腦當代價。我本來就有點不知所措了，現在更加畏縮。

「基特，別讓他跑了！」蘿拉大喊。她的雙手在空中狂揮。「追上去！」

這幾乎有點可笑。我該怎麼辦？給他來一招摔角的窒息鎖？和他打起來？跟在他後頭穿越貨車和露營車的迷宮，我試著不去思考像我這種人去挑戰某些睪固酮澎湃洶湧的瘋子會有什麼後果。他會把我碾碎。然後我想到了蘿拉，記起了那沾血的顫抖膝頭，這兩個畫面似乎混合在一起。我發覺把蘿拉想像成被害人，使我心中暗暗燃起火光，終於能召喚出自己所需的氣力去追趕。

當我在帳篷區跟丟詹米時，我幾乎鬆了口氣，但接著我的邊緣視野就捕捉到一道人影在帳篷間舞動，幾近滑稽地小心通過連結成片的帳篷防風繩。我緊張萬分地追上去。才跨出一步就順理成章地絆倒了，在防風繩的第一道防線摔得屁股著地，活像個小丑。等到我爬起來，詹米已經在田野的另一頭，接近有如圍籬的樹林。那邊有一小團人潮從樹林蜂擁而過，立刻將他吸納進去。

追捕失敗使得我一時佇足。四周傳來不停歇的貝斯聲和喋喋不休的人聲。摩天輪轉得嘎吱作響。附近有鳥兒鳴叫第二次的日出合唱，樹葉晃動讓牠們逐漸安靜下來。壓過這些聲音的是我耳中的轟鳴血流。這一次我不覺得鬆了口氣，只感到一股壓倒性的挫敗，我辜負了那個女孩。要是我長了尾巴，那尾巴肯定夾在我雙腿間，我小心地穿越帳篷去找蘿拉。

我把那台報廢碰碰車當成標記，終於看到了背對著我的蘿拉，她朝著手機皺眉。那個女孩仍蜷坐在門口，那條蒼白的腿現在外伸露出一只扁垮的銀色運動鞋，還有幾天前曾勾在我大腿上的腳踝和圓弧小腿。

我第一個念頭是這不過是個可怕的巧合，但科學家都知道沒這回事。我憑著眼前證據想出了唯一看似可信的假設。貝絲尾隨著我——我們——然後有個人也尾隨她，或是瞧見她落單，然後就……這太可怕了。火光再次燃起，燒穿了我的內疚外表。我有種自毀的衝動想抱住她，這感覺一閃而逝。在那忘我的幾秒鐘，我的本能是想安慰貝絲，而不是自己的安危。那個念頭雖然沒佔上風，卻曾經存在。我堅守這個認知。

在我前方，蘿拉對著手機咒罵，然後又往前走遠了幾步。

我也一樣，卻撞到成堆被人扔在地上的帳篷營柱，貝絲猛然抬頭查看那聲音是什麼。我們目光交會，最糟的重逢。她的臉被黏液弄髒，但眼中無淚。她是因爲我才會來這裡，我心想。光是我出軌就足以令蘿拉狂怒，但這件事是出軌釀成的：我再沒任何希望能向她坦承，針孔大的光芒消褪成黑暗。我跪下來低語：「噢，貝絲。」她的目光穿透我。「噢，可憐的女孩。他對妳幹了什麼？」

「說得好像你在乎。」她的嗓音沙啞。

「我當然在乎，只是……」我朝蘿拉的背點頭示意。

她的手機終於有訊號了，她的聲音在微風中顯得高昂，風從她的方向吹來，聽得出事態在我離開時已逐步升級。「她受到很大的打擊，不太能好好說話。我認爲她需要救護車。可以派女警過來嗎？能找女性急救人員嗎？」

我心中曾燃起的正派思想迅速消亡。顯而易見，兩件互相對立的事情必然發生。我們得盡力幫助貝絲。我們得這麼做，同時又不洩露我做過的事。

「貝絲，我很抱歉。」我輕聲說道，直到那時我才明白自己不是爲了她的遭遇表達同情，而是爲了自己接下來的行爲道歉。「等警方來的時候，妳不能告訴他們前天晚上的事。」跟蘿拉這樣的女性一起生活必然會學到這些：社會體制對強暴被害人的壓迫，聰明男人使出的伎倆。貝絲那深綠眼眸依然直愣愣地盯著。我瞧不出她是否聽懂我說的。「妳明白我的意思。他們會對妳做出錯誤結論。」我是在冒險，把自己埋得更深。現在會被揭露的事變多，我知道蘿拉更厭惡的不是我的行爲本身，而是我的犬儒主義。「我是想幫妳。」我說。她嘴唇勉強微彎，透露出她終究聽懂了我的話。「我希望能爲妳做些什麼。」

二十呎外，蘿拉正對電話那頭的緊急救援部門描述攻擊者的樣貌。我奮力繞了一圈衝刺，在她要講完電話的時候來到她身邊。看到我一個人現身，蘿拉對我的失敗行動瞇了瞇眼。我沒找藉口，我根本不敢開口。

「我要陪她坐在這裡等他們來，看看我能不能跟她講點話。」她說。接下來的幾秒充滿濃縮版的恐懼，稀釋蔓延到之後的每一天。我沒辦法叫她別去又不出賣自己，所以我看著她消失在露營車間，蹲坐到貝絲身旁。我想像消息走漏時蘿拉的神情。我從沒見過她震驚或痛苦的模樣，但我能輕易地把她五官重新排列成瞪大的凸眼和咆哮大張的嘴，明白自己承受不住。我想出了解決辦法，極其簡單。我心想，要是蘿拉發現我做過什麼，我就自殺。蘿拉的反應會讓我活不下去，失去她我也活不下去。不管怎樣她都會要我滾。那就像是我變出一塊玻璃，準備在緊急情況下打破，這種想法讓我獲得某種平靜。然而關鍵是我並未思考出方法。如果考慮後勤是邁向行動的一步，那麼我就是沒辦法有勇氣堅持自己信念。就算我打算自殺，自衛本能卻跟我唱反調。

在我身後，兩個女人小聲交談。我該負責留意警方動靜。我站在壞掉的木馬旁，那木馬的金箔剝落、眼球裂開。我兩腳張開，雙手抱胸擺出夜店保鑣姿勢，準備迎向蘿拉的憤怒尖叫。

幸虧警方幾分鐘內就找到我們，他們穿著黃黑條紋制服，快步朝這邊走來。蘿拉立刻接管了場面。「他們該派兩個女的才對。」她低喃，從我身邊掠過。那時我明白了貝絲無論跟她說了什麼都與我無關。我感到一陣寬慰，又對這份寬慰產生作嘔內疚，再之後是痛苦懊悔，從那以來這模式在我心裡不斷重演。貝絲保持沉默對我們兩個都是必要的，就像把我脖子擱在斷頭台上。儘管抓著行刑繩索的人是她，但她得讓繩子磨傷自己才鬆得了手。

54

蘿拉
二〇一五年三月二十一日

威布拉罕路現在生氣蓬勃，與昨夜的死寂形成強烈對比。感覺每一間屋子前都停著裝潢工的小貨車。羅妮家前院放了台水泥攪拌機——很好，就算我對基特尖叫，左鄰右舍也不會聽見絲毫。

我沖了澡，在肚子上塗抹防止皺紋的按摩油。洗掉頭髮上最後一點粉紫色污漬，再用吹風機吹乾。距離基特預計到家的時間還有半小時。我在書房裡攤開貝絲整理的詹米最新動態，拔掉釘書針，一頁一頁鋪在桌面上，彷彿關鍵不是內容，而是形式。我察覺到自己正準備向基特解釋連我自己也不太清楚的事情，覺得有點諷刺。眞相，威脅，似乎只要重新排列紙張就會隨之變動。

一定要打電話給安東妮亞．巴爾克姆。我靠著唐突的募款電話賺錢，也訓練許多人如法炮製，但這是最讓我緊張的一通電話。我都是怎麼跟下屬說的？除非不知道該說什麼，否則緊張絕對不會找上門。寫草稿，相信自己的想法，說清楚提案內容。我要從安東妮亞身上得到什麼？我在貝絲的文件背後列出一條條項目。

一、核對貝絲的說詞，確認她口中關於詹米的情報有幾分真實。
二、對她表示同情／恭喜她找到離開的勇氣。
三、詹米什麼時候出獄，或許妳可以跳過中間人，直接跟我聯絡——把貝絲排除在外。
四、提議見個面——她要來這裡，還是我過去找她？

最後一個問題中包藏著警告。

五、妳覺得貝絲精神狀況如何？她夠穩定嗎？

我撥了她家的電話，因爲我不想讓安東妮亞在出其不意的狀況下跟我談話。來電答鈴響了六次，喀嚓一聲，接著是老式電話答錄機的咻咻聲，來電內容會以整個房間都聽得到的音量播出。我的舌頭上多打了一個結。

「這是給安東妮亞的留言。」我好幾年來第一次說出自己的本名。「我是蘿拉．朗格里許，就是……」出庭兩個字冒出來前，我想像安東妮亞的小孩窩在旁邊聽的景象。「我來自特魯羅，康瓦爾。我，呃，昨天遇到貝絲．泰勒——或許妳現在已經知道了。我想妳可能已經在等我的電話。我有很多事情想跟妳談。」

該警告她別跟貝絲走太近嗎？我突然失去勇氣。於是我在掛斷前對答錄機唸出手機和我家電話號碼。

我把話機放回面前的電腦桌上，望向基特的日食地圖。完成了這趟旅程，他又可以把一條紅線換成金線，往群島北側劃出一小段弧形。他甚至已經剪好長短剛好的金線，擱在印表機上。我想把那條線釘上地圖，只是沒事找事做，然後又放棄這個念頭。剝奪他執行這個儀式的機會，就像是預先拆開小孩子的聖誕曆一般殘忍。一股柔情劃破我的怒火，使得我更加煩亂了。我需要他的幫助。我想對他尖叫。我希望他能抱著我。我想把他推下樓梯。

一樓的牆面和地板大致清乾淨了，可是垃圾桶已經開始發臭，恐怖的水果腐敗味和乾掉的骨頭湯杯混在一塊。我稍停一會，緬懷我懷孕前的遲鈍嗅覺，接著將整個垃圾袋拖行經過玄關，丟進門口的有輪垃圾桶中。整件事花不了我四秒鐘。我轉身背對街道，一陣氣流掃過我頸間，緊跟在後的是一道人影。

「蘿拉！」貝絲朝我衝刺，以我無法抵擋的力量將我推進屋內。我的腳卡到門檻，整個人往前栽，明頓磁磚彷彿浮了起來，跟我越來越近。

55

基特

二〇〇〇年五月八日

開庭那天的早上，我醒來時飢渴地深吸了一大口氣，好像有人曾把枕頭按在我臉上似的。我一時迷惑自己爲何會在酒吧樓上俗麗的房間裡。蘿拉還在睡——也睡得不安穩——她躺在我身側，是一個顫動的無邪化身，代表了我或許會失去的一切。我們在特魯羅的市中心，但外頭的寧靜讓人感覺不出自己身處於城市之中。垃圾車去哪了？警笛聲呢？打架鬥毆的喧囂呢？我在旅館房間裡清醒地躺著，裡頭的花朵裝飾令人無比窒息，我很訝異自己沒得花粉症，眞希望我人在倫敦。

拋下我哥讓我很不安。我們父親的逝世是個解脫，近乎反高潮。或許原本理應如此，但麥克接下了麻煩製造者的棒子，彷彿那老傢伙將酒瓶塞到他手中。我很擔心他，也擔心琳恩和小潔諾。但我最擔心的是自己。

我滿懷愚蠢又幼稚的渴望，希望此時此刻的自己能擁有一根魔杖。我不停幻想著基特的時空旅行歷險記。在我還很小的時候，我的世界中充滿著我的家人、我的望遠鏡和堆滿整個後院的菲利普·狄克[1]小說。從謀殺希特勒到操縱樂透結果，這些常見的幻想我都想過，但現在我明白，要是有了時空旅行的能力，我要回到去年八月中途攔截貝絲，讓她到不了利澤德角。一時失去理智就損壞我整個人的精神健康。我有很長一段時間荒謬又迷信地堅持每月都去性病門診檢查，檢驗任何我可能傳染給蘿拉的病。

那天早上，我透過微弱光線凝視牆上的海難畫作，猜想貝絲現在會在哪裡、她是否能入眠。她一定跟我一樣，心裡有令人作嘔的影像一再播放，重複體驗詹米刺穿她的感受。這種想法讓我發出嗚咽；在我身旁，睡夢中的蘿拉動了動身體。我把手按在她肩頭，直到她再次平靜下來。

我心口生疼，希望貝絲會閉口不提我們共度的那晚。

我很高興自己那時不知道她有多衝動，不然我的心臟可能已經完全停止。不論攻擊她的答辯會有多嚴酷，我希望她都別忘了，在蘿拉發現她之後，是因爲我腦子轉得快，才讓這個案子能夠開庭。

這十個月以來，我都在等皇家檢察署來電，說他們已經知道我跟貝絲的牽連，說她在最後一刻全都說了，而詹米的辯護方只要吹口氣就能瓦解他們的起訴。我不過是等著開庭時眞相大白而已。

看起來有無窮大的變數要考量進去。貝絲會不會在交叉詰問中崩潰，對他們提到我？我們到底有沒有被人撞見？他們有沒有在她身上發現我的ＤＮＡ、毛髮、皮屑？我們全身上下都親密接觸過。精液。我們兩個隔天都洗了澡，但體液會在體內存續好幾天。雖然他們的資料庫裡沒有我的ＤＮＡ，但我很確定，要是他們提到不明男性，我的反應一定會露出馬腳——就算不是在法庭上，也會在蘿拉面前露餡。晚上我夢到律師團不知怎地在我睡著時採了我的唾液樣本，還夢到他們把我當成意外現身的證人來傳喚，我的出軌簡直像在顯微鏡下被放大檢視。

直到我們回到康瓦爾，我才明白在貝絲身上找到詹米以外的男子所留痕跡，也會對她有不利暗示。我從蘿拉那裡得知，儘管他們不該針對一名女性的「放縱」作風，他們還是會試圖這麼做。

頭一天蘿拉堅持要在法院那邊逗留，根本是折磨。

唯一緩解了折磨的因素是她似乎對訴訟程序太過專注，沒察覺我已封閉自我，或者就算她留意到了，也把我的奇怪態度歸咎於喪親之痛。事實上那件事在我優先事項表裡的排位非常低，我有時都納悶自己有沒有空去處理，我到現在還不太確定自己處理了沒。

我努力談起案子的事，因爲什麼也不說會顯得很可疑，然而這就像是把手榴彈當成網球來打。我試圖說得泛泛而談，談合意的本質，但即便如此我好像也沒說對話。打從那星期以來，我的人生過得就像在頭上頂了個滿滿一玻璃杯的水。就算全神貫注保持平衡，似乎也只能勉強維持在行走間不濺出水來。最近這段日子裡，保護蘿拉已經是某種內化，我可以平衡情緒，無論跳舞或翻筋斗都不會濺出一滴水。但在那段時間裡，我的一舉一動都在控制之中，是有意而爲，這導致了我身體上的緊繃，遍及我的臉和肩膀，很快就成爲我身體的一部分，像是頭和雙

1 菲利普・狄克（Philip K. Dick, 1928—1982），美國科幻小說教父，一生共出版過三十六本小說及五本短篇故事合集。作品曾多次改編成電影，包括《銀翼殺手》和《魔鬼總動員》等。

手一般。

開庭的第三天，當費歐娜．普萊斯起身向我提出交叉詰問，我差點當場招供，以便在接下來的盤問中先發制人。但我克制住自己，當我明白她那些難搞問題是爲了替詹米的口袋有藥物之詞做鋪陳時，就知道自己沒做錯。在稍後詰問程序中，當庭上律師詢問醫師是否在檢查貝絲身體時發現精液，我確信自己已經暴露，我像是從座位上彈飛般向前傾身。在我偏執妄想的心中，這幾乎就是招供，但蘿拉只翻了個白眼，然後又將目光直接落回證人身上。

56

基特
二〇〇〇年五月三十一日

直到貝絲第二次來克拉柏姆拜訪我們，我才有機會跟她私下相處，就算如此，所謂私下也不過是在蘿拉洗澡時倉促交談。那傢伙是我骯髒的小祕密，她把銀色運動鞋踢在我門前，光腳站在爐子前，慢悠悠地炒著蛋，用來搭配她買來的煙燻鮭魚和貝果。她直挺挺地背對著我。她的姿態完全令人聯想不到壓在我肩上的極大痛苦，每次我在鏡子前刷牙都很訝異鏡中人不是駝背殭屍。在案子前期到正式開庭這段期間，我爲了保持理智所付出的努力，完全沒能解放自己往人生下一步邁進，倒是耗光了一整年積聚下來的紀律，而我如此熱切想回歸的倫敦生活正分崩離析。我睡不好。我該指導的大學部學生已經好幾星期沒見過我，我從系所那裡接到了持續缺席的警告書面函。我媽從照料垂死丈夫換成了擔心兒子學壞。麥克從她皮包拿錢，僞造她簽名開支票，還賣掉她的電腦。我借他錢是因爲不想讓他偷我東西。

「貝絲。」我放低音量，就算蘿拉還在浴簾那頭的通風扇嗡嗡聲和嘩啦啦水聲中亂哼歌。通常只有亂搞的男女才明白搶來的片刻時間有多緊迫，這種諷刺令我感到沉重。「我很肯定判決不會翻盤。他們沒辦法讓上訴通過合議庭那一關。」（我從網路上得知法官不喜歡上訴。上訴質疑了他們的判斷力，要是拿掉了判斷力，他們還剩下什麼呢？唯一讓他們更討厭的，顯然是作僞證。）

貝絲單手在鍋邊敲開蛋。我一度以爲她不打算理我，但她卻把鍋子從爐上移開，轉身對著我雙手抱胸。

「意思是，最後我還是可以繼續過自己人生？意思是，我該他媽的從你們這兒滾出去？」她的狂怒提醒我該謹愼而行。

「我不是這個意思。」我說，儘管那確實是我想表達的。她手肘後方的瓦斯爐還燃著藍焰：她好像沒注意到。

「你以爲我會跟她講我們的事。」她說。「我們」這個字眼讓我皺眉——我寧可用「我們做過的」或甚至是「你犯的錯」。

「妳會嗎？」

在回話之前，貝絲用衣服下襬擦了擦雙手，有種老一輩廚娘的倦怠感。就算她是在戲弄我，她看起來也不樂在其中。「蘿拉大概是我現在這世上唯一的朋友。」她淡淡地說。「或者說是唯一明白利澤德角那件事的人。沒人能談這件事的話我熬不過去。跟她說我們的事絕對會讓我無依無靠。我需要有個人陪，懂？」

我怎能連一個朋友都不願給她？我只是希望，第一百萬次希望，那不必非得是蘿拉，而那也等於是第一百萬次希望我從沒讓貝絲有藉口尾隨。

「我很抱歉。」我說。

「我想也是。」她說。她試著笑得勇敢，但她還沒走出悲傷。「你知道什麼是最糟的嗎？你是我唯一能完全坦誠的人。在這世上唯一知道所有事情的人。你卻連見到我都忍受不了。」她終於熄了火。「我對你沒有任何感覺了，要是你是在擔心這個的話。我現在不太想找男朋友，眞怪。」

我仔細一想，我幾乎沒想過這件事。我在思考她的事時確實再也沒想過那些字眼。風險可能有挑逗人心的魅力，但眞實的危險會徹底抹去了一開始的內心欲望。我更擔心的是貝絲要找我麻煩，而不是她想得到我。

「我要說的不是這個。」我說。我要說的是，假如妳沒自制力能夠三思而行，不說一聲就出現，送一堆不恰當的昂貴禮物給我們，像這樣作客太久惹人厭，要是妳連這些基本的社交敏感度都沒有，那事關重大時我怎能相信妳？蘿拉能把這些亂七八糟的話濃縮成一句精準表達，但我能想得出的只有：「妳肯定能明白我爲什麼很不安。我們的事……一定會說溜嘴的，妳們一直聊得那麼深入又有意義。妳們眞的不要邊喝酒邊聊天。」

她聳聳肩。「我不知道該說什麼，那種事還沒發生。」她現在看起來神情尷尬。「你知道，我看得出你們感情很好。我那天早上就跟你說過，我不想當破壞別人感情的女孩。我改變不了發生過的事，但我能退而求其次好好閉上嘴巴。」她緩緩上下掃視眼前這具她曾經看遍的身軀，但那並沒有任何暗示。「你得相信我，是吧？」

我知道，因爲她試著做到的，我自己也正在做。掌控住麻煩。劃清界限。不碰觸那件事繼續過活。這對我就夠難的了，我可是——以前是——超級理性又自律的男人。怎麼能期待精神受創又被人欺負的貝絲可以控制得住？無形的拳頭壓擠我的肺。不能再這樣下去。

「基特。」貝絲捺著性子說。「人們向來都有比這更糟的祕密。」

「我不是。我不是那種人。」我一拍胸膛聲明立場，這動作總算讓我又能呼吸了。

「沒錯，像你這樣的人。」她的嗓音滿是冷酷。「就是像你這樣的人。家教好的男孩成天做壞事，然後還撒謊。你沒發現嗎？」

爆發的強悍很快讓位給淚水。我們回到了法庭，回到了那片田野。就算我知道該說什麼，也已經把她推得遠到不能更遠了。

「我很抱歉。」我說。

「我也是。」她把注意力轉回鍋子上。

通風扇的嗡嗡聲停止了，蘿拉從浴室裡衝出來。一股芳香水氣交雜著貝絲鍋裡嘶嘶作聲的奶油味。

「聞起來超讚！」蘿拉輕快地從浴室奔向臥室，身上只包了條浴巾，圓潤的水珠落在她纖細肩頭。我對貝絲一時產生的溫柔全數轉移到蘿拉身上。

「拜託，貝絲。」我說，我們再次獨處。「拜託離蘿拉遠一點。」

我覺得她會在我家一直待下去，而這讓我活不下去。

「我做不到。」貝絲的抱歉很真誠，好像這事情是她控制不了的。我心中突然湧出一陣悲哀，醒悟到自己別無選擇只能接手去做。

二〇〇〇年八月

不過才一年前，我理所當然地以爲自己的寬闊人生只會像以前那樣繼續拓展。我背後有優秀學位，身前有輝煌職涯，還擁有了不可能的美夢，有個我愛的漂亮女孩能和我結伴旅行。自康瓦爾之後，這格局反轉顛倒，我的人生窄到只剩危急關頭。兩個同樣可怕的畫面是我幻想的預設圖，塡滿了我靜下來的空檔，就像在筆電螢幕上鋪展的保護程式那樣。一個畫面是蘿拉發現我和貝絲之間的事時，她臉上的表情，我那能把大人嚇醒的夢魘，就像她兒時害怕的故事書插圖一樣。另一個畫面是公寓裡只剩下我一個人，她所有的家當都搬空了，徒留我望著自己未來的黑洞。

我現在覺得自己的精神漸漸失常。神智、道德感，甚至連智商都緩緩滲漏消失。有時我連一直擱著沒批改的大學生作業都無法理解。我會走進房間卻忘了自己爲何要去，我會爲了買一品脫的牛奶出門，然後呆站在7-11冰箱前，最後拎著麵包回家。我開始在外亂晃八小時，假裝自己人在學校系所。我偶爾會陪蘿拉通勤，再坐地鐵回家好讓自己放聲哭泣。這些不爲人知的號哭時刻在我們公寓裡持續整日。心裡的痛楚讓我體內彷彿有從未被人發現的板塊正分裂成新大陸。我會分神用通紅眼睛留意時間，準備再次坐車回市中心陪她回家。

我拚命想擺脫貝絲，甚至再次躲回少年時期的幻想裡，時空旅行已讓位給將貝絲傳送或瞬移到平行維度消失不見。倘限在地球上的話，也許可以找個她難以拒絕的工作，像在紐西蘭之類的。也許她會在上班處或是租屋附近交到新朋友。也許——這是那些念頭裡最離奇牽強的一個——也許她會純粹只是受夠了蘿拉。我不想帶給貝絲痛苦。我從未忘記她受過多少折磨。這段期間，她們的友誼日益深厚。我時常回家發現我唯一睡過的兩個女人對彼此十分熱絡，我從不期盼理解的深奧女性交流維繫了這段不對等情誼。我覺得自己被拉得好長，像上了拷問台，拉扯在我對麥克該盡的探望與扶持責任，以及想待在家監督蘿拉和貝絲的急切需求之間。

我時常想著怎樣對蘿拉下最後通牒，但也深知自己永遠做不到。我不敢知道答案。我時常在心裡重播蘿拉的那句話：這可不是什麼二選一。她從沒否認。只有一種方法能讓蘿拉不再理會貝絲，那就是貝絲她自己先提出絕交。而那種事永遠不會發生。

貝絲送我們照片的時候，出現了一絲希望。我一看照片心裡就發毛，我以爲蘿拉在這件事後會離她遠遠的。這是連我都不能安排得更好的自我審查缺失。我以爲蘿拉肯定不會容忍。要是有怎樣，我做好了衝突準備，擔心會大吵一架，而貝絲突然明白自己反正就快要失去蘿拉，會脫口說出實話。但衝突卻沒到來。蘿拉沒被貝絲的偷窺行爲嚇到，反而被那張照片迷住了。我已日漸習慣自我控制，就算如此我也很訝異自己那天按捺得住，在蘿拉說照片很美時表示贊同。我記得她那天把頭髮綁成馬尾，我抓得好緊，倘若我抓的是她身上的其他部位，她會痛到尖叫。

貝絲已經不再對我那麼防備，這似乎差強人意，但沒辦法預料她接下來會做什麼、說什麼。這是我最恐懼也最有動機的原因。在她說溜嘴洩露自己搭便車去利澤德角的那天，我達到了臨界點。

「花這麼多時間和你們在一起，還得一直忍著什麼都不講。」貝絲說。「妳有沒有想過這是什麼感覺？」

蘿拉臉色一白，她一定發現了我心裡的隱密恐懼。貝絲往外頭衝，我走到陽台，抓住欄杆穩住身體。

「她去哪了？」蘿拉問，我們兩個都聽到臨街大門砰的一聲。

貝絲穿越馬路遠離公園，朝地鐵的方向走去。「往公園那邊，進了樹林。」我說道。等到蘿拉不見人影，我把錢包塞進口袋，快步下樓，速度快到像飛行。路上的交通跟我作對，倫敦的開車族不願放棄在兩個紅燈之間那十秒的衝刺機會。

我把寶貴的幾秒鐘耗在將旅遊卡插進閘口。等到我進入地下樓層，貝絲已經在月台上，一輛進站列車挾著硫磺味的反向氣流吹起了她的披巾。我在車門打開時追上她，抓住她的上臂，柔軟肢體因爲突如其來的碰觸變得硬如鋼鐵。這是康瓦爾那晚以來我們第一次有身體上的接觸。

「等等。」我喘著氣。「拜託，給我一點時間。」她的身體略往前傾試探我抓握力道，然後認輸地放軟手臂。

我們站在那裡，駛向埃奇韋爾路站的列車噴出柴油味氣流。一時之間細長月台上只有我們兩人。凹陷的列車軌道引誘我們張嘴。很輕易就能——

「你知道跟蘿拉說謊是什麼感覺嗎？」她打斷我的思緒。「你當然知道。」

她任我帶她回椅子上。等我坐下來，我們兩個都在發抖。

「要是她知道我們的事，狀況只會更糟。」我說。「而且我們都瞞了這麼久了，一直到現在。那可不是昨天才發生的。妳從跟她交朋友開始就瞞著她。要是妳告訴她，會讓她心碎的。妳跟我一樣都不願變成那樣。」

「可是這實在太辛苦，活在謊言中。我不知道會這麼累人。」

「貝絲。妳是在威脅要告訴她嗎？」

一輛列車倏地進站。她沒回我話就上了車，在門邊說：「眞不明白你怎麼做得到。」

這是威脅嗎？我不知道。我只知道我們不能再見到她了。眞相太靠近水面了。自我毀滅的倒數計時已經啓動。我在自己心中看到了，黑色顯示板上的紅色數字飛快地朝零倒數，彷彿開庭時的滴答計時。這事已經無關乎我信不信任貝絲會閉口不提。現在若不是我們抽離，就是從此失去蘿拉。

我望著一班班列車離站都沒上車，時間久到有個警衛下樓查看我的狀況。我想他以爲我打算自殺。他可能沒猜錯。

那晚是我第一次在蘿拉面前哭泣，眞的哭出來，瘋狂大哭。她的驚慌來不及隱藏。要是我不做點什麼，要是我不快點想個辦法，她對我的同情心會變成輕視，我無論如何都會失去她。

我靈光乍現的時刻終於到來，那時蘿拉睡著了，那罐蠟燭孤伶伶地搖曳閃動。我爲我們所有人設下了陷阱，自己也氣忿地被套牢，我想拿起蠟燭挫敗地往房間另一頭扔，就在那時我想到一個主意。一直以來大家都說我沒想像力，但那個碎玻璃的主意像是電腦螢幕載入的一張圖片，如此逼眞又突如其來，而且看起來跟我扯不上什麼關係。

對我來說，那從來不是明智之舉，但必須這麼做，要是我能想到別的法子讓蘿拉擺脫貝絲的掌握又不傷到她們任何一人，我就會那麼做。但我沒有更好的辦法了。我沒**第二個**辦法。壓力的霓虹燈嗡嗡作響，終於開始融化我的腦袋。當蘿拉睡得正熟，我下了樓，把玻璃罐砸在外頭的人行道上，然後小心地投入信箱口。蘿拉肯定會發現這件事和貝絲對車胎出手的相似之處，要是她沒發現，我現在也足以引導她做出那個結論。

那晚接下來的時間，我待在筆電前猛喝一杯又一杯咖啡。我有一整晚時間能改變主意，然而我認識貝絲的那晚，我莫名地失去理智，至今那已成了一股外在迫力，引導了我做出的每件事。蘿拉，我發現她最近有赤腳下樓去門墊拿信的習慣，既然我要扮演保護她的角色，就不能讓她受傷。我一直等到十點才下樓。門墊那裡沒有信，只有我前一晚從信箱口投入的發黑玻璃碎片。我挑了最長的那片，然後把碎片尖角朝上。

我閉上雙眼，雙手握拳，使盡全力跺腳，我的懲罰早已開始。

57

蘿拉
二〇一五年三月二十一日

手肘率先著地，兩道閃電般的痛楚沿著我的手臂竄至肩胛骨。肚子與地板的撞擊相對輕微許多，只讓我肚子裡水波蕩漾。我嚇到叫不出聲，翻身側躺，對上一雙男性的棕皮帆船鞋。我的視線往上飄。紅襪子。米色卡其褲。領子和袖口有細細條紋的花襯衫。他的腦袋在玄關燈下只看得見側影，淺色頭髮散出淡淡的光暈。不用看臉也知道他是誰。

「妳完全誤會了。」詹米說。

他知道當年在康瓦爾他曾說出同一句話嗎？

我們三人在門口僵持好一會。我躺在地上，他聳立在我身旁，貝絲卡在我們之間，一頭亂髮蓋住頸子和臉。我在詹米臉上尋找他的意圖。他的面容沒變，可是看起來完全不同。脖子周圍更加厚實，眼周肌肉鬆弛，跟我們一樣。監獄沒有銼掉他的貴氣，不過妻子替他準備的衣服讓他顯得柔和些許。

「蘿拉，我……」貝絲開口。詹米的眼神使得她連忙爬起，正如幾年前他一點頭，安東妮亞馬上換到旁聽席的前排。噁心的念頭湧現，他們是否以某種方式共同籌劃了這件事。昨天的一切——那些文件、安東妮亞、酒吧——全都是精巧的陷阱。我不該爲她開門的。我不該回到這裡的。

「離開我家。」我說。

詹米踢上門，一手掛上門鍊。「來吧，坐起來。」他伸出手。如果單聽他的聲音，或許會以爲他全是一片好心。我沒理會他的手，雙手貼地，自行坐起，雙腿擱在肚皮兩側，手掌探查肚子的動靜。一個寶寶踢了一腳，另一個寶寶也跟著不安分。揪開疼痛的關節，我覺得……還可以。至少身體沒事。「站起來吧。」我靠著門邊的扶手跪坐起身，光芒一閃，我頓時了解貝絲爲什麼如此乖巧。貼在她側腹的刀子柄短刃長，閃耀的金屬反射我家門板上的彩繪玻璃，牆上浮現萬花筒似的圖案。他的手和嗓音一樣平穩。「來吧，蘿拉，我無意傷人。」

儘管跟他的距離比較短，貝絲還是悄聲對我說：「對不起，我不知道是怎麼一回事，他不該出來的，他——」

「換個舒服一點的地方談吧？」詹米語氣和善，在屋裡東張西望，活像是評估屋況的房地產仲介。「妳現在的狀況應該要好好休息。餐桌在哪？」

我的視線忍不住飄向那一小段階梯。他以刀尖控制貝絲離開前門，沿著走廊前進。「妳們兩個都自己走過去吧。」接著，他又說：「看看妳們的表情！眞的，別擔心！就只是坐下來好好談一談而已。」他的語氣跟利澤德角那次被我撞見時一樣：友善、値得信任。只要讓詹米能自我控制，一切都不會出問題。但是如果他能控制自己也不會在這裡了。我曾經體驗過詹米·巴爾克姆是如何在兩種性格間切換自如。這份理解使得他的刀子更顯鋒銳。

我側身靠牆緩緩移動，以同樣的姿態走下通往廚房的五層階梯。手機在我背後，我努力想像畫面上的九在哪個位置，可是我連解開螢幕鎖都做不到，詹米也不會任由我輕舉妄動。

「謝謝。」等到我們三個都進入廚房，他伸出空著的手，有如要沒收口香糖的小學老師。我的手指反射性地將手機握得更緊。他將刀尖戳向貝絲腰際，聽到她憋住的慘叫，我馬上把手機丟到餐桌上。詹米把自己的手機放在旁邊，又從同一個口袋掏出貝絲的。三支手機在桌上並排，螢幕朝上，三片光亮的板子。在貝絲時髦的大尺寸手機，以及詹米的黑莓機旁，我的手機看起來又舊又滄桑。

他打算強暴我們嗎？他打算**殺了**我們嗎？

我對這間廚房瞭若指掌，閉著眼睛也能在裡頭走。刀具在另一端，明明就在眼前，我卻碰不到。但我也知道背後的抽屜裡有一把切肉刀，還有一支跟木湯匙插在同一個罐子裡的榔頭，他似乎沒注意到。門邊有個十磅重的門擋，折起來可以當棍子用，前提是我要彎腰撿起來。廚房裡放了各式各樣的凶器，然而詹米佔了上風。他只要一刀就能了事。

廚房時鐘的指針滴答轉動，基特隨時都會回來，我卻不因此感到安心。我知道他會盡一切努力保護我。同時我也從利澤德角的經驗知道這並不是他擅長處理的危機。

我沒有打算踢詹米，卻看到自己的腳舉向他的胯下。準頭不錯，可惜他在千鈞一髮之際閃開，害我沒有如願擊中他的睪丸，大部分的力道都往他的大腿去了。衝擊使得他鬆手丟下刀子，那是好事，可是我希望他能倒地。刀刃還沒落地，我的腦袋一陣劇痛。詹米重重打中我的左耳，力道大到我以爲那陣劇痛是從我大腦中央炸開。我踉蹌靠向牆面，視野扭曲，那把刀看起來像是在地上不斷滑行。房間微微歪斜，在我跌倒前恢復正常，接著再次歪斜。等到在腦中打轉的影像融合為一，我看見詹米的刀落在廚房另一端，刀刃卡在冰箱下。他從刀架抽出另一把刀，比原本的武器還要長上一倍。基特的高級不鏽鋼刀。那是去年買給他的結婚十四週年紀念禮物，這把刀可以切斷軟骨。兩個禮拜前才請人幫忙磨利，說不定可以拿來動手術。

「你對她做了什麼？」貝絲問。左耳的痛楚擴散到頸部，傳入牙齒。她的聲音含糊不清。是耳膜出問題了嗎？舌頭碰到一顆鬆動的臼齒，不過我沒嚐到血味，只有熱辣辣的脹痛。

「請坐下。」詹米手中的刀拿得很穩，像是固定在半空中，嵌入厚實的玻璃。貝絲滑進座位，他的另一隻手從後頭的口袋掏出幾張十字摺的列印紙，丟在桌上。

「蘿拉，妳也是。請坐。」他說：「貝絲，雙手放在桌面下。」

「我坐不進去了。」我懇求道。開口說話扯動受損的神經。我想到他對安東妮亞下的重手，這是他的拿手絕活。

他上下打量我。「我相信妳可以的。」他的刀尖往下指向我的肚皮，我馬上就被說服。我在心裡對寶寶們道歉，痛苦地坐進長椅。昨天濺出來的雞湯還有幾滴沒擦乾淨。才剛坐下三秒，我的背就開始抽痛。他打算讓我們在這裡坐多久？我手邊沒有任何能自保的東西。被沒收的手機螢幕一片漆黑，放在我碰不到的地方。

「蘿拉，雙手放在桌下。」他說。這次我依然只能順從。我的手滑到大腿上，手臂皮膚感覺……沒事。很正常。我似乎直接越過了恐慌，跳到另一頭去了。這種感覺很恐怖。那是一股時時刻刻擔憂絕境的鬼祟感受。現在絕境來了，初期警告系統來不及啓用。就連我的焦慮也捨棄我了。

我第一次正眼看著貝絲，震驚地發現她白皙的頸子上印著一圈紅腫，皮帶釦的印痕在她下巴清晰可見。她注意到我的視線。「他逼我開車。」這樣就夠了。我想像她坐在駕駛座上，脖子被皮帶和頭靠套在一起。「我去安東妮亞家的時候，他在那裡。」腦中的影像害我差點吐出來。巴爾克姆家舒服的屋子遭到前屋主闖入肆虐。我的語音留言在濺滿鮮血的房間裡迴盪。貝絲看穿我的想像，搖搖頭。「他們已經離開了。」她安慰我道。影像降級爲同一間豪宅，後門隨著微風搖晃，庭院裡玩具散落各處。「她傳簡訊跟我說他在那裡，可是已經太遲了。」

我無法描繪正確的時間軸。

「別管安東妮亞了。」詹米說：「我們快來處理正事。我想每個人三張就夠了。」他點頭同意我們伸手拿桌上的紙張。無論他有什麼打算，我已經下定決心要在紙上亂寫。要是把紙用完，總要有人去書房的印表機拿紙。他無法同時控制我們兩個爬上兩層樓梯。我試著用心電感應把盤算傳給貝絲，但她的眼神狂亂失焦。

貝絲的手機震動，螢幕亮起。

「手放桌子下！」詹米大吼。我們乖乖聽話。不用滑開螢幕我也看得見上面的兩則簡訊。我先看了比較早的那一則。

妳在哪裡？

詹米提早兩天出獄，已經下落不明。

他的緩刑搞砸了。

不要去我家。

新的那則語氣從警告轉爲驚慌。

打到妳公寓。

莎拉說妳來找我。

不要去!!

貝絲拜託打給我。

詹米的視線固著在手機螢幕上。

「誰是莎拉?」我趁他分心時用嘴型提問。

「室友。」她回答。接起她家電話的人。

十秒鐘後，螢幕再次閃爍。

我和警察說詹米一直要找妳，他們已經著手處理，會過去保護妳。請打給我，我很擔心。

詹米搶過手機，丟在地上，一腳踩爛，狠狠瞪著我們，不准我們說話。絕望中亮起一絲希望的光芒：警方可以追蹤她的手機，我想。他們已經在路上了。我看過很多《交通警察》紀錄影集，知道他們可以用自動車牌辨識技術追蹤她的車。這趟車程會經過數十支監視攝影器，他們可以把範圍縮小到北倫敦。如果她的車正停在外頭，現在一定早就被開單了。這一帶的警察巡得很勤。那可能會讓他們提高警覺，安東妮亞可以告訴他們一切，我想。他們應該已經在路上了。接著我心一沉，因爲安東妮亞會叫警方尋找蘿拉·朗格里許和基特·麥寇的下落。如果他們沒有找到車，可能要花上好幾天才能找到我們。

詹米若無其事地繼續說：「很好，我們就照著那次出庭的順序來吧。貝絲，從妳開始。妳想怎麼做？這是妳這輩子第一次把眞相寫出來，或者是口述紀錄的機會。」

「我說的都是眞話。」她憤怒地回應。我心中挫折地吶喊。幹嘛不撒謊？她在這裡寫下的任何文字到法庭上絕對不會生效，可信度就跟說被外星人綁架一樣。「我做不到。」貝絲的雙眼滑過我的肚子，彈開。就算她過去處心積慮地想對我下手，也不可能會傷害這兩個孩子。蠢貨，幹嘛不直接照做？

分針蓋住數字：兩點十分。屋外沒有任何跡象能警告基特屋裡已經陷入危機。他的驚慌必定會超越詹米，然而詹米更接近失控邊緣。

58

基特
二〇〇〇年九月二十一日

碎玻璃引起了反效果。比起跟貝絲一刀兩斷，蘿拉更想與她好好談談，想搞懂她為何這麼做。我早該料到的——她想幫助她朋友。我完全錯估了整件事，提高風險又直接跳到結論，還以爲女孩子有可能沒搞清楚她們兩人都被騙了，就直接絕交。而這理所當然，意謂終結一切。玻璃事件後的那個早上，我把貝絲在蘿拉手機裡的電話號碼拉進黑名單，但市話我就無計可施了，只能確保蘿拉不會一個人待在公寓。

這時我已經快要瘋了，連續一個月以上沒睡超過四小時。我的新癖好是清醒地躺著直到蘿拉睡著，然後啓動筆電，開一個空白文件檔，先來擬個行動計畫。計畫的開頭總是一樣——

目標：

不需對質就擺脫掉貝絲

方法：

得讓貝絲做出更糟的事
半夜搬家；借住琳恩那裡？我媽那裡？
不然貸個款，我們就付得起兩份房租

如何遊說蘿拉：

……

這不可能。我腦中就像螢幕上那樣一片空白。

我的夜貓子新習慣最惱人的部分就是，在缺乏計畫的情況下，我常發現自己在寫自白供詞。那從不是自覺的行爲。更確切地說，我會回過神發現自己寫了半頁文字細述與貝絲共度的那一夜。我從不重讀自己寫了什麼，反而按住刪除鍵，看著那些文字被我的手吸回去。然後闔上筆電回到床上，又在兩小時後驚醒，深信自己把文件存了檔，而且還取了個很有嫌疑的檔名。明知蘿拉從不碰我筆電，恐慌卻沒減弱半分，我得回到電腦前，撈遍所有檔案，搜尋根本不存在的某種東西。

＊＊＊

當貝絲終於來電，我晃到蘿拉身旁，她把電話轉成了擴音模式。上訴失敗是我們一直渴望的消息。我們總算解脫了，這是我們獲得自由的時刻。我想抓起話筒砸向牆壁，但我只能驚恐地聆聽她們在碎玻璃事件後首次交談，對話猛然打滑邁向對質和我必然的暴露。

「我們可以去外面吃個晚餐慶祝嗎？」貝絲問。要是明白這一切前因後果，她的困惑就再明顯不過。「我請客。答謝妳爲我做的一切。」

蘿拉安靜下來，而我的心加倍沉重。我得阻止她們說下去。我彎了彎腳趾向蘿拉提醒我的遭遇。等我把腳放回地面，我踩到一根鬆掉的電線，讓我發現自己可以利用這個。這念頭就像漆黑電影院裡閃著綠光的緊急出口標示。

「只是，吃晚餐？」蘿拉對貝絲說：「在上次發生那種事後。我們說再見的場面不太好看。」

我把腳往左邊挪了一吋，彎起大拇趾勾向我有百分之九十九的把握是電話線的那一條。我從這裡就看得到插座那頭沒有插得很牢。

「妳要我說什麼？」貝絲的困惑迅速硬化成惱怒。我使勁一踩，等待線路中斷。

「先道個歉。」蘿拉說，對上了貝絲的怒意。該死的。我試著看向那坨電線卻不讓人看出我在看什麼。我試著挪動身體又不彰顯。脈搏在腦中跳得好大聲，我覺得自己脖子和手腕的脈搏會跳到凸起。

「我跟妳道歉？」貝絲說。我的腳往左稍微挪動，又試了一次。

「她掛我電話！」蘿拉大叫。沒空享受這份輕鬆寬慰。趁她還沒檢查話筒的撥號音，我假借安撫她的名義，從她手中接過話筒然後溫和地放回原位。

「也許妳該先冷靜一下。」我說：「妳的手在抖。」

我的臉不動神色，嗓子不動聲色，連身體也不動如山，從我試圖待在原位的眉毛到我努力不拍打地板的腳趾都是。我知道蘿拉沒辦法把這置之不理超過兩天。我在心中重播了貝絲犯下的錯——禮物、照片，還有老是他媽的出現在我家——然後推論出我所做的一切都奠基在她自己搞出來的事情上。是她起了頭，我得在今晚收個尾。

***

凌晨三點鐘，倫敦進入最安靜的狀態。整個世界悄然無聲，我蹲在四樓樓梯平台，一手拿著麥克的舊打火機，另一手拿著價值五十鎊的蠟燭。貝絲單獨待在我們公寓裡至少一次，時間足以拷貝我們的備分鑰匙，再掛回原位。對蘿拉暗示這種侵入行為，肯定能說服她這是該斷絕往來的時候了。

油料與點火器碰撞，火焰發出黃光。我心情沉重地悄悄爬上樓梯。要是我能想出不用傷害任何人就能擺脫掉貝絲的方法，我就會那麼做。我會立刻去做。但我想不出更好的法子。我的聰明才智對這種事情使不上力，我已盡了最大努力。我回頭朝四樓樓梯平台的小火光瞥了最後一眼，然後拐彎隱入黑暗裡。

***

我希望血紅玫瑰的味道會飄上樓梯弄醒蘿拉。要是沒有，我會擱個半小時左右——時間長到能讓這看起來好像貝絲一度來了又走——然後我和蘿拉會一起下樓發現蠟燭。我幾乎有點期待這一刻。我們會熄掉蠟燭，好好討論一番，再一起做出結論，認定貝絲對我們出手的情況越來越嚴重，我們非走不可。我們大概會熬到天亮，打包重要東西，並在早飯之前離開。我不想和我媽住，但不介意在那裡耗個幾晚，好讓我說服蘿拉再也不讓貝絲來打擾我們的清靜。

在蘿拉從她眞正的睡夢中醒來後，我還自鳴得意地多假睡了幾秒。我沒考慮到經過那些難眠日子，自己精神有多錯亂。我想我的一時瘋癲把平時關注物理化學的腦袋搞得枯竭。我只注意到我們的樓梯間不通風，也沒有柔軟家具會著火，我漏算了樓梯牆面的舊式油漆和脫落壁紙。沒修剪過的燭芯燒得很旺，新蠟燭的火焰高度加倍。光是高溫就足以讓幾十年的油漆沸騰，樓梯間就像浸過汽油般燒了起來。

煙霧和燃燒油漆的刺激氣味似乎沒幾秒就充滿整間公寓，一切已經太遲。爲時已晚。蘿拉捨棄安全的屋頂不去，反而跑向火場的轟鳴中心。我的腳是故意受傷的，但我出手握住炙熱門把時，那全是直覺反應。這煙、這火災和這毀壞場面遠遠超出我的打算，幾乎不像是我的手筆了。倘若在那些熊熊烈火的時刻問我是誰放的火——要是我還能思考，要是我還說得出話——我會說那是貝絲害的，而且我自己也信。

***

火改變了一切，從灰燼中爬出來的情侶也不再是原本的模樣。那晚是蘿拉失去自信的開始，是她依賴我的開始。這種悖論令人難受，是我導致了她的大半焦慮，但我得往好處想。我得照料保護她，雖然討厭看她這麼痛苦，但無可否認的是，在我們的新關係裡，我們重拾了她從不曉得我倆一度丟失的親密。

當我和蘿拉坐在救護車裡望著我們的公寓窗戶冒出縷縷黑煙，我不知道這一切將在我們逃出火場後到來。沒有什麼能像痛苦那樣撕裂未來，整個世界小到只剩那灼燒時刻。我的手沒有降溫，反而每分每秒感覺越來越燙，彷彿還按在炙熱的金屬把手上。要是繃帶底下有酸性灼傷我也不會驚訝。我試著彎起手指檢查是否傷到神經，但就連這麼小的動作也弄傷我早已損壞的皮膚，已能感覺到掌心血肉中的腫痕。我只能從自己所觀察到的獲得小小安慰，那就是將來有一天要是蘿拉忘了貝絲差點就毀了我們，我要做的只有握住她的手。

59

基特

二〇一五年三月二十一日

地鐵皮卡迪利線的列車在軌道上反覆駛出譏諷：白痴、白痴、白痴，迅速的三連拍隨著每一次車輪旋轉增強。年歲相互交疊，謊言彼此跳接。我依然不知道貝絲是如何找到我們家，也不確定這意謂多大的嚴重性。我不知道必須提出什麼證據來反駁。再五分鐘就能見到蘿拉了，我依然不知道要對她說什麼。我不敢想像她的表情，同時又希望踏進家門，直接迎上她的怒氣，讓她失去出其不意與我對質的良機，至少我並非處於毫無招架的餘地。她是不是只——只！——知道我和貝絲睡過？還是說她們兩個討論出我使詐的完整始末？無論貝絲是靠什麼手段找上門來，蘿拉一定嚇壞了，即使她的恐懼被憤怒取代，狀況還是不太對勁。這麼多年的保密全都付諸流水了。

丟進信箱口的碎玻璃，那場大火。她們一定會把這些線索拼湊起來，揭露一個又一個可怕的眞相。想必是一場火山爆發似的談話，充滿淚水與雞同鴨講。說不定她們無法觸及眞正的核心。有可能，只是希望不大。

搭乘手扶梯離開登碧巷站的月台，我聞到熟悉的氣味，汽油與大蒜，心中卻毫無回家的安定感。說不定我有機會混過去？（這是潔諾的用詞）蘿拉很習慣認定貝絲是個不值得信賴的危險人物，那麼就算貝絲說跟我上過床，蘿拉或許也會當成謊言？都過了這麼多年，貝絲應該沒辦法證明吧？我又沒有特別的胎記或特徵能供她們指認。除非她們有其他的比對方式，比如說我與其他男人行爲上的相異之處？想到她們開小組會議，討論兩人唯一的交集，我不由得一陣作嘔。

我刷卡出站，嗶嗶聲讓我想到一件事，停下腳步，閘門合上，勾住我的背包。從我完全不顧背包裡的攝影器材，用力扯開束縛的舉動可以看出我有多麼焦躁。我忽略了最大的關鍵：貝絲掌握了只有她知道的眞相。貝絲總是掌握著只有她知道的眞相。

我橫越綠巷，差點被一輛紅色雙層公車迎頭撞上。煞車的尖響，轟隆隆噴出的廢氣，我幾乎期待著它的撞擊。不顧公車司機的咆哮以及此起彼落的汽車喇叭聲，我繼續前進，懷疑當年的一切爲何看似深具必要性。我想到過去的自己，想到逐漸失控的工作，想到執意自我毀滅的雙胞胎哥哥，這一切壓力使得我激烈的解決之道看似唯一出路。

幾個少年在達克特公園打棒球，球打中柏油路面，獨特的彈跳聲令人想到紐約的布朗克斯休閒運動場。遊樂場裡，與幼兒玩耍的爸爸們看起來和我好像，我振作起來。蘿拉肚子裡的雙胞胎就如同我婚姻的保險。那兩個寶寶有一半是我的，他們是我的一部分。根據她的過往，她不會希望他們生長在單親家庭裡。我們的孩子是度過這一關的關鍵，但是在那之前，我們得要把所有的事情攤在陽光下。

每一步路都使我心跳加速一分。我轉到威布拉罕路，站在對面的人行道上，斜對角就是我們家的屋頂，幾乎被隔壁人家的裝修鷹架吞噬。天窗開著，代表蘿拉在家。

我最後一次嘗試打電話找她，想評估即將遭遇的衝擊。鈴聲響了又響，悶在屋子深處。蘿拉總是帶著她的手機，只要知道來電者的身分，她一定不會拒接。我面臨有史以來最大的危機，幾乎能確定我無法面對她。或者該說是還無法面對她。我得先架設一些防禦工事。

我在索爾茲伯里的高腳桌旁點了杯純的伏特加，一口乾了。完全沒效，於是我點了一品脫，希望等我喝完，掌心不會冒汗，腦中充滿靈感。不然就是我運氣夠好，流星擊中酒吧，我再也不用回家。

60

蘿拉

二〇一五年三月二十一日

「聽好，我知道這對妳們很不容易。」詹米理性的誘哄語氣與他手中的尖刀形成對比。「相信我，我也不喜歡舊事重提。可是大家已經相信妳們的說詞夠久了，不是嗎？輪到我來洗刷惡名了。」

「詹米，你*知道*發生了什麼。」聽到貝絲這句話，詹米握刀的手鬆了半秒，刀身下滑一毫米，在我的T恤上劃出兩吋長的裂痕，肚皮頂點冒出一顆血珠。我忍不住尖叫，卻被詹米嚴厲的喝斥逼得勉強憋住。那聲尖叫宛如困在我嘴裡的飛蛾。*快寫啊*，我試著傳送心電感應給貝絲。管他要妳寫什麼，妳給我寫就是了，越聳動越好。他逼妳寫下的每一句謊言都是讓他這輩子離不開監獄的鐵證。

前提是我們活著離開，腦中傳來低語。

刀傷不深，只擦破了表皮，肚皮這個位置使得傷勢看起來比實際上嚴重。我更擔心打在我頭上的那一拳。耳鳴到現在還沒停。

T恤吸入那滴鮮血，瞬間擴散開來，如同罌粟花蕾綻放的縮時攝影。貝絲似乎被擴散的血跡說服，握起原子筆，攤開面前的紙張，迎上詹米的視線。

「不然請你告訴我究竟發生了什麼事吧。」她的語氣有如死人，但詹米不痛不癢，勾起嘴角。他清清喉嚨，我感受到刀尖的振動。

「一九九九年八月十日，我獨自旅行。」他強調似地拖長語氣。「來到康瓦爾利澤德角，參加搭配日全食舉辦的音樂祭。會場裡的氣氛輕鬆自在。」他再次停頓，這回不是爲了戲劇效果，而是要讓貝絲跟上。「第二天晚上，在營火旁，我與詹米．巴爾克姆聊起天，他也是獨自來此。我們一拍即合。」這是他在法庭上的音調，沒有受到牢獄生活污染的昂貴教育成果。

不知道貝絲是否察覺到她一邊搖頭，一邊在紙上填滿尖銳的字跡。她幾乎沒看自己筆尖的字句，視線在紙張、詹米、指著我肚皮的刀尖彈來彈去。

「慢慢來，這不是祕書考試。」他的笑聲從喉中冒出，而非他的腹部。「寫清楚一點。」貝絲以同樣的速度繼續寫下去，只稍微讓筆尖穩定一些。我聽見她咬牙的聲音，以及令人反胃的骨頭摩擦聲。

秒針跳動。兩點二十分。基特隨時都會踏進家門。

貝絲寫完一段。詹米繼續說下去：「日食當天早上，我再次巧遇詹米。我們認爲找個更隱密的地方一起看日食是個好主意。」

詹米一定是計畫在取得貝絲和我的「自白書」後，呈交司法單位，如此一來，他等於是自投羅網。這是最好的結果。最糟的結果就如同安東妮亞的看法：他早已生無可戀，只想在死前證明自己的清白，就算要拉我們一起陪葬也在所不惜。

我的手機響起基特的專屬鈴聲，三人的注意力都被吸了過去。他一定是剛出站。每一次鈴聲都讓手機移動幾毫米，離我越來越遠。我們看著手機逼近桌緣，想像基特單純只是要問我需要他順便去超市買什麼東西。這會不會是我們最後的說話機會？這會不會是我們最後一次的通訊？手機終於跌進桌子與牆面間的縫隙，消失在視線中和觸碰得到的範圍內。鈴聲又響了兩、三次，接著陷入死寂。

他一定以為我在氣他上網亂講話才拒接電話。面對抵著我肚皮的尖刀，那些事顯得無比渺小。現在我什麼都能原諒他。

61

基特
二〇一五年三月二十一日

追加的那杯酒以及拖延的時間完全無法解除我的焦慮。恐慌是一種解酒劑。才喝了半杯，另一股恐懼又浮上檯面：說不定她根本沒在鬧脾氣。說不定蘿拉人在醫院，說不定她的身體出了問題，說不定她從貝絲口中知道的事情對寶寶有害——我得要按住桌面才不會摔倒。驚嚇造成的早產看似維多利亞小說的情節，但也不是毫無可能。一切都有可能發生，我早該想到的。說不定她倉促就醫時來不及拿手機。天啊，說不定她早就意識不清。我怎麼沒早點想到呢？突然間，趕回家的急切變得與剛才想躲避衝突的心情一樣強烈。

我丟下剩餘的伏特加，背起背包，踏上威布拉罕路。在我急著趕路時，就連空氣也與我作對，拉扯著我的腳踝。某人把白色的飛雅特隨意並排在屋外，雨刷下夾著違規罰單。我在門口台階甩下背包，感覺要是少了它，整個人就會飄起來。隔壁院子裡的水泥攪拌器隆隆運轉，沒看到裝修工人的身影。

我插進鑰匙，發現門鍊掛著。如果她不是想把我擋在外頭，那就是整個早上沒開門，她躺在某個地方無法動彈，或者是更糟。我蹲在信箱前，看到廚房裡有動靜，光影閃爍。幸好她還醒著，這股安慰隨即被先前的恐懼取代：她氣炸了。

「蘿拉？」我的聲音在寂靜的走廊迴盪，只能看到廚房裡一道人影搖搖晃晃。我趴在門邊，對插信口說話：「親愛的，請幫我開門，我們好好談一談。」

從廚房傳來啜泣聲，我的內臟全都絞成一團。比起淚水，我寧可承受怒氣。我從口袋裡掏出瑞士刀，翻開幾片刀刃，決定使用開罐頭的短鉤。

「妳不知道我有多抱歉。」我盲目地擺弄門鍊。「只有發生過一次，我發誓。我只愛妳一個人，妳知道的。」彎曲的刀尖勾住門鍊，我一點一點壓下固定的釦子。「我每天都希望能夠倒轉時間，不跟她上床。那件事只讓我發覺我有多愛妳。請不要讓那麼久以前的事情毀了一切。我們還有那麼多——」

門鍊突然鬆開，我差點從盪開的前門摔進屋裡。我把背包擱在地上，扶好翻倒的地球燈。往廚房前進的路上，我做好心理準備，如同炫耀肌肉的摔角選手般伸展手臂，彷彿想抵擋衝著肉身而來的爆發。我準備好面對她柔軟的拳頭和朝我臉上抓來的纖細手指。

然而，我碰上完全超出預期百萬倍的惡劣景象，大腦花了幾秒才轉過來，卻還是無法參透其中機關。

蘿拉坐在餐桌旁。我的視線在她的肚子和臉頰之間彈射。她的T恤裂口下冒出淡淡的橢圓形血跡，她的左頰青紫浮腫。她身邊還有貝絲，以及——醒悟來得又快又嚇人——詹米・巴爾克姆。他身穿時髦的襯衫、卡其褲，粗壯的拳頭握著沾血的刀子。

「基特，不要。」貝絲搖頭。

什麼？什麼？怎麼會從貝絲找上蘿拉演變成如此？貝絲頸子上帶著傷痕，蘿拉的左臉顏色越來越深。我總是想像蘿拉拆穿貝絲那件事時，會氣得脹起臉頰，但現在她塌著臉，眼中沒有淚水。

貝絲面前放了張紙，稜角分明的藍色字母歪斜分布。我的過去與令人困惑的現在失去聯繫，像是互斥的磁鐵般各自彈飛。

「到底是怎麼一回事？」我問詹米，他顯然是控制著局面的人。沒有人回答。「現在到底是怎樣？」

蘿拉看看我，又看看貝絲，緩緩別開臉。這比任何爆發都還要難耐。

詹米開口：「基特！」他的語氣開朗，似乎這裡是他家，而我是應邀上門的訪客。他的神態與利澤德角被蘿拉打斷好事的瞬間一模一樣。我看到他過往的模樣。我想像他的牛仔褲、鞋子、抓翹的頭髮。記憶中的影像鮮明到差點遮蓋眼前的情景。

手機在背包裡，背包在門口。我轉身準備去拿。「我要報警。」

「不，你不用這麼做。」刀尖湊近蘿拉的肚皮，詹米的嗓音依舊輕快。只是破了皮而已，血跡沒有繼續擴散。我需要蜘蛛的反射神經加上棕熊的力量才能在他造成更多傷害前搶下那把刀。我離得太遠又太軟弱了。「我的意思是，不要這麼急。」詹米繼續說：「警方遲早會介入，這點暫時不用擔心。等我的律師團著手處理這件事。我們已經完成一半了。」

兩個女人沒有看我，也沒有看著彼此。蘿拉不時瞄向貝絲，接著再次垂眼，瞳孔像是掛上鉛條。我毫無頭緒，直到現在才理解真正的恐懼，只能配合這個局面。「詹米，你在幹嘛？」希望語氣與他同樣和緩。

「只是請她們修正紀錄，說出她們在康瓦爾早該說的話。承認她們彼此勾結。承認整件爛事都是她們編造的小故事，某種女性愛說的玩笑話。」

十五年來他一直執著於此。在宣傳活動、言論、網站的背後，這一直是他的首要計畫。即使深感驚恐，我還是偷偷對他不屈不撓的韌性感到佩服。他朝貝絲歪歪腦袋。「這個女人對我妻子說了幾個月的讒言。她們有點不情願，怕到不想承擔自己的作爲帶來的後果。在強暴案審判中作僞證的後果可不得了。不只是隨便哪一起案子。蘿拉，他們會拿妳來殺雞儆猴。」這個荒謬的控訴仍令她瑟縮，面對刀尖，就連最無謂的話語都能成爲凶器。

詹米手中的刀刃開始顫抖，他的嗓音也是。面具般的表情緩緩褪去。「你能看出她們爲何如此擔憂。不過妳不用擔心。妳不會和我一樣，被鎖進滿是性侵犯的牢房裡。」

蘿拉渾身一顫，我的皮膚感覺到了。

「可是，詹米，法院不會採納這些——」我忍住在空中比出引號的衝動，「——這些聲明。它們的價值連底下的白紙都比不上。你一定知道吧。」

「這只是第一步。」他說：「你將會了解到厲害的律師有多大能耐。」我記得當年他的律師團表現得不怎麼樣。或許我還沒掌握最新狀況，但我知道最好別挑釁他。「聽好。」他繼續道。「我不想傷害她們。我從來沒有傷害過女性。可是我要她們完成聲明，更正當年她們在法庭裡說過的話。放在天平上的是我的人生。這是我的名聲！」

他快要失控了。「好吧。」除了替蘿拉和我的孩子爭取時間，我不知道還能做什麼。「你要不要放下那把刀，讓她們離開。相信就算沒有她們，我們也可以討論出一些方向。」

「不行。我他媽等了十五年。」詹米尖著嗓子飆髒話，既嚇人又可笑。他暫停幾秒，喘口氣，穩定情緒。「所以請見諒，我必須盯著她們寫完。來吧，貝絲，繼續寫。妳越快完成，我們就越早回到正軌。或者該說是我能回到正軌。」貝絲握起筆，筆尖懸在半空中。詹米舉起手，繼續對我說：「其實啊，基特，我也在想你的證詞是不是要重寫。雖然光是她們的聲明就足以扭轉你的。你完全沒有涉入這件事，對吧？你只是替你馬子撐腰，根本沒看到事發現場。」蘿拉又縮了一下。「我眞希望你有看到。相信你馬上就能理解那是什麼狀況。」蘿拉終於望向我。她對上我的雙眼，我發現她哭了，那個表情可能意謂拜託救我、我們可以挺過去的。我恨你。廚房裡所有的能量都聚集在那片尖銳的金屬上。詹米和蘿拉的距離比我近上太多，幾乎就像有一堵鐵絲網擋在我面前。

「貝絲。我們解決這件事吧。」他說。是我在幻想，還是說他的嗓音少了先前的說服力？「麻煩妳提醒我剛才寫到哪裡，我們從那邊開始。」

筆尖上下跳動，她一句話也沒說，甚至沒有抬頭。

「很好，我就繼續說下去。」他清清喉嚨。「我極度後悔把如此自然又愉悅的事物扭曲解讀。我要向詹米．巴爾克姆、安東妮亞．巴爾克姆，以及他們的親人致歉，我虛假的主張導致他們深陷痛苦之中。我願意在法庭上作證，並且——」刀尖劃出小小的圖案，像是在空中刻下字句，「——面對我更改證詞後隨之而來的刑事或是民事裁決。」他轉向我。「我們可以用同樣的句子爲蘿拉的聲明作結。」

貝絲的筆停了。

「寫下來。」詹米手中的刀子抖得讓人心驚膽跳。蘿拉的淚水在她的頸窩閃閃發亮。貝絲放下原子筆。

「拜託聽他的話。」蘿拉催促道。

「蘿拉說得對。」自從那天我摔破蠟燭罐以來，這是我第一次直接對貝絲說話。「這沒有任何法律效力。妳不會惹上麻煩。」我差點就要說，寫幾個字就能救妳們的小命，但本能告訴我這句話絕對不能說出口。它將會戳破區隔現實與否認的薄膜。

「我做不到。」貝絲說。「我不能撒謊。」在我抵達此處後，她內心有某種事物解脫了束縛。

「你強暴了我。」這短短一句話讓一切都停止了。它不斷膨脹，塡滿我們的小廚房，唯一的聲響來自隔壁院子的水泥攪拌器。「你跟蹤我到沒有人的地方，把我按在地上，強暴了我。你在法庭上，在網路上重複了無數次，不斷不斷地強暴我。你也對你的妻子、那個女生做了那種事，天知道還有多少人受害。」

「貝絲，拜託就順了他的意吧。」蘿拉說。我的腦袋沒在思考求生的部分，不禁好奇那個女生還有他的妻子有什麼遭遇。不過看到貝絲投向詹米的眼神，我突然懂了。她斷絕了所有的退路，像是永不回頭的火箭。她不想回頭。

「你強暴我。」這句話帶著無數尖刺。

好像只有我注意到詹米的刀子搖搖晃晃，卻堅定得如指南針一般，從蘿拉面前移向貝絲。

「就算你要燒掉這張紙，我也不會寫下你說出口的聲明。」

我迅速盤算：要是我抓住他的上臂，就能逼他丟掉那把刀。我們三個對他一個。可是我的思路總是比手腳還快，當詹米的手臂後退又前進，刀子捅入貝絲側腹時，我離他還有一步遠。或許是刺中了肋骨，刀身彈開，但他再次突刺，這回兩吋的刀身沒入貝絲體內。

不知道尖叫聲是來自誰。

他抽出刀子，刀刃上沾染鮮血。貝絲頹然倒地。

我已經很快了，但我的妻子更快。蘿拉搶先一步，她沒有扭打，而是直接撞掉詹米手中的不鏽鋼菜刀。刀子飛過半空中，刀柄朝上，閃亮的刀刃朝下，刀柄往上轉，刀刃往下轉，在那一瞬間，我以爲蘿拉要空手接住刀刃。但她只是用指尖擦過刀柄。

「婊子！」詹米撲向刀架，蘿拉嚇得面無表情，剛才詹米拿來行凶的刀子彈出她的掌心，落在桌上，只有我碰得到。

刀柄的觸感既熟悉又詭異，我在廚房裡衝刺，將刀尖刺入他的喉嚨。一瞬間的阻力大概是來自他的喉結，刀刃往旁邊滑開，避過頸椎，相較之下，剩餘的部分如同切過冰淇淋。下一秒，刀尖從他的頸窩穿出。我徒勞地倉促收刀。結束了。刀子從我手中鏗鏘落地，同時詹米砰地倒在磁磚上。他和貝絲躺得很近，無法分辨滿地鮮血是來自哪一個人。舉目所見都是鮮紅色，廚房地板成爲光滑的血海。詹米口中咯咯作響，吐出一道緋紅噴泉，細細的粉紅色血沫沾得到處都是——我、蘿拉、牆面、家具。我愣愣地看著他的藍眼化爲兩顆冰冷彈珠。

我無法動彈。

蘿拉跨過詹米的身軀，蹲坐在那灘血跡中。

「貝絲？」

「蘿拉，我——」

「他媽的快去叫救護車！」她對我尖叫。我只能抓起離我最近的黑莓機，按下通報號碼，說我們需要救護車，因爲這裡有兩人被刀捅了，傷勢嚴重。我唸出地址，甚至記得要用音標字母來確認他們不會聽錯，還蠢到問他們是否需要停車許可，他們說不用，要我別擔心。

在我講電話的同時，蘿拉四肢著地，托起貝絲的上半身。她冷靜又聰明，從抽屜裡取出備用的茶巾，摺成小方塊，試著堵住出血。第一塊已經吸滿了血。

「他們在路上了。她狀況如何？」我說。

「我不知道。我該死的什麼都不知道。」接著她對貝絲說：「拜託，眼睛張開，保持清醒。」染血的手指從貝絲臉上撥開一片溽濕的髮絲。貝絲呼吸短促。她奮力想說些什麼，視線朝我射來。「我沒有——」

「別說話。」蘿拉說：「沒事的。救護車快來了。沒事的。我們陪著妳。」我無法看穿蘿拉對貝絲的感情，可是她投向我的眼神沒有任何曖昧的空間：我恨你。我恨你。我恨你。「出血已經減緩了。我們得要替她保暖。外套脫掉。」

在那之前，我得先放下刀子：證物A。

我扯下厚重的風衣，盡可能輕柔地蓋在貝絲身上。無法判斷她流了多少血，她的衣服已經濕透了。我的風衣沾著托爾斯山區的泥土。我把她裹在衣服裡，爲了這一切在心裡對她致歉，她的嘴唇漸漸失去血色。

猛然搥門的巨響把我和蘿拉嚇得一震，貝絲毫無反應。我打開門讓警察與救護人員進屋，雙手在黃銅門把上留下血跡。屋外的緊急應變車輛擠滿了威布拉罕路。一輛巡邏車斜斜地停在路中間，左右各有一輛救護車，藍色的警示燈默默旋轉。其中一輛幾乎等於是靈車了。我領著身穿綠色連身工作服的救護人員到廚房，或許還來得及拯救一條性命。

蘿拉終於離開貝絲，站在她身旁，讓專業人員接手。她看起來像是戴著紅色的宴會長手套。

「她休克了！」其中一人大喊。蘿拉一手掩嘴，輕聲咕噥。

第三名救護人員擠進廚房，戒備地看著蘿拉浮腫的臉。

「你是克利斯多弗．史密斯嗎？」員警問我。他身材壯碩，肩膀寬闊，像是在學校裡會欺負我的那種男生。

「你不用逮捕我。我自己跟你們走。」

他細細打量下方的血海。

「喔，我想有這個必要。」他說。「克利斯多弗．史密斯，我以謀殺嫌犯的名義逮捕你。你不用說任何話，但這可能會對你的……」我任由他說完制式化的警告，舉起雙腕。我的注意力全在階梯邊的蘿拉身上。她自己的鮮紅手印留在她嘴邊，雙臂撐著肚子。她的眼神把我的心都掏空了。

「什麼時候？」她問。

什麼什麼時候？我愣了幾秒才理解她的疑問。我透過信箱口聽到的哭聲。那是貝絲的警告，要我閉嘴。

貝絲沒有向蘿拉透露在利澤德角發生過的事情。

是我。

「在康瓦爾。」我終於開口。「妳抵達的前一晚。」

蘿拉點了一下頭，閉上雙眼，似乎再也無法忍受我的存在。手銬的喀嚓聲在我們一片血紅的廚房裡迴盪。我跪倒在地，遭到束縛的雙手沉甸甸地壓在膝頭，婚戒沾滿鮮血。蘿拉轉身背對我。我心頭的死結鬆開，在失落及驚恐之中藏著遲來的舒坦。

第五部　復圓

月面與日面分離。日食結束。

62

蘿拉
二〇一五年九月三十日

我們並肩站在鏽斑點點的鏡子前，鏡中的我們刻意避開彼此的視線。和我一樣，她穿得一身黑；和我一樣，她的衣物顯然是經過精心挑選。我們都不是受審的犯人，至少表面上不是，但我們都知道在這樣的狀況下，受到批判的必定是女性。

我們背後的廁間沒有人，門沒完全闔上。在法庭，這裡可以算是隱密空間。但要謹言慎行的場所可不只是證人席。

我清喉嚨的聲音在磁磚間彈跳，音響效果簡直跟大廳一樣好。這裡一切都能敲出回音。走廊上門板啪啪開闔，重到拿不動的檔案夾乘著嘎嘎作響的推車移動。挑高的天花板抓住你的一字一句，以不同的形狀擲回。

法院寬敞的空間、過大的房間營造出令人混亂的比例尺。此處經過精心設計，提醒你在龐大的司法機制面前是如此渺小，而你發誓後說出的證詞蘊藏著多大的危險性和力量。

時間與金錢也遭到扭曲。正義需要金銀來餵養，想確保某人的自由得耗費數萬鎊。旁聽席上，莎莉．巴爾克姆佩戴著能在倫敦買間小公寓的珠寶。就連法官椅子的皮面都飄散銅臭味，幾乎從這裡就能聞到。

不過這裡的廁所與其他地方一樣，發揮很好的平衡作用。女廁的沖水桿壞了沒修，洗手乳空了仍然沒補，門鎖也難以密合。缺乏效率的水箱不斷漏水，阻斷悄悄話的可能性。想說什麼就得扯開喉嚨大吼。

我隔著鏡子上下打量她。直筒連身裙遮住她的曲線。我的淺色長髮在後頭綰成髮髻，這是基特一開始最中意的地方，他說他能在黑暗中看見我的頭髮。我們看起來都好⋯⋯端莊，應該可以這麼說吧，雖然從來沒有人如此形容我。我們已完全看不出曾是參加那場慶典的女孩了：那時我們把身體和臉龐塗成金色，在月光下轉圈號叫。那些女孩已經不在了，以各種不同的方式死去。

外頭有人甩上厚重門板，把我們嚇得跳起來。我發現她跟我一樣緊張。鏡中的我們終於四目相接，無聲地提出太過龐大——太過危險——無法說出口的問題。

怎麼會這樣？

我們怎麼會走到這一步？

會如何結束？

63

蘿拉
二〇一五年九月二十八日

今晚可以看到血月亮，這與日食相反，是地球經過月亮和太陽之間產生的現象。凌晨三點，經過地球大氣層的光線將會把月亮變成鐵鏽般的紅色。基特在貝爾瑪什監獄的拘留室沒有窗戶。就算目前正在討論案情的十二名男女判定他無罪，他也只能看到月食。

「好想吐。」我對琳恩說。

這回她沒有試圖安撫我，她已經失去說客套話的氣力了。「我也是。」她說。

我在水龍頭下沖洗手腕。這是中央刑事法院的女廁，一般人將此處稱爲老貝利，專業法務人員則是簡單稱它爲貝利——我開始覺得自己像是專業證人了。

從各個層面來說，我們都是高高在上。十二號法庭在最高樓，要爬上八十九層階梯。貝利這邊沒有觀眾在大廳晃來晃去，沒有記者窺視，也不會碰巧遇上接受傳喚的證人。這裡的旁聽席——我的演出已經結束，要回到這裡待機——與法庭主體互不干涉。無論你是誰，無論你與審理中的案子有多少牽連，旁聽席上沒有特權，比特魯羅的法院嚴格多了。就連一瓶水都不准帶進去。我的嘴巴好乾，要是舔舔牙齒，舌頭一定會黏住。我湊在水柱下狂喝水。

「喔，蘿拉，天知道這裡的水有多髒。」

琳恩說得對。嚐起來像是髒兮兮的銅板。我硬是吞下。

「陪審團離開多久了？」

她看看手錶，假裝我三十秒前沒有問過這個問題。「三小時。」

「說不定他們今天根本討論不完。我應該要打個電話回家。」

這可沒那麼容易。在貝利這邊，你不能直接從口袋裡掏出手機。甚至沒地方給你寄放，我的手機留在對街的咖啡廳裡。打電話回家代表要走下三層樓梯，通過安檢，過馬路，進咖啡廳。等我打完電話，還要把這一串倒過來走一輪。

「如果在妳離開的時候宣布結果怎麼辦？」琳恩說：「就像是等公車的空檔去買個飲料，車就開走了。」

冒這個險很值得，但我必須爲了基特待在這裡。

「也是。」況且，我也不想穿過那群記者。這次開庭是頭條新聞、推特上的熱門話題、全國新聞節目的重點報導、電台辯論的香餌。媒體奉上好幾萬鎊利誘我說出我所知內情。攝影師軍團已經在我家門外守了十天。

五個月大的雙胞胎在家裡，我別無選擇，他們出生一滿十週我就不得不回到工作崗位上。是的，我滿心憤恨。丈夫拘留在貝爾瑪什監獄，面對六位數的律師帳單，我盡可能接下薪水最高的工作，替一所美國大學的英國校友會募款，從有錢校友身上榨取資金，讓已經值得稱羨的校園設備更上一層樓。不是最高尚的工作，不過酬勞優渥，頭銜也挺好聽。取得這個職位讓我登上《募款人》雜誌的新聞頁面。我入行以來首度要請人拍正式照片。我放下長髮，已經沒有繼續躲藏的理由，也不用躲避任何人。在我請事假的這個禮拜，證人席上的苦差事以及待在旁聽席的折騰竟然讓我稍稍放鬆一些，身兼職業婦女和母親的勞累可見一斑。

離開法庭時，我們遇到麥克，他身上帶著新鮮的香菸味。最近他又開始參加匿名戒毒聚會，打算一鼓作氣擺脫毒癮。雅黛兒穿得一身黑，跟在兒子身旁。我們對彼此露出緊繃的微笑。這層樓有兩間法庭，由板著臉的保全監視，複眼般的監視螢幕映出泛藍的黑白畫面，是司法劇中常見的道具。

貝利的一切都是不同的檔次。在法庭上唇槍舌劍的不是一般律師，而是皇家大律師。我們的幫手名叫丹尼·哈納，年近六十，我想我付的酬勞都成爲他家小孩的大學學費了。他的馬毛假髮髒亂得讓人安心，幾乎是神情愉悅地堅稱基特宣告無罪是必然的結果。一名報紙專欄作家對這個案子竟然能開庭深感震驚，不過丹尼說，要是皇家檢察署沒能成功起訴，保證會噓聲四起。

基特殺害詹米·巴爾克姆一直是毋庸置疑的事實，不過在提出謀殺指控前，必須證明他的動機。來自另外那場審判的回音有時候吵到震耳欲聾。

基特在證人席上表現不錯。他，我，還有其他證人都只是出庭證實他僅是出於自衛，同時還要保護他的妻子與未出世的孩子。當然了，我們的過去全被翻出來，我們忙著解釋那天在我家廚房發生的各種細節。在那之前我們已隔著拘留所會客室的桌子同意有些事情不適合張揚，有些真相不容許囫圇吞棗。這回鑑識結果站在我們這邊，詹米的指紋在我們的刀子上，我T恤上頭的染血裂痕不證自明。滑到冰箱下的那把刀來自詹米的舊家，顯示只有他是預謀犯案。貝絲的那疊文件攤在我書桌上，差點害慘我們。檢方死咬不放，認定這是預謀的證據，這個案子應該是謀殺，而非過失殺人。我接受交叉詰問時，他們暗示我故意把文件放在那處，想當成完美的藉口。我站穩立場，彷彿雙腳焊死在地上。當然了，安東妮亞證實了貝絲那封信的內容，不過陪審團是難以捉摸的野獸。不到最後一刻不能安心。

「史密斯一案的相關人士請至十二號法庭。」廣播系統嘶啞如老唱片。

我雙手垂在身旁，雅黛兒握住一手，琳恩握住另一手，麥克牽著琳恩。我們就這樣站著，猶如集體祈禱的信徒，直到保全示意我們入座。

貝利沒有特魯羅法院的親近感。包廂式的旁聽席裝潢全是黃銅與大理石，高出地板二十呎。媒體區的動靜達到巔峰。我們的老朋友愛莉森．拉奇混在人群中，與她過去的面貌有些差異。她的臉動了手腳，上唇圓圓突起，燈光打在她光潔的額頭上。麥克握著面前的黃銅欄杆，手背青筋鼓起，隨時都會爆出來。

巴爾克姆一家早已坐定。說不定他們在陪審團離席期間一直都在。這回沒有出動大軍，只有吉姆爵爺（他現在有爵位了），以及莎莉夫人。詹米的兄弟一開始還在，沒多久就因為痛罵基特是殺人魔而遭到驅離。不知道他姊妹怎麼了。莎莉．巴爾克姆現在走路要拄拐杖，身軀不住顫抖。她不一定每天都來，可是吉姆從不缺席。一開始他和我們一樣坐在前排，隨著開庭的進展，他兒子的名聲漸漸撕成碎片，暴露出一層層的欺瞞與暴力，吉姆後退了。詹米公司的實習生出面描述她遭受的折磨，他移到中間，現在他躲在後頭的角落，避開媒體及基特的視線。即使隔了一段距離，我依舊察覺得到吉姆的挫敗。無法選擇辯護律師一定令他痛苦萬分，即使有大把鈔票也不能將殺害他兒子的凶手繩之以法。我忍不住為老巴爾克姆夫婦感到遺憾，雖然我並不想。記憶中的美好時光被法庭上描繪出的情景覆寫，他們的傷痛想必又翻了一倍。

我的丈夫在下方的被告席上，替他買這套深藍色西裝時才發現他瘦了太多。一名法警牽著他的手銬，另一人守在門邊，我眞想笑——最好他會起那些心思。我從大理石矮牆上探頭，讓他看見我。十二號法庭的被告席左右寬，前後窄，八張下壓式椅子排成一列。我確信陪審團看不到他左右的空位，雖然從我的視角來看，那些椅子強調了他的無辜。空位給予許多暗示。說不定他與人共謀，要和同夥一起受審，是一群罪犯中的一員。他有可能是真正的罪犯。

那些空位也提醒我差點就要站在他身旁。

基特轉頭仰望我，沉重的眼神裡有我們的過往，以及與死者毫無關聯的罪孽。

「全體起立。」書記官宣布道。就連莎莉．巴爾克姆也奮力起身。

法官——貨眞價實的皇家大法官——十指搭成尖塔，命令陪審團回到法庭。十二人魚貫入席，對自己的重要性得意洋洋。我直盯著陪審團主席，她穿著隨興，一身淺棕色皮膚，全程擺出高深莫測的神情，現在依舊是如此。

「針對史密斯一案，諸位認爲被告是否有罪？」法官問。

名爲焦慮的紅火蟻爬滿我全身，我勾起手指猛抓。陪審團主席清清喉嚨。「無罪。」後頭的巴爾克姆家發出一陣乾巴巴的哀鳴。麥克戲劇性地一頭貼上面前的銅把手，錯過了基特望向這裡的那一瞬間。很難說他的表情是笑容，比較算是解除了被逮捕後揮之不去的苦澀面容。

「喔，謝天謝地。」琳恩說。「眞的是謝天謝地。」她轉向我。「妳還好嗎？」

我該如何回答呢？

***

他不能就這樣走出法院。得先等待牢房那裡的紙本作業處理完畢。文件傳真到貝爾瑪什監獄再回傳。至少還要半個小時才能再見到他，到時候一切都是公開進行。大家都以爲法院裡有個特別團聚室，貝利有太多空間，寬敞到能敲出回音的穿堂，還有一個個小隔間。我在等候被傳喚作證時看到有幾十間空房。不過並沒有。等到塡完所有的表格，他將會直接踏上街頭。光是這樣就夠讓人顏面盡失了，再想到等待我們的媒體陣仗，那種感覺更是難熬。這是最終極的恥辱。

在他尚未獲釋的空檔，我們繞遠路走正門旁的磚砌地下道，從沃維克巷溜到咖啡廳。一進店裡，我抱著電話，彷彿它是我的孩子，而不只是與孩子們聯繫的工具。我得知寶寶很好，吃完午餐正睡得香甜。我稍稍鬆了一口氣。喝完咖啡，我們四個溜回貝利等基特。法院大門外的街道毫無特徵，同時又能在新聞畫面上一眼認出，或者那只是記者帶來的效果。我們在沃維克巷躲避他們，等皇家大律師丹尼．哈納的電話。我無聊地數起牆上白磁磚的裂縫數目。手機響起，告訴我們基特已經下樓了。這是倒數六十秒的警告。踏上街道前，我的腸胃在肚子裡翻轉了好幾圈。

「蘿拉！」「看這裡，蘿拉！」「蘿拉！笑一個！」

閃光燈狠狠撞向我。我僵立在路旁。對街兩名穿著襪子和短褲的中國觀光客拍下媒體搶拍我的景象。強光同時移動，如同從我身旁溜走的電鰻。我兩眼昏花，還沒從驚嚇中恢復過來，是麥克率先趕到基特身旁，衝上前去擁抱他。沒有充滿男子氣概的擊拳、拍背，麥克把基特像個嬰兒般抱在懷裡，搓揉他的背脊。他們似乎一點都不在乎有多少人在看。其中一個狗仔嘖了一聲，望向我，心聲清晰可聞：他要拍的是我。我才是他的搖錢樹。

「來吧，蘿拉。」他說。焦點又回到我身上。基特離開兄弟的懷抱，閃光燈化為光牆，我克制地跨出一步，踏入他展開的雙臂。我別開臉——不讓他們拍到我的這一面——緊緊抱住我的丈夫，在他出門前往法羅群島那天之後，我們第一次緊密相擁，以熟悉的方式，以我們交往時的方式相觸，因為他看起來跟當年一樣消瘦。基特的手指撫上我的臉，托起我的下巴，拂去我臉頰上的髮絲，閉上他的眼睛，對上我的嘴唇。這個吻持續了好一會，乾燥但不算純潔。我們已經訓練到能夠克制欲望，只是我體內的肌肉記憶仍舊受到觸動。那些記憶還在。永遠都在。

我們緩緩分離，先是嘴唇，然後是身體，手牽著手對鏡頭擺姿勢。

「笑得開心一點嘛。」某個攝影師說。我們雙眼晶亮，笑到牙齒都露出來了。

「基特，你有沒有話要說？」手持麥克風的女記者問。

丹尼．哈納擋到我們面前。「由我來代替我的客戶發言。」

「現在是什麼狀況？」雅黛兒問。我第一次看到她這副小老太婆似的神態。

「我們快跑。」麥克朝對面人行道點點頭，琳恩已經叫到一輛黑色計程車。

我們丟下丹尼．哈納對媒體說明，擠上那輛計程車。一個騎小機車的攝影師一路跟拍，老貝利附近的車速慢到令人髮指。車子開到盧德門山，司機在奇普塞街甩掉他，假裝要左轉，結果轉向右邊。抵達霍本區時，我們已經擺脫追兵。我看看街道，一排黃色車燈在車後閃耀。這裡多得是計程車。我敲敲隔板。「可以在這裡停一下嗎？」

琳恩懂我的意思。雅黛兒、麥克、基特驚慌地面面相覷。

「蘿拉？」雅黛兒問。我最愧疚的就是她。

「抱歉，雅黛兒。」我倒退踏上人行道。「我不能在鏡頭前讓他難堪。」她默默消化我這句話，我轉向基特。之前已經說過會有這麼一天，但是從他的表情可以看出他一直盼望我會回心轉意。他可以盼上一輩子。「他們還會再睡一下，我要一點時間好好思考。如果你六點左右過來，可以陪他們洗澡。」

這是指令。他點頭。

我替他們關上車門，讓琳恩再叫一輛計程車。等到安穩地坐進後座，我才終於哭出來。

64

蘿拉

二〇一五年九月三十日

隔著拘留所會客室布滿刮痕的塑膠桌子，基特對我坦承一切。他隱忍著難看的淚水，在自白的主歌／副歌／主歌之間，反覆插入同一段旋律。「我都是爲了妳。」他說了一遍又一遍。「我是為了妳。那只是小小的意外，一時的瘋狂。不需要爲了它捨棄我們擁有的最美好的事物。一切都是爲了拯救我們。」在各式各樣的藉口之中——麥克、工作、他爸——最倒人胃口的就是「我都是爲了妳」。如此愛我、了解我的人，怎麼能以我的名義做出那麼殘酷的行爲？若是要以如此扭曲詭異的愛情讓我陷入長達十五年的深刻焦慮，那還不如狠狠傷害我一回吧。他軟弱到無法失去我，寧可讓我支離破碎地活在他身邊，也不敢放手。他不只是奪走我與他共度的未來，也扯爛了我的過去。

會客時間一週只有兩次，各九十分鐘。基特把他的震撼彈切割成幾次投下，如同維多利亞時期的小說家玩弄他們的讀者。每個章節都剝去我一層皮。那個下午，我要他告訴我一切細節——茶攤帳篷、那些睡袋——把種種線索連成一線：我抵達康瓦爾那天在他身上聞到的肥皂味。他沖過澡，洗掉她的氣味。那天我被剝到只剩下枯骨，晚上哭得好慘，面紙換成廚房紙巾又換成毛巾。我想我們需要為這樣的痛哭發明新的詞彙，字典裡沒有半個字能捕捉那股力量。或許別的語言有辦法替那些悲傷、憤怒、背叛的淚水，替足以殺死你的龐大情感命名，可惜英國文化對此無能為力。

他不止一次說希望能把那把刀插進自己身上，在情緒最低落的時刻，我也認同這個想法。「妳不知道我承受了多少煎熬。」最後一次，他拚命尋求我的同情，也是第一次觸動我的同情反射，因為他錯了。我知道那樣的連鎖是如何開始。我很清楚隱瞞的滋味。多年以來，我總覺得我的謊言能摧毀我們。我承認兩件事有其相似之處，然而其間的差異就如同分隔山脈的峽谷對上拿樹枝在泥地上劃出的線。

我會原諒基特和別的女人睡過嗎？這個問題我捫心自問無數次。面對逼近的中年危機，我能憐憫他年輕時的不安（同時也為了自己從沒意識到而感到沮喪）。諷刺的是，假如他是在婚後數年才出軌，我還可以原諒，因為我知道時間與壓力能對情感造成何種影響。可是二十一歲的我熱情如火，對愛情堅貞不移。或許他說得對：這會為我們的關係劃下休止符。希望真是如此。希望他在還有機會的時候粉碎我的心。年輕的心和骨頭一樣，折斷了還能修好。

我永遠無法原諒接下來的種種：一步一步地詆毀脆弱的女性、性侵的受害人。她對於那些無心之過深感懊悔，也因為自己的遭遇深受創傷。貝絲想要當我的朋友，也希望我把她當成朋友。他配不上她的忠誠。儘管我希望她當年就說出眞相，但我不怪她保持沉默。仔細想想，基特甚至引導我質疑她對那場強暴的陳述，眞是太噁心了。不過比起出軌或後續的錯誤，最糟的是——基特得知貝絲沒有性命之憂後，才願意透露碎玻璃和那場火的祕密。開始的兩個禮拜，她還在鬼門關前打轉，那段期間內我探望他兩次。當時他只是後悔跟她上過床。要是詹米・巴爾克姆的下刀處和基特一樣精準，要是刀刃往她胸腔再深入一分，他的欺瞞將會跟她一起入土爲安。背叛剝去我的外皮，但他的怯懦刻入我的骨頭，毒液滲進骨髓。

65

蘿拉
二〇一五年四月三日

我買了葡萄，搭上電梯才發覺沒有選無籽的品種。在綠巷買食材就是這樣。她住進北密德薩斯醫院，就在我的婦產科樓上兩層。她在加護病房與死神搏鬥了兩個禮拜，只准許家屬探望，我臉上的輕微瘀青早就消了。後來才知道那不是院方政策，而是她雙親的堅持。他們不想讓任何人——我、安東妮亞，任何與巴爾克姆帶上一點關係的人——見到她。不過她已經離開加護病房三天，維安管制終於鬆綁。

拎著裝了水果的紙袋，走在通往她病房的漫長灰色走廊上，我心中依然帶著侵犯他人領域的感覺。來到病房門邊，一名深灰色頭髮的矮胖婦人恰好從房裡踱出。我花了幾秒鐘，在心中除去歲月造成的浮腫與眼袋，看出她是貝絲的母親，十五年前曾在特魯羅的法院有過一面之緣。她跨過了中年與老年之間的分水嶺，臉龐與身軀失去曲線，髮色變白，虹膜是她臉上唯一的色彩。我窘迫地躲到移動式布簾後方，緊緊揪住紙袋，扯破了一個洞。幾顆葡萄脫離蒂頭，以不規則的軌跡滾到泰勒太太面前。我縮成一團，等待斥責，可是她若有所思，渾然不覺腳邊的障礙。我等到她的身影消失才衝出去丟掉落地的葡萄，踏入貝絲的隔間。

她坐在床上，視線對著門口。我敢說她早就料到我會上門。

「哈囉。」我把葡萄放在床邊桌子上，跟它們的數百個同伴團聚。

「我可以開葡萄園了。」貝絲小心翼翼地笑著，正如多年前，試探是否適合說笑話。而我和當時一樣認爲現在是輕鬆一下的時刻。

「妳穿病人袍眞好看，跟妳的眼睛顏色很合。」

她哈哈大笑，接著皺起臉，一手摸向側腹的層層繃帶。

「妳肚子也太大了吧。」她語氣充滿驚嘆。

「還用妳說嘛。肚皮都快脹破了。」我坐進床邊的椅子，感受到它被我壓得嘆息。我握起她的手，覺得很好。她柔軟的皮膚和記憶中沒兩樣。來到這裡，我才想到根本沒有預演過該說什麼。應該要在腦中把所有的事情照時序排好。

「我眞的不知道該從哪裡開始。」我說。「基特什麼都跟我說了。或者我覺得是這樣。每次我以爲他已經說完，又會聽到更多祕密。我不知道妳知道什麼，不知道什麼。」

「當時我不知道妳的存在。」這句話來得好急，彷彿已經掛在她舌尖整整十五年。「發現他有女朋友的時候，我好後悔，好心碎，好想吐。要是知道的話，我絕對不會跟他上床。」

接著，她似乎想到比較次要的細節。「跟妳說，我來到倫敦的時候沒有跟蹤基特。一知道他已經有妳，我馬上就斷念了。我想找的是妳，眞的。妳相信我，天啊，蘿拉，妳讓我有辦法活下去。」

「我知道。」她的手掌傳來安心的訊號，骨頭像是要化掉似的。我們該來實話實說，別再拐彎抹角了。我不想像基特那樣吊人胃口。

「是他放的火，讓我以爲是妳做的好事。我眞的很抱歉。」

貝絲的雙眼轉向我的臉，困惑地沉默一會。

「基特在自己的公寓放火？連妳一起燒？基特？」她的表情很誠實：我都不知道他是那種神經病。我懂。我也不太能適應這個事實。「為什麼？」

「因爲——」淚水湧上，我硬是壓下去。不是要在貝絲面前隱藏悲傷，而是我還想在足夠理智時讓她盡量分享祕密。這是我欠她的。「他知道要是沒有夠好的理由，我絕對不會拋下妳。於是他給了這個理由。」我盯著自己的膝蓋。「他知道妳割破朋友的車胎，再加上那張照片，他想到一個主意。妳知道的，就是妳可能有點……」我揉著太陽穴。我第一次察覺說不定這都是他的計策。貝絲看懂我的表情，雙手一攤。

「不，我承認我眞的有點那個。」

我沉默一會，讓這個話題過去。我們年輕時都做過傻事。

我們靜靜坐著，一台推車喀啦喀啦地經過外頭的走廊，從某處飄來令人作嘔的揮發氣味，唯一可能的來源就是醫院餐。我拎起一顆葡萄——不是我帶來的那串——咬破果皮。酸溜溜的果汁在我嘴裡泛開。

「妳爲什麼不說妳和基特的事情？」這個問題如同控訴。或許我心中某個無法控制的角落眞的這麼想。我這輩子的刑罰就是檢視自己與他人的每一項偏見。

「我本來想說的。」她臉頰微微泛紅。「所以我才會跑到停車場那邊。就是日食的時候。我跟著妳——不好意思——我想跟妳說妳男朋友是混帳。」

「那妳怎麼沒說?是詹米嗎?」

「不是,他是在我掉頭回會場的時候逮到我。是妳阻止了我。」我的困惑一定是寫滿了整張臉。她歪歪腦袋,嗓音接近低語:「我看你們看著日食。我看到你們在一起,那種感覺很神奇。」這幾句話把我帶回卡車頂上,仰望天幕染上紫色光彩,天地縮得好小好封閉,我們像是世界上唯一的兩個人。「他前一天晚上跟我說過日食對他的意義,但他的視線還是差點無法離開妳。從來沒有人像那樣看著我。現在還是一樣。」她扭絞著毯子的邊角。「我知道他說的是實話,說跟我上床只是一時瘋狂,每個人都有權亂來一下,對吧?你們的感情很美好,蘿拉,你們之間是眞實的。只要看到就會知道。我無法觸碰——喔,對不起。」

熱辣辣的淚水流得好快。貝絲說出了我再也無法承受的事情。我和基特,我們曾經美好過。曾經享受過黃金時代。一瞬間,我了解他爲何如此大費周章保住我們的感情。嗚咽從我喉中逸出,貝絲從床頭櫃上抽來一張面紙,自己也拿了一張。「假如我們沒有被這個案子扯在一起,也不會有那麼多後續了。我就當作學到一課,離開你們,然後這件……這件爛事也永遠不會發生。」

我躲進她描繪的平行宇宙。在那裡,基特永遠沒有受到誘惑,永遠不知道他的黑暗面。黃金會隨著時光黯淡,但絕對不會變成鐵片。我的孩子會在他們的父母陪伴下長大。

又或者在那個平行宇宙裡,背著我偷吃沒受到懲罰只讓他食髓知味。或許他會用下半輩子來彌補失去的時光。我永遠不會知道。在那個平行宇宙……

「假如我們沒有去過康瓦爾,詹米說不定還活著。」我說出心中想法。

「那麼……」貝絲直視著我。「那趟旅程也不算完全白費了。」

我們無法控制帶淚的狂笑。有個詞彙可以形容這個狀態：歇斯底里。古希臘人認爲女性的子宮在她們體內四處飄盪，使得她們發瘋。我的子宮被寶寶固定在骨盆中，然而當我們坐在病房裡，笑得花枝亂顫，連護理師都跑來關切，我感覺到自己的基底破碎斷開，在我體內游移。

我們終於笑完，無言對坐，偶爾發出沙啞的嘆息。我又握起貝絲的手，就這樣坐著，周圍的簾幕密密拉上。在徹底真誠的氣氛中，我幾乎要說出曾經在證人席上爲她撒謊的往事。或者是問她是否知道我爲她撒了謊。這時一名醫院員工把晚餐推進來——馬鈴薯泥、包心菜、某種棕色物體——打破了魔法。她知道了又能怎樣？貝絲與我各自走過地獄，最終平安地相遇。

離開病房時，簾幕的釦環沙沙作響。「妳還會來看我嗎？」她問。我回頭，沒有直接回應。基特的聲音跨越時空劃破我的腦海。*妳怎能真心期望跟一個在那種情況下結識的人發展真正的友誼？*貝絲嘴唇顫抖，似乎是在等我准許她笑。我在心裡叫基特閉嘴。在這團亂七八糟的煙霧、鋼鐵、謊言之間，拜託讓我找出一件好事。

「當然。」我說。

我走過光鮮亮麗的走廊，察覺心底有個角落鬆開了，放掉了。作僞證的沉重罪惡感粉碎消失。我和基特不同，再也不需要爲了謊言負責。想到這裡，我喉嚨突然堵了一團東西。不對。沒有粉碎消失。踏出醫院，我發覺那塊巨石般的罪惡感永遠不會完全消融。我站在髒亂的街道上，車輛呼嘯而過，罪惡感磨成粉末，幾乎看不見的顆粒，永遠在我的血管裡流淌。

66

蘿拉
二〇一五年九月三十日

兩個攝影師埋伏在我家外頭，還不知道計程車裡坐了誰就先按下快門。

「蘿拉，克利斯多弗呢？」其中一人從車窗外大喊。

「要我陪妳進去嗎？」琳恩問。

「沒事。妳回去陪女兒吧，她們這個禮拜幾乎沒見到妳呢。晚點打給妳。」我垂著頭，走向前門，拉起外套蓋著頭，連頭髮都藏起來。在法院外，我已經給了他們想要的親吻，以為事情就到此為止是我太天眞。我硬擠出要給寶寶看的珍貴笑容。他們已經看夠我的淚水，恐怕會留下一輩子的創傷。成打的棉布巾隨著寶寶的出生送來，是擦眼淚的好幫手。有一陣子我在肩上各披一條，一邊給寶寶用，另一邊給我用。

門鈴上的住戶名牌只剩下朗格里許這個姓氏。

貝絲幫我開門，臉對著門內，不讓攝影師看到。她穿著我穿舊的孕婦裝（上頭沾滿牛奶漬），以及一條亮面內搭褲。要說的話太多太多。「做得好。」她只說了短短幾個字，將我深深擁入懷裡。「妳撐過去了。」

「我們撐過去了。」我糾正道。

貝絲的微笑帶著水汽。晚點再來，喝杯小酒慢慢聊。她在寶寶兩週大時上門拜訪。這回我求她留下，僱用她當保母。「爲什麼是她？」琳恩問。「看到她妳不會想起那些爛事嗎？」我只能回應：「還能找誰呢？」現在我只看到她在那些時刻選擇不要傷害我。我還能更信任誰呢？

況且我要怎麼跟外人解釋這一切？

「費恩才剛醒來。」貝絲說：「我來準備他的奶瓶。」

「太完美了。」我踢掉鞋子。我家的小哥哥躺在起居室裡，拍打掛在他面前的玩具，像是瘋狂的小小鼓手。我跪下來吸了一大口他身上的杏仁甜香，他抓向我的耳環，我笑出聲來。不過是大半天，他又變了不少，紅色的睫毛更長了，或者是長了更多頭髮。他的鼻子像爸爸，耳朵像外公，橢圓形的臉龐像我。他好勝愛玩，阿爾比則是溫和又敏感，行動之前總要專心觀察情勢與結果；費恩每回都一頭栽下去。我盡力不拿他們跟基特和麥克比較，至今尚未成功。

「他們有乖嗎？」我剝開費恩抓住我頭髮的小拳頭。

「阿爾比和天使一樣乖，費恩有點煩。」她愉快地回應。

「妳跟安東妮亞聊過了嗎？」

「她躲在鄰居家，外頭滿街都是狗仔。」

「喔，不。」儘管我早就不該對這種結果感到訝異。或許我該傳簡訊要基特繞到後頭，穿過羅妮家的後院進來。

「他再九十分鐘就會來這裡，我說他可以來幫忙洗澡。」貝絲皺起臉。「要我溜走嗎？」

我想說別走，留下來，讓他在這裡坐立不安。要是貝絲現在突然消失，我相信基特更能來去自如。這是不可能的，但是她也不能在他回來時在場。這輩子他回家的時間都要照著我的安排。基特失去我的愛情，可是他依然是我孩子的父親。「只有這次就好。謝謝。」我說。

等到基特回來，新的夢魘將會取代舊的。我想接下來會見到更多律師，從調解開始，探視權、房子、監護權——他瘋了才會拿這些跟我爭，然而現在我無法預測他的行爲，就像我無法預測外頭的路人——等他找到工作，甚至還要請他付孩子的撫養費。

細細的哭聲從樓上傳來，阿爾比醒來，發現他哥哥不見了。

「要我去抱他過來嗎？」貝絲問。不過我很少有機會看寶寶們從午睡中醒來，我把費恩交給她，爬到閣樓的育嬰室。這裡曾經是我們的書房，辦公桌和雜物換成兩個搖籃和一張尿布台，全都是eBay的戰利品。等他們大到能睡眞正的床，我大概又會把這些用品賣掉。現在這樣就夠了。

雖然阿爾比已經醒來，我還是放輕腳步，在門口停頓一會。大窗戶前掛了一片遮光簾，唯一的光線是輕輕旋轉的地球燈，在白牆上映出世界地圖。

「哈囉，瞌睡蟲。」我對著他光滑的脖子低喃，拉開遮光簾，天光灑入房裡，整片寬闊的藍天懸在家家戶戶的屋頂上。我們一同眺望那些屋子。亞歷山大宮上方的湛藍天幕有一條條白雲橫過，正是育嬰室的配色。阿爾比茫然望著飛舞的雲朵，直到注意力被某樣物體吸走，開心地瞪大雙眼。飛過低空的飛機噴出長長的氣流，緩緩橫過天邊。阿爾比伸手一指，他第一次做出這個手勢。我順著兒子的視線往上看。我即將踏入更艱難的處境，但我不會再次回頭。阿爾比知道這個眞理：我們得要往上看。

新的廚房流理台擺滿配方奶粉與消毒器材。貝絲正在準備奶瓶，費恩坐在地上，差不多就是她倒地失血的位置。在自己差點喪命的地方居住、工作，貝絲似乎毫不在意。或許是因爲這裡看起來一點都不像命案現場。我必須讓它改頭換面。這間屋子有整整三天列爲犯罪現場，鑑識人員四處拍照、採指紋、量距離，血跡滲入充滿小洞的磁磚。就算是警方派來的清潔人員也無法完全清除。我鋪上無縫地磚，裝設宜家家居的半價廚房套組，以及麥克弄來的便宜廚具。現在看起來像手術室。只要能蓋掉血跡，廚房喪失原本的風格只是小小的代價。

現在我可以踏進廚房，腦中不會回想起那一天，可是格局大小沒變，我難免會把過去的景象投射在眼前。舊冰箱是我們存放所有助孕藥物的地方。在那扇窗戶前，我們曾經一起站在陽光裡，想早點看到驗孕棒陽性反應。放在這裡的工作檯是他每天幫我煮晚餐的地方。窗台上的收音機，替我們的廚房舞會提供背景音樂。

餐桌組取代了老派的長椅跟連在牆上的桌面，詹米．巴爾克姆曾在這裡挾持我和貝絲。基特就站在那扇門邊，看著。眼中的景象、我得知的眞相令他無法動彈。在這裡，就在這台洗碗機右側，正是我把我的丈夫變成殺人凶手的地方。

我們兩人在法庭上形容成「瘋狂摸索搶刀子」的行爲完全不是那回事，不過只有我知道。

我知道要保住我們的小命，詹米一定得死。

基特的所作所爲令我抓狂震怒。讓你的雙手沾滿鮮血吧，我想。我才不要在監獄裡生產。我才不要爲你放棄半秒的自由。

多年的撞球經驗教會我如何拿捏軌道和準頭，也教會我如何虛張聲勢。當刀子從我的指尖彈向基特面前時，我很清楚自己在做什麼，心滿意足地看著他毫無節操的手握住刀柄。

致謝

感謝厲害的新編輯Ruth、Louise Swannell、Leni Lawrence、Cicely Aspinall、Naomi Berwin、Penny Isaac，以及Hodder and Stoughton出版社的每一位同仁。

感謝United Agents版權經紀公司的夢幻團隊：Sarah Ballard、Zoe Ross、Margaret Halton、Amy Mitchell、Joey Hornsby、Eli Keren、Georgina Gordon-Smith。

感謝諸位司法界朋友：Daniel Murray、Bathsheba Cassell、Harriet Tyce、Gemma Cole、Chris Law。要向律師作家Neil White致上特別的謝意，他回應我在推特上的請求，接受我佔用他「五分鐘」時間，事隔六個月，他依舊每天回覆我的來信。一切法律或是法庭程序方面的錯誤都是我的問題，請不要深入追究。

感謝支持我的女巫們：Mel McGrath、Louise Millar、Jane Casey、Laura Wilson、Kate Rhodes、Sarah Hilary、Serena Mackesy、Helen Smith、Denise Meredith、Ali Turner、Alison Joseph、Katie Medina、Helen Giltrow、Louise Voss、Colette McBeth、Paula Hawkins、Tammy Cohen、Nikoline Nordfred Eriksen。

感謝Helen Treacy以及她孜孜不倦的紅筆、Sali Hughes陪我裝瘋賣傻，Julia Crouch跟Claire McGowan總是知道我需要來杯酒還是喝杯茶。

最後我要深深感謝我的家人：媽媽和Jude、爸爸和Susan、Owen、Shona。還有Michael、Marnie、Sadie。我愛你們。

我要感謝以下資料來源：

Carnal Knowledge: Rape on Trial by Sue Lees
Eve Was Framed: Women and British Justice by Helena Kennedy, QC
Total Addiction: The Life of An Eclipse Chaser by Dr Kate Russo
Totality: Eclipses of the Sun by Fred Espenak, Mark Littman and Ken Wilcox
'*Dancing in the Cosmic Sweet Spot*' blog: Graham St John

【Mystery World】MY0010

是誰在說謊

He said / She said

作　　者❖艾琳・凱莉（Erin Kelly）
譯　　者❖楊佳蓉
美 術 設 計❖高偉哲
內 頁 排 版❖HAMI
總　編　輯❖郭寶秀
責 任 編 輯❖遲懷廷
協 力 編 輯❖聞若婷
行　　銷❖許芷瑀

發　行　人❖凃玉雲
出　　版❖馬可孛羅文化
10483臺北市中山區民生東路二段141號5樓
電話：(886)2-25007696
發　　行❖英屬蓋曼群島商家庭傳媒股份有限公司城邦分公司
10483臺北市中山區民生東路二段141號11樓
客服服務專線：(886)2-25007718；25007719
24小時傳眞專線：(886)2-25001990；25001991
服務時間：週一至週五9:00～12:00；13:00～17:00
劃撥帳號：19863813　戶名：書虫股份有限公司
讀者服務信箱：service@readingclub.com.tw
香港發行所❖城邦（香港）出版集團有限公司
香港灣仔駱克道193號東超商業中心1樓
電話：(852)25086231　傳眞：(852)25789337
E-mail：hkcite@biznetvigator.com
馬新發行所❖城邦（馬新）出版集團
Cite (M) Sdn. Bhd.(458372U)
41, Jalan Radin Anum, Bandar Baru Seri Petaling,
57000 Kuala Lumpur, Malaysia
電話：(603)90578822　傳眞：(603)90576622
E-mail：services@cite.com.my
輸 出 印 刷❖前進彩藝有限公司
初 版 一 刷❖2019年11月
初 版 三 刷❖2020年7月
定　　價❖420元

國家圖書館出版品預行編目(CIP)資料

是誰在說謊 / 艾琳・凱莉（Erin Kelly）著；楊佳蓉譯. -- 初版. -- 臺北市：馬可孛羅文化出版：家庭傳媒城邦分公司發行, 2019.11
面；　公分. --（Mystery World；MY0010）
譯自：He said / She said
ISBN 978-957-8759-90-9（平裝）
873.57　　108015876

ISBN：978-957-8759-90-9（平裝）

城邦讀書花園
www.cite.com.tw